施議對論學四種

施議對 著

上海古籍出版社

藝海修真

施議對詩學論集

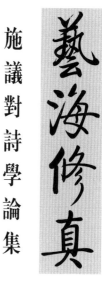

本書由澳門基金會贊助部分出版經費

獨立萬端（2012年，鄂西恩施大峽谷剪影）

浮天無岸（2011年，海南三亞）

詩家詞閣

作者：施議對

金縷曲

海寧觀潮

天下奇觀最。見潮生、霜飛木落，空江百里。跳沫噴岩濤聲吼，數丈怒驅寒氣。橫一線，激流平地。勢接雲霓鵬垂翼，過西陵、巨浸疑無底。銀作郭，玉腰繫。

欲誇好景人歸未。我重來、洪波目斷，山川綺麗。安得身從群鷗泛，三兩放舟漁子。書短韻，魚龍珠佩。八月秋高金風爽，抵鹽官、攀桂須乘醉。鳴萬鼓，踏鯨尾。

海寧觀潮（《金縷曲》剪報）

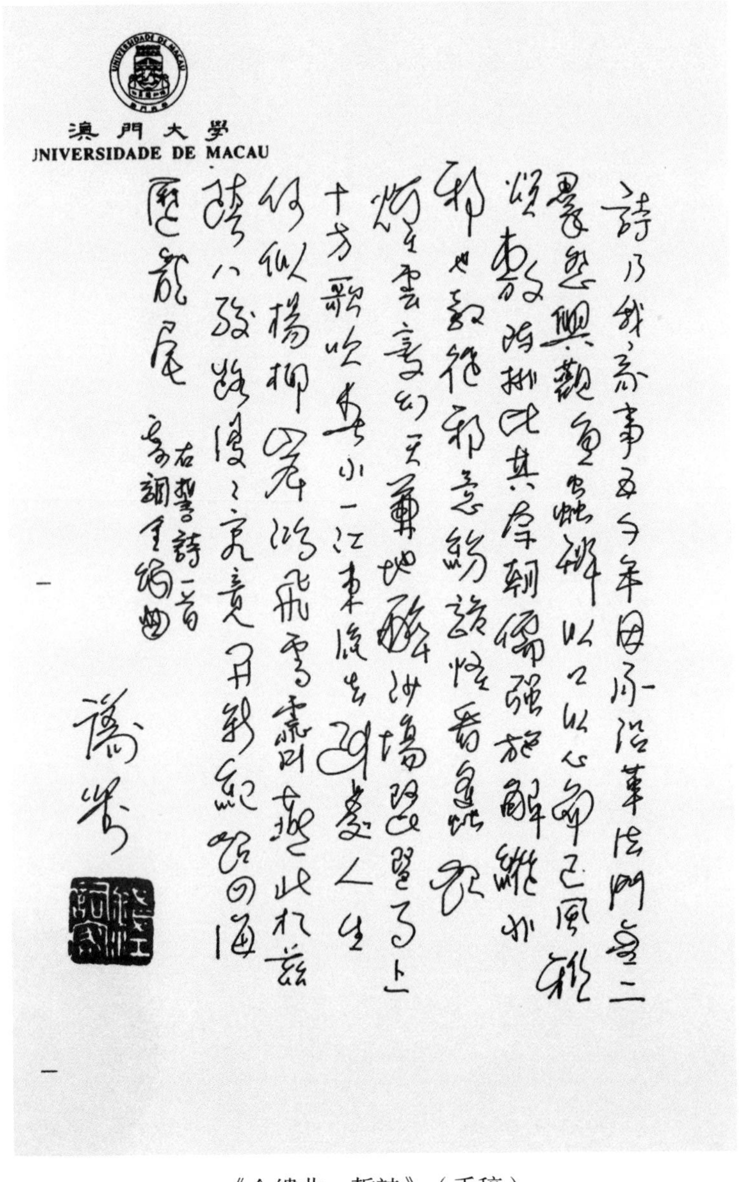

《金縷曲・誓詩》（手稿）

卷首語：二十一世紀詩壇預測

第一，出版讀物：從經典讀本到經典讀本。

此事須從五十年代説起。那時流通的爲學界前輩所提供的讀本。七八十年代，馬二先生領導出版新潮流，鑒賞辭典充塞圖書市場。九十年代以來，美學闡釋、文化闡釋搶盡風頭。詩學發明，換上玄學包裝。最近幾年，白文本出現，相信是對於鑒賞以及闡釋之一種否定。預示：一切將從頭來過。不僅五十年代讀本將大量重印，而且，若干清代讀本，也將被搬出重印。

第二，領袖人物：①從胡適之到胡適之

②從王海寧到吴海寧

二十世紀初，胡適領導文學革命，稱舊文學爲死文學。創造「胡適之體」，試圖爲新體詩創作尋求生路。幾十年來，新詩作者不領情，以爲小脚放大；舊詩作者及研究者却跟著來，推行解放體及革命化。弄得兩邊不討好：一邊甚爲不幸，白白挨了一刀；一邊甚可悲哀，至今尚未找到生路。二十一世紀，相信將重新由「胡適之體」開始。

王國維倡導境界説。此前爲本色論，以似與非似爲標準，進行判斷與衡量。似即爲本色，非似即非本色。所謂只可意會、不可言傳，不一定都要落到實處。是爲舊詞學。以境界説詞，有一個實際範圍在。其大小、深淺、厚薄，可以科學方法進行測量，亦可以科學語言進行表述。是爲新詞學。王國維堪稱中國當代詞學之父。胡適、胡雲翼將境界説推演爲風格論，使之向左傾斜。詞學研究於是步入誤區。吴世昌標舉詞體結構論，以結構分析方法研究詞學，重新確立詞學本體理論。這是詞學史上之兩個海寧。拙文《吴世昌與詞體結構論》提出：二十世紀爲王海寧時代，二十一世紀將爲吴海寧時代。相信並非虛擬。

原載一九九九年十二月三十一日香港《大公報》「藝林」副刊

目録

第二輯　詩學分論

第三輯　詩學評議

第一輯　詩學總敘

古代韻文讀與寫

——中國韻文學(片段)

壹　開場白：不學詩，無以言

一　從經典讀本到經典讀本

古代韻文，從較大範圍上看，所指當爲古代一切有韻之文，無論詩或者非詩，都包括在內，此乃與無韻之文——散文相對而言；而從較小範圍上看，所指則爲韻文中之詩歌，並不包括非詩之韻文，具體地説，就是詩、詞、曲或者歌賦。因此，一般將其當作古代詩歌(Classical Poetry)看待。

古代韻文之作爲一門必修科目而被列入大學教程，這在具有古老傳統之中國，雖並非絕無僅有，但就當前狀況看，却甚爲難得。因爲自從一九四九年以後，内地各高等院校均不開設古代韻文這門課，原有詩選、詞選或者詩詞選，亦被併入有關古典文學科目，作爲文學史進行講授。半個世紀以來，所謂教授不教，學生不學，古代韻文一直未能走上大學講臺。前幾年，在全國政協八屆二次會議上，孫軼青、范静宜、傅璇琮、張常海、張西洛、沈鵬聯合發言，曾提出建議：「大學中文系應設詩詞必修課，中文系畢業的學生應該學會創作符合格律的詩詞。」這建議至今尚未實現。臺、港二地，個別院校據説仍然堅持韻文教學，並要求學生進行寫作訓練，亦尚未全面推廣。面對這一狀況，澳門大學開設古代韻文這門課，確實值得重視。

半個世紀以來，兩岸四地——大陸、臺灣、香港、澳門，由於不學詩所造成的後果，已是明顯可見。在寫詩填詞方面有關問題，兩年前，拙文《新聲與絶響——從澳門看詩詞創作狀況及前景》曾加以披露。這裏著重説品詩論詞問題。這一問題可以從出版狀況得到反映。但整個出版界，包括所有圖書市場，真不知從何説起，只能粗枝大葉，説點觀感。我以爲，從時間推移看，自五十年代至今，有關古代韻文之出版，如以具體出版物爲標志，似依照下列程式進行：

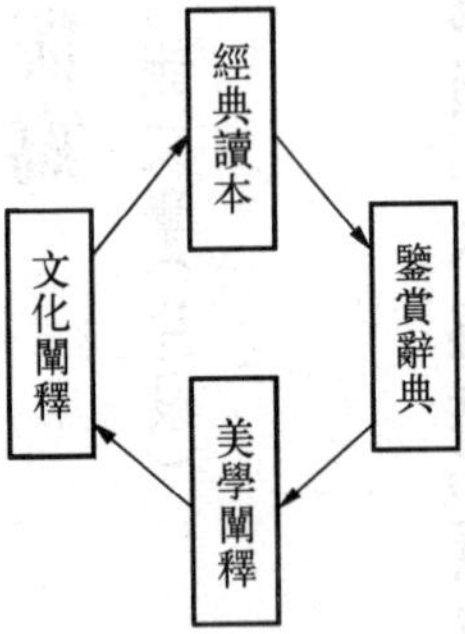

出版界這一程式之推進，既因應社會需求，亦體現古代韻文讀與寫之實際水準。五十年代及六十年代初期，經過反右以及教學改革，古代韻文逐漸喪失地盤，而有關專門家並未退下陣來，出版界仍以刊發各種經典讀本爲主。例如人民文學出版社所推出的一套古典文學讀本叢書，包括余冠英《詩經選注》、《漢魏六朝詩選注》，馮至、浦江清等《杜甫詩選》，錢鍾書《宋詩選注》等，皆堪稱典範。有一位從事研究及出版工作四十餘年之學者，謂該叢書「對我們一代人是起了培育、輔導作用的」（傅璇琮語）。這當是實情。但是，七十年代末及八十年代之後，鑒賞熱興起，「馬二先生」領導出版新潮流，情況即發生較大變化。一方面，連炒帶抄，原有作品之解讀，被變成詩學辭典；另一方面，立異標新，本來詩學之發明，被換上玄學包裝。這一變化，不僅將一片薄瓦變爲巨磚，令人不勝負荷，而且詩詞本身也不知道被變到哪裏去了。這當也是實情。這一狀況之出現，除了社會環境影響以外，相信與高校教學有關。因爲韻文被當作文學史講授，儘管亦提及作品，却比較注重時代背景及作者生平，往往以史代詩，將文學課變成歷史課或一般政治常識課。加上老成凋零，新一代接不上，自然另找出路。這就是我所説的後果。

二　地上爬、天上飛、空中走

出版狀況，反映不學詩之後果。從時間推移看，五十年狀況，大致有如上述。從空間轉換看，兩岸四地之大陸、臺灣，再加上日本，有關狀况似乎亦可以爲這一後果提供借鏡。這主要體現在讀與寫之方法、步驟上。如用一種不很恰當之比喻加以描述，我以爲，古代韻文之讀與寫，其具體方法與步驟，在目前之中國大陸、臺灣，以及日本，通常以下列三種方式出現。即：地上爬、天上飛、空中走。三種方式，一種是爬格子，著眼於考據；一種是創高論，偏重於義理；一種則爲二者之折衷，考據、義理都來得。三種方式，各有所長，不必多予評判；至其所短，主要是偏廢詞章，則須加以探討。所謂提供借鏡，其用意即在於此。

先説考據。這是讀與寫之基本功，亦産生經典讀本之基礎，未可忽視。以爲地上爬，相信並無惡意。而且，就目前趨勢看，人腦與電腦結合，其前景當無法估量。但是，有些考據是否有用，却值得懷疑。我看過一份碩士論文摘要，有人比較研究五代詩詞，從語言入手分析歸納。爲比較總體風格，將五代詩詞語言分爲天文、時令、地理篇；人事篇；形體、服飾篇；稼穡、農桑、草、木、花、果篇；禽、獸、蟲、魚篇；宫室篇；樂律、器用、法寶篇及采色篇。爲比較個人風格，再將韋莊、張泌、和凝、李煜、歐陽炯、孫光憲、牛嶠、牛希濟、李珣、顧敻等人詩詞語言加以規劃。研究結果謂，詩詞之間語言，可分爲詩用詞不用、詞用詩不用及詩詞皆用三部分。並通過表達方式及出現次數，説明詩詞皆用，亦有異同。以爲可證實「詩莊詞媚」以及「詩之境闊，詞之言長」這一論斷。實際上，此乃將韻文當語文，進行一般分類、統計，而不將韻文當韻文。此分類、統計，未必有助於讀與寫。這就是對於詞章之偏廢。

再説義理。一九八五年所謂「方法年」，學界門户大開，新學科、新方法，天下風行。在古代韻文方面，美學闡釋、文化闡釋一類著述相繼出現。就總體目標看，此類著述之走向，大致有二：或藉助美學理論、文化學理論及方法嘗試解釋韻文中問題；或利用韻文中材料嘗試印證美學理論、文化學理論及方法。各有各精彩。由此所建造之架構、體系，看起來也比傳統義理顯赫得多。但二者似乎都欺騙了韻文。例如：有一本書説宋代詞學，將詞學主張提升爲審美理想。乍一看很美學，似有點石破天驚，仔細看却發現所説都是一些老話題，諸如豪放、婉約以及高雅、低俗等等，不知何謂新意。另有一本書説《詩經》，將三百篇放在人類思維及符號功能歷史發生之宏觀背景下，進行人類學之現代闡釋與破譯。古今中外，融會貫通，頗能體現其學問、膽略及氣概。作爲人類學著述，甚爲可觀。但作爲《詩經》讀本，究竟合適與不合適，就當細加斟酌。如説《卷耳》，既斷定二章以下爲咒術幻相，又提出疑問，謂征人之妻何故有僕、有馬，言必稱金罍、兕觥。顯然只是注重於咒術這一文化話題，而忽略構造幻相之另一詩藝話題。兩種走向，均努力向上，只可惜脚不著地。這當也是一種偏廢。

以上有關讀與寫之兩種方式，兩岸學者大多樂意爲之，而稍微有所側重。最近幾年，互相交流，互通有無。此岸某些學者，跟著玩資料，彼岸則將高唱「義理」之博士論文引進。彼此熱鬧一番，但偏廢詞章之狀況，並無改善。至於第三種方式，所謂折衷，則是在日本出現之另一狀況。

三 教書、教人，誤人、誤世

日本人將中國文學看作第二國文學（神田喜一郎語）。對於古代韻文之讀與寫，一向特別用功。我見過若干頗具水準之專門著述，頗多獲益。但是，有一部關於柳永之專著，却令我產生疑慮。即：所謂大陸、臺灣兩種讀寫方法之折衷，究竟是並取其長，還是兼收其短，看來很難説得清楚。這部專著於第一章研究序説，論柳詞的構築法，似乎想論證這麽一個問題——古典主義手法與詞的文體結合問題，頗有些新意；而落到實處，却貨不對辦。例如：構架法之一，乃以《雨霖鈴》爲例，將援引、借鑒前代作品之詞句，諸如「寒蟬淒切」、「對長亭晚」、「都門帳飲無緒」、「蘭舟」、「執手相看泪眼」、「竟無語凝噎」、「念去去」、「千里烟波」、「楚天闊」、「多情自古傷離别」、「更那堪、冷落清秋節」、「今宵酒醒何處」、「楊柳岸」、「曉風殘月」以及「應是良辰好景虚設」等，一一列出，並詳細考訂。而後得出結論：「中國文學史中形成的種種『離别』意象，的確被大量地使用，而且詞的意境全然是由這些傳統意象構建的。」看似有條有理，十分切近——論者以爲，「這是理解詞作内容最爲切近的方法」；實則只是説明所使用材料以及材料之來源，至於這些材料之如何變成詞，却均未涉及，亦即既無構與架，又無所謂法。而構架法之二，以《鶴沖天》爲例，檢索語彙出處，同樣也不見其法。這就是東洋狀況。

由於見聞所限，以上描述，難免以偏概全。但我相信，作爲一面鏡子，對於出版界、詩界之自我檢討，當有所助益。而且，就某些迹象看，我所揭示的問題，實際上似乎也已經逐漸得到糾正。例如：白文文本之推行以及舊讀本之重印，我看就是對於炒風、抄風以及脚不著地作風之反動。白文文本，不加任何注釋、品評之讀本。一般依據專門家選擇、校正之善本翻印。近年由上海古籍出版社刊行有關《詩經》、《楚辭》、《樂府詩集》以及陶淵明、謝靈運、王維、李白、韓愈、杜牧等作品全集，即爲其中精品。編者以爲，這是爲滿足不同層面讀者需要所作的嘗試。我想，必將受到歡迎。舊讀本範圍較廣，主要是經得起時間考驗之讀本。有清代或清代以前之所傳，亦有近人製作。多數於五十年代及六十年代初曾刊行，少數爲三四十年代舊本。每集發行多在萬册以上，可見有一定市場。此等迹象説明：古代韻文出版之由經典讀本到鑒賞辭典，由鑒賞辭典到美學闡釋以及文化闡釋，最後又返回經典讀本，可能是一種必然進程。

當然，這一進程，其中應包含著探索與反思。出版界需檢討，詩界也當檢討。幾回與詩界朋友見面，都曾提及這一問題。本人亦專注於理論研究，但經常提醒自己，不能有所偏廢。否則，幾十年所做功夫就將白費。而且，既以此爲職業，教書、教人，如不得法，亦將誤人、誤世。因此，願借此機會，將自己讀與寫之粗淺體會以及所知有關專門家之讀寫經驗，加以推廣，以便取長補短，學好古代韻文這門課。

貳　讀法總論：盡信書，則等於無書

「不學《詩》，無以言」（《論語・季氏》）。有關種種，「開場白」已有所羅列。以下，言歸正傳，説説該怎麽學一類問題。首先是讀書。這當毫無疑問，因爲不讀書，即無從學起。但是，時人對於讀書，往往只看到好處，而忽略壞處。知道開卷有益，不知道開卷有害。以爲甚麽都可容納，其實未必。柏拉圖對於書籍，就曾表示如下意見：

（一）文字與其説幫助記憶，不如説是削弱記憶。

（二）書一見似有所思而言，然而詢以問題，又無法作答，只反覆同一言詞；這恰如畫中所繪動物，向其説話無所回答一樣，甚不可靠。

（三）書無法選擇對象，因人施教，且誰都可以取得。就這點而言，即使不適當的人讀了，亦可不問該書本意，擅加意會理解，佯裝有所了悟。即是説，書將製造一知半解，或不懂裝懂的人。

孟子也曾説過，「盡信書，則不如無書」（《孟子・盡心下》）。

二位哲人對書籍所持懷疑態度，可能意味著對其生存時代政治家、文學家以及辯論家之批評，或對前代史學家之質疑。這是當時狀況。就今日狀況看，我以爲，二位哲人所説，仍需引以爲誡。因此，有關怎麽學這一問題，擬提請注意下列三事。

一　讀原料書，尋佳伴侣

這是學界前輩——吴世昌、鍾敬文所積累之經驗。

六十年前，業師吴世昌教授著《論詞的讀法》，於「引言」一節，開宗明義，即曰：

> 學習或研究任何學問，總要先從讀書入手；而屬於文學方面的尤其如此。讀書的最徹底辦法是讀原料書，直接與作者辦交涉。最好少讀或不讀選集和别人對於某集的討論之類。讀選集片面不全，選者又有他的嗜好和偏見，不易認識原作者的真面目。别人的討論未嘗不可讀，但如果自己根本對於原作尚無認識，則看别人研究的結果也不能真切了解，等於嬰兒待人嚼飯而哺，嘗不到真實滋味。而且比選集流弊更多。所以别人的討論之類，是要於原著有了解之後去看，才能判斷其當否，才能得益。

原料書，相當於「開場白」所説白文文本。先生所倡導，除希望接觸一手貨，求得真切了解以外，還在於避免上當受騙。先生曾提及以往一段經歷，謂初中時學詞，曾經上當受騙——「上了索隱派的當，受了注家的騙」。可見有一定針對性。今日讀詞，亦當留意。尤其是圖書市場上，各種各樣選集以及別人對於某集討論之類著述，實在太多，多得有點泛濫成災。在這一情況下，來個甚麼都不要，誰也不相信，我看很有必要。在碩士班上，我曾告誡一位學生，忘記以往所學，其用意亦在於此。

那麼，甚麼都不要，誰也不相信，是不是意味著普天之下，就無有佳選集以及佳論述了呢？似亦未必。這主要是對一知半解或不懂裝懂者之抵制。有些佳作，便於誘發興趣，引導入門，有助進一步了解，仍應推舉。這對讀原料書，相信並無害處。而且，作爲讀書人，能有一二佳作相伴，既可讀好書，亦乃人生樂事，宜留心尋取。這當爲讀原料書之另一層意思。

鍾敬文，今年九十七。在説其書齋時，曾揭示西洋一句名言——留神那熟讀一本書的人（大意）。以爲世上確有些大學者、大作家，從一二部名著裏獲得無窮益處。並稱，有兩部書——王漁洋（士禛）《唐人萬首絶句選》及普列漢諾夫《無地址的信》，自青年時代到現在一直放在床頭書案上。前者偶然吟誦，仍覺得有所會心；後者不失爲學術上之益友。其事即爲極好例證。

二　不求甚解，但求會意

經過求索，有了合適讀本——原料書或較佳之選集以及别人對於某集討論之類著述。接下來就當探討怎麽學這一問題。怎麽學？大致兩種意見：求甚解與不求甚解。

朱熹與書堂學者論學，有這麽一段訓示。曰：

> 學者觀書，先須讀得正文，記得注解，成誦精熟。注中訓釋文意、事物、名義，發明經指，相穿紐處，一一認得，如自己做出來底一般，方能玩味反覆，向上有透處。若不如此，只是虚設議論，如舉業一般，非爲己之學也。曾見有人説《詩》，問他《關雎》篇，於其訓詁名物全未曉，便説：樂而不淫，哀而不傷。某因説與他道：公而今説詩，只消這八字，更添「思無邪」三字，共成十一字，便是一部《毛詩》了。其他三百篇，皆成渣滓矣。

這是一種意見。以爲經過讀、記、誦，必須達致「如自己做出來底一般」這指標，方才爲甚解；而其相對一面，則爲不解或未曉。

另一種意見，見陶潛《五柳先生傳》。傳曰：

先生不知何許人也，亦不詳其姓字。宅邊有五柳樹，因以爲號焉。閑静少言，不慕榮利。好讀書，不求甚解；每有會意，便欣然忘食。

這一意見，未有具體説明。但就人生追求看，似可用「此中有真意，欲辨已忘言」加以驗證。説明其用心，乃執著於意，而非言。這是一個方面。至其相對一面，我想，依據其追求，同樣也當推想得到。

兩種意見，兩種方法，不同講求，其價值取向，似乎也並不相同。但二者之間，實際上却非互相對立。譬如學與思，既有所偏重，又無可偏廢。這是做學問所需之兩種功夫。朱熹稱之爲遲鈍功夫與聰明功夫。

朱熹曾指出：「大抵爲學雖有聰明之資，必須做遲鈍功夫，始得。既是遲鈍之資，却做聰明底樣功夫，如何得？」所説與書堂訓示同一用意。即皆十分强調求甚解。

業師夏承燾教授亦甚是認同朱子所説遲鈍功夫。六十年代初，爲諸生介紹治學經驗，曾謂：「『笨』字從『本』，笨是我治學的本錢。」並稱：一部《十三經》，除了《爾雅》以外，都一卷一卷地背過。有一次背得太疲乏，還從椅子上摔下來。説明做學問與做其他事情一樣，希望成功，均須付出代價。

有關兩種意見，兩種方法，亦即兩種功夫之抉擇問題，在講授古代韻文時，我曾與諸生進行過探討。多數以爲，必須求甚解，極少有人够膽説個「不」字。一位學生並提出：不求甚解，不就白交學費了嗎？我十分贊賞這種求學精神，但又不能不提請注意：時代已不同，不可能完全跟著前人走。例如，前段時間，有報導稱：中國文學巨匠老舍之子在京辦私塾——北京聖陶實驗學校，教授四書、五經、唐詩、宋詞，培養融通古今、學貫中西之一代人才。我看，不一定適合時宜。衆所周知，這是個講求資訊科技與效率之年代，須具備多種本領。讀書、背書，難以包括所有。因冒著「教壞細路」（廣東話，意即教壞小孩子）之大不韙，特别標榜五柳先生讀書法。

不過，在此同時，亦須將問題説透徹。所謂不求甚解，並非不求解。諸如朱子所説，於訓詁名物全未曉，只是虛設議論——共十一字便是一部《毛詩》，甚不可取。而所謂求有會意，同樣非得下一番苦功不可。

三　以工具書，爲良師友

這是有關師承問題，亦怎麽學之另一必須注意問題。中國人重師道。無論做學問，或者處世、爲人，大多十分講究師承。在人生道路上，相信每個人都有一段或幾段師生情緣，令人難以忘懷。

一代詞宗夏承燾，師範學校畢業。嘗試做學問，苦無名師指點。獨自摸索十年，經由龍榆生介紹，結識滬上詞人朱孝臧，詞境大進。曾鄭重記下這段經歷，曰：「夜閱嚴州日記，念僻居山邑，如不交榆生，學問恐不致有今日。」

國家主席江澤民，未忘師生情誼。曾親筆題詩贈送大學時老師顧毓琇，曰：

重教尊師新天地，艱辛攻讀憶華年。微分運算功無比，耄耋恢恢鄉國篇。

前年訪美，並曾專程到費城拜訪。

有道是，一日爲師，終生爲父。許多人將師道當父道。此事似仍值得一提。這是一個方面，乃一般意義上之師承關係。另一個方面，有關工具書，俗稱不會説話之老師，或者現在不説話，將來説話，例如互聯網，我想亦當引起重視。據聞，業精六學、才備九能之國際著名漢學家——饒宗頤，已在香港某文化網站出現。讀者登入網站，隨時可獲取資訊。對比之下，不會説話的老師似乎更加方便而迅捷。既不需行束脩，又不必執弟子禮。麾之即去，招亦須來。何樂而不爲乎？因誠意加以推介。

但是，與此同時，有個問題似當事先講明白。即：古代韻文之有關工具書，例如韻書與譜書，乃後人總結、歸納前人創作經驗之所得，並非前人依據後人總結、歸納而創作。亦即：先有韻文作品，然後有韻書與譜書。換句話説，即必須明白：目前已有之韻書與譜書，以及其他工具書，諸如《佩文韻府》以及《詞律》、《詞譜》等，均乃精心結撰而成，在無有更佳工具書取代之前，千萬未可等閑視之。

有些人對於前人創作既缺乏了解，又不用功進行寫作訓練，動不動就想改革這個，改革那個，非得讓古人遷就自己不可，未必是明智之舉。又有些人，好爲人師，喜歡以自身作品當典範，教人如何寫詩填詞，多數也靠不住。就目前狀況看，有關工具書越出越多，既有以紙張傳播之各種書籍，又有以互聯網推廣之各種網站。應有盡有，不應有亦有。此乃讀者之福，亦讀者之禍，宜謹慎取捨。

當然，所謂取捨，其目的乃在運用。不善運用，工具書再好，也是白搭。例如：龍榆生編撰《唐宋詞格律》，收調一百五十餘。每一調附定格與變格，其句讀、平仄和韻部，皆依唐宋人代表作品進行標識。編末有張珍懷輯《詞韻簡編》，則依《詞林正韻》十九部，將通行《詩韻》重新加以編排。既可當爲《詞律》、《詞譜》之精選本，又可兼作《詞韻》與《詩韻》用，甚是方便初學。這部書於一九七八年十月由上海古籍出版社出版，至一九九八年七月第九次印刷。二十二年間，已印行四十餘萬册，十分可觀。應當承認，這是一部極佳工具書，宜進一步加以宣揚。但在這期間，各種各樣入門讀本七拼八湊，冒充内行，却仍然大行其道。説明：不僅出版界，而且詩界、詞界，有關工具書之取捨與運用，確實存在問題。

我見過一本《作法淺説》，其中當作典範之自身作品，大多並不怎麽高明。不僅韻部混淆，而且最基本之組詞造句功夫，亦未到家。讀起來詰屈聱牙，非常别扭。不知道是不是買個書號，自家出版。但自視却甚高，想將其列爲大、中學生語文科之補充教材或課外讀物，甚是令人憂慮。

爲此，再次提請注意，善用工具書，以期達致勝藍效果。

叁　分論

一　和尚與和尚廟

這裏所説乃内容與形式問題，目的在於探討入門途徑。

古代韻文，品種繁多，樣式複雜。從古體到近體，從歌詩到歌詞，均有許多講究。入門途徑，各不相同。歷來論者，已多所羅列。簡而言之，似只此二端：内容與形式。在一般意義上講，所謂「詩言志，歌永言」(《尚書·舜典》)，已成千古不變定律，從内容入手學韻文，當未嘗不可，只是，以内容取代形式，抹煞其區别與個性，往往造成混亂。

一九九三年四月，臺北舉辦「第一屆詞學國際研討會」。有學者提交論文稱：「向來論詞之形成，大都重在體制與格律方面，這誠然是很重要的。然而，詞之能够獨立爲一體，不僅須在體制格律方面有别於詩，還必須具有區别於詩境之詞境。」論文從四個方面——都市情調、女性軟性文學特點、濃鬱抒情以及低徊感傷情調，加以論證。指出，李賀歌詩「所構成的氛圍，已和傳統的詩不完全相同，而明顯地具有詞境」。因而得出結論，稱李賀歌詩是「詩中的詞，或者詞中的詩」；「撰寫詞史似應給長吉歌詩留有一席之地」。

論文説詞之形成，只是在詩境與詞境上做文章，以詩境代替詞境，便是造成混亂之一具體事例。因爲論文所羅列四個方面特徵，並非李賀歌詩之所獨有。如果將具有此特徵之歌詩創作都納入詞林，那麽，應在詞史上占有一席之地者，就不只李賀一人。一部詞史，就不知將如何撰寫。而且，這位學者，在論述低徊感傷情調時，並以一系列資料，證實長吉歌詩與《花間》歌詞之相似處。

論文指出，李賀今存二百四十多首歌詩作品，共用二千四百九十四個不同字眼。其中：「冷」字十九次(大概十二首就出現一次)。「凝」字十六次。「咽」字九次。「啼」字二十九次(大概八首就「啼」一次)。「垂」字二十五次。「寒」字五十次(差不多四首就出現一次)。「幽」字二十一次。「死」字二十三次。「泪」字二十二次。「老」字五十六次(差不多四首就出現一次)。

並指出,上述各詞,《花間集》出現頻率亦相近。其中:「冷」字四十二字(大概也是十二首就出現一次)。「凝」字二十六次。「咽」字十六次。「啼」字三十五次。「垂」字六十二次。「寒」字四十六次。「幽」字十三次。「死」字二次。「泪」字七十二次。「老」字九次。

兩相對照,用心良苦。但是,同樣道理,此所謂相似處,應當亦絶無僅有。試圖憑藉電腦所提供若干簡單資料,於活動著的水流中尋求寶劍,恐怕亦將枉費心機。

因此,在研討會上,我即提出不同看法。以爲,在中國詩歌發展過程中,用以區分各種不同品種或樣式之依據,乃形式而非內容,並曾用現實中一個具體事例加以説明。以爲目前用以研討詞學之場所,乃學術報告廳,這當毫無疑問。而在這場所進行研討者,皆爲專家、學者,亦無有疑問。但是,如果來了一批和尚,有人即將此報告廳説成是和尚廟,那就有一定問題。

由於這位學者未到會,論文由另一學者代爲宣讀,無人答辯,未能深入研討。本文説門徑,與之相關,因藉此機會,提請注意。

二　代有才人，風騷各領

李澤厚與劉再復在演説社會改革與民主政治問題時，曾説過這麽一段話：「我最强調程序，多年一直强調建立形式。我多次説重讀孫中山的《民權初步》，知道如何開會即開會的程序。共産黨的會是開得最多的，遺憾的是至今開會的程序也不完善。這倒是革命傳統，革命强調的是打破程序，要『實質』、『内容』，認爲程序只是形式。其實，『形式』極其重要，比内容更重要。在社會生活中，以爲形式比内容重要，這當容易理解。尤其是講究民主、法制之社會，所謂形式，包括各種程序、法規、章程、制度，則更加顯得重要。相信每個人都有切身體驗。」

至於詩歌創作，似未宜一概而論，但就歷史發展看，所謂形式，却同樣比内容顯得重要。這是因爲五千年詩歌創作，實際上主要是一種形式創造活動。在這過程當中，每一品種或樣式之出現，都是某一形式成功創造之必然結果。只有創造出合適的形式，才能立足於詩歌之林。否則，必將被淘汰。此事可以上古時代樂歌加以説明。

《吕氏春秋・仲夏紀・古樂篇》載：

昔葛天氏之樂，三人操牛尾投足以歌八闋：一曰《載民》，二曰《玄鳥》，三曰《遂草木》，四曰《奮五穀》，五曰《敬天常》，六曰《達帝功》，七曰《依地德》，八曰《總禽獸之極》。

所謂葛天氏之樂，乃上古時代一大型圖騰歌舞樂曲。由八個樂舞片段構成。規模十分龐大。八段樂舞，只有標題，無有歌辭，亦無樂譜與舞譜。今天看來，希望通過簡單記載，獲知周詳内容，應具有較大難度。不過，這似乎並不要緊。因爲樂與舞之程式仍在，八個片段格局猶存，仍可依此推知種種情狀。諸如人員組合、動作設計以及樂舞編排等情狀。這就是詩、樂、舞三位一體情狀，亦即大型圖騰歌舞樂曲之形式體現。可見，葛天氏之樂在當時之具體實施，乃一次了不起之形式創造，而且，由於這一創造，葛天氏之樂之作爲上古時代一種藝術典型，也就在詩歌發生、發展歷史上，確立了地位。這就是形式重於内容之一明證。

上古時代這一藝術典型，後世稱之爲古歌（古歌謡）或古樂。與此相類似，今天所傳若干古歌謡，我看亦當作如是觀。

王充《論衡·感虚篇》載：

> 堯時五十之民，擊壤於塗。觀者曰：「大哉，堯之德也。」擊壤者曰：「吾日出而作，日入而息。鑿井而飲，耕田而食。堯何等力。」

擊壤者所曰，即爲後世所稱《擊壤歌》。但所謂「擊壤」云者，並非敲擊土壤（地），並非如今之論者所説，「有一位老者敲擊土地而唱著這首歌」（羅錫詩、張小瑩《古謡諺啓蒙》）。這是古時一種遊戲。或稱「野老之戲」（劉熙《釋名》）。乃以手中之壤，擲擊遥於三四十步地所置之壤；此擊與被擊之壤，均爲木制器物，而非土壤也（據周處《風土記》）。另有論者將其與《禮記》所載土鼓、蕢桴相比對，並借李龍眠《擊壤圖》長卷所繪古人跳舞之狀爲佐證，以爲所謂「擊壤」云者，即爲野老相聚、且歌且舞，共同創作之一種遊戲（參見郭紹虞《中國文學史綱要初稿》二），應有一定道理。因此，解讀這一作品，不宜只看所傳歌辭而不及「擊壤於塗」這一情節。這是詩、樂、舞三位一體形式創造之一重要組成部分，未可忽視。在這一意義上講，這當也是形式重於内容之一明證。

這是從形式入手，嘗試正確解讀之具體事例。古歌謡中之其他作品，譬如《康衢謡》、《卿雲歌》、《南風歌》等，也當一樣看待。

以下試以各種形式創造之如何適應内容的歷程，看中國韻文發展演進軌迹。

肆　中國韻文發展演進軌迹

一　古體與今體

五千年詩歌創作，題材豐富，體式兼備。其發展、演變情況，大致可以下列圖式加以展示：

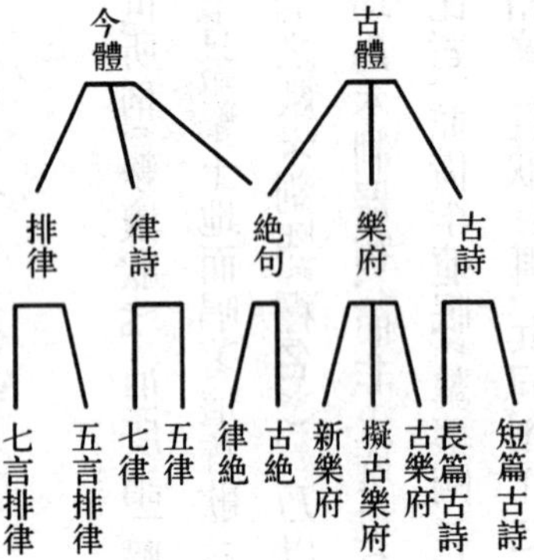

（一）古詩

這是五千年詩歌之源頭，歷史最爲悠久。沈德潛《古詩源序》有云：

詩至有唐爲極盛，然詩之盛非詩之源也。今夫觀水者，至觀海止矣。然由海而溯之，近於海爲九河，其上爲洚水，爲孟津，又其上由積石以至昆侖之源。記曰：祭川者，先河後海。重其源也。唐以前之詩，昆侖以降之水也。漢京魏氏，去風雅未遠，無異辭矣。即齊梁之綺縟，陳隋之輕艷，風標、品格，未必不遜於唐，然緣此遂謂非唐詩所由出，將四海之水，非孟津以下所由注，有是理哉。

漢京魏氏之前，一直追溯至堯、舜時代，或者更加遥遠之原始時代，即本文所稱上古時代，這一地段，荆棘叢生，積石遍野，探尋本源，並非易事。就史籍所載看，孔子删詩，仍多存疑，而正樂，則無疑義。應當承認，在歷史發展長河中，中國詩歌之由積石以至昆侖之源，由昆侖之源而孟津，而洚水，而九河，而大海，其間，孔夫子之開鑿、疏理，功不可没。今傳《三百五篇》，乃西周初年至春秋中葉大約五百年間詩歌創作之總歸納。孔夫子之後，屈（原）、宋（玉）輩之逸響偉辭，成就楚歌。這是春秋戰國之際大約三百年間所出現之新詩體。《詩經》

與楚辭，一北一南，歷來以爲兩大重要源泉。但由於這一地段比較複雜，一《風》一《騷》，仍未可概括所有，沈氏《古詩源》之輯，將《康衢》、《擊壤》一類古歌（古歌謡）或古樂，都當作詩之源，我看有一定道理。

三支源泉之所以匯合成爲一股活的源泉，主要在於形式創造。諸如詩、樂、舞三位一體之藝術結構，多種多樣、富於變化，又有一定規則之聲韻組合及句式類型，乃至賦、比、興等藝術表現手法。這一些，都在其實施階段，受到反覆檢驗，並且大致定型。這就是這股源泉能够取之不盡、用之不竭之根源。所謂萬世基業，其意義也正在於此。

漢京魏氏，直至於陳隋，《詩經》、楚辭以及古歌（古歌謡）或古樂，諸多體式，繼續推廣、演化。有關創作或者被采入樂府，或者仍然流行於民間，其形式創造，已逐漸進入程式化軌道。在中國詩歌歷史發展長河中，這是兩股重要支流。以下先説後者，主要是五言詩創作。這一體式，非始創於漢，而漢京所流傳作品，却堪稱典型。例如「古詩十九首」，乃文人無名氏所作一組五言詩，包括被當作後人依托之蘇武、李陵贈答篇什，均屬此體。此等篇什，不一定配以樂舞，只是著眼於詩藝，力求達致「驚心動魄、一字千金」之效果。可能是用以抒寫情志之一較合適體式。其後，魏氏諸作，亦以此體式爲主。例如曹植，傳詩七十餘，八成以上爲五言，幾乎獨得天下人之才華；而劉楨，存詩雖少，其五言之善者，亦有妙絶時倫之譽。因而，漢京魏氏，便成爲五千年詩史之一重要代表。接下來，由晉到隋，歷經南北朝，五言詩創作既發展成熟，五言四句之樂府民歌，匯合入海，詩歌創作由此進入另一發展階段。

（二）樂府

漢京魏氏，兩股支流，並行發展。如果説，五言詩創作，主要承接楚歌傳統，那麽，應當説，樂府詩創作即爲《三百五篇》之繼續。所以，有學者稱：《詩經》乃漢以前之樂府，樂府則周以後之《詩經》。

樂府之設，始於漢武。而采詩、獻詩制度，乃古已有之。《三百五篇》采輯、編纂之時，樂猶未壞，其中篇什，亦有保留詩、樂、舞三位一體之結構方式者，故有「誦詩三百，歌詩三百，弦詩三百，舞詩三百」（《墨子・公孟》）一類記載。這就是漢以前之樂府。《三百五篇》之後，歷經戰亂，樂壞禮崩，有關華夏正聲，尤其是雅樂，已是奄奄一息，而俗樂、俗曲，包括鄭、衛之聲，則甚盛行。所謂代、趙之謳，秦、楚之風，變爲新聲，一時充塞樂壇。漢武定郊祀之禮，立樂府，除了爲觀風俗、知薄厚以外，乃爲著樂歌形式規範化。主要在造樂與作詩兩個方面，對於所采集風謡，進行改造或重構，使之成爲能够體現治世之音之一代樂歌。這就是周以後之《詩經》。

西漢時，樂宫分太樂、樂府二署，分掌雅樂與俗樂。雅樂，指周代所傳樂章；俗樂，乃武帝所采風謡。此等風謡，亦稱歌詩。當時采録，計有：吴、楚、汝南歌詩十五篇；燕、代謳，雁門、雲中、隴西歌詩九篇；邯鄲、河間歌詩四篇；齊、鄭歌詩四篇；淮南歌詩四篇；左馮翊秦歌詩三篇；京兆尹秦歌詩五篇；河東、蒲反歌詩一篇；洛陽歌詩四篇；河南周歌詩七篇；周謡歌詩七十五篇；周歌詩二篇；南郡歌詩五篇：合一百三十八篇。不過，有關篇章，多數已經亡佚。武帝後，樂府歌舞，仍受重視。至哀帝，罷樂府，俗樂包括鄭聲，依舊有一定途徑可施於朝廷。東漢時，没有專門機構進行采録，但講究觀納（「廣求民瘼，觀納風謡」），對於歌詩創作與傳播，同樣起了一定推動作用。

兩漢樂府歌辭，今日所傳有：鼓吹曲辭之鐃歌十八曲，屬北狄樂，大多有聲無辭，歌辭爲後來所填製；相和歌辭之各種調曲三十餘篇，以楚聲爲主之各地俗樂，歌辭多出自民間；雜曲歌辭近二十篇，樂調多「名存義亡，不見所起」，歌辭亦出自民間。這是采風所得。此外，由漢高祖唐山夫人所作《安世房中歌》十七首以及司馬相如等所造「十九章之歌」（《郊祀歌》十九首），屬貴族樂章，亦兩漢樂府之一組成部分，未可忽略。以上均見郭茂倩《樂府詩集》。

依據現有材料，可以斷定：漢樂府之設，所謂樂歌形式規範化，實際上就是一次協律應歌之形式創造活動。用一句行家話來講，即爲：略論律吕，以合八音之調（《漢書》卷二十二《禮樂志》）。其間，有關具體做法，也許很難考知，但樂工湊合樂譜所留下的痕迹，諸如樂府套語等等，至今仍明顯可見（詳拙著《詞與音樂關係研究》第五章第二節）。這一切説明：當時之改造或重構，主要在於應合歌舞，力求於聲情配搭以及表演方式各方面，更好地滿足宫廷、官府娱神、娱人（「宴樂群臣」）之所需。

這是兩漢樂府製作情況。乃五千年詩歌由先詩後樂到先樂後詩之一重大轉折，所謂音樂文學或聲學，於此打下堅實基礎。就當時情況看，由於「采歌謡，被聲樂」的所有製作，既有曲題，又有樂譜。某些曲調，可考知來源，並存古辭（原聲始辭）；某些曲調，雖不見所起，亦留有音樂印記。後世製作，無論魏晉時代用樂府舊題所創擬古樂府，或者是唐代所創另立題目之新樂府，都於此找到依托。而在這一過程當中，由於作者之不斷仿造，以及歌謡之不斷創新，中國音樂文學或聲學，亦因此進入另一發展天地。

（三）絶句

這是古、今體中，最爲活躍之一詩歌品種。在唐以前就已出現，乃爲古絶句，可當古體詩看待；唐以後，成爲律絶，即被當今體詩看待。拙文《學絶句與絶句學》，曾嘗試爲之正名。以爲絶句非爲「截句」，亦即非律之截，而乃律之餘也。非律之截，説明並非先有律詩，而後才有絶句；乃律之餘，説明這是律詩及其他詩歌品種以外之另一小律詩或小歌詞。總之，在歷史發展長河中，絶句這一詩歌品種，並非律詩及其他詩歌品種之附庸，而乃另有淵源之一獨立詩歌品種。

從樣式上看，所謂四句爲一截，包括五言與七言，其産生年代，乃相當古老。

例如《山經》引《相冢書》：

山川而能語，葬師食無所。肺腑而能語，醫師色如土。

四句皆五言，並注意押韻。又如《暇豫歌》：

暇豫之吾吾，不如鳥烏。人皆集於菀，己獨集於枯。

四句中，僅第二句非五言，如加上一個字，成「不如鳥及烏」或「不及鳥與烏」，便與後來合格之律絶，没有太大差别。

又如《水仙操》：

繄洞渭兮流澌濩，舟楫逝兮仙不還。移形素兮蓬萊山，歍欽傷宫仙不還。

四句皆七言，且押韻。同樣也可看作是一首古絶句。

這是輯録於沈德潛《古詩源》之古逸歌謡。絶句淵源，應追溯至此。這就是説，在上古時代這一有點像是混沌未開之複雜地段，有關古歌（古歌謡）或古樂，經過開鑿、疏理，所湧現的源泉，除了一《風》一《騷》以外，還有歌謡，這是産生絶句之另一源泉。而《風》、《騷》、歌謡，三支源泉所匯合之源泉，即爲五千年詩歌之一活源頭。

那麽，《風》、《騷》以外，歌謡這支源泉，究竟如何分派、繁衍，而後注入大海，亦即如何由古歌謡，而爲古絶句，而爲律絶，而爲唐三百年之樂府呢？就目前可尋求得到之踪迹看，我以爲，其所謂分派、繁衍，大致依循兩種渠道進行。即對唱與聯句。對唱，相當於後世之對山歌，通常爲一男一女之唱和；聯句，或稱連句，即爲二人或二人以上之聯合製作。這是古歌謡合樂、徒歌傳統之延續。漢京魏氏之前，既已有少昊之母皇娥與白帝之子遇於窮桑滄茫之浦相互唱和之記載（據《拾遺記》）；漢武帝時，亦有武帝與臣僚合作《柏梁臺詩》之傳説。前者屬對唱，後者爲聯句。二者所傳歌辭，儘管有人以爲，不一定靠得住，可能爲後世之僞造，但這實際上並不重要，最重要乃對唱與聯句，這一形式創造，在當時之施行與推廣。

對唱與聯句，兩種渠道，流向不同。前者繼續朝著合樂方向發展：或被當作風謡，采入《詩三百》；或被當作歌詩，采入樂府；或留存民間，成爲吴聲與西曲。都以樂歌形式出現。

後者則朝著徒歌方向發展，由每人一句，到每人二句，一直到每人四句，都不一定被諸管弦，應合歌舞。二者合而觀之，如四句一截之唱段，無人繼聲，便成絶響；而四句一截之聯句，無人相續，也就成爲絶句。絶響與絶句，都有「斷」這一意思。這大概就是絶句之本意。

這是古歌謡向古絶句之演進。大約至六朝，此演進已告一個段落。此時，既已有以古絶句標榜之篇章出現，有關對唱與聯句，亦頗爲注重調聲與對偶，法律愈來愈嚴謹，因而此時，已可見後來稱之爲律絶之絶句，五言絶句與七言絶句。這是注入大海前之狀況。注入大海後，絶句演進爲一代樂府，有關種種，留待下文叙述。

（四）律詩

上古時代，由古歌（古歌謡）或古樂所形成之《風》、《騷》、歌謡三支源泉，從漢京魏氏一直到梁陳，歷經八代，不斷分派、繁衍，無數支流終於匯歸大海，這就是唐詩海洋。

唐詩海洋，波瀾壯闊；負載包涵，無有窮盡。古體詩與今體詩，這是唐人之劃分與判斷。古體詩，指唐代格律詩形成以前，包括古詩、樂府以及絶句（古絶句）在内之所有詩歌樣式，統稱古詩或古風。今體詩，或稱近體詩，乃唐代所形成之格律詩，包括絶句（律絶）、律詩、排律諸樣式。當然，所謂古體詩，並非到了唐代便終止發展；所謂今體詩，亦非到了唐代方才產生。這一切，均有案可查。但是，就形式創造看，應當説，只有格律詩，才是唐人新創造。這就是一般意義上所説律詩。

在唐代格律詩形成之前，有兩大重要事項，值得一提。這就是六朝時所進行之聲學理論建設以及詩歌創作程式化或律式化實踐。前者以沈約《四聲譜》爲代表，後者有永明體作家所提供樣板。這是唐代詩歌呈現繁榮昌盛局面之先聲或前奏。

以下説絶句，包括古絶與律絶。

古絶與律絶，或稱古體絶句與今體絶句（近體絶句）。其主要區别在於押韻及黏對。一般説來，古絶通常押仄韻，句中平仄無有嚴格限定，可以不黏或不對；律絶通常押平韻（仄韻極少見），句中平仄與律詩一樣，均有嚴格限定，講究黏對。兩種樣式，在唐代以前，均被當作古詩、古風看待，或被采入樂府；唐代兩種樣式並行，至杜甫方才以律絶名題。

唐代流行歌曲，無論出自中原本土之雅樂、清樂，或者由邊遠地區乃至域外番邦傳入之四夷樂以及外國之聲，亦無論施行於教坊、梨園，或者播之於旗亭、驛站乃至塞上、沙場，其用以合樂歌詞，多爲絶句，尤其是七言絶句。其中，既有律絶，亦有古絶。

唐人創作絶句，或者專門爲著應歌，如劉禹錫於建平（今四川巫山）所作《竹枝詞》九篇；或者等待被采合樂，如於旗亭賭唱之三詩人——王昌齡、高適、王之涣。此外，亦有不一定爲著合樂應歌或無有機會被之管弦者，可另當别論。

再説律詩，包括五言律詩與七言律詩。

所謂「律」者，乃音律之法律也（王世貞《藝苑卮言》）。無論五言八句四十個字，或者七言八句五十六個字，其平仄、押韻、黏對，乃至對仗，都有定數，「天下無嚴於是者」（王世貞語），真乃詩界奇迹。但這奇迹之出現，並非偶然，而乃長期推敲、研練、協調之必然結果，也就是以詩歌語言應合音樂語言之必然結果。例如：「五字之中，音韻悉異；兩句之内，角徵不同。」（《南史·陸厥傳》）這就是所謂應合。而范雲所作《巫山高》及庾信所作《烏夜啼》，一爲五言八句，另一爲七言八句，即爲此應合之具體事證。這是唐以前事，包括理論建設與創作實踐兩個方面。有此先聲或前奏，奇迹才能出現。

但是，從五言八句到五言律詩、從七言八句到七言律詩之所謂定型工程，一般以爲，至唐初才真正完成。而這一工程之最後承擔者即奇迹創造者，乃沈佺期、宋之問二人。這就是「學者宗之」之「沈宋」（《新唐書·宋之問傳》）。四十個字之五律以及五十六個字之七律，定型之後，詩律漸細，逐漸達致無懈可擊之地步，成爲「杜律」，唐代律詩創作因此而被推上最高峰。

（五）排律

唐代格律詩——絶句（律絶）、律詩、排律，三種樣式，在唐以前均可找到相類似作品。就産生時間看，以爲先有四韻之律而後才有「截四韻而半之」之絶句以及「引四韻而伸之」之排律，顯然與事實不合。但是，如從詩律研練看，四韻之律經過切割（截取）與添加，能够轉換爲絶句與排律，這一現象却確實存在。

例如，下圖所標識，乃五言律詩最基本之平仄組合譜式——仄起式。

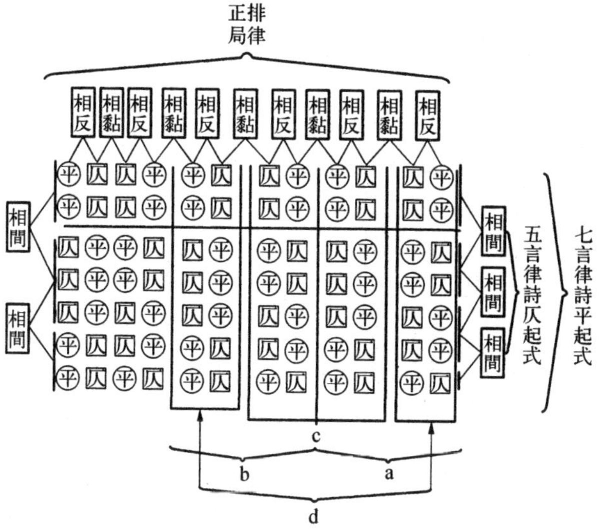

另一基本譜式爲平起式。這是依據「相間、相反、相黏」規則所構成之平仄譜式。就單句講，一句當中，平聲與仄聲交替出現，互相間隔，是爲相間。就雙句講，出句與對句，平聲與仄聲，互相對立，上一聯對句與下一聯出句之平頭或仄頭，必須相同，是爲相反與相黏，或稱對與黏。唐代格律詩之平與仄，均按照此規則進行安排。這就是音律之法律。而按照此規則所構成之五律譜式（仄起式或平起式），也就成爲一種標準譜式。一方面，以此爲依據，往上添加，五言律詩可增大爲七言律詩，往後添加，五言律詩可延長爲五言排律；另一方面，以此爲依據，從中截取，一律可切割爲二絶（a 及 b），中間二聯與首尾二聯，分别截取，可成爲另外二首絶句（c 及 d）。而排律，則由此遞增而成。

因此，如以四句爲一絶，八句爲一律，八句以外——十句或十句以上，就成爲一首排律。十句排律，當爲排律中最小單位。計五韻。乃於律詩四聯之外，增加一聯而成。而最大單位，則無有上限。排律規模由韻數確定。王力論詩律，曾指出：「關於排律的韻數，普通總喜歡用整數，例如十韻，二十韻，三十韻，五十韻，六十韻等；六十韻以上，往往索性湊成一百韻（二百句，一千字）。」（《漢語詩律學》）唐人大多以十二句六韻爲正格。而且，采用五言，但也有七言。

從章法之構成看，十二句六韻之排律正局，共三解。前一解，起承四句，與五、七律同；

中一解，乃從起承之後，轉合之前，從中插入，與承轉不相干犯，又要一氣無痕；後一解，亦與五、七律同。亦即：如無中間一解，前後二解，即成一首完整律詩；插入四句，亦不爲贅。這是排律之法。（參見《唐詩增評》卷一）從詩律之協調看，主要是平仄及對仗。十二句六韻之排律，三解組合，除平仄安排必須依循「相間、相反、相黏」這一共同規則外，對與不對，亦有固定模式。即：首聯不一定對仗，尾聯無須對仗，中間四聯，必須對仗。十二句六韻如此，超出此數，依此遞增。這是排律之律。——無論法與律，唐人於此，皆頗爲當行。

二 詩之餘與詞之變

中國詩歌之發展、演變，到了唐代，已匯合成浩瀚大海，這是一個輝煌的時代。以下所説宋詞、元曲，乃唐詩以後另外兩個輝煌。

唐詩、宋詞、元曲，三者並舉，始自羅宗信。在爲周德清《中原音韻》所作序中，羅氏提出：「世之共稱唐詩、宋詞、大元樂府，誠哉。」二十世紀兩大學問家之一——王國維亦主此説，謂：「凡一代有一代之文學，楚之騷，漢之賦，六代之駢語，唐之詩，宋之詞，元之曲，皆所謂一代之文學，而後世莫能繼焉者也。」（《宋元戲曲考·序》）因此，羅宗信此説也就成爲史家之定論。

（一）正名與別名

文學史上，宋以詞稱，但詞之所以爲詞者，未必以詞始。例如：唐五代及宋初，甚少有人將詞單稱爲詞，多數稱曲、曲子、曲詞或曲子詞（詳參夏承燾、吴熊和《讀詞常識》）。同樣，元以曲稱，但曲之所以爲曲者，亦未必以曲始。例如：始創於金章宗（完顏璟）時之北曲，稱北詞，所傳董解元之《西廂記》，稱《西廂搊彈詞》、《弦索西廂》，亦稱諸宮調詞。元人《菉斐軒詞林韻釋》，爲曲林釋韻，却稱詞林。這是十分有趣之一種混淆。説明：在某種情況下，詞與曲之名稱，似未必爲宋之詞、元之曲之所專有。

那麽，宋之詞、元之曲之正名究竟爲何？看來仍需經過一番斟酌。例如：今之論詞者，説其異名，大多可列出十個、八個，乃至數十個來。論曲，亦如此。頗有些令人眼花繚亂。但是，如從合樂角度看，我以爲，二者來歷很清楚，其正名，亦不難確定。那就是樂府。論者以爲：「宋、元之間，詞曲一也。」（宋翔鳳《樂府餘論》）或以爲：「其實辭即曲之詞，曲即辭之曲也。」（劉熙載《藝概》）所説正可印證這一論斷。這是詞與曲之共通點，即共性。

至於區別，即個性，我看應從別名説起。例如：詩餘與詞餘。這是宋之詞與元之曲兩個主要別名。由此入手，加以探尋，必有所獲。

王世貞《曲藻》曰：「《三百篇》亡而後有《騷》、賦，《騷》、賦難入樂而後有古樂府，古樂府不入俗而後以唐絶句爲樂府，絶句少宛轉而後有詞，詞不快北耳而後有北曲，北曲不諧南耳而後有南曲。」這段話既概括描述了詞爲詩之餘以及曲者詞之變或者曲爲詞之餘這一歷史事實，又揭示了其緣由，頗能體現詞與曲之區別，即個性。

詞爲詩之餘，大致有兩種解釋：一、剩餘之餘，謂爲末造，乃所附麗；二、贏餘之餘，謂猶未竟，將另有精粹。宋人視填詞爲餘事，有集刊行，每將詞作附於詩文之後。所附作品，北宋多稱之爲樂府，爲長短句，至南宋，始稱詩餘。這是一個觀念問題。業師夏承燾教授已著文批判（見《「詩餘」論》），此不贅。這是前一種解釋。而後一種解釋，以爲並非剩義，則須進一步加以探尋。

況周頤《蕙風詞話》卷一曰：

> 詩餘之餘，作贏餘之餘解。唐人朝成一詩，夕付管弦，往往聲希節促，則加入和聲。凡和聲皆以實字填之，遂成爲詞。詞之情文節奏，並皆有餘於詩，故曰詩餘。世俗之説，若以詞爲詩之剩義，則誤解此餘字。

以爲「聲希節促」，即「少宛轉」的意思。因「加入和聲」，並「以實字填之」，使「有餘於詩」。

這一論斷，雖未能包括全體，但反映了部分事實。這是詞之所以爲詞之一重要來源。説明：此所謂餘者，乃有意義之創造。也正因爲如此，作爲有别於詩之宋之詞，其情文節奏，方才更加顯示出特點來。這是「詩餘」作爲宋之詞别名之特别意義。

詞如此，作爲詞餘之元之曲，我看同樣可以這一方法進行論斷。

（二）詞調與詞譜

宋之詞、元之曲，正名樂府，這是詞與曲兩種詩歌樣式所以屬於音樂文學之本質體現；而詩餘與詞餘，一個餘字，乃意味著詞與曲樂曲形式之再創造。

詞爲樂府。詞之合樂，稱倚歌，或倚聲；倚聲填詞，稱填曲，或填腔。其用作依據之歌、聲、曲、腔，乃各種樂曲之樂譜。初時，稱腔子，或歌腔。這就是詞調。填詞按譜，歌腔隨著歌詞通行。神田喜一郎著《日本填詞史話》以爲：唐大曆九年（七七四），張志和所作《漁歌子》（《漁父》），歌詞與歌腔，一併傳入日本；四十九年後，日本填詞開山祖嵯峨天皇製作《漁歌子》五首，即以之爲藍本（詳參《填詞之濫觴》）。這就是實證。

大致説來，詞之合樂，必須受到種種樂律規限。除了樂譜，還有宫調。因爲每一詞調，都屬於一定宫調。唐宋時代，填詞按譜，但也有只是依循曲拍者，如劉禹錫所製《憶江南》。施蟄存論詞樂，曾指出：「寫作歌詞以配合樂曲，在音樂的節拍處，歌詞的意義也自然應當告一段落，或者至少應當是可以略作停頓之處。如果先有歌詞，然後作曲配詞，那麼，樂曲的節拍也應當照顧歌詞的句逗。」（《詞學名詞釋義》）這是對於歌詞合樂最通俗之描述。

由於時間推移，詞樂流散，歌腔失傳，所謂詞調，已逐漸變成一個空架子，或者招牌。例如《漁父》，傳至北宋，已不便合樂歌唱，需以其他詞調替代（蘇軾《浣溪沙》序）。可知當時，歌腔已失佚。除了極清麗之詞五首以外，只留下一個樂曲名稱——「漁父」。其餘各調，或先或後，也都同樣遭致這一命運。因此，白石十七譜，就成爲詞林瑰寶。十七首詞，皆標明所屬宮調，並於每個字旁注工尺譜，於工尺之下方或右方，記有音節符號。業師夏承燾教授稱：「這是七百多年前流傳下來的惟一完整的宋詞樂譜。」以下乃夏氏所提供《揚州慢》譯稿（見夏承燾《唐宋詞論叢》，古典文學出版社一九五六年版，第一二六頁）：

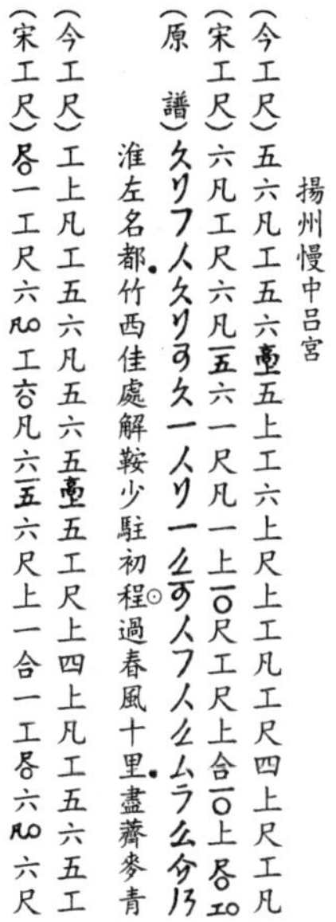
揚州慢中呂宮
淮左名都竹西佳處解鞍少駐初程過春風十里盡薺麥青

（原　譜）ㄅ一フ人ス𠃑フ夂リ夂ヲ夂人ㄠ一ム一⑦ㄅ夂𠃑夂人
⊙青自胡馬窺江去後·廢池喬木·猶厭言兵⊙漸黃昏、清角吹寒

（今工尺）尺上尺上　四尺凡工上凡工六四尺上凡六五高五六工

（宋工尺）上ㄒ上ㄒ　合去工ㄙ一工尺凡合上ㄒ工ㄇ六五六ㄇ尺

（原　譜）ㄠヲㄠヲ　ㄅㄅフ介一フ人リムㄠヲフ𠃑夂の夂𠃑人
都在空城⊙　杜郎俊賞·算而今重到須驚⊙縱荳蔻詞工·青樓

（今工尺）四上尺工六工上工六五高五六五上工尺凡四上凡工五

（宋工尺）合ㄒ上ㄙㄇㄙ一尺凡六五去凡六一尺上工合一工ㄙ六

（原　譜）ムㄅㄠㄅ〢ㄅ一人リ夂ヲ夂リ夂一人ㄠフ㊉一フ今夂
夢·好難賦深情⊙二十四橋·仍在·波心蕩冷月無聲⊙念橋邊紅

（今工尺）六五工尺上尺上

（宋工尺）ㄇ去尺上ㄒ上ㄒ

（原　譜）𠃑夂人ㄠヲㄠヲ
藥·年年知爲誰生⊙

白石原譜，爲俗字譜。乃宋工尺之草書或簡寫。夏氏據陳澧《聲律通考》十所提供譯譜法，將其翻爲今工尺。是否已經恢復舊觀，尚待進一步加以檢驗。

以上乃樂譜或歌腔之通行情況。説明所謂詞調，經過輾轉流播，已完全失却音樂上之憑藉。所以，倚聲家論詞調，基本上只是將其當作樂曲名稱看待；研究詞調，也只是從有關傳辭入手。從傳辭入手，就字句以標識譜式，這就是詞譜。

據載，宋代詞譜集成之作《樂府混成集》，「巨帙百餘。古今歌詞之譜，靡不備具」（周密《齊東野語》卷十）。但此集已不傳，不知是否附有樂譜。明代兩部詞譜專書，一部乃金鑾《圖譜》，曾在日本上梓，而漢土未見著録，今暫勿論；另一部即張綖《詩餘圖譜》，學界以爲現存最早譜書，亦未附樂譜。張氏圖譜計三卷：卷一小令，收調六十四；卷二中調，收調四十九；卷三長調，收調三十六。以黑白圈表示平仄，黑圈爲仄，白圈爲平，半黑半白爲平仄通者，雖多混淆，却曾被推尊爲修詞家（倚聲家）之南車。後來撰譜者，均不曾突破這一格局。

清康熙二十六年（一六八七），萬樹撰《詞律》二十卷，收調六百六十，計一千一百八十體。所謂「力追古初，一字一句皆取宋元名作排比而求其律」（俞樾《詞律序》），説明已完全就歌詞之字句進行推敲。此後，陳廷敬、王奕清等奉敕編修《詞譜》四十卷，在舊有各種譜書基礎之上，更加增益，計收詞調八百二十六，二千三百〇六體。以黑白圈表示平仄，仍然於字推句敲上下功夫。兩部譜書，頗具規模，並有較大影響，但錯漏亦甚不少。七十年代末，余於吴世昌教授門下攻讀宋詞，曾考慮編撰《詞律補輯》，以補兩部譜書之缺。據當時統計，以爲通行詞調一千〇四，實際數目可能不止於此。

山帶老人（盛配）窮七十年之工，成《詞調詞律大典》五十四卷。首倡以入派三聲、陽上作去、平代上、上代平、上入並用以及陰上作去、入作陽平轉去、陽平代去八項四聲通變法則，爲所收近千詞調之代表作品標識四聲，並對每一詞調之産生、變化以及歷代有關作者之發明、創造，加以扼要闡述以及精到點評，乃目前所見最完整之四聲譜。例如《揚州慢》譜式，盛氏曾據白石所製標識如下：

揚州慢

平 必上 平平 入平平去 代平 平上去 平平
淮 左 名都， 竹西佳處， 解 鞍少駐初程⊙
必去 平 平入 作去 去 去入平平
過、 春風十 里， 盡、薺麥青青⊙
去 平上 平平去上 去 平平入 平去平平
自胡馬， 窺江去後， 廢池喬木， 猶厭言兵⊙
必去 平平平入 平 平平 必去平 平
漸、 黃昏清角， 吹寒都 在 空 城⊙

去平 去上　去平平　平去平平
杜郎俊賞，算而今，　重到須驚⊙
去　去去 平平　平平去上　平去平平
縱、豆蔻詞工，青樓夢好，難賦深情⊙
去 入去平平去　平平去　上　作去 平平
二十四橋何在，波心蕩，冷　月　無聲⊙
必去 平平 平去　平平平 必去平 平
念、橋邊紅藥，年年知　爲　誰　生⊙

譜中標號，除平上去入四聲以外，﹏﹏標對仗，——標前後相同。此爲白石自度曲。宋人照填者有趙以夫二首，鄭覺齋、李萊老、羅志仁、吴元可各一首，連姜詞共爲七首。據盛氏考：羅志仁所製較工，但四聲僅合其七八。清人周之綺一首，能合其九。近人蔡嵩雲曾作和韻二首，獨能幾全協姜律。因用以對校七首，訂定四聲（《詞調詞律大典》卷二十八）。

盛氏《大典》，明確標榜，旨在爲音樂文學體裁作譜。既注重歌詞自身之字聲分析，又顧及樂曲。希望以所標識之四聲，類比音調，進而著手音調分析，即以音理推究樂理，使習於音樂者，可憑此作譜上喉。此外，盛氏並曾依據有關分析，指出：楊蔭瀏爲白石所譯今樂譜，除《杏花天》外，均不見有當（參見《詞調詞律大典・前言》）。這一些均很值得倚聲家注意，因特地加以推介。

（三）大詞與小詞

大詞與小詞，乃宋人對於歌詞製作之一種認識。如曰：「大詞之料，可以斂爲小詞。小詞之料，不可展爲大詞。」（張炎《詞源》卷下）又曰：「作大詞先須工間架，將事與意分定了。第一要起得好，中間只鋪叙。過處要清新，最緊是末句，須是有一好出場方妙。小詞只要些新意，不可太高遠。」（沈義父《樂府指迷》）等等。但是，這裏所説，主要是文學材料之分配與組合，僅僅局限於詞章。如從合樂應歌角度看，所謂大詞與小詞，其出現與區分，似乎應當重新進行一番描述。

這就是説，所謂大詞與小詞，其出現與區分，乃樂曲形式再創造之必然結果，亦詞之所以「有餘於詩」之具體體現。探討這一問題，不當只是看到一個方面而忽視另一個方面，或者只是在大與小上做文章。例如「傾杯」，這是唐代流行樂歌。長孫無忌所創製，初屬黃鍾均之南吕羽。《新唐書・禮樂志》載：「玄宗又嘗以馬百匹，盛飾，分左右，施三重榻。舞《傾杯》數十曲，壯士舉榻，馬不動。樂工少年姿秀者十數人，衣黃衫，文玉帶，立左右。每千秋節，舞於勤政樓下。」今傳張説之《舞馬詞》六首，即爲當時之《傾杯曲》。其詞云：

萬玉朝宗鳳扆，千金率領龍媒。眄鼓凝嬌躞蹀，聽歌弄影徘徊。

——《聖代昇平樂》

天禄遥徵衛叔，日龍上借羲和。將共兩驂争舞，來隨八駿齊歌。

——《聖代昇平樂》

綵旄八佾成行，時龍五色因方。屈膝銜杯赴節，傾心獻壽無疆。

——《四海和平樂》

帝皂龍駒沛艾，星闌驥子權奇。騰倚驤洋應節，繁驕接迹不移。

——《四海和平樂》

二聖先天合德，群靈率土可封。擊石驂驔紫燕，摐金顧步蒼龍。

——《四海和平樂》

聖君出震應籙，神馬浮河獻圖。足踏天庭鼓舞，心將帝樂踟躕。

——《四海和平樂》

六首皆六言絶句，二十四字，二韻或三韻。名爲歌詞，實則乃聲詩。以之合樂，根本無有大與小可言。但是，入宋以後，合樂應歌，情況就大不一樣。

宋初循舊制，教坊凡四部，四方執藝之精者皆在籍中。每春秋聖節三大宴，所用樂曲就有《傾杯樂》。但此「傾杯」，已非復唐時之舊。不僅宫調變換，而且所合歌詞，或慢、或令，或四遍、或二遍，也有許多變化。例如：柳永《樂章集》中八首稱《傾杯》、《傾杯樂》及《古傾杯》者，與呂渭老《聖求詞》中二首稱《傾杯令》者相比，一大一小，顯然各不相同。

先看柳永《傾杯樂》：

禁漏花深，綉工日永，蕙風布暖。變韶景、都門十二，元宵三五，銀蟾光滿。連雲複道淩飛觀。聳皇居麗，嘉氣瑞烟葱蒨。翠華宵幸，是處層城閬苑。龍鳳燭。交光星漢。對咫尺鰲山，開雉扇。會樂府、兩籍神仙，梨園四部弦管。向曉色、都人未散。盈萬井，山呼鰲抃。願歲歲天仗裏，常瞻鳳輦。

再看呂渭老《傾杯令》二首其一：

楓葉飄紅，蓮房肥露，枕席軟涼先到。簾外蟾華如掃。枝上啼鴉催曉。　秋風又送潘郎老。小窗明、疏螢殘照。登高送遠惆悵，白髮至今未了。

二詞相比，一入仙吕宫，另一未注明，所屬宫調可能不同；一四遍，一百〇六字，一二遍，五十二字，體制不同。此外，二詞各遍之增字破句，所用方法亦不同。等等。這一切，即爲樂曲形式再創造之結果。

樂曲形式再創造，除了「加入和聲」、「以實字填之」，使之「有餘於詩」，此外還在於因舊曲造新聲，使之生出更多品種來。詞之合樂進程，充分證實了這一點。

傳爲唐玄宗（李隆基）所作《好時光》云：

寶髻偏宜宫樣，蓮臉嫩，體紅香。眉黛不須張敞畫，天教入鬢長。　莫倚傾國貌，嫁取箇，有情郎。彼此當年少，莫負好時光。

劉毓盤《詞史》第二章説「小詞之起」，曾引爲例，並稱：「此詞疑亦五言八句詩。如偏、蓮、張敞、箇等等，本屬和聲，而後人改作實字。」這是再創造之原始方法，或者基本功夫。前人説詞，皆由此立論。

柳永《傾杯》、《傾杯樂》及《古傾杯》，乃進一步之開闢與創造。這種開闢與創造，大致包括兩個方面：樂曲創作與歌詞創作。就現傳《樂章集》看，柳氏「傾杯」，只注明所屬宫調，而未附樂譜，因此，考察其開闢與創造，只能從歌詞入手。

先説張説之《舞馬詞》，這可能是玄宗「傾杯」之所謂原聲始辭。六首，六曲。當時稱數十曲，可能包括他人所作。此樂歌，同樣已是有辭無聲，難以認識其真面目。但是，如果以歌詞韻位測定樂曲中之「住」，從而劃分樂段，並以歌詞步節測定樂曲節奏，劃分節拍，劃分樂句，那麽，我以爲：許多情況並非完全無法探知。以下乃《舞馬詞》（六首其一）之簡單譜式判斷：

萬玉—朝宗—鳳扆—千金—率領—龍媒⊙—

眄鼓—凝驕—蹀躞—聽歌—弄影—徘徊⊙—

譜中「—」表示節拍，乃依據歌詞步節而斷定。因爲兩字一步，每句正好可劃分爲三拍。「⊙」表示韻位（平聲韻），即爲樂曲中之所謂「住」。由此可推測：此樂歌由一遍構成。四句，十二拍。齊整而平穩。乃典雅沉重之一簡單樂段。爲樂歌本調。

再説柳永「傾杯」。將一遍增加爲四遍。如依照上文所説進行測定，其開闢、創造情形，同樣可以探知。以下乃《傾杯樂》之簡單譜式判斷：

1
禁漏—花深—綉工—日永—蕙風—布暖△——
〔變—韶景〕—都門—十二—元宵—三五—銀蟾—光滿△——

2
連雲—複道—淩—飛觀△—
聳—皇居〔麗—嘉氣〕—瑞烟—葱蒨△—
翌華—宵幸—是處—層城—閬苑△——

3
〔龍—〕——鳳燭—交光—星漢△—
對—咫尺—鰲山〔開—〕—羽扇△—
〔會—〕——樂府—兩籍—神仙—樂園—四部—弦管△——

4
向—曉色—都人—未散△—
盈—萬井—山呼—鰲抃△—
願—歲歲—天仗—裏—常瞻—鳳輦△——

譜中「[ ]」表示襯字，「△」表示仄聲韻位。四遍樂章，乃因舊曲（本調）變化而成。第一遍，將原來樂句攤破，由二句變三句，並於當中穿插和聲，填以襯字，使之於齊整中出現不齊整。第二遍，不僅攤破、加襯字，並且變化句式，增添韻位，使之於平穩中出現不平穩。第三遍，除襯字外，又返回本調，使之漸趨平穩。第四遍，調整步節，攤破樂句，再次出現不平穩。與舊曲（本調）相比，柳氏「傾杯」之所容納，既有較大幅度拓展，又富於姿態，已成爲格局開張、音調諧婉之一繁複樂章。

這是樂曲創作上文句與樂句的一種相適應。在歌詞創作上，柳永也有較大幅度之拓展。在歌詞創作上，柳永之拓展，主要是對於體制與題材之變革與開拓。這是開闢、創造之另一方面。

有關體制問題，乃區分大詞與小詞之主要依據。例如：陳允平《日湖漁唱》分四個類目：慢、西湖十景、引令、壽詞。兩類依題材分類，兩類依體制分類。依體制者，明白將慢詞與令引分開。又因令引中有《祝英台近》，因此可證實：宋人以令、引、近爲小詞，只有慢詞才算大詞（參見施蟄存《詞學名詞釋義》）。而柳永「傾杯」，於樂曲之體式上，將一遍增加爲四遍，於歌詞之體制，將單調變爲雙調，使令詞延伸爲慢詞，這一重大變革，乃小詞變爲大詞之範例。

小詞變爲大詞，必須變革體制。而變革方法，除了大幅度之擴張、合併，在内部，尚須進行精密安排與布置。尤其是句式安排與布置。因「傾杯」本體，屬於偶言句型，皆律式句，如未加變化，機械拼湊，既很難構成一個整體，又難以應合樂曲運轉。所以，柳永「傾杯」，十分注重奇言句型以及非律式句之穿插與勾連，使之不斷興起波瀾。例如，上文所説《傾杯樂》，「連雲複道淩飛觀」，由偶言變奇言，將一、二遍接連一起，並預示變化，「聳皇居、瑞烟葱蒨」，由齊言之律式句變爲非律式句（截腰句），當中夾帶襯字——麗、嘉、氣，更加顯示變化；第三遍，返回本調，至第四遍之「向曉色、都人未散」及「盈萬井、山呼鰲抃」，連用兩個截腰句，以去上入一起抑下成波，於波尾以高音提起，又以去上一起厲緊波而振起，頗有動感（參見盛配《詞調詞律大典》）。這就使得擴張、合併之長詞慢調，能够成爲一個有機整體。八首「傾杯」，在體制建造上，基本上能達致這一目標。

至於題材，亦即所謂大詞、小詞之料，柳永之所開拓，甚是值得稱道。這就是説，柳永之變小詞爲大詞，乃有真材實料，而非只是工間架，或者將小詞之料勉强展爲大詞。例如蘇軾，因張志和《漁父》歌腔失傳，爲著應歌，爲添數語而成之《浣溪沙》，所謂「爲蛇畫足」，當甚不可取。但作爲宋代開拓詞境之第一功臣——柳永，在這方面，恐怕要比蘇軾高明得多。例如上述《傾杯樂》，與張説之《舞馬詞》相比，同爲頌聖，而所展示圖卷，所負載内容，却頗有不同。

《舞馬》六首，謂蹀躞、徘徊，銜盃赴節，傾心獻壽，種種情事，合而觀之，不過勤政樓下一時歌舞而已，其容量頗受局限。但《傾杯樂》，描繪元夕燈會，聖上與都人共樂之熱鬧場面，所謂蕙風布暖，銀蟾光滿，龍燈鳳燈與河漢星辰，交相輝映，却將人間、天上連成一片，八面四方，盡皆收入圖卷。這就是柳永高明之處。而其餘諸首，鋪排、展衍，同樣令人耳目一新。

例如《傾杯》：

鶩落霜洲，雁横烟渚，分明畫出秋色。暮雨乍歇。小楫夜泊，宿葦村山驛。何人月下臨風處，起一聲羌笛。離愁萬緒，聞岸草、切切蛩吟如織。　爲憶。芳容別後，水遥山遠，何計憑鱗翼。想綉閣深沉，争知憔悴損、天涯行客。楚峽雲歸，高陽人散，寂寞狂踪迹。望京國。空目斷、遠峰凝碧。

將相思離别之情，與羈旅行役之苦聯繫在一起，以葦村山驛爲背景，展現人生圖卷，甚是遼闊、高遠，頗能體現其開拓之功。

這是柳永以大詞之料作大詞之事例，亦其開闢、創造之具體體現。兩宋時代，歌詞合樂逐漸繁榮昌盛，與此密切相關。

（四）詞律與曲律

王驥德《曲律・自序》稱：「曲何以言律也。以律譜音，六樂之成文不亂。以律繩曲，七均之從調不奸。」以爲所謂律音，目的在於譜音與繩曲。一個爲著限定聲調之高下，以組成和諧之旋律；一個爲著協調均拍之緩急，使之互不干擾。元之曲如此，宋之詞亦莫不如此。這是由作爲一代樂府之詞與曲之共有特性所決定。

作爲一代樂府之詞與曲，與音樂文學之各品種一樣，合樂應歌，莫不聲辭俱備，有律有樂，有迹可循；但因所謂聲者，賴口而傳，隨著時空推移，所發之音，有所變易，樂與律亦即産生變易，令無所適從。這裏所説乃旋律，亦成文之樂。説明，須要有一種法律即樂律，加以制約。這就是宮調。

宮調乃中國古代特有之樂律。由七音、十二律所構成。七音，包括宮、商、角、徵、羽、變宮、變徵。用以代呼唱樂音之高低。有如西樂簡譜之有1(do)、2(re)、3(mi)、5(sol)、6(la)、4(fa)、7(si)七音。十二律，包括黄鍾、大吕、太簇、夾鍾、姑洗、仲吕、蕤賓、林鍾、夷則、南吕、無射、應鍾。用以定音階之等級。有如西樂樂調之有C $^{\flat}$D D $^{\flat}$E E F $^{\flat}$G G $^{\flat}$A A $^{\flat}$B B十二級。十二律各有七音。以任何一音爲主，皆可構成一種調式。若以宮音爲主，即以宮音乘十二律，稱爲宮，如正宮、黄鍾宮等；以其他各音爲主，即以商、角、徵、羽、變宮、變徵六音乘十二律，稱爲調，如商調、角調等。計十二宫、七十二調，合爲八十四宫調，亦即八十四樂調，或調式。這是依據古法——旋宫法所得調式。有此調式，合樂應歌就有憑藉，而非只是依賴於口或依賴於耳。所以，《孟子·離婁上》曰：「師曠之聰，不以六律，不能正五音。」此所謂正音，亦即譜音與繩曲。

中國古樂，因自身發展、變革，加上胡聲入侵，古樂與胡樂並用，有關樂律，亦即隨著變易。大致説來，乃因繁就簡。例如隋唐時代，燕樂以琵琶定律。琵琶四弦，每弦七訊，即簡化爲二十八調。入宋之後，教坊有十八調之製，後省正平一調，餘十七調，乃唐律之進一步簡化。張炎《詞源》卷上，揭載宋詞七宫十二調之目。七宫即黄鍾宫、仙吕宫、正宫、高宫、南吕宫、中吕宫及道宫；十二律即大石調、小石調、般涉調、歇指調、越調、仙吕調、中吕調、正平調、高平調、雙調、黄鍾羽調及商調。簡高宫一調，即教坊十八調，再簡正平，正與十七調相合。元代北曲宫調，仍承襲宋教坊之舊，但略有變易。周德清《中原音韻》所揭載，只十二調，即：黄鍾、正宫、大石、小石、仙吕、中吕、南吕、雙調、越調、商調、商角調及般涉調。明代南曲另立門户，所用十三調，亦只是對北曲十二調稍加增減而已。因此，所謂曲爲詞餘，當有一定道理。

以上所説，乃詞與曲用以正音，亦即譜音與繩曲之準繩或玉尺。填詞按譜或者填詞擇腔，所謂譜與腔者，就詞而論，即爲詞調，就曲而論，即爲曲調；因爲詞與曲之製作，同樣都曾被謂之爲填。而譜與腔，實際上就是一種樂曲，一種依據特定調式——宮調所製成之樂曲。其樂音組織以及唱法，均受到特定調式——宮調之所制約。説明詞調與曲調，本來並無區別。但是，與詩餘一樣，所謂詞餘，一個餘字，亦生出許多變化來。

由填詞到填曲，所有變化，大致有兩個方面。

其一，關於處理字與音之應合問題。詞作者對於一字一音以外之和聲、泛聲、虛聲、散聲等，逐一所填實字或者句子，皆有定式；填實之後，原有齊整之律絶聲詩，構成長短句歌詞，不僅樂曲之聲音不再有主次之分，而且歌詞自身亦無主次之分。亦即，填實之後，字字皆正，字與音於應合時所出現之問題，諸如音多字少一類問題，已自然消失。但是，填曲則有所不同。主要是，仍然有主次，即區分正襯。

例如，鄧玉賓正宮《叨叨令》：

白雲深處青山下。茅庵草舍無冬夏。閑來幾句漁樵話。困來一枕葫蘆架。［你］省的也麽哥，［你］省得也麽哥，［熬强如］風波千丈擔驚怕。

唐圭璋《元人小令格律》，將其列爲定格。七句五韻（去聲），「七七七七五五七」句式。〔〕中乃襯字，平仄不拘，其餘正字，或平或仄，皆十分講究。尤其韻上二字，唐氏指出：「須用平平，不可移易。」似與填詞無太大區別。這是曲中小令。而采入套數，情況就大不一樣。以下乃《西廂記》四本三折之正宮《叨叨令》：

〔見安排〕車兒馬兒、〔不由不〕熬〔熬〕煎〔煎的〕氣。〔甚心情〕花兒靨兒、〔打扮得〕嬌〔嬌〕滴〔滴的〕媚。〔眼看著〕衾兒枕兒、〔只索要〕昏〔昏〕沉〔沉的〕睡。〔誰管他〕衫兒袖兒、〔濕透了〕重〔重〕疊〔疊的〕泪。〔兀的不〕悶殺〔人〕也麽哥，悶殺〔人〕也麽哥。〔誰思量〕書兒信兒、〔還望他〕悽〔悽〕惶〔惶的〕寄。

曲詞中，正字四十五，襯字五十。除去襯字，句式、韻協，與定格同。乃哭宴中之一節。送行送至十里長亭，突然發覺「今日竟不曾梳裹」，因補叙臨行時情事。謂：一方面，車兒馬兒已經安排停當，正催促別離；一方面，花兒靨兒、衾兒枕兒、衫兒袖兒，却最苦別離。正字與襯字，一主一次，角色分明，但又配搭得很巧妙。即其所作襯墊，不僅令文義條鬯，令曲聲和美，而且對於正字之所展示，最大限度加以鋪排與延伸，亦令其更加淋漓盡致。這就是曲中襯字，亦一個餘字所生出變化。

其二，關於處理曲與曲之組合問題。以上説字與音的關係，著重在合樂。以下説曲與曲關係，著重於應歌。乃詞與曲於流行過程中樂曲形式之進一步變革與創造問題。有宋一代，應歌樂府，除了長短句歌詞以外，還有大曲以及諸宮調。長短句歌詞之流行，通常以一首一闋之獨立片段出現；曲與曲各有牌調名目，而分屬不同宮調。大曲乃集合數段之遍，爲整套之歌舞樂曲，但極少從頭到尾演奏，只是摘取若干片段，諸如遍、序、歌頭、曲破等等，似與一首一闋之獨立片段無異。這是北宋前期情形。北宋中期以後，盛行以樂府歌詞譜寫故事，如趙令畤之商調《蝶戀花》十二首歌咏《會真記》故事，曾布之《水調歌頭》七遍歌咏馮燕故事，或拈一詞牌合數闋以咏一事，或叠大曲之數遍以咏一事，乃歌詞流行過程中之進一步變化。所謂諸宮調，亦因此而出現。而且，正因爲這一變化，並加入胡樂，樂府歌詞也就遽變爲樂府歌曲。這就是專屬題咏不譜故事之小令與散套，以及合歌、舞、念、作而成專用以搬演故事之雜劇與傳奇。二者統稱南北曲。就音樂來源看，所謂曲爲詞之餘，當可於此進一步得到證實。但就樂曲形式看，填曲却是填詞之進一步變化，亦即曲爲詞之變，當也是無可辯駁之事實。這既是處理曲與曲組合之必然結果，亦一個餘字所生出之變化。有關種種，留待下文細叙。

（五）散曲與劇曲

由一個餘字所生出變化，主要是樂曲形式之區分及變化。就詩餘講，所謂大詞與小詞，其區分及變化，乃縱向進行。即詩餘自身令、引、近、慢之拓展及延伸。大曲亦如此。所謂摘取或相疊，同樣縱向進行。而詞餘，其區分及變化，除了縱向，並注重橫向。因此，作爲詞之變，曲之體制乃更爲繁複、多樣。

從總體上看，曲有北南之分。北曲濫觴於金而盛行於元，南曲萌芽於元末而通行於明季清初，乃將多種樂曲形式合爲一種之新型樂府歌曲。而從各種體式之組成看，北曲與南曲，其區分及變化，又分明構成兩個不同系列——散曲與劇曲。兩個系列之區分及變化，各有規矩。先說散曲，後說劇曲。

散曲包括小令與散套，乃樂府歌曲之基本構成單位。尤其是小令，聲家稱之爲曲體之本，以爲可與詩之絕句及詞之小令同等看待（唐圭璋《元人小令格律·序》）。詞有定格，曲亦有定格。曲與詞相比，所不同者，除上文所說襯字之使用外，並有若干特殊規矩。諸如詩詞中於句中一三五字，不拘平仄，惟曲中不可；詩詞講究平仄四聲，曲無入聲，而於平聲陰陽及上去、去上之式，要求頗嚴（參見《元人小令格律·凡例》）等等。大體上說，就處理字與音應合問題看，填曲與填詞，似無太大區別。

以下乃白樸之仙吕《醉中天》：

疑是楊妃在。怎脱馬嵬災。曾與明星捧硯來。美臉風流殺。

平仄平平仄　仄仄仄平平　平仄平平仄仄平　仄仄平平仄

可仄　可平作上　可仄　可平　可平　作去

叵奈揮毫李白。覷著嬌態。[灑]松烟點破桃腮。

仄仄平平仄平　仄平平仄　平平仄仄平平

可平　作平　作平作平　可平

可仄叶

此曲之字聲安排，除去襯字，皆爲律式句，句句入韻。與一般聲詩或歌詞格調相同。《中原音韻》指出，「『捧硯』『點破』俱是上去聲妙」。並指出，「末句應作平平仄仄平平」，亦即以六字爲句。這是特殊規矩。但是，所謂一般與特殊，皆已形成固定格式，必須嚴格遵守。

這是單行小令。如組成聯章，或者將二、三樂曲連在一起，即爲重頭或帶過曲。這是處理曲與曲組合問題所出現之格式變化。前者有如白樸之越調《天净沙》四首以及馬致遠之雙調《壽陽曲》八首，分别描寫春、夏、秋、冬四時景色以及洞庭八景，即爲典型事例。此等事例相當於趙令時商調《蝶戀花》十二首之歌咏《會真記》故事。均可作聯章看待。後者乃較爲複雜。即：連用之樂曲，二曲或三曲，一般必須屬於同一宫調，而且一韻到底，不可變换。其組合，亦有特别規定。但亦有不同宫調之帶過曲以及北南相帶之帶過曲。二者變化所形成格式，論者稱之爲小令變體。

以下看王德信之中吕《十二月過堯民歌·别情》：

［自别後］遥山隱隱。［更那堪］遠水粼粼。
平平　仄仄　　仄仄　平平
可平叶　可平　　可平

［見楊柳］飛綿滾滾。［對桃花］醉臉醺醺。
平平仄仄　　仄仄平平
可仄　可平叶　可平　　可平

［透内閣］香風陣陣。［掩重門］暮雨紛紛。
平平仄仄　　仄仄平平
可平叶　　可平

[怕]黄昏不覺又黄昏。[不]消魂怎地不消魂。
平平仄仄仄平平　平平仄仄仄平平
可仄　可平　　　　可仄可仄
新啼痕壓舊啼痕。斷腸人憶斷腸人。
平平平仄　仄平平　仄平平仄仄平平
可平　可仄
今春。香肌瘦幾分。裙帶寬三寸。
平平　平平仄仄平　平仄平平去
可仄　可仄

這是同一宫調之帶過曲。一爲《十二月》，一爲《堯民歌》。除去襯字，前者通體皆四言，六句六韻；後者雜言，爲「七七七二五五」句式，七句一韻，一韻到底，乃二調合爲一曲。其餘帶過形式，如不同宫調相帶，或北南相帶，同樣亦以此等組合方式出現，最多連帶三曲。這是曲與曲組合所生出變化。

以下説散套。這是散曲中之套數。另有劇曲套數，稱劇套。乃多種曲調前後聯綴所組成之一套樂曲。與重頭或帶過曲之組合相比，其主要特點是，有首有尾，聯綴成章。短者，僅三曲，長可三四十曲。同一宮調相聯成套，或不同宮調互借入套。無論長短，首尾一韻。就聯綴形式看，散套包括北套、南套以及北南合套三種。北套之組合基礎爲帶過曲，每套至少由一正曲（首曲）及尾聲組成；南套由引子、過曲、尾聲三部分組成，過曲可以增減；北南合套，則在同一宮調内，北南曲牌交錯使用。散套三種，於運用過程中，大致朝著兩個方向發展：或者減少加襯，逐漸净化，向填詞靠攏；或者增加用襯，不斷衍化，向戲劇靠攏。論者稱之爲「律化」與「漫漶」（洛地《詞樂曲唱》）。前者以散曲形式出現，爲散套；後者以劇曲形式出現，爲劇套。這是一般情況。乃樂府歌曲形式變化之體現。

散套之不斷衍化，或漫漶，如加上科白，用以搬演，即成爲雜劇或傳奇。下文另叙。這裏説净化或律化。馬致遠［雙調］《夜行船・秋思》有云：

百歲光陰如夢蝶。重回首往事堪嗟。昨日春來，今朝花謝。急罰盞，夜筵燈滅。

［喬木查］秦宮、漢闕，做衰草牛羊野。不恁漁樵無話説。縱荒墳，横斷碑不辨龍蛇。

［慶宣和］投至狐踪與兔穴。多少豪傑。鼎足三分半腰折。魏耶。晉耶。

［落梅風］天教富，不待奢。無多時好天良夜。看錢奴硬將心似鐵。空辜負錦堂風月。

［風入松］眼前紅日又西斜。疾似下坡車。晚來清鏡添白雪。上床和鞋履相別。莫笑鳩巢計拙。葫蘆提一就裝呆。

［撥不斷］利名竭。是非絶。紅塵不向門前惹。緑樹偏宜屋上遮。青山正補墻頭缺。竹籬茅舍。

［離亭宴歇指］蛩吟罷一枕才寧貼，鷄鳴後萬事無休歇。争名利何年是徹。密匝匝蟻排兵，亂紛紛蜂釀蜜，鬧穰穰蠅争血。裴公緑野堂，陶令白蓮社。愛秋來那些。和露摘黄花，帶霜烹紫蟹，煮酒燒紅葉。人生有限杯，幾個登高節。囑付與頑童記者。便北海探吾來，道東籬醉了也。

這套曲子，王國維録自周德清《中原音韻》(元刊)及無名氏《樂府新聲》。王氏並借周德清語，謂其「萬中無一」(《宋元戲曲史》)。其特點是，「不重韻，無襯字」(周德清語)，這是浄化或律化之一標志，似乎乃詞之變之反動。即：由填曲返回填詞。但是，如就其對於襯字以外之若干特殊規矩看，尤其是入派三聲之具體運用，此所謂浄化或律化，實際乃詞之變之繼續。例如不重韻，周德清曾指出：「用蝶、穴、傑、別、竭、絶字是入聲作平聲，闕、説、鐵、雪、拙、缺、貼、歇、徹、血、節字是入聲作上聲，滅、月、葉字是入聲作去聲，無一字不妥。」這就是説，浄化或律化之結果，向詞靠攏，但詞仍舊爲詞，曲仍舊爲曲，並非把曲變成詞。這是散套運用過程中其中一個方向之發展與變化。

以下說劇套。這是散套運用過程中另一方向之發展變化。就實際功能看，由散套所組成之散曲，無科白，只供清唱；而由劇套所組成之劇曲，加上科白，就可用以搬演。這就是北曲雜劇及南曲戲文，包括傳奇。

如上所述，宋代應歌樂府，除了長短句歌詞以外，還有大曲以及諸宮調。應歌過程，譜寫故事，促進劇曲出現。例如董穎《薄媚》，《樂府雅詞》題稱「西子詞」，乃四十大曲之一。王國維以爲，宋人大曲之存者，以此爲最長。由排遍第八、排遍第九、第十攧、入破第一、第二虛催、第三衮遍、第四催拍、第五衮遍、第六歇拍、第七煞衮組成，計十遍。合咏西子故事。據冒廣生考，乃一套完整大曲（《宋曲章句》）。亦即，有首有尾，聯綴成套。就樂曲形式看，似與後來之劇套，没有太大區别。至於諸宫調，合若干宫調之不同樂曲，以咏一事，不僅有説有唱，而且其曲詞一套連著一套，則更加類似後來之劇套。此二者，或者先有曲，而後人藉以咏事，或者制曲之始，本爲叙事而設（王國維《宋元戲曲考》），都可看作是北曲雜劇之來源。

這就是説，北曲雜劇，乃綜合衆體而成，並且進一步加以變化。既有歌、有舞、有科、有白，又有場、有景。除了唱、做分工，作曲選套，亦隨著脚色之變化而變化，乃具備更爲廣闊之搬演天地。

就體制上看，北曲雜劇這一綜合衆體而成之大型樂府歌曲，已構成固定模式。這就是四折一楔子之共通模式。折，或作摺。相當於段、章，或者場。南曲中之傳奇稱爲齣。楔者，機也。乃四折之外增加之獨立段落，一般加於折首或插入各折之間，以爲輔佐之用。曲詞分宫聯套。以一宫調之曲一套爲一折。每套曲詞，一韻到底。四套曲詞互相勾連，搬演一個故事。比如關漢卿《竇娥冤》，全劇四折，開篇有楔子，即爲典型事例。馬致遠《漢宫秋》，亦同此例。但是，亦有例外。比如：紀君祥《趙氏孤兒》，乃五折一楔子。王國維稱之爲變例。王實甫《西廂記》，全書五本，四折一楔子之通式，安排在第二本，其餘皆四折。或將楔子當一折，全書即有二十一折之多。這當也是一個變例（此段參見王國維《宋元戲曲考》）。

不過，無論通式或者變例，其用以搬演故事之劇曲，亦即每一套曲詞，却有個共同點，那就是增加用襯，不斷衍化。這是與浄化或律化相反之另一發展變化方向。上文所説《西廂記》四本三折套曲中之正宫《叨叨令》，即爲一例。此外，《竇娥冤》以及《漢宫秋》等，各套曲詞，也都大量用襯。例如《竇娥冤》第一折套曲中之仙吕《一半兒》：

［爲甚麽］泪漫漫不住點［兒］流。［莫不是］爲索債與人［家惹］争鬥。［我這裏］連忙迎接慌問

候。［他那裏要］說緣由。［則見他］一半兒徘徊一半兒醜。

曲詞中，襯字占有極大比例。因而對於曲情之展衍，就顯得比較充分。這當是詞之變之具體體現。

以上所說爲北曲，以下說南曲。乃流行於南方之戲曲與散曲。南曲中散曲等同於北曲中散曲，而戲曲即與劇曲相當。初時，戲曲亦稱雜劇，如永嘉雜劇或温州雜劇。這是南戲或南曲戲文之早期形態。此後，南曲戲文發展演變爲傳奇。與北曲雜劇相比，南曲戲文之特別之處，除了搬演形式，主要是體制。即由四折一楔子之固定模式，變得不固定。所有戲文，或者五六十齣（折）一本，或者一二十齣（折）一本，無有定式。至於戲曲，其聯綴組合，基本上依照劇曲之成套規矩進行，但隨時變化。其方式方法，已朝著「由短而長，由寬而嚴」方向發展（錢南揚《戲文概論》）。這當也是詞之變之一體現。

附記：

本文原載一九九九年四月十八日至二〇〇〇年四月二日澳門《澳門日報》「語林」副刊。該報爲雙周刊。乃於教學之餘，結合講堂授課的心得、體會撰寫而成。計分二十四期於該報發表。就原本的設想，這僅僅是全部文稿的三分之一。説完演進軌迹，爲史蹟篇，尚有鑒賞篇及創作篇。如依此進度布局，全文恐得幾年時間，方才大功告成。結果，也許因爲此等文章對於報紙的專欄，有點不合時宜，「語林」副刊既已停辦，文章也只好就此終結。幸好由古體到今體，韻文演進過程，大致告一段落。這就是所謂「片段」的來歷。

詩之源與詩之盛

——先唐詩歌演進軌迹

詩至有唐，蔚爲大觀。唐詩成爲中國人的驕傲，但身爲中國人，既知唐詩，亦不能不知古詩。沈德潛編纂《古詩源》，將唐詩比作大海，而將唐以前的詩歌比作山川河流。謂中國詩歌發展，乃由積石以至昆侖之源，由昆侖之源而孟津，而洚水，而九河，而大海；觀水者，未能止觀於大海，正如《禮記》所云，祭川者，先河後海，乃重其源也（《古詩源序》）。梁啓超曰：「吾以爲凡爲中國人者，須獲有欣賞楚辭之能力，乃爲不虚生此國。」（《要籍解題及其讀法》）二氏説法略有不同，而同樣以爲，不能够忽視唐前一段歷史。

一

古詩、今詩，淵源有自。一般只是追溯至《詩》、《騷》，以爲兩大源頭；而《詩》、《騷》以外，又有古歌、古諺謡，説明江河之匯合而成爲大海，實際上還有其來源。古歌、古諺謡，論者謂爲《三百篇》以及楚辭之前的所謂散佚支流。中國詩歌發展，歷史悠久，對其淵源，包括古歌、古諺謡在内的所有來源，都需要仔細加以鉤探。

《禮記·王制》①載：

天子五年一巡守。歲二月東巡守，至於岱宗，柴而望祀山川。覲諸侯，問百年者就見之。命太師陳詩，以觀民風。

古時候，祭祀及陳詩，皆國之大事。祭祀時，「禮之所及，樂必從之；樂之所及，詩必從之」（蘇轍《詩集傳》卷十八）。而體察民風，亦憑藉著詩。二者所施用，就是與樂、舞相結合之所謂三位一體的樂歌。就創作者而言，即歌者，這是發自内心的一種聲音。所謂「男女有所怨恨，相從而歌。飢者歌其食，勞者歌其事」（《左傳·宣公十五年》何休注），可見是一種宣泄，内心情緒的宣泄。《詩大序》所云「在心爲志，發言爲詩」，即此之謂也。而就當政者而言，即觀者，除了祭祀行禮之所施用，主要還在於觀風俗，知得失，自考正②，實則乃一種手段，維護現行政治的手段。祭祀及陳詩，是儀式，也是制度，其所采編以及審禁③，包括合樂、應歌、會舞，都必須嚴格依循一定規則。所謂「三百五篇，孔子皆弦歌之，以求合於《韶》、《武》、《雅》、《頌》之音」④，就是運用規則的一次隆重示範。《詩三百》，中國第一部樂歌總集。其中十五國《風》一百六十篇，《大雅》、《小雅》一百〇五篇，《周頌》、《魯頌》、《商頌》四十篇。三種體裁或者樣式，各有一定比重，各占一定地位。《詩三百》的結集，既服從於用詩之所需，顯示其作爲樂歌總集的質性及職能，亦爲後世之采編、審禁提供一個樣板。

戰國時期，楚辭創作，有屈原、宋玉、景差、唐勒等人。《楚辭》詩集，劉向所編纂。以屈、宋爲主，亦收模仿屈、宋之作。因屈原《離騷》最爲著名，故將楚辭簡稱爲騷。這是《詩三百》而後，楚地出現的一部詩歌總集。歷史上《詩》、《騷》並稱，王國維稱之爲「一代之文學」⑤，而其非以時代標名，乃以地區標名，論者以爲，與其「書楚語、作楚聲、紀楚地、名楚物」（黄伯思《翼騷序》）相關，即其多材之表現，不一定因爲去聖未遠，實乃楚國自身詩歌藝術的發展所造就⑥。不過，其「眷懷君國，悼念生民」⑦，乃至「憂愁幽思而作《離騷》」⑧，却和《詩三百》一樣，都脱離不了聖教。

《詩》與《騷》，因其六藝齊備，在中國詩歌史上，向來被奉爲圭臬；而古歌、古諺謡，許多篇章，實際亦未必不能與之一比高下。例如：

日出而作，日入而息。鑿井而飲，耕田而食。帝力於我何有哉。

——《擊壤歌》

南風之薰兮，可以解吾民之慍兮。南風之時兮，可以阜吾民之財兮。

——《南風歌》

卿雲爛兮，糺縵縵兮。日月光華，旦復旦兮。

——《卿雲歌》

其一，日出、日入，鑿井、耕田。四句話，將作息飲食籠括無餘，而最後一句，「翻空一宕，却寫得熙熙皞皞景象出來」⑨。因而，帝力於我究竟有或者無有，則盡在不言之中。

其二，初夏之風，溫煦和潤；解慍阜財，不失時機。自我作頌，「妙在不著己身，只借『南風』上指出」（張玉穀語）。比喻象徵，甚委婉得體。

其三，「上二比臣德已彰，下二比君位當代」（張玉穀語）。若烟非烟，若雲非雲；日月光華，長久照耀。極其聲容之盛。渾然不露，亦盡得風流。

古歌、古諺謠之發生、發展，可能在《詩三百》之前，亦可能與《詩三百》同步。儘管不在采編、審禁之列，未經結集，不登大雅之堂，只是散見於有關載籍當中，但其較多地保留著原始狀態，無論是賦，或者是比、興，「皆天籟自鳴，直抒己志，如風行水上，自然成文」⑩，其技法已顯得十分純熟。這是中國詩歌發展的另一重要源頭。後之懷疑論者，謂其長短抑揚，有韻致，不像《三百篇》中的《周頌》，某些篇章反倒顯得佶屈聱牙，古奧艱澀，因以爲僞托之詞；而非懷疑論者，雖肯定其來源，却以爲須經文人之手，方才可見文采。二者持論，似皆有失偏頗。

秦漢以前，包括春秋戰國時期，在漫長的歷史進程中，古歌、古諺謠以及《詩》、《騷》所形成的源頭，經過不斷的開鑿、梳理，逐漸匯合成爲一段活的源泉。幾千年來，中國詩歌的發展、演變，就從這裏開始。這是詩歌創造的一個重要階段。中國詩歌體式，諸如詩、樂、舞三位一體的藝術結構，多種多樣、富於變化，又有一定規則的聲韻組合及句式類型，乃至賦、比、興一般藝術表現手法，都在這一階段得到反覆檢驗以至於定型。這一階段，爲中國詩歌奠定了萬世基業。

「兩漢之世，户習七經。雖及子家，必緣經術」⑪。武帝時，定郊祀之禮，乃立樂府，采詩夜誦⑫。當政者製禮作樂，標榜詩教。一方面將《三百篇》推尊爲經典，一方面創造自己的經典。因此，古歌、古諺謠以及《詩經》、楚辭，諸多體式，得以繼續推廣。兩漢製作，或者通過政府渠道，被采入樂府，或者未經政府渠道，仍然在民間流播。在中國詩歌發展歷史的長河中，三大源頭，至此匯合成爲兩股支流。

漢代所設立的樂府，乃各地流行樂歌之一管理機構（官署）。樂府中，有協律都尉李延年，並有司馬相如一班專業的詞作家，負責對於所采集風謠的改造或重構，即在樂歌形式上加以規範化。這一工作，用一句行家的話來講，那就是：略論律呂，以合八音之調⑬。和春秋時候的采編、審禁一樣，這種改造或重構，主要在於應合歌舞，力求於聲情搭配以及表演方式等方面，更好地滿足宮廷、官府娛神、娛人（「宴樂群臣」）之所需，在於建造能够體現治世之音的一代樂歌。這就是文學史上所説的樂府詩。有學者將其看作是周以後的《詩經》。

樂府以外，無論有名氏作者，或者無名氏，其與官署無涉，皆於民間從事，乃政府渠道以外的渠道。其製作，主要是五言詩。

五言體式，非始創於漢，而漢京之所流播，却堪稱典型。例如文人無名氏所作一組五言詩——「古詩十九首」以及被當作後人依托之蘇武、李陵贈答篇什，由於不一定配以樂舞，只是著眼於詩藝，某些篇章，「若秀才對朋友説家常話，略不作意」（謝榛《四溟詩話》），讀之令人自覺「四顧躊躇，百端交集」⑭。所謂「天予真性，發言自高」⑮，可見乃用以抒寫情志之一較爲合適的體式。十九首體式的確立，詩歌句式由四言到五言的演進，這是中國詩歌史上的一件大事。論者謂其上承《詩》、《騷》，下開建安、六朝，乃連接先秦以至唐宋詩歌史的主軸⑯。其立論，相信亦著眼於此。

東漢末年，「世積亂離，風衰俗怨」⑰，促使建安文學的出現。建安，東漢最後一個皇帝漢憲帝（劉協）的年號；而文學史上的建安，則包括漢末魏初，計五十餘年。這一時期，對於文章包括詩歌創作，當政者既强調「經國之大業，不朽之盛事」，又認同「能之者偏也」這一事實。以爲，「文人相輕，自古而然」。允許多極發展。孔門四科，德行、言語、政事、文學，以至於此，其中的文（文學），又劃分爲四科八體，奏議、書論、銘誄、詩賦⑱。而且，由於「慷慨以任氣，磊落以使才」⑲，其所體現之風骨或者風力，亦爲文體因革産生一定推動作用。設科、辨體，這是對於兩漢詩歌體式創造的肯定，爲漢以後文學的獨立發展創造條件。這一時期，無論三祖（曹操、曹丕、曹睿）、陳王（曹植），或者七子（孔融、陳琳、王粲、徐幹、阮瑀、應瑒、劉楨），大都能够「自騁驥騄於千里」，於翰墨、篇籍間，寄身、見意，令其聲名自傳於後（借用曹丕《典論·論文》語）。因此，漢魏六朝，「文學的自覺時代」⑳，於這一時期進入一個重要轉折階段。

在中國歷史上，大漢四百年確實是一個了不起的朝代。漢武大帝不僅以其文才武略雄踞天下，而且所謂漢學、漢詩，亦爲華夏民族留下了永遠的榮耀。漢以後，歷經魏晉易代，進入南北朝，國家、民族遭遇不幸，文學却由此走上自覺發展的道路。其間，幸與不幸，同樣留下許多話題。所謂「文變染乎世情，興廢繫於時序」㉑，「文學的自覺」，與歷史發展分不開，乃一崎嶇曲折的歷程。從政治鬥争的角度看，有順從與不順從，合作與不合作問題；從文學創作的角度看，有文學自身之覺醒與不覺醒問題。而所謂自覺云者，今天看來，至少應當包括兩個方面：一爲文學獨立價值的確認，另一爲文體的成立及自覺的形式創造。兩個方面，於不同歷史發展階段，有著不同的體現。

建安前，「行有餘力，則以學文」㉒。司馬遷列舉文王、仲尼、屈原以及左丘、孫子、（呂）不韋、韓非諸氏之所著述，謂其「皆意有所鬱結，不得通其道，故述往事，思來者」；並且特別指出：左丘無目，孫子斷足，終不可用，所以退而論書策，以舒其憤（《報任安書》）。説明：學文、著述或者論書策，都並非爲著文與書策自身。而自東漢恒、靈二帝以來，「主荒政繆，國命委於閹寺，士子羞與爲伍」，出現「匹夫抗憤，處士横議」㉓的狀況，士子以及一班學文人士，對於現行政治，即從不願意合作，羞與爲伍，進而形成對抗局面。不願意甚至是對抗，至漢末則更加有所激化。尤其正始、太康時期，這種對抗已以你死我活的形式出現。但是，這種對抗形式，既促使文學與政治的偏離，因而也就促使文學的覺醒。

正始，魏齊王曹芳所用年號（有年號，無帝號。已被司馬師所廢），太康，晉武帝（司馬炎）年號。正始、太康時期，正當魏祚將移、司馬氏肆行殺戮之時，士子以及一班學文人士，其所面臨的問題，主要是對待司馬氏政權的態度問題。究竟是順從或者不順從？這對於每一個人，都是一個嚴峻的考驗。用當事人的話講，就看其怎麽「應俗宜」，怎麽與「殊類」周旋（詳見嵇康《述志詩》）。

正始詩人，阮籍、嵇康、山濤、王戎、向秀、劉伶、阮咸，「相與友善，遊於竹林，號爲七賢」

（《三國志·魏志·嵇康傳》裴松之注引《魏氏春秋》），在當時社會，已形成自己的「文化圈」（借用葉嘉瑩語）。但因各自遭遇不同，出處進退，各有不同選擇。或走向臺閣，或逃避山林。壁壘甚爲分明。

七賢中，阮籍、嵇康，與司馬氏政權采取不合作態度。前者生性狂放，不守禮教，行爲出格。既不滿意現政權，又害怕遭遇危險，時時處在一種矛盾狀態當中。後者因爲與曹氏家族有宗親關係，並且洞悉天人，崇尚自然，對於新政權，同樣極端不滿。有《與山巨源絶交書》，歷數其天性中之「必不堪者七」，並毫不掩飾地標榜其非湯、武而薄周、孔的政治取向。因此，二氏面對司馬氏的强權政治，皆難於逃脱其悲慘命運。比如阮籍，《晉書》謂其「發言玄遠，口不臧否人物」，仍一再受到困擾；而嵇康則因其反叛言行而招致殺身之禍。這就是一種死生對抗。

太康詩人，三張（張載、張協、張亢或張華）、二陸（陸機、陸雲）、兩潘（潘岳、潘尼）、一左（左思），其所面對，也是一種强權政治。諸氏中以潘岳與陸機最負盛名。鍾嶸以爲：「陸才如海，潘才如江。」㉔但由於二氏在死生對抗中，自負其才，未能順應時勢，皆屢遭誣陷而死於非命。

由建安到正始、太康，以晉代魏，中國歷史上曾有過短暫統一。這就是從武帝代魏到愍帝被俘的五十餘年,史稱西晉。而永嘉之亂,晉室南渡,則形成南北對峙局面。南方,先是司馬氏所建立的東晉,繼之者有宋、齊、梁、陳四朝,合稱南朝; 北方,與南朝並立,有鮮卑拓跋氏所建立的政權北魏及其後的北齊與北周,是爲北朝。這是大漢帝國之後所出現的分裂局面。隨著政權更替,政治鬥争模式變換,時勢越來越複雜,士子以及一班學文人士,究竟如何面對? 如何協調? 其所謂順從與不順從以及合作與不合作的形式,亦隨之變换。其間種種,難以盡言,但歸根到底,就是由死生對抗到折衷、調和的變换。

例如,名教問題,也就是一種禮法。這原是儒家用以維繫現實社會秩序所標榜「君君、臣臣、父父、子子」的一套教義,當權者依其所需,用之以掩飾自己的篡逆行爲以及極權統治,士子以及一班學文人士,對其曾表現出一種明顯的對抗。主張「越名教而任自然」,讓心性得以自由發展。但是,在現實面前,失敗者仍然是這班文士。因此,爲著全身遠禍,一班文士,不能不變通做法,采取另一態度,即折衷、調和,淡泊以自保。

所謂折衷、調和,在某種意義上講,就是觀念的變换; 而就一班文士講,這種變换則主要體現在儒、道、釋的會通上。《世説新語·德行》載:「王平子、胡毋彦國諸人,皆以任放爲達,或有裸體者。樂廣笑曰:『名教中自有樂地,何爲乃爾。』」論者以爲,樂廣爲下一轉語,使得名教與自然妥協,促成西晉玄學中理想與現實對抗的内涵向東晉玄學追求理想與現實調和的内涵轉化，這就是一種會通㉕。而這會通，實際上也是一種轉折，由儒到玄的轉折。至於其形式體現，即爲由清議到清談的轉換。

由清議到清談，兩晉之際，尤其是東晉，百餘年間，已成爲一種時尚。《文心雕龍·明詩》稱：「江左篇制，溺乎玄風。」《南齊書·文學傳》亦稱：「江左風味，盛道家之言。」其所憑藉，就是所謂三玄（《老子》、《莊子》、《周易》）義理。

玄風之盛，促使玄言詩的産生。玄言詩，章太炎稱之爲「清談詩」，以爲「和宋時『理學詩』一般可厭」（《國學概論》），實際上應未必。如云：

潛龍育神軀，躍鱗戲蘭池。延頸慕大庭，寢足俟皇羲。慶雲未垂景，盤桓朝陽陂。悠悠非吾匹，疇肯應俗宜。殊類難遍周，鄙議紛流離。轗軻丁悔吝，雅志不得施。耕耨感寧越，馬席激張儀。逝將離群侶，杖策追洪崖。焦朋振六翮，羅者安所羈。浮游太清中，更求新相知。比翼翔雲漢，飲露餐瓊枝。多念世間人，夙駕咸驅馳。沖静得自然，榮華安足爲。

——嵇康《述志詩二首》其一

蕭瑟仲秋日，飇戾風雲高。山居感時變，遠客興長謡。疏林積涼風，虚岫結凝霄。

湛露灑庭林，密葉辭榮條。撫菌悲先落，攀松羨後凋。垂綸在林野，交情遠市朝。澹然古懷心，濠上豈伭遥。

——孫綽《秋日》

三春啓群品，寄暢在所因。仰望碧天際，俯磬緑水濱。寥朗無厓觀，寓目理自陳。大矣造化功，萬殊莫不均。群籟雖參差，適我無非新。

——王羲之《蘭亭詩二首》其二

嵇康述志，以潛龍自喻，謂延頸、寢足以待時，却只能在朝陽的陂池中盤桓，未得如鯤鵬般，作逍遥遊。這是現實社會中俗人太多，包括「殊類」，自己又不善於與之相處所招致。而其仍然保持著自己的志趣，希望通過神遊太空（「浮遊太清」）求得相知，並獲得精神上的自由。以自身經歷寄寓玄理，將志趣哲理化，立意高遠，並未脱離現實。孫綽描繪秋日景象，就高天風雲以及眼前疏林所出現的變化説開去，由高而低，由遠而近，再將思緒引向濠上觀魚這一境界，以表達其隱遁山林、自樂其樂的願望。現實世界與理想世界，亦並非毫不相干。王羲之記述蘭亭盛會，謂三月上巳，萬物復蘇。寄意暢情，各有所因。於俯仰間，將思緒推向高處、遠處，以表達其與天地並生，與萬物爲一的理想。因事以寄托玄理。説了序文（《蘭亭序》)所要説的話,却並非只是將散文變成爲韻文。

諸氏所作,儘管有點「理過其辭」,却仍然有其可尋味處,不能一筆抹殺。東晉初,永嘉詩人劉琨、郭璞,「用俊上之才」,「仗清拔之氣」㉖,所作頗獲好評,以爲不同於虛談(清談)之風。但是,「彼衆我寡,未能動俗」(鍾嶸語)。所謂「詩必柱下(老子)之旨歸,賦必漆園(莊子)之義疏」㉗,説明虛談(清談)之風,仍然彌漫詩壇。一直到東晉末年,山水代興,仍然「以玄對山水」。即以山水爲載體,借山水以「澄懷味道」。如曰:「取歡仁智樂,寄暢山水陰。」(王羲之《答許詢詩》)仁山智水,已成爲一種寄托。詩人、文學家每於山水中體會玄理,以安頓自己。玄言詩以及帶有玄理的山水詩創作,既是一種思考及追求,亦使得詩歌創作重心,由情文向理文轉移。在這一意義上講,玄言詩的産生,對於中國詩歌歷來重情文而不重理文的偏向,應有一定救補作用。

東晉後期,陶淵明「有志不獲騁」(《雜詩》),退而躬耕園田,乃田園詩創作的一位代表人物。論者以爲「古今隱逸詩人之宗」(《詩品》)。而其隱逸,並非只是一種逃避,乃更高層次的進取。其所作既與玄言詩不同,又有其相同之處,即都有一種玄理在其中。或云:「俯仰終宇宙,不樂復何如」(《讀山海經》);或云:「氣變悟時易,不眠知夕永」(《雜詩》)。皆於自我審視過程進行思考與追求,並非看山是山,看水是水那麼簡單。用陶淵明自己當時的話講,乃「此中有真意」(《飲酒》);用今天的話講,乃一種哲理,有關宇宙、人生之真諦。白居易《題潯陽樓》云:「常愛陶彭澤,文思何高玄。」其高玄文思,就是這一真諦。蘇軾論陶詩,以爲「質而實綺,癯而實腴」(《與蘇轍書》)。既由一個側面聯想到另一個側面;那麽,如從意境創造的角度看,這另一個側面,我看就是情文與理文的結合。這種結合就是陶公爲中國詩歌創作另辟之境。

劉宋代晉,在文學與政治之間,詩人、文學家所謂死生對抗以及折衷、調和,兩種形式的轉換,既有助於人的覺醒,亦有助於文學的覺醒。文學獨立價值以及文學自身形式創造,因此進一步得以確認及推行。例如,元嘉體以及永明體的創立,就是這一確認及推行的結果。

元嘉,宋文帝年號。謝靈運、顔延之、鮑照,號稱「元嘉三大家」。三家中,以謝靈運成就最爲突出。謝氏乃前朝名將之後。在官場上,既不得志,未能執掌朝政,「常懷憤憤」;即肆意遊遨,放情山水,並於山水間,「所至輒爲詩咏,以致其意焉」㉘。而其所致之意,亦帶有哲理。或以爲「興會標舉」(同上),將玄理融會於山水美景當中;或以爲刻意安排,玄理與山水物景相脱節,有如一段尾巴。但作爲山水詩派的開山祖師,所謂「興多才高」(《詩品》)以及在詩歌形式創造上所作用之功,亦即於詞句、詞彙、對偶、修辭方面所下功夫,却爲元嘉體創建奠定基礎。諸如「尚巧似,體裁綺密」(鍾嶸評顔延之語)以及形狀寫物、不避危仄(鍾嶸評鮑照語)等等，似皆與其作用之功有關。元嘉三大家所共同創建，即爲元嘉體。而其刻意爲文，如用一句現代的話語講，就是一種有意識的形式創造。這種有意識的形式創造，包括字詞鍛煉以及使事用典諸多方面。自劉宋以來，這種創造，逐漸由一般的形式表現，推進至於體制的變革。這是從有諸中而形於外的自然發生到自覺創造的一種文學活動。

劉勰《文心雕龍·明詩》云：

> 宋初文咏，體有因革。莊老告退，而山水方滋。儷采百字之偶，争價一句之奇。情必極貌以寫物，辭必窮力以追新。此近世之所競也。

這段話，既揭示結果，亦展現過程。説明中國詩歌創造，玄言詩與山水詩，其出現乃一自然進程。其間，有一定次序，而並非你退我進，互相替代。正如王瑶所説，山水詩興起之後，莊老並無告退，「而是用山水喬裝的姿態又出現了」㉙。這是一種文體向另一種文體的演進。至於偶與奇的采摘及追求，諸如字、句之雕琢以及情、辭之配搭，即爲演進過程中所進行的一種自覺的文學活動；而近世之所「競」者，亦即其采摘及追求，已蔚爲風氣。

劉宋代晉之後，中國詩歌發展史上這一自覺的文學活動，推動了元嘉體到永明體的演進。

永明，梁武帝（蕭賾）年號。其時所創立詩體，世呼永明體。這是四聲原則於新體五言詩（準近體）創作的運用。具體地説就是：「五字之中，音韻悉異；兩句之内，角徵不同。」㉚其代表人物有：沈約、謝朓、王融。在理論上，倡四聲八病之説，是爲永明聲律論。並標榜「好詩圓美流轉如彈丸」（《南史·王筠傳》沈約引謝朓語），力圖以人工方法追求詩歌聲音之美。其中沈約，「文辭精拔，盛解音律，遂撰《四聲譜》」㉛。不僅「以文采妙絶當時」（《梁書·文學傳論》），而且，其於音韻以及對偶方面的鍛煉，亦在體制上，爲新體五言詩（準近體）之創立，定下了規矩。例如：

> 西征登隴首，東望不見家。關樹抽紫葉，塞草發青芽。昆明當欲滿，蒲萄應作花。
> 流泪對漢使，因書寄狹邪。
>
> ——《有所思》

> 可憐桂樹枝，單雄憶故雌。歲暮異棲宿，春至猶別離。山河隔長路，路遠絶容儀。
> 豈云無可匹，寸心終不移。
>
> ——《效古》

生平少年日，分手易前期。及爾同衰暮，非復別離時。勿言一尊酒，明日難重持。
夢中不識路，何以慰相思。

——《別范安成》

以上三詩，皆古體向新體（準近體）的演化。《有所思》，以樂府舊題，抒寫相思之情；《效古》，以古詩意象，表現悼亡主旨；《別范安成》擬十九首，仿佛漢音。就文體創造看，其演化，體現在形式上，諸如五字之中的平（浮聲）仄（切響）安排以及兩句之内的奇偶搭配，等等，就是一種體制建造。其中，五字、兩句，其「宮羽相變，低昂互節」（沈約《宋書·謝靈運傳論》），與唐律之所規限已相當接近。這就是永明創造的新體五言詩（準近體）。

在體式創造過程中，除了沈約，謝朓也是位關鍵人物。謝氏創造，既爲山水詩的總結，亦爲宮體詩的開始。其體制以及體制的構成，與唐律更加接近。例如：

方舟泛春渚，攜手趨上京。安知慕歸客，詎憶山中情。香風蕊上發，好鳥葉間鳴。
揮袂送君已，獨此夜琴聲。

——《送江兵曹檀主簿朱孝廉還上國》

涼風吹月露，圓景動清陰。蕙風入懷抱，聞君此夜琴。蕭瑟滿林聽，輕鳴響澗音。無爲澹容與，蹉跎江海心。

——《和王中丞聞琴》

玉繩隱高樹，斜漢耿層臺。離堂華燭盡，別幌清琴哀。翻潮尚知恨，客思渺難裁。山川不可夢，況乃故人杯。

——《離夜》

以上三詩，亦古體向新體（準近體）的演化。「方舟」一首，送別。前解（前四）、後解（後四），敍事、布景（張玉穀謂補景），行人之乘興放舟以及居人之盼望歸客，不同之情狀，各有部署。「涼風」一首，聞琴。前解（前四）、後解（後四），敍事、説情，聞琴之原委以及琴聲之移人，前因及後果，清楚展現。玉繩一首，別情。前解（前四）、後解（後四），敍事、説情，別時之情事以及別後之情思，有盡與無窮，脉絡分明。與沈約相比，如果説沈的體式創造，側重於平（浮聲）仄（切響）安排的格律化，那麽，謝即側重於文學材料的分配與組合，乃於表現方法，爲新體五言詩（準近體）創造，建立一定程式。

由元嘉到永明，從一般形式表現到體制變革，這是中國詩歌史上的一件大事。漢以後，中國詩歌發展中之兩股支流，或者經過政府渠道（比如兩漢樂府），或者未經政府渠道（比如有名氏作者以及無名氏作者之所有製作，二者都在民間），其於自覺的文學活動中不斷演進，至此，匯合入海，已爲唐詩之大盛做好準備。

在匯合入海的過程中，由元嘉到永明，除了南朝，與之並立的北朝，同樣有可稱述者。比如庾信，論者推尊其文，謂：「集六朝之大成，而導四傑之先路。」㉜至其詩，則曰：「爲梁之冠絶，啓唐之先鞭。」㉝謂啓先鞭，不僅因其清新、老成，爲唐人所欽佩，而且因其所創體式，爲唐人所仿效（楊慎稱「唐人絶句，皆仿效之」）；與文之先導一樣，這也是對其開闢之功的一種肯定。

中國詩歌演進，由元嘉到永明，各種文學活動，大體上皆有名氏，無名氏則在於民歌創作（南朝民歌及北朝民歌）。但是，和有名氏作者一樣，無名氏於各種支流之匯合入海，亦曾産生推動作用。有關種種，將來如撰寫專文，當另細述。

二

中國詩歌之三大源頭、兩條支流，其演進歷程已如上述。這是江河匯合入海的一個長過程。在描述時代風會對詩歌發展影響的同時，於詩歌自身問題，例如匯合過程中有關體制因革問題，上文已曾涉及。以下，擬從結體散文角度，對於體制建造問題進一步加以探研。

在中國詩歌演進過程，大概與注重綜合不太注重分析亦即注重「一」不太注重「多」這一思維定勢有關，一般詩論家和詩作者，大多不太願意將問題分拆開來以露其踪迹。例如，鍾惺《古詩歸》云：

蘇李、十九首與樂府微異，工拙淺深之外，別有其妙。樂府能著奇想，著奥辭，而古詩以雍穆平遠爲貴。樂府之妙，在能使人驚；古詩之妙，在能使人思。然其性情光焰，同有一段千古長新、不可磨滅處。

古詩與樂府，兩種不同詩歌樣式。謂奇奥或者平遠，使人驚或者使人思，皆別有其妙，乃不能不分；而最後歸結於性情，以爲千古長新、不可磨滅之決定因素，又將其合在一起。這是頗具代表性的一種論斷。說了大半天，仍然不知所以。但是，如果就其分與合的提示，進而探尋結體散文所留下踪迹，也許可悟出點道道來。

結體散文，這是劉勰於《文心雕龍·明詩》所提出的命題。其曰：

又古詩佳麗，或稱枚叔。其孤竹一篇，則傅毅之詞。比采而推，兩漢之作乎。觀其結體散文，直而不野。婉轉附物，怊悵切情，實五言之冠冕也。

謂其直而不野，乃一種結果。於此，儘管仍然見不到首與尾，而附物與切情，却展示出一種過程，端倪稍露。在這一基礎之上，將其與下文所説指事、造懷聯繫在一起，細加比勘、辨析，其面目即可想見。所以，黄侃將其列歸於「析論文體」之首，謂藉其所論，能够得其「統序」。此「統序」，即「固有共循之術」。黄氏將其概括爲四個字——文采法度。以爲：「本之性情，協以聲音，振之以文采，齊之以法度而已矣。」㉞説明，所謂結體散文，乃結構體制、散發（布置）文辭之謂也。换一句話講，就是一種形式創造，亦即達至千古長新、不可磨滅目標的途徑。

這是依循前賢思路所作推斷。據此推斷，證之以具體事例，亦即結體散文所留下踪迹，我將有關形式創造，歸納爲三個方面：句式與句法，句式、句法的格律化以及表現方法的程式化。

三個方面，工拙淺深，各有不同，其文采法度，以及因此所構成的體制，亦各有異趣。以下，試一一加以列述。

(二) 句式、句法問題，亦即詩歌體式由古到今的演進問題

句式，作爲體式標志，既一定又不一定。就其自身看，已是一個演進過程。大致説來，詩四言，騷七言，之後乃文人古詩之五言或七言。但也並非絶對。比如，《詩》、《騷》以外的古歌、古諺謡，某些篇章已有四言出現。論者以爲風行三代之詩體，而非肇於《三百》也㉟。又比如，《漢書・貢禹傳》所載民謡：「何以孝悌爲，財多而光榮。何以禮義爲，史書而仕宦。何以謹慎爲，勇猛而臨官。」亦可見五言之體，西漢已有，非出現於東漢。至於七言，張衡《四愁詩》亦在曹丕《燕歌行》之先。所謂原始要終，對其演進過程，應當還有許多問題須要探研。不過，由於作品尚在，體式俱存，有關辨析實際並無太大困難，關鍵還在於法度，乃體式構成的方法與途徑。因此，這裏著重説句法。

句法，主要是節奏或者韻律所體現的法度，亦即節奏、韻律的組合方法。這是結體散文的一個重要步驟。但是，對於有關法度，歷來持論，皆各執己見，不盡與實際相合，須細加辨析。

有人以爲：詩四言的基本構成是「二——二」節奏，騷即爲「四——三」；其後七言，亦「四——三」結構。以爲：這是中國詩歌很值得注意的一個體式。這一説法，雖並無什麼大問題，但容易産生誤解，即將之與後來的唐律混淆。比如，由《詩》到騷的演進，即由四言之樂

歌體式，向七言之楚歌體式轉換，究竟是怎麽個狀況？持「四——三」節奏論者，往往認定這種轉換，乃「四＋三＝七」，以爲與唐律相同。實際上，事情並不那麽簡單。唐律「四——三」節奏，可作「二——二——三」看待，乃一般律式句，而楚歌體式則不一樣。例如《九歌·山鬼》之「若有人兮山之阿」，就不宜讀作「若有——人兮——山之阿」，而當讀作「若有人——兮——山之阿」。依據句式組合的節奏或者韻律判斷，這句話應是「〔二＋一〕＋一（兮）＋〔二＋一〕＝七」這麽一種格式。這就是一種不同的判斷。

爲著證實這一判斷，有必要來個還原法——「七－一－一－一＝四」，即將其中三個「一」抽離，令七言楚歌體式還原爲四言樂歌體式：

有人山阿，薜荔女羅。含睇宜笑，慕予窈窕。赤豹文貍，辛夷桂旗。石蘭杜衡，芳馨所思。幽篁不見，險難後來。獨立山上，容容在下。冥冥晝晦，東風神靈。靈修亡歸，歲晏孰予。三秀山間，磊磊蔓蔓。公子忘歸，思我得閒。山中杜若，石泉松柏。□□□□，思我疑作。填填冥冥，啾啾夜鳴。颯颯蕭蕭，公子徒憂。

經此還原，以上判斷，似可得以驗證。亦即，將「〔二＋一〕＋一（兮）＋〔二＋一〕＝七」看作七言楚歌體式其中一種組合方式，應當是可行的。反之，如果是「四——三」組合，謂「七－三＝四」那就無法還原。這是一個小小的試驗。説明七言楚歌體式與後來的唐律，其節奏並不一樣。這是一種特殊句式。由特殊到一般，由古體到今體，需要一個演進過程。亦即，由七言楚歌體式到唐律（七言或五言），還有相當一段距離。

（二）句式、句法的格律化問題，亦即音節組合以及奇偶配搭問題

句式，句法，是結果，也是個過程。格律化，就是規範化，對於音節組合以及奇偶配搭的規範化；在某種意義上講，這也是由古到今演進的一種現代化進程。

從創作實踐看，句式、句法的格律化，主要落實在文字與聲音上，《文心雕龍·時序》稱結藻與流韻。如曰：「情發於聲，聲成文謂之音。」（《毛詩·大序》）由聲而成音，須一定組織法則。這一法則，乃「宮商上下相應」（鄭玄語）之謂也。宮或者商，上或者下，不同音級，互相應合，方才自成文理。聲音如此，文字亦然。又曰：「合纂組以成文，列錦綉而爲質。一經一緯，一宮一商。此賦之迹也。」（葛洪《西京雜記》轉引司馬相如語）經緯、宮商以及合組與列綉，亦需一定法則。由聲音到文賦，種種法則，於實踐中經過反覆檢驗，逐漸形成一定之法，就是一種格律化。

中國詩歌史上，永明諸子（八友）創立聲律論，即格律化之一典型事例。

沈約《宋書·謝靈運傳論》有云：

夫五色相宣，八音協暢，由乎玄黄律吕，各適物宜。欲使宫羽相變，低昂互節，若前有浮聲，則後須切響。一簡之内，音韻盡殊；兩句之中，輕重悉異。妙達此旨，始可言文。

從整體看，五色、八音，相宣、協暢，萬事萬物，各得其所；而從個體看，浮聲、切響，盡殊、悉異，則特别注重於一簡、兩句之間。因而，整體、個體，共同構成一條法則。這是一個方面，主要爲確立原理。另一方面，依據中國文字特點，則於具體運用過程中，亦爲創造四聲、八病之説，進行調節或者救補，以達致相變、互節的效果。這是個實踐的過程。而一定之法，説到底，這是一種排列與組合。在空間位置上，兩個方面，概括起來，就是正反奇偶，相剋相生八個字。

格律化，形成一定之法。這一定之法，就是一種法律。其確立，表示向唐律靠攏，乃由古到今演進的一種標志。

當然，向唐律靠攏，並非等同於唐律。嚴格地説，唐律指的是唐初沈佺期、宋之問爲近體詩創作所建立的一套法則。例如，七言之「四——三」（或者「二——二——三」）節奏組合，五言之「二——三」節奏組合，其字聲安排皆有定數。此外，篇中之韻叶（協）、對仗，亦有明確規定，而唐前則未盡完善。

簡單地說，唐前只是一簡（五字）、兩句，至沈、宋，乃「回忌聲病，約句準篇，如錦綉成文」㊱，因而，真正實現由古體到近體的轉變。這就是格律化的結果。

（三）表現方法的程式化問題，亦即附物、切情有關内外遠近的關係問題

一簡（五字），兩句，所講主要是句式與句法，而附物、切情，則關乎篇的構成，乃結體散文的進一步充實與完善。

《毛詩·大序》云：

> 故詩有六藝焉：一曰風，二曰賦，三曰比，四曰興，五曰雅，六曰頌。

《詩三百》之題材分類以及表現方法，合而觀之，即此六端。如果局限於方法，那就是賦、比、興三者。這是《三百篇》的經驗總結。《三百篇》之後，附物、切情，實際上亦尚未超出這一範圍，可謂詩界之千古法則。

賦、比、興的運用及運用中的發展、變化，既有縱向的添加，又有橫向的互補。兩個方向，縱橫交錯，令三者於各種不同詩歌樣式的演進過程，不斷得以推廣並且漸趨程式化。但是，值得注意的是，演進過程中，還有一個因素，至關緊要，不能不知，那就是聯想。由此物到彼物的聯想以及由諸往到來者的聯想。這是判斷詩與非詩的準繩，亦判斷學詩以及言詩之有無資格及條件的準繩。

郭沫若《卜辭通纂》所檢示之第三七五片載：

癸卯卜：今日雨。其自西來雨。其自東來雨。其自北來雨。其自南來雨。

這是古時候的一種占卜記録。從西、東、北、南四個方位，將結果呈現出來。用的是賦的手法，敷陳其事而直言之。因其所言只是一種物事——雨，無有他物，缺少聯想憑藉，似不宜將其當一首詩看待。而作爲一首詩，情況就大不一樣。

例如，《江南》：

江南可采蓮，蓮葉何田田。魚戲蓮葉間。魚戲蓮葉東，魚戲蓮葉西。魚戲蓮葉南，魚戲蓮葉北。

采蓮(憐)求藕(偶),賦兼比興,乃樂府中之精品。同是敷陳其事而直言之,但所言並非只是一種物事。而且,其敷陳方法,用現代的話講,乃瞬間向四方的擴展。謂時間空間化,亦空間時間化。其蓮與憐以及藕與偶,既語帶雙關,又是生發聯想的重要憑藉。於四方擴展中,令所聯想更具廣闊天地。

又如,《四時咏》:

春水滿四澤,夏雲多奇峰。秋月揚明輝,冬嶺秀孤松。

春、夏、秋、冬,四種物景。各自表述,單獨成句。據説乃六朝舊物(據楊慎《升庵詩話》卷十一)。看起來,似乎也很平常,或許算不上一首絕妙好詩。但是,與唐詩中的獨立式,一句一絕或者一句一截(前者如杜甫《絶句四首》其一:「兩個黄鸝鳴翠柳,一行白鷺上青天。窗含西嶺千秋雪,門泊東吴萬里船。」後者如金昌緒《春怨》:「打起黄鶯兒,莫教枝上啼。幾回驚妾夢,不得到遼西。」)相比,却不能不佩服其別具之心裁以及高超之詩藝。這就是生發聯想之所憑藉，亦即季節與物景的排列與組合。這種排列與組合，似斷非斷，似連非連；後先輝映，層出不窮。其所以讓人佩服者，奧秘可能就在於此。

詩藝、詩法，賦、比、興三者各有自己的積累。演進過程中，由程式到程式化，乃文學自覺之一體現。

程式，是一種公式，也是創造方法。程式化，即規範化，也是個推廣過程。上文所説正反奇偶，相剋相生，偏向於句式與句法，這裏所説偏向於篇的法度，主要是意境創造的法度。沈約、謝朓，其於前解（前四）、後解（後四）所作布景、説情或者敘事的安排，已構成一定程式。而「古詩十九首」之驚心動魄、一字千金（《詩品》）以及阮籍、嵇康之「言在耳目之内，情寄八方之表」（同上），在許多情況下，乃因比興而寄托，這是更高目標的追求。所謂「嵇志清峻，阮旨遥深」㊲以及興寄無端，莫求歸趣（沈德潛《古詩源》評阮籍語），就是在更高層面上，對於詩藝與詩法的充實與添加。

詩藝與詩法，千變萬化，而進入程式，同樣可以將其歸納爲八個字——内外遠近、有限無窮。通常所説言雖近而旨遠，語雖短而情長，或者言有盡而意無窮，也就是這一意思。

以上三個方面，通過由「一」到「多」的演繹以及由「多」到「一」的歸納，對於結體散文在詩歌形式創造上的體現有了初步認識。因而，對於江河之如何匯合入海，也將看得更加清楚。相對於第一部分所作背景考察，這是在體制建造層面對於演進軌迹的追尋。

三

先唐詩歌，源遠流長。其所負載以及與之相適應的特殊形式體現，對於今之讀者來講，似乎有點隔閡，因而，在理解上，難免産生偏差。

幾十年前，魯迅於《門外文談》㊳，曾經説過這麽一段話：

就是周朝的甚麽「關關雎鳩，在河之洲。窈窕淑女，君子好逑」罷，它是《詩經》裏的頭一篇，所以嚇得我們只好磕頭佩服。假如先前未曾有過這樣的一篇詩，現在的新詩人用這意思做一首白話詩，到無論甚麽副刊上去投稿試試罷，我看十分之九是要被編輯者塞進字紙簍去的。「漂亮的好小姐呀，是少爺的好一對兒！」甚麽話呢？

魯迅這段話，到底有何用意，今暫且不予追究，而只就學詩以及教人怎麽學詩而言，似有反對「直解」的意思。這一點，可以陳皋謨《笑倒》中「直解」一則加以印證。陳氏云：「蒙師讀《孟子》中『填然鼓之，兵刃既接，棄甲曳兵而走』三句，曰：『鼕、鼕、鼕，殺、殺、殺，跑、跑、跑。』」這是對付蒙童的辦法，也是蒙師之所以「冬烘」的見證。魯迅所説，應有一定針對性。

這是今人讀古詩應當引以爲戒的一個問題。即生吞活剥，隨意「直解」，必將讓人得到笑柄。比如今之白話譯本，越出越多，其中點金成鐵，硬將美好詩句翻譯爲枯燥乏味之白話文者，恐不甚少。但是，亦未可一概而論。陳子展研習《詩》《騷》逾六十年，於《詩》《騷》今譯就明確標榜直解。因此直解與彼直解，並不相同。依其所説，這是「深戒解非本義」的意思。其謂：「愚治《詩》者在與古人商榷，治騷旨在與今人辨難。」乃一種溝通與交流。陳氏並引古人所説「能絲可讀《詩》」（《藝文類聚》五十五引《物理論》），即「能理亂絲者乃可讀《詩》也」，用以説明這一意思[39]。

今人讀古詩，陳子展的經驗值得重視。但是，應當怎麽理亂絲，我以爲，主要還得用心。因爲古詩之所負載，説到底，無非飢者之所食，勞者之所事以及男女間之所怨恨，這一切，既與今之所謂情思、物景、事理，本來就有相互貫通之處，那麽，今人之讀古詩，能够體會古之人之所用心，其所謂理亂絲者，也就不是一件難事。例如，一曲樂歌，一段戀愛故事，千變萬化，經歷各不相同，而未得之時及既得之後，其間種種，往往都有一定規律可循。古今同此一理，萬人同此一心。這就是所謂相互貫通之處。「將你心，換我心」，必將有所得。

乙酉穀雨前六日於濠上之赤豹書屋

原載施議對編纂《古詩一百首》，長沙：岳麓書社，二〇〇六年一月，第一版

參考文獻：

① 《禮記・王制》，《禮記》，遼寧教育出版社，第三五頁。
② 班固：《漢書・藝文志》，《漢書》卷三十，中華書局，一九八二年，第一〇七八頁。
③ 荀況：《荀子・王制・序官》（謂太師「審詩商，禁淫聲，以時順修」），《諸子集成》第二册《荀子集解》卷五，中華書局，一九七八年，第一〇六至一〇七頁。
④ 司馬遷：《史記・孔子世家》，《史記》卷四十七，中華書局，一九五九年，第一九三六頁。
⑤ 王國維：《宋元戲曲史序》，《宋元戲曲史》，華東師範大學出版社，一九九六年，第一頁。
⑥ 馬茂元：《楚辭選》，人民文學出版社，一九九八年，第二頁。
⑦ 陳祥耀：《中國古典詩歌叢話》，臺北華正書局有限公司，一九九一年，第七頁。
⑧ 《史記・屈原列傳》，《史記》卷八十四，中華書局，一九五九年，第二四八二頁。

⑨張玉穀:《古詩賞析》,上海古籍出版社,二〇〇〇年,第三頁。
⑩劉毓崧:《古謠諺序》,中華書局,一九五八年,第一頁。
⑪劉師培:《中國中古文學史》,商務印書館香港分館,一九五八年,第八頁。
⑫⑬《漢書》卷二十二《禮樂志》,中華書局,一九六二年,第一〇四五頁。
⑭劉熙載:《藝概》,上海古籍出版社,一九七八年,第五二頁。
⑮釋皎然:《詩式》,《詩式校注》,齊魯書社,一九八六年,第七九頁。
⑯曹旭:《古詩十九首與樂府詩選評》,上海古籍出版社,二〇〇二年,第四頁。
⑰㉑㉗劉勰:《文心雕龍·時序》,灕江出版社,一九八二年,第三六六頁。
⑱曹丕:《典論·論文》,《昭明文選》,臺北文化圖書公司,一九九五年,第七二〇頁。
⑲劉勰:《文心雕龍·明詩》,灕江出版社,一九八二年,第五四頁。
⑳魯迅:《魏晉風度及文章與藥及酒之關係》(魯迅說:曹丕的一個時代可說是,「文學的自覺時代」。)《而已集》,《魯迅全集》第三卷,人民文學出版社,一九七三年,第四〇一頁。
㉒《論語·學而》,《論語正義》,河北人民出版社,一九八六年,第一〇頁。
㉓《後漢書·黨錮傳序》,《後漢書》卷六十七,中華書局,一九六五年,第二一八五頁。
㉔鍾嶸:《詩品》,《鍾嶸詩品譯注》,灕江出版社,一九八七年,第二六頁。
㉕林繼中:《虛舟有超越——晉宋之際文學的意象化追求》,《中華文史論叢》總第七十八期,第一一

三頁。

㉖鍾嶸：《詩品序·總論》，《鍾嶸詩品譯注》，灕江出版社，一九八七年，第五頁。

㉘沈約：《宋書·謝靈運傳論》，《宋書》卷六十七，中華書局，一九七四年，第一七五四頁。

㉙王瑶：《玄言·山水·田園》，《中國中古文學史論》，北京大學出版社，一九七六年。

㉚李延壽：《南史·陸厥傳》，《南史》卷四十八，中華書局，一九七六年，第一一九五頁。

㉛封演：《封氏聞見記》卷二《聲韻》，《叢書集成初編》第二七五册，中華書局，一九八五年，第一五頁。

㉜紀昀：《四庫全書總目提要》，海南出版社，一九九九年，第七六九頁。

㉝楊慎：《升庵詩話》，丁福保《歷代詩話續編》中册，中華書局，一九八三年，第八一五頁。

㉞黄侃：《文心雕龍札記》，上海古籍出版社，二〇〇〇年，第二五頁。

㉟胡應麟：《詩藪》内編卷一，上海古籍出版社，一九五八年。

㊱歐陽修、宋祁：《新唐書·宋之問傳》，《新唐書》卷二百二，中華書局，一九七六年，第一九七六頁。

㊲劉勰：《文心雕龍·明詩》，灕江出版社，一九八二年，第五五頁。

㊳魯迅：《門外文談》，《且介亭雜文》，《魯迅全集》第六卷，人民文學出版社，一九七三年，第一〇〇頁。

㊴陳子展：《楚辭直解·凡例》，《楚辭直解》，復旦大學出版社，一九九六年，第一頁。

唐詩讀法淺説

藝海修真

唐詩是中國人的驕傲。無論在中國的中國人，或者是中國以外的中國人，應該説很少有不喜歡唐詩、不讀唐詩的。那麽，讀唐詩究竟有無所謂可循之法呢？這却是個頗難回答的問題。

古諺有云：「熟讀唐詩三百首，不會作詩也會吟。」從不會到會，除了吟以外，實際還包括寫作。以爲這過程並不需要有何特别講究，只要熟讀也就可以了。如此説來，似乎其中並無所謂法存在。這是問題的一個方面。而另一方面呢？千百年來，讀唐詩、論唐詩，照樣有許多人在那裏現身説法，例如至今所傳大量詩話、詩評便是明證。這一事實又説明，讀詩過程中還是有法可言的。因此，今日探討唐詩讀法，對於以上兩個方面都應當有所顧及。即：既要重視熟讀，未必拘泥於各種所謂法，又要善於收取有關各種法，以提高熟讀的成效。——這一簡單的答案，不知能否令人滿意。

以下先説熟讀。這是前人的經驗之談。對此，自從清代乾隆癸未年（一七六三）蘅塘退士(孫洙)編選《唐詩三百首》以來,凡是讀唐詩的人,無不津津樂道。四十年前,朱自清先生爲高中學生作《唐詩三百首》讀法指導,就曾專門論及於此。朱氏極力標舉編選者的旨趣,肯定其教人熟讀的用意,並且鄭重提出:

我們現在也勸高中學生熟讀,熟讀才真是吟咏,才能欣賞到精微處。

所謂精微處,朱氏未有明確斷定,但其所開列並詳加闡述的幾個問題,諸如各體詩的聲調規律、比喻用典、篇段組織以及風調情韻等問題,在一定意義上講,似可看作熟讀的指標,亦即熟讀過程中所當解決的問題。因而,所謂精微處,起碼也就應當包括這諸多問題。那麽,通過怎樣的途徑,才能欣賞到此精微處呢? 而所謂熟讀,又當熟到何等程度呢? 據朱氏分析,這要依具體情況而定。有的問題比較簡單,只要多讀、多朗吟,或者常常比較著讀,就能得到解決; 有的問題比較複雜,須要用心、用感情,反覆加以體驗,才能有所領悟。朱氏認爲,這過程有個會讀和不會讀的分别。例如,對於詩中所出現的出處項目,有些人覺得不真切,不能感到興趣,而會讀詩的人,多讀詩的人,能够設身處地,替古人著想,依然覺得真切。朱氏説:「這是情感的真切,不是知識的真切。」出處問題如此,其他問題也莫不如此。

可見，熟讀，熟到能夠欣賞精微處，並非一件容易的事情。但朱氏説明，這是可以在讀的過程中慢慢調整，逐步養成的。這就是説，只要肯下功夫，人人都可以實現熟讀的指標（本文所引朱自清語，據《〈唐詩三百首〉指導大概》，載《朱自清古典文學論文集》，上海古籍出版社，一九八一年版，第三五七至三九一頁）。

關於熟讀問題，已如上述。這是屬於無法之至法。以下説其餘有關各種法。各種各樣具體的法，對於提高熟讀成效，亦有好處。但此各種法，名目繁多，舉不勝舉，這裏只説其中二法：結構分析法和意境創造法。此二法，前者偏重於欣賞，後者偏重於寫作，但不可截然分開。這是實際經驗中歸納概括所得，與一般從本本到本本（從詩話到詩話）的泛泛之論，並不相同，宜細察之。

一　結構分析法

一部唐詩擺在面前，五萬餘首，如何欣賞？即如何分析與評説？有一種頗爲流行的方法叫宏觀研究法。有論者曾將唐詩特點歸納爲四個方面，謂：「唐詩之不可及處在氣象之恢宏、神韻之超逸、意境之深遠、格調之高雅。」（袁行霈《中國文學概論》，三聯書店［香港］有限公司，一九九〇年版，第一六六頁）這一歸納，似將唐詩的特點體現得很周全，就詩話論詩的傳統做法看，基本上是無可厚非的。但是，就具體作品看，要説出個所以然來，却頗爲艱難。因爲這四個方面，除了意境可以深或者遠加以説明外，其餘三者——氣象、神韻、格調，都是難以界定的概念，其所謂恢宏、超逸、高雅與否，也難以采用科學標準加以判斷；以之概括唐詩特點，顯得比較模糊，以之作爲讀唐詩的入門之法，也比較難以依循。所以，這裏想推行結構分析法。這是從材料分配、章段組合入手，分析一首詩如何構造起來的分析方法。由此入手，也許便於體驗各種作品的各種精微處。

例如唐詩中的五、七言絶句，僅僅四句二十字或二十八字，其所包含的内容無有窮盡，其所體現的技法變化萬千，似頗難洞悉其奥秘之所在。但是，如看其結構模式，其所謂精微之處，也就大多在指掌當中了。這裏説其中的三種模式：獨立式、平分式和開合式。

（一）獨立式，即一句一絶或一句一接的組合方式

從内結構看，一句一絶，即一句一意。四句之間互不相干，各自獨立。與一句一接之四句句意互相連接不同。即：「一句一意」，「摘一句亦成詩」；「一句一接」則「一篇一意」，「摘一句不成詩」（參見謝榛《四溟詩話》卷一）。而從外結構看，無論一句一絶或一句一接，四句所包含的内容，皆平均分配，無所偏重；與現實生活中的AA制一般，從外部形式看，二者並無區别。這是獨立式的兩種不同的組合方式。

唐詩中一句一絶例，以杜甫《絶句四首》其三爲典型。其詩云：

兩個黄鸝鳴翠柳，一行白鷺上青天。窗含西嶺千秋雪，門泊東吴萬里船。

這首詩四句分別描寫四種物景——黄鸝、白鷺、雪和船。四種物景分布在四個不同方位，彼此間並没有關聯之處，即所謂一句一意者也；而此四種物景，皆觸動于詩人之眼、之心，並由此生發出一種情——思鄉之情，此情未明白説出，乃隱約貫串於詩句當中，即所謂「意絶而氣貫」者也。這是杜甫精心結撰的一種體式。杜所作《絶句六首》其一亦同此體。其曰：「日出籬東水，雲生舍北泥。竹高鳴翡翠，沙僻舞鵾鷄。」據考，這種組合方式乃師法前人所作之《四時咏》：「春水滿四澤，夏雲多奇峰。秋月揚明輝，冬嶺秀孤松。」（參楊慎《升庵詩話》卷十一）

唐詩中一句一接例，以金昌緒《春怨》爲典型，其詩云：

打起黄鶯兒，莫教枝上啼。幾回驚妾夢，不得到遼西。

這首詩一句緊接一句，一環緊扣一環，未嘗間斷，而四句共説一意，通篇只説一事。即：希望做夢到遼西。這一組合方式同樣也是由「四時咏」的體式演變而來的。

獨立式的兩種組合方式，歷來爲詩家所稱道，以爲絶句創作中兩種可供效法的方式。

(二) 二分式，即兩句一意的組合方式

其具體組合方式，可分爲三種：一是由時間順序推移所構成的二分式，二是由空間位置變换所構成的二分式，三是由時空推移變换、互相錯綜所構成的二分式。

例如崔護《題都城南莊》：

去年今日此門中，人面桃花相映紅。人面不知何處去，桃花依舊笑春風。

這首詩所寫，空間未有變换，都在此門中，而時間則不同，已經過去一年。因此，詩篇就按照時間推移將題材平分爲兩半進行叙述。首二句説去年今日的經歷——尋春遇艷，人面與桃花互相映照，相與鬥艷。次二句説今年今日的經歷——訪艷未遇，只有桃花照舊還在春風中顯耀自己的姿色。前後所説，互相對照，突出表現因時間推移所出現的人事變化，而作者由此變化所産生的失落感，則盡在不言中矣。這是由時間推移所構成的二分式。

又如王維《九月九日憶山東兄弟》:

獨在異鄉爲異客,每逢佳節倍思親。遥知兄弟登高處,遍插茱萸少一人。

詩篇所寫爲重九登高情事,乃同一日子,時間未曾推移,而空間位置則有所變换。因此,詩篇就所要説的情事分爲兩處——我方和對方,進行叙述。首二句所説爲我方情事,謂獨自作客異鄉,每逢佳節必定加倍思念親人,而重九更甚;次二句從對面設想,轉説對方情事,謂其於重九登高之時,爲少我一人而覺遺憾。就空間位置上看,我方、對方,互相烘托,使得思親之情,顯得更加迫切。這是因空間位置變换所構成的二分式。

又如李商隱《夜雨寄北》:

君問歸期未有期,巴山夜雨漲秋池。何當共剪西窗燭,却話巴山夜雨時。

這首詩所寫材料平均分爲兩半,但時間順序推移及空間位置變换是互相錯綜的。詩篇首二句説現在、我方情事,表明現在我方欲歸未歸,正對著因夜雨不斷而越漲越高的秋池中的水發愁。作者首先將此難堪事告訴對方。這是實寫。次二句轉换角度進行叙述,即「從現在設想將來談到現在」。這是時間的推移,而且,從空間位置上看,也由現在的巴山(我方所在地),轉移到西窗(將來我方和對方相聚處所)。謂那時即把今時面對秋池水越漲越高所産生愁思的具體情景告訴對方。這是虚寫。前後所寫,基本情事未變,都是「巴山夜雨時」的愁思,而時間及空間則互相交錯,因而使得其所叙説基本情事顯得更加真切、動人。這是因時空推移變换互相錯綜所構成的二分式。

上述二分式的三種構成方式,是由時空關係而劃分的。此外,如按照物景、情思、事理等題材要素的分配情况看,詩中常見的首二句布景,次二句説情、叙事或造理的模式,同樣屬於二分式。

和獨立式相比較,二分式對於詩歌材料的處理,同樣采用平均分配的手段,只是前者分爲四份,後者分爲二份而已。二分式同樣也是詩家樂於采用的一種結構模式。

(三)開合式,即開合相關、正反相依的組合方式

這是由作文中起、承、轉、合法演化而來的一種結構模式。依據絶句詩中四句不同的句式結構形式,這一組合方式可分爲二種:一是由四個散句組成的起承轉合四段式,二是由一個對句兩個散句組成的起、轉、合三段式。

先看王維的《相思》：

紅豆生南國，春來發幾枝。願君多采擷，此物最相思。

這是一首咏物詩。所咏本題爲紅豆，主旨是相思。詩篇由四個散句組成。第一句介紹產地，説紅豆的生，是爲起；第二句介紹生長情況，説紅豆的發，乃緊接生字而來，是爲承。此二句皆咏本題，可作爲全篇的開端。這都屬於自然物景。第三句説多采擷，由自然物景轉向社會人事。從句意上看，似已離開了本題，是爲轉。但是，爲什麽希望君（友人）多采擷呢？第四句回答了這一問題，又回到本題——此物當中來，是爲合。經過起、承、轉、合的全過程，既顯示出紅豆的物形，也道出紅豆的物理。篇幅簡短，語詞淺白，所包含的意思却極爲深厚。這就是成功運用起、承、轉、合四段式所取得的藝術成效。

再看李益的《夜上受降城聞笛》：

回樂峰前沙似雪，受降城外月如霜。不知何處吹蘆管，一夜征人盡望鄉。

這首詩寫邊塞征人望鄉思歸之情，屬於一種内心活動，並非一下就展現出來。詩篇一、二兩句爲一組互相並列的對偶句，描繪邊塞地區（回樂峰前和受降城外）的物景。這是征人包括詩人目中之所見，爲思歸的起，也是思歸的特定環境。第三句點題，説聞笛，由自然物景轉向社會人事。但對笛聲未作具體描述，只是對它響起的方位發出疑問。所寫似已超出了目中所見之景，這是轉。第四句結束全詩。説明征人聞笛後的情緒。歸結到題旨中來，即爲合。詩篇所寫，由首二句的起，布置場境，再由三、四句的轉與合，將處於這一場境中的人物的思緒揭露出來。曲折婉轉，感人至深。這是成功運用起轉合三段式深入發掘内心奥秘的典範作品。

以上依據絶句句式結構形式，就開合式兩種構成方式的事例作了簡要分析。但有一個問題必須加以説明。即：絶句句式結構形式，除了四句皆爲散句，首二句爲對句、次二句爲散句這兩種格式以外，尚有首二句爲對句、次二句也爲對句的兩聯結構式及首二句爲散句、次二句爲對句的格式。其中兩聯結構式，例如杜甫的「兩個黄鸝鳴翠柳」，屬於四句平分的獨立式，前文已述；兩首二句爲散句、次二句爲對句的格式，其結構方法則不一定歸屬於開合式，因其三、四兩個對句，往往並列出現，既不是轉，也不是合，此類作品的結構模式當另作分析，不可一概而論。不過有關開合式的兩種構成方式，在唐詩中還是較爲常見的。這也是絶句創作中可供效法的結構方式。

當然，唐詩中五、七言絶句的結構模式未必只是獨立式、二分式、開合式三種。如從其他角度進行分析，可能還將引申出别的模式來，而且，這也僅僅是局限於五、七言絶句，至於唐詩中的其他體式，例如五、七言律詩以及古詩、樂府等，其結構模式當有别的許多講究，僅此三式是概括不了的。這裏推行結構分析法，僅是示例而已。希望能够由此及彼，收到舉一反三的效果。

二　意境創造法

這是一種創作方法，又可以作爲批評標準用。前人對此已有許多論述。但是，有意將它看作是一種學説，極力從理論上加以裝飾的，要算是近代的王國維。民國之初，王國維發表《人間詞話》，宣導境界説，儘管只是針對著詞，却並非只適用於詞。所謂「詞以境界爲最上」，詞如此，詞以外的其他文學樣式何嘗不如此。王國維的境界説爲近代中國詩學研究開闢了新境。王國維之前，人們論詩説詞，雖也説意境或境界，但大多主本色論，只是强調一個悟字，所謂本色與非本色，只能意會，難以言傳。王國維説境界，所謂高低、大小，深淺、厚薄，以及闊與長等等，都能以現代科學語言加以表述，用現代科學方法加以測定，以之論詩説詞已漸有門徑可循。這是中國詩學史上的一座里程碑。不過，王國維之後，其境界説却被推演爲風格論。人們論詩説詞，往往只是注重於外部觀賞，看其風格如何，而忽略了本體。有關論詩説詞著述，説風格、説人格，洋洋數十萬言，所提供的仍是一片烟水迷茫的景象。爲此，這裏推行意境創造法，希望論詩説詞能够回到本體上來。

何謂意境創造法？在探討具體方法之前，有必要先將意境二字説清楚。有關學者稱：「意境是指作者的主觀情意與客觀物境互相交融而形成的藝術境界。」（袁行霈《中國詩歌藝術研究》第二十六頁）這一説法大致不錯。如果用通俗的話講，即可以推出這樣一個公式：「意＋境＝意境」。其中，意可解釋爲情意、情志或情思，境即物境，這是詩歌題材的兩大重要因素；而所謂意境，便是這兩大題材要素相加的結果。「＋」即爲創造。看來問題並不複雜，不需要花費許多心力在概念上做文章。

至於創造法，也就是「＋」的方法，這是需要深入探討的。有關學者論意境，曾將意與境的交融，亦即意境創造法歸納爲情隨境生，移情入境及體貼物情、物我相融三種不同方式（袁行霈《中國詩歌藝術研究》第三十一至三十六頁），這自然是很有道理的，在中國傳統詩論中也常見此類話題。但是，就其立論的角度看，論者對這三種不同方式的闡述，似乎偏重於意和境的相互關係，諸如先有境而後隨境生情，或者先有情而後借境將情抒發出來，或者將物

(境)之情和我之情融合在一起,說的都是意和境(主觀和客觀)的關係,而對於創作上的法却有所偏廢。實際上,所謂意境,既然與王國維所説的境界並無實質區别,那麽,有關意境創造法就可參照王國維測定境界的方法進行探討。具體地説,王國維論境界,乃將它當作一個有境有界的空間範圍來看待,認爲「言有盡而意無窮」,才是境界之本(參見拙著《人間詞話譯注》「詞以境界爲最上」注文)。因此,所謂「言有盡而意無窮」,即以有盡之言表現無窮之意,應是意境創造的一個行之有效的方法。

就文學的時空容量看,所謂以有盡之言表現無窮之意,實際上就是以有限的體積負載無限的内容,包括意和境。這裏,要緊的問題是,如何以有限負載無限,最大限度地擴展作品的時空容量,而其所負載的内容,包括意和境,彼此之間有何關係,則不很要緊。例如王之涣《登鸛雀樓》:

白日依山盡,黄河入海流。欲窮千里目,更上一層樓。

這首詩所寫,既爲登樓時所見之實際物景,所得之實際體驗,又十分明顯地包涵著一種哲理,可稱爲王國維所説「意與境渾」的佳篇。但其創造意境的方法到底爲何呢?如從意與境的關係看，無論情隨境生，或者移情入境，都很難探知其究竟；而從空間範圍的擴展看，則可發現：作者采用的方法是——先以白日與黄河，從兩個不同方位將視野展現，而再上層樓，在更高的位置上將白日與黄河所展示的平面畫幅展示得更加寬闊。因此，詩篇體積有限，其所負載的空間範圍却無比高遠，其所含哲理也就此高遠的境界中得到充分的體現。這就是所謂以有限負載無限的奥秘之所在。

再如陳子昂《登幽州臺歌》：

前不見古人，後不見來者。念天地之悠悠，獨愴然而涕下。

這首詩所寫，登臺高歌，悲愴而壯烈。表面上看，好像純是立意，無有造境，實際上詩篇是以流動著的歷史和永恒的天地作爲大背景的。就意境創造看，同樣也是「意與境渾」的佳篇。這首詩創造意境的方法，除了從空間範圍加以擴展外，還注重時間的延伸，似比王之涣《登鸛雀樓》更加一層。原來，詩人及幽州臺的時空容量都是極有限的，但詩篇通過時間的流轉，把視野引向遥遠的過去和漫長的將來，又通過周圍之所見把視野引向廣闊而久遠的天和地，使得詩篇的時空容量逐漸達到無限。因而，全詩所寄寓的思想内容也就更加顯得闊大而深長。可見，這首詩的精微處，即其獨特的創作方法，同樣也當從時空容量的擴展上加以領悟。

唐詩中此類佳篇甚多，諸如王維的「江流天地外，山色有無中」（《漢江臨泛》）、「行到水窮處，坐看雲起時」（《終南別業》）以及「大漠孤烟直，長河落日圓」（《使至塞上》）等，都努力利用空間範圍的擴展以展現視野。而李白的《登金陵鳳凰臺》，由眼前的臺説到歷史上的興盛衰亡，則有意用增大作品的時空容量以與崔顥的《黄鶴樓》争勝。這都是唐詩意境創造通常采用的方法。正因爲如此，唐詩中所出現的高遠意境才讓人嘆爲觀止。

這是從時空容量入手，對於意境創造法所進行的探討。自然，如從其他角度看，所謂意境造法當不只上述一種，唐詩意境多種多樣，也當不只上述數境，這是應當繼續加以探討的。這裏所説法，目的在於通過「言有盡而意無窮」這一境界之本，摸索唐詩創作的入門途徑。但因所説事例有限，希望能觸類旁通，從而摸索出一套有關唐詩創作的規律（或方法）來，以進入唐詩之勝境。

説了結構分析法和意境創造法，現在再回到熟讀問題上來。

首先討論一個問題：注重熟讀，不講究具體的法與講究各種具體的法，二者各自有何利弊？

從整體上看，注重熟讀，不講究具體的法，利多於弊；而講究各種具體的法，則弊多於利。因爲唐詩包羅萬象，衆體皆備，各種具體的法，雖有指點迷津、引導入門的功用，却各執一端，不可能概括全面，無法「放之四海而皆準」，運用不當，容易走入魔道；而熟讀雖不講究法，不容易探知門徑，却是無法之法，或萬能之法，可超越一切具體的法，適用於全部唐詩。這是熟讀優於說法，亦即無法勝於有法的體現。

但是，從局部上看，講究具體的法，往往能够收到較好的效果，有助於熟讀指標的實現。例如，對於唐詩各種體式之有關聲調規律的認識和把握問題，雖可以通過多讀、熟讀、朗吟的途徑得到解決，但不容易達到精確的地步。所以，朱自清在講述這問題時就提出：「現在高中學生不能辨別四聲也就是不懂平仄的，大概有十之八九。他們若願意懂，不妨讀四聲表。這只消從《康熙字典》卷首附載的《等韻切音指南》裏選些容易讀的四聲如『巴把霸捌』『康梗更格』之類，得閑就練習，也許不難一旦豁然貫通。」可見，在解決局部問題時，熟讀仍需借助於適當的法。歷來讀唐詩、論唐詩者，大講特講各種具體的法，當是有一定依據的。這是具體的法對於熟讀之達到精微處的幫助，也是有法比無法方便的體現。

其次再說熟讀之所謂無法之法或萬能之法，與各種具體法的運用問題。

這一問題，見仁見智，不同人有不同的體驗，不可强求一律。對此，似可從蘇軾《懷西湖寄晁美叔同年》詩得到某些啓示。其詩云：

西湖天下景，遊者無愚賢。淺深隨所得，誰能識其全。嗟我本狂直，早爲世所捐。獨專山水樂，付與寧非天。三百六十寺，幽尋遂窮年。所至得其妙，心知口難傳。至今清夜夢，耳目餘芳鮮。君持使者節，風采爍雲烟。清流與碧巘，安肯爲君妍。胡不屏騎從，暫借僧榻眠。讀我壁間詩，清涼洗煩煎。策杖無道路，直造意所便。應逢古漁父，葦間自延緣。問道若有得，買魚勿論錢。

這是蘇軾向友人介紹遊湖心得的一首詩。作者一方面以爲「所至得其妙，心知口難傳」，一方面仍向友人傳説自己的經驗(遊湖之法)。作者要求友人：第一要放下官架子，摒棄騎從，暫借僧榻而眠；第二要「讀我壁間詩」，洗刷塵世煩煎，培養遊湖性情；第三要依隨自己的意願，按照眼前湖山特色，安排遊湖道路，以適其所便，而不要有先入之見。這樣，也許有機會遇上有道的古漁父，有機會問得到道。——遊湖如此，讀唐詩當亦可以有所參照。

這本小册子，選録唐詩一百篇，其中多爲絶句和律詩，古體和樂府則較少，每篇有題解、注解和賞析，算是對於唐詩天下景中的幾個風景點作了扼要介紹，但並非遊覽指南。因爲每首詩所説，大多僅是側重於某一點，或某一方面，不一定能夠識其全體，而且所説多爲自身體驗，或淺或深，難以顧及，只能供同好者參考。所有錯漏之處，祈請大方之家多予指正。

甲戌端陽於濠上之文狸書房

附注：本文爲《唐詩》代前言，香港：三聯書店（香港）有限公司，一九九五年五月，第一版。又爲《唐詩一百首》導言，長沙：岳麓書社，二〇一一年一月第一版。

唐絶句作法直證

藝海修真

絶句是我國古典詩歌中的精品，在某種意義上講，亦爲神品。四句二十八個字，變幻莫測，創造出許多奇迹。真可謂玄妙。本文從平仄組合規則及二元對立定律入手，揭示其奥秘——絶句作法十二字訣。爲導引入門，現身説法。並以唐人作品示例，逐一加以剖析。由有法到無法，從漸悟到頓悟，綜合、分析，歸納、推演，將前人經驗系統化。從而見證天才妙悟確實存在及其對於絶句創作所起作用，並説明天籟有别人工，神品可以認知，人工亦可加鍛煉這一道理。既頗便初學，又有助於進一步的探討與研究。

一　開場白：絶句速成法

絶句——五言絶句與七言絶句，四句話組成一首詩。這是最容易引發興趣，又是最容易掌握的一種詩歌樣式。講授「古代韻文」，我將怎樣讀懂一首詩（或詞）以及怎樣寫成一首詩(或詞),當作一個重要指標;以之設置課程内容,部署教學進程,並以之衡量教學水準及效果。第一個學期,以讀爲主;第二個學期,邊讀邊寫。而寫,則從絶句入手。

一九九五年八九月間,在《澳門日報》「語林」專欄,我曾以《怎樣寫成一首絶句》爲題,用六個字——立意、布局、定型,講述寫成絶句之三步驟,並用學生習作爲例證,體現教與學之心得。可能較爲注重包裝,加多一些理論説明,學生以爲,還是課堂上所講較爲清楚、明白,易於接受。因此,本文擬盡量將包裝拆除,直截了當,以速成方法進行闡發,希望爲寫好一首絶句提供參考。

我的速成方法,只十二個字,可稱絶句十二字訣。有意於此道者,不妨一試。此十二個字爲:「相間、相反、相黏」及「相關、相反、相對」。前六字説格式,相當於定型,可稱平仄組合規則;後六字説構造,相當於立意與布局,可稱平分式結構方式。

(一)關於平仄組合規則

這一規則,可以下列圖式表示:

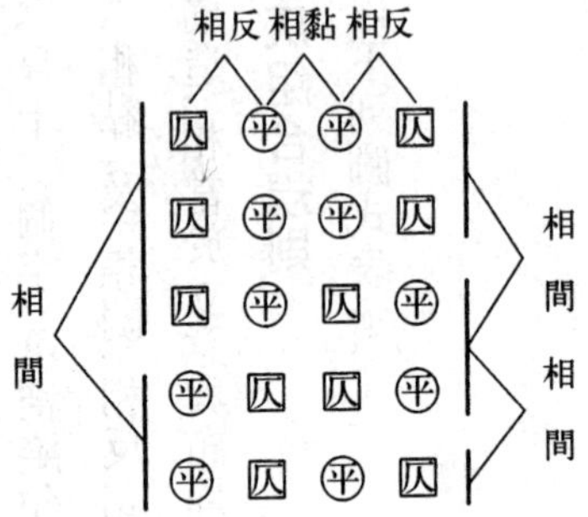

圖一：五絕正格標準格式

這是五絕正格之標準格式。就單獨一句看，平聲與仄聲，交替出現，互相間隔，是爲相間。將兩句合在一起看，第一、二兩句及第三、四兩句，平聲與仄聲，互相對立，是爲相反；而第二、三兩句，開頭二字之平聲或仄聲，必須相同，是爲相黏。這是近體詩中最基本之一種格律形式。除此以外，諸如偏格（或變格）以及起、收不同之種種格式，乃這一基本格律形式之調整及變化，其平仄組合規則，並無變化。而七言絕句及五、七言律詩，則由此格式加二及乘二所得（見圖二），其平仄組合規則，亦無變化。說明：學習近體律絕，只要牢牢記取此六字要訣——「相間、相反、相黏」，那就甚麽格式都能掌握。

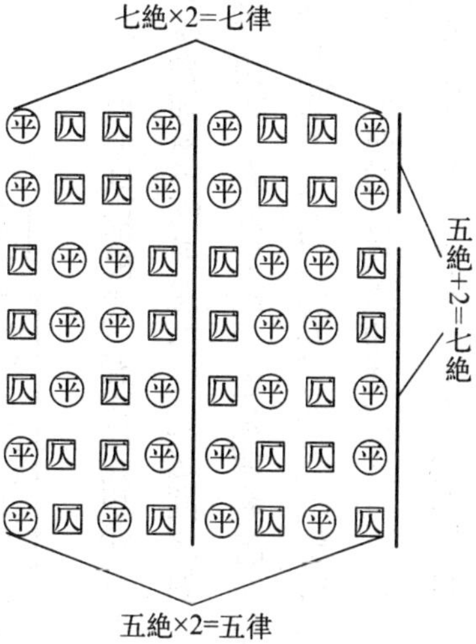

圖二：五、七言律詩標準格式

（二）關於平分式結構方式

這一方式，乃二元對立定律，或二元對立關係（Binary opposition）之具體運用；因所謂「相關、相反、相對」，正是强調二元之間這種對立關係。簡單地説，所謂二元對立定律，或二元對立關係，即以爲世間萬事萬物皆由兩個互相對立而又互相依賴之單元所組成。這是人類心靈最基本的一種運作模式。二十世紀六十年代西方結構主義之創立，即根源於此。而唐人絶句，却早已出現這一模式。例如王昌齡《閨怨》，説閨中少婦之愁怨，由不知愁到知愁(悔或怨)，便明顯體現出一種對立關係。不過，於運用過程中，已將其中國化。如左圖：

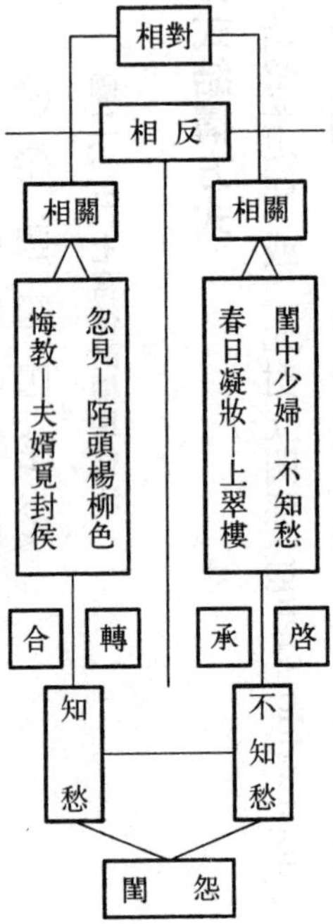

這是七言絶句之一典型結構模式(五言絶句亦可依此劃分)，乃因平分式結構方法所構成。詩篇由不知愁説到知愁(悔或怨)，二元之間之對立關係十分突出。但是，這一對立關係，乃以「相關、相反、相對」方式呈現。這是傳統詩文作法——啓、承、轉、合之另一表達方式，亦爲中國化之具體體現。即：「凝妝」並且「上翠樓」，承接「不知愁」而來。乃將人物心理狀態(不知愁)行爲化，並通過行爲之開展，進一步表現心理狀態。二句互相關聯，共同表達一種意思。而次二句，由「忽見」説到「悔教」，乃因行爲轉變所出現之另一種心理狀態(知愁)。這是一種與前者背道而馳之轉變，即相反。但轉變之後，又回到共同話題(閨怨)上來。

既相對，又相合。因此，不僅揭示其結果，而且展現過程。人物形象顯得格外鮮明、生動。

唐人絶句中，此類事例甚多。例如崔護《題都城南莊》，其遇與不遇之對立關係，同樣以「相關、相反、相對」方式呈現。首二句説故事之前一段，謂尋春遇艷。交代時間、地點、人物、事件，關係甚爲密切。次二句説故事之後一段，謂訪艷不遇。隨著時間推移，人與事發生巨大變化。人面不在，桃花依舊。既朝著相反方向，將距離拉開，又將兩個場面擺在一起，互相對照。兩段故事，前後對比，其對立關係就顯得更加突出。因而，詩篇所表現的失落感，也就更加真切、動人。

此外，諸如王維《九月九日憶山東兄弟》、李商隱《夜雨寄北》等，我在《唐詩讀法淺説》中，將其劃歸二分式，實際亦即平分式。其對立關係，爲我方與對方，亦可以同樣方式加以呈現。

有關事例説明：唐人絶句，不管有意無意，大多遵循「相關、相反、相對」方式結構篇章，故多佳作傳世。這是應當引起注意的。所以，本文所加揭示，其用意亦在於此。

以上所説，包括格式與構造，合爲絶句十二字訣。牢牢記取，並多以唐人作品相印證，加深理解，多加實踐，必有效應。

二　正篇：天籟與人工

有關絶句速成法，已如上述。但所謂速成，只是寫成這一意思，如何寫好，似未必包括在內。亦即：我的十二字訣，只是作爲一個「引子」，類似寫作訓練之入門指引，要能真正達致絶句最高品級，許多問題，尚須進一步加以探討。這是應當説明的。

凡此種種，歷來論述已甚多。這裏著重説兩個問題：天籟與人工以及無法與有法問題。

（一）天籟與人工

這是前代詩論家經常説及的話題。例如：「莊生所云天籟者，言爲心聲，人心中亦各具竅穴，借韻語發之。其能者自然五音六律，與樂相和，此即吹萬不同之謂也。」（李重華《談詩雜録》七二）又如：「十五國風妙絶古今，正以婦人女子矢口而成，使學士大夫操筆爲之，反不能爾，以人籟易爲，天籟難學也。」（黄遵憲《山歌題記》）這是對於詩之總體認識。而對於詩中之絶句，論者則以爲：「五絶純乎天籟，七絶可參人工。」（《雲邁詩話》）其批評準則，大致相同。

至於作家作品，前代詩論家同樣以此準則進行評述。如謂：「杜之律，李之絶，皆天授神詣。」（胡應麟《詩藪》）又謂：「李青蓮自是仙靈降生。司馬子微一見，即謂其仙風道骨，可與神遊八極之表。賀知章一見亦即呼爲謫仙人。放還山後，陳留采訪使李彦允爲請於北海高天師授道籙。其神采必有迥異乎常人者。詩之不可及處，在乎神識超邁，飄然而來，忽然而去，不屑屑於雕章琢句，亦不勞勞於鏤心刻骨，自有天馬行空、不可羈勒之勢。若論其沉刻，則不如杜；雄鷙，亦不如韓。然以杜、韓與之比較，一則用力而不免痕迹，一則不用力而觸手成春。此仙與人之别也。」（趙翼《甌北詩話》）所謂仙與人之别，亦即天籟與人工之别也。所以，前代詩論家曾將絶句之佳者推爲神品，謂其成於天籟，與學問、才力即人工無涉。這也就是説，「詩之妙，全以先天神運，不在後天迹象」（潘德輿《養一齋詩話》）。

諸般論調，長期流傳。承認不承認類似現象，正視不正視有關事實，能够不能够給以合理解釋，我看，與絶句寫作，頗多牽連。澳門詩人佟立章，平生以情癡與詩癡著稱。四十年間，成詩萬首。其中，大部分爲五、七言絶句。近日有《論詩中絶句示學詩者》，云：

> 不知句小意涵多，率爾吟哦便放歌。除却功深半天賦，如雲變幻海微波。

其中所揭示，就是這一問題。即以爲：絶句雖小，僅二十個字，或二十八個字，却能包涵許多意思。所謂看似容易，實則艱辛，切不可湊上四句話，就將自己當詩人看待。但是，又以爲：只要經過足够訓練，具精深功夫，並有一定天賦，即可在此小小天地間，展現變幻風雲及四海波濤的大本領。將天籟與人工，推至同等重要位置。這是詩人體會有得之言，值得重視。

在課堂上，我也曾與學生探討過這一問題。以爲天才妙悟，雖並非人人之所共有，但其潛質却存在於每個人當中。只要把握時機，善於開發，大家都有可能超凡入聖。不過總覺得，前代論述多憑主觀印象，已甚玄虛，今代引證，人云亦云，則更加玄之又玄。爲此，本文所説，主要在於拉近距離，將話題落實到作家、作品，以求得真切體驗。

以下説具體事例。

1　五音六律，與樂相和

這當從聲音角度加以見證。因天地萬物，包括人心，皆各具竅穴，而非混沌一片。有竅穴則有聲音，此所謂天籟、地籟、人籟也。鍾泰稱：「籟，簫也，即所謂比竹。是故籟本人籟之名，地籟、天籟皆從人籟而推説之。」（《莊子發微》卷之一）大致而言，萬物由各己狀態而自然産生音響，即「風之使竅自鳴」者，天籟也；風吹衆竅而發出音響，即「待風而鳴」者，地籟也（參見宣穎《南華經解》）。而吹奏簫管笙簧（比竹）所發出音響，即和聲依永（《尚書·堯典》）者，人籟也。言爲心聲，由此聲音所構成之五音六律，共「與天和者」之天樂（《莊子·天道》）相應合，而竅於天（鄧雲霄《重刻空同先生集叙》），即爲詩中之神品。唐代詩人中，能够達致此境者，即所謂正宗作者，五絶有李白、王維、崔國輔、孟浩然四人，七絶僅李白與王昌齡（據高棅《唐詩品彙》）。

先看李白《早發白帝城》：

朝辭白帝彩雲間，千里江陵一日還。兩岸猿聲啼不住，輕舟已過萬重山。

詩篇敘說放舟三峽，東下江陵情景。雖可與《水經注》之有關記載相印證，却不宜同樣看待，如將其當作三峽典籍之加工與縮寫。因其所敘說，主要乃一種感受。這是遇赦放還時之一特殊感受。即：遇赦放還，驚動於天，亦驚動於地。一時間，江上之一切，仿佛皆爲我而設，爲我而造。所以，其心聲完全與空谷之傳響相合。而心聲之抒發，即韻語之組成，所謂「走處仍留，急語仍緩」（施補華《峴傭説詩》），又完全與江行之步伐相應。這是五音六律，與樂相和之一表現形式，亦所謂天籟自鳴者也。

再看孟浩然《春曉》：

春眠不覺曉，處處聞啼鳥。夜來風雨聲，花落知多少。

這也是通過感受，實現與樂相和之一範例。由感覺、感受，進而産生意識流動，乃因啼鳥聲及風雨聲所觸發。即因處處啼鳥而感到春緒方濃，生機蓬勃，又因夜來風雨而感到春光將盡，春意闌珊。兩種聲音，一實一虚，於不同情況下出現；兩種意識，欣喜與悲傷，在不同感受中產生。韻語之組成，既與常規相違——平仄、押韻皆不同於五言絶句正格與偏格，意識之流動，亦未見有何嚴謹邏輯，只是憑藉聯想，自由發揮。但是，詩人内心之不規則却恰恰與外在世界之不規則相應合。這是五音六律，與樂相和之另一表現形式，亦天籟自鳴之謂也。

藉助感覺、感受，用心聲以應天樂，前代詩論家稱之爲「先天神運」，西方學者亦以爲，藝術家之「一種必不可少的天賦」（丹納《藝術哲學》）。可見，並非人力之所能及。但寫好絶句，却不可忽視於此。

2 眼前真景，便是佳句

所説乃詩境創造，包括布景、叙事及説情。其所謂真，除了景真、事真、情真之外，尚須不假雕琢。所以，論者有云：

> 作詩易於造作，難於自然。坡公嘗言：「能道眼前真景，便是佳句。」余嘗在燈下誦前人詩，每有佳句，輒拍案叫絶。（錢泳《履園譚詩》）

這裏將真歸之於自然，即爲天籟。絶句創作以此爲一重要追求目標，而其見證，我看當從影像入手。但是，所謂影像，和聲音一樣，是一種中介物——觸發感覺、感受之媒介，又是通過感覺、感受所構成之「詩的世界」。猶如鏡中之象、水中之月，已無從尋求其踪迹。

例如孟浩然《宿建德江》：

移舟泊烟渚，日暮客愁新。野曠天低樹，江清月近人。

詩篇狀寫黃昏時節（日暮），移舟烟渚情景。其中包括曠野、清江以及曠野之樹木和江天明月。諸般物象，原來皆互不相干，但通過「低」與「近」此等主觀感覺及感受，却將其聯繫在一起，並且構成某種關係，諸如高低、遠近一類對比關係。這就是詩篇所呈現的影像，亦即詩人於一瞬間所獲感覺及感受。與自然界相對静止之物象相比，似有點失實，實則乃特殊環境（宿建德江）、特殊心理狀態（客愁新）所體驗之真實。而且，其所組成韻語，雖「極其鍛煉」（劉拜山語），却似乎毫不經意。因而，眼前影像，究竟在鏡中、在水中，或在心中，已無法辨别。

又如崔顥《長干曲》四首：

君家何處住，妾住在横塘。停船暫借問，或恐是同鄉。

家臨九江水，來去九江側。同是長干人，自小不相識。

下渚多風浪，蓮舟漸覺稀。那能不相待，獨自逆潮歸。
三江潮水急，五湖風浪湧。由來花性輕，莫畏蓮舟重。

這是沿用樂府舊題所作的情歌。描寫采蓮少女與船家青年水上相逢情景，可看作一組聯章。即：一、二兩首爲初次相逢時之問答。既主動搭話，詢問地址，又自報家門，説明住在橫塘，不知是否同鄉。而對方則回答：家臨九江，往來江上。同是長干里人，未必曾經相識。三、四兩首，進一步問答。謂：歸程風大浪大，蓮舟也漸稀少，可否結伴同行？謂：常在江潮中，見慣風與浪。花性從來就輕，歸程無須憂慮。所謂采蓮（憐）求藕（偶），男女主人公於答問過程中，表白心志，似皆無所顧忌，實則並不盡然。因雙方之問答，皆十分注重媒介，如江水、蓮舟等自然物象，以之作爲問與答之憑藉。亦即一方因江水而引發故鄉之思、産生愛慕之情，又因蓮舟而引發風浪之想、産生相邀之意；而另一方則因江水而説明，鄉情不等於愛情，又因蓮舟而表示，水急不一定心急。雙方答問，並未脱離其所處環境以及其中有關物象。因此，所謂「讀崔顥《長干曲》，宛如艤舟江上聽兒女子問答，此謂之天籟」（管世銘《讀雪山房唐詩鈔》），其間感覺、感受所得者，也可看作是一種影像。只不過是，此影像既在鏡中、在水中，又在心中，同樣無法辨别罷了。——這種以真所達致之自然之境，難以企及，亦不可忽視。

3　窮幽極玄，超凡入聖

與聲音及影像相比較，此乃更高層面之見證。即在詩歌創作中，前者爲設色，此爲落想，亦所謂詩中之思者也。因此，其見證就當從此入手。這是達致神品之最高標準。而代表作品，即推王維之五言絶句以及王昌齡之七言絶句。這是前代詩論家所提供之見解。

王維而言，所謂詩中之思，甚是與衆不同。如《輞川集》諸作，論者以爲，「清幽絶俗」，可細參之（施補華《峴傭説詩》），即爲一例。以下看其中六首：

文杏裁爲梁，香茅結爲宇。不知棟裏雲，去作人間雨。

空山不見人，但聞人語響。返景入深林，復照青苔上。

秋山斂餘照，飛鳥逐前侶。彩翠時分明，夕嵐無處所。

颯颯秋雨中，淺淺石溜瀉。跳波自相濺，白鷺驚復下。

獨坐幽篁裏，彈琴復長嘯。深林人不知，明月來相照。

木末芙蓉花，山中發紅萼。澗户寂無人，紛紛開且落。

輞川，在陝西藍田縣南，去縣八里。王維別墅在此。有關風景點計二十處。王維曾與裴迪携手賦詩，各得五絶二十題，合編爲《輞川集》。此六詩所題，即爲六處主要風景點。謂：文杏爲梁，香茅爲宇。雲霧自樓閣間流出，化作灑向人間的雨。此爲文杏館風光，亦身在最高處之總觀感。謂：空山寂静，偶爾聽到人語聲而不見人影；深林幽暗，有時陽光斜射反將青苔照亮。西山殘照，飛鳥追逐著伴侣相繼歸巢；樹色分明，夕嵐一瞬間消失不知處所。秋雨蕭颯，秋水從石灘上急速奔湧而下；水波跳躍，白鷺驚起又還飛回原來位置。偉哉辛夷，在山中展示樹樹紅萼；山上無人，任憑其開放又還零落。此爲鹿柴、木蘭柴、欒家瀨、辛夷塢風光，亦身在深山於多個角度所獲感覺及感受。謂：竹林獨坐，時而彈琴，時而仰首長嘯；無人到訪，只有天上明月來把我照。此爲竹里館風光，亦身在深林之行爲及遭遇。詩篇所寫，皆一時情景與詩人興致之相會合（劉永濟語）。既展現其胸襟，又往往「理兼禪悦」（《雲邁詩話》）。這就是詩中之思。具體地説，即爲摒絶塵念之思，當然也包括禪理。所謂窮幽極玄、超凡入聖，即體現於此。

至於王昌齡，其所謂詩中之思，似與王維有别。即：王維之幽玄意趣，偏重於理；王昌齡之内含風骨，偏重於情。這是一種幽怨深情。其微茫意旨，往往令人測之無端，致之無盡。後世稱之爲唐人騷語（沈德潛《唐詩别裁集》）。這就是其作品所以能够絶倫逸群亦即超凡入聖之一重要原因。諸如「琵琶起舞换新聲，總是關山離别情。繚亂邊愁聽不盡，高高秋月照長城」(《從軍行》七首其二)以及「西宮夜静百花香，欲捲珠簾春恨長。斜抱雲和深見月，朦朧樹色隱昭陽」(《西宮春怨》)等等，或者説邊愁，或者説宫怨，其著眼點，亦即其落想都特别高超。即：説邊愁，並非只是計較邊塞生活之苦與樂，而乃超出邊塞，以秋月之高照，將愁托起，使其更加富有普遍意義及深長意味；説宫怨，亦非只是執著於一己之失寵與得寵，而乃透過宫殿，以春花春月，將怨托起，使其更加具備深厚内涵及永久價值。此古騷人之特别用心，亦少伯成功創造。所謂窮幽極玄、超凡入聖，亦體現於此。——這種由「思」達至之神化之境，同樣難以企及，不可忽視。

(二) 無法與有法

以上三種事例，從兩個不同層面——設色與落想，就絶句中神品之構成進行剖析，主要爲著見證，天才妙語之確實存在及其對於絶句創作所起作用。即證實，所謂成於天籟，並非虚無飄渺，不可探知，而是可以通過感覺、感受以及神思(意識)流動，一一加以體悟。説明：天籟有别人工，神品可以認知。但是，神品之構成，是否完全與人工無涉，我看不能説得那麽絶對。因此，本文説無法與有法問題，即將就人工效用，嘗試加以印證。

在《唐詩讀法淺説》中，我曾據「熟讀唐詩三百首，不會吟詩也會吟」，將唐詩讀法分爲二種：無法之法及有法之法。以爲：注重「熟讀」，不拘泥於各種具體的法，乃無法之法，亦萬能之法。這是無法勝有法之意。又以爲：「熟讀」過程中，運用適當的法，有利於達致「精微處」。這是有法助無法之意。讀詩如此，作詩，我看亦莫不如此。因爲曰吟、曰哦，本來就有作的意思（李重華《貞一齋詩説》）。這是説法之時首先必須明確問題。

此外，尚有三事宜加留意：

第一，詩貴性情，亦須論法。法，就是法度，即規矩。世間一能一藝，無不有法。作詩亦然（揭傒斯《詩法正宗》）。大至於鬼工天造，諸如上列三種有關神品之構成，小至於一字一句對偶雕像之工，諸如宋以後大量詩話之所標舉，都有可論之法。相反，如果雜亂而無章，「信手拈來，出意妄作」，那就難能成其詩也。論者稱爲「杜撰」（同上）。

第二，神明變化，謂之活法。有活法、亦有死法。死法之立，識量狹小。「如演雜劇，在方丈臺上，故有花樣步位，稍移一步則錯亂」（王夫之《薑齋詩話》）。活法圓轉，在神明中。「規矩備具，而能出於規矩之外；變化不測，而亦不背於規矩也」（劉克莊《江西詩派小序》引呂本中語）。死法皆畫地成牢以陷人（王夫之語）；活法則「水流雲在，月到風來」，隨意運轉（沈德潛《説詩晬語》）。故作詩提倡活法。

第三，先從法入，後從法出。此乃前代詩論家親身體驗所獲心得。如曰：「余三十年論詩，只識得一法字，近來方識得一脱字。詩蓋有法，離他不得，却又即他不得。離則傷體，即

則傷氣。故作詩者先從法入，後從法出，能以無法爲有法，斯之謂脱也。」（徐增《而庵詩話》）

至此，對於無法與有法這一命題，似已有了較全面之理解。因而，在此基礎之上説人工，亦即前代詩家執法經驗，應當能够爲寫好絶句提供有益借鑒。

絶句作法，五花八門，未能盡叙。這裏，主要從體積與容量這一角度，就諸家經驗加以見證。

絶句止有四句，爲地無多，即體積極其有限。如何做到：一丈室中，置恒河沙諸天寶座。丈室不增，諸天不減，又一刹那定作六十小劫（王世貞《藝苑卮言》）。亦即以有限追求無限，於空間、時間兩個方面，努力拓展其容量。這就是言有盡而意無窮之意。有關人工鍛煉，大都從此入手。

以下説具體事例。

1　以大觀小，小中見大

這是對於描寫對象之觀察與把握。但此觀察與把握，不同於西洋畫家之透視法，以及與透視法同一立足點之仰畫飛簷法，而乃中國書法六法中之經營位置法。沈括稱仰畫飛簷法爲掀屋角法。曾指出：「李成畫山上亭館及樓塔之類，皆仰畫飛簷。其説以謂『自下望上，如人平地望塔簷間，見其榱桷』。此論非也。大都山水之法，蓋以大觀小，如人觀假山耳。若同真山之法，以下望上，只合見一重山，豈可重重悉見，兼不應見其溪谷間事。又如屋舍，亦不應見其中庭及後巷中事。若人在東立，則山西便合是遠境；人在西立，則山東却合是遠境。似此如何成畫？李君蓋不知以大觀小之法，其間折高折遠，自有妙理，豈在掀屋角也？」(《夢溪筆談校證》卷十七，上海古籍出版社一九八七年版，第五四六——五四七頁)而經營位置，即布置山川於尺幅之間，以爲「製大物必用大器」，「必須意在筆先，鋪成大地，創造山川」(布顔圖《畫學心法問答》)，亦同此意。這是中國畫之構造原理，絶句創作也當作如是觀。即：籠統地説，這是以大觀小法；具體地説，這是由上下四方以及由全體向部分所進行之觀察與把握。所謂「乾坤萬里眼，時序百年心」(杜甫句)，説明：這是「用心目經營之」(布顔圖語)，亦即以詩人之心之眼所進行之觀察與把握。

例如杜甫《絶句四首》其三：

兩個黄鸝鳴翠柳，一行白鷺上青天。窗含西嶺千秋雪，門泊東吴萬里船。

李商隱《樂遊原》：

向晚意不適，驅車登古原。夕陽無限好，只是近黄昏。

詩篇所寫，爲情？爲意？或者未曾説出，或者已曾表明，似乎不大一樣，但其於觀察、把握，亦即經營上之所用心以及所下功夫，却頗有些相同之處。如白鷺、黄鸝，萬里船及千秋雪。四句話，四種物景。或高、或低，或遠、或近。既各自獨立，又互相牽連。乃詩人以心、以眼，由上下四方，巧妙經營之所得。而向晚不適，驅車古原；夕陽正好，黄昏已近。一揚、一抑，一縱、一收。既無限美好，又無限悲涼。亦詩人以心、以眼，由上下四方，巧妙經營之所得。因此，詩篇所寫情或意，不管明説或不明説，都能够與萬里乾坤及百年時序聯繫在一起，都包含著甚大消息（管世銘評李詩語）。這就是小中之大，亦以大觀小之結果。

又如杜甫《八陣圖》：

功蓋三分國，名成八陣圖。江流石不轉，遺恨失吞吴。

杜牧《赤壁》：

折戟沉沙鐵未銷，自將磨洗認前朝。東風不與周郎便，銅雀春深鎖二喬。

詩篇説兩位歷史人物——諸葛亮及周瑾，謂其因八陣之圖垂名千載及因赤壁之功奠定大局，但皆並非就事論事，即就個別事件加以評判，而乃由全體看部分，以體現其全部精神。這是以大觀小、小中見大之另一表達方式。

2 不著一字，盡得風流

如何以有限追求無限，即令有盡之體積（二十言或二十八言）具有不盡之容量（無窮之意），除了著眼於「觀」，尚須於「言」與「意」上下功夫。從一般意義上講，就是造句與煉意。這里先説煉意。這是由「觀」——對於描寫對象觀察、把握所得之意，也可稱作立意或「落意」（落想）。要能於一丈室中，將恒河之沙及諸天寶座都擺進去，並能於一刹那展現世界之生滅過程，做到「語絶意不絶」（《詩譜》），這就須要在煉意上下功夫。這一功夫，包括兩個方面：句中功夫及句外功夫。

所謂句中功夫，主要要求「意在句中」，即句中有意。乃與句中無意相對而言。如謂「『今日殘花昨日開』，若是『昨日開花今日殘』，便削然無意矣」（周容《春酒堂詩話》），就是這一意思。平常所説言之有物，亦同此意。這是一種基本功夫。以有限追求無限，須由此做起。但是，如果僅僅停留於此，只求意與語合，即實話實説，都在一句之中，也就没有意思。例如：「蓮子擘開須見薏，楸枰著畫更無棋。破衫却有重縫處，一飯何曾忘却匙。」這一絶句，傳爲東坡所作，則甚不可取（洪邁《容齋三筆》）。因此，必須寄希望於句外。這是以有限追求無限之進一步要求。

由句中到句外，具體做法爲藉端托寓，或寄興。即藉助於第三者，以承托所立之意，將其寄寓於句外（言外），而非實話實説，拘泥於句中。此第三者，即爲彼物或他物，屬於一種中介物。這就是中國詩歌之所謂比興、寄托及象徵，而絶句則尤重於此。有「以前句比興引喻，而後句實言以證之」者，如：「風吹荷葉動，無夜不摇蓮」；「愁見蜘蛛織，尋思直到明」；「桑蠶不作繭，晝夜長懸絲」以及「東邊日出西邊雨，道是無情却有情」；「玲瓏骰子安紅豆，入骨相思知不知」；「合歡桃核真堪恨，裏許元來别有人」等（參見洪邁《容齋三筆》）。以彼物比此物，皆極其生動活潑。而其所「落意」（落想），似乎並非完全在言語之外。又有「以言内之實事，寫言外之重旨」（劉熙載《藝概・賦概》）者，如李白《陪族叔刑部侍郎曄及中書賈舍人至遊洞庭》五首：「洞庭西望楚江分，水盡南天不見雲。日落長沙秋色遠，不知何處弔湘君。」「南湖秋水夜無烟，耐可乘流直上天。且就洞庭賒月色，將船買酒白雲邊。」「洛陽才子謫湘川，元禮同舟月下仙。記得長安還欲笑，不知何處是西天。」「洞庭湖西秋月輝，瀟湘江北早鴻飛。醉客滿船歌白紵，不知霜露入秋衣。」「帝子瀟湘去不還，空餘秋草洞庭間。淡掃明湖開玉鏡，丹青畫出是君山。」所謂言内之實事，乃陪伴族叔刑部侍郎李曄及中書舍人賈至遊覽洞庭之情事。時，唐肅宗（李亨）乾元二年（七五九），賈至由汝州刺史被貶爲岳州司馬，李曄貶官嶺南途經岳州，李白遇赦放還亦來到岳州。賓主同遊，歡謔達旦。但詩篇並非僅僅著眼於此，即「賦物必此物」（劉熙載語），而乃由洞庭説到湘君。謂汪洋萬頃，秋色渺渺；湘君已矣，不知何處憑弔。謂夜空澄澈，未可直上；借取月色，買酒到白雲邊。謂洛陽才子，月下神仙；向西而笑，不知何處長安。謂秋月未沉，晨雁已起；白紵滿船，不知霜露入衣。謂帝子不返，空餘秋草；湖面潔凈，分明畫出君山。——由洞庭到湘君，由湘君到君山，已完全進入彼岸世界。所謂「寥廓幻杳」（鍾惺語），其所承托之「重旨」，諸如「遷謫之感」（李鍈語）、遲暮之思（宋顧樂語）等等，雖未曾著得一字，却似乎可以通過彼物或他物，仔細加以領略。這就是句外功夫。

3 意連句圓，神聖工巧

這是造句功夫，乃通常所説布局及定型之重要手段，亦拓展絶句容量之一有效措施。具體做法，大致包括：一，一句一接，未嘗間斷；二，分兩層寫，更覺縈紆；三，三句爲主，四句發之。而此數端，則皆頗爲注重以圓轉活法盡其神明變化之妙。

所謂絶句，原來已有一句一絶之意。如《四時咏》：「春水滿四澤，夏雲多奇峰。秋月揚其輝，冬嶺秀孤松。」即爲此體。但一句一絶，乃藕斷絲連，並非一句一斷。因此，詩家加以變通，即從絶之另一面——不絶想辦法，以爲語絶意不絶，方才爲絶句活法，並以「打起黄鶯兒」（金昌緒《春怨》及「松下問童子」（賈島《尋隱者不遇》）諸作爲典範，以予見證（參見楊慎《升庵詩話》及郎廷槐《師友詩傳録》）。由一句一絶，到一句一接，即由絶句到「接句」，做到意連句圓，以見神聖工巧（參見張端義《貴耳集》），這是造句之基本功。前人教人作絶句，大多從此入手（徐蓋山《彙纂詩法度鍼》）。

一句一接，未嘗間斷，乃對絶句之整體而言；而分層，即在此基礎上，對前後二聯之組合進行特别安排。這種安排，除了上文所述平分式結構方法之安排而外，尚有許多講究。這就是説，所謂分兩層寫，不僅著眼於材料分配與組合，而且頗爲注重造語。這是一句一接基礎上所進行之變化。

例如，王勃《山中》：

長江悲已滯，萬里念將歸。況屬高風晚，山山黄葉飛。

詩篇分兩層寫，上二句悲路遠，下二句傷時晚（黄叔燦《唐詩箋注》）。上下所寫，一悲、一傷，雖並非一正、一反之組合，但悲與傷互相關聯，正正相加，却倍添其念歸情緒。這當也屬於平分式結構方法所構成之一結構方式。這是對於通篇材料之安排。而對於造語，所謂分兩層寫，亦頗費心力。即：上二句對仗，將兩種物事——由於悲傷而停滯不前之江水及因爲思歸而更加遥遠之路程，並列推出，下二句不對仗，並用一虚字（况）轉换，以高風及黄葉，逐一進行烘染。前後二聯，由整嚴變爲單促，由平實變爲流動，因使得所寫情緒，「更覺縈紆」（黄叔燦語）。這是一種安排方式，頗顯示其造句功夫。而另一種方式，上二句不對仗，下二句對仗，亦頗多講究。如高適《除夜作》：「旅館寒燈獨不眠，客心何事轉凄然。故鄉今夜思千里，霜鬢明朝又一年。」前後二聯，似乎由奇變歸於平正，實際上，因下二句「寓流走於整對之中」（李鍈《詩法易簡録》），却同樣「流動不羈」（王夫之《薑齋詩話》）。兩種安排，使得二聯組合，更加富有姿彩。這是分兩層寫之一變化方式。

分兩層寫，或前以對起，後以散結；或前以散起，後以對結：皆頗能盡其轉换之妙。此外，前後全對，或全不對，亦常有佳作出現。究其原因，仍須進一步探討第三句之奥秘。此第三句，乃全篇之關鍵，即轉柁處（施補華《峴傭説詩》）。其妙用，不僅在於承接，如實接、虚接、逆接、進一層接（馬魯《南苑一知集論詩》），而尤其重要者乃在於轉换，如反與正、順與逆之相依相應（周弼《三體唐詩》）。這就是「三句爲主，四句發之」（李重華《貞一齋詩話》）之意。有關事例甚多，恕不一一列舉。

三　結束語：頓悟與漸悟

本文寫作，在課餘時間進行，加上必須兼顧其他文章及文稿之經營與操作，乃斷斷續續，停停打打，自開場白之「絶句速成法」發表，至今四五個月，尚未完工。但因此過程，相對而言，有較爲充裕時間仔細閲讀與思考，却將文章逐漸做「大」起來。即由天籟到人工，由無法到有法，已將範圍拓展至絶句創作之各個方面，諸如落想與設色，乃至布局與定型等方面。這麽一來，固然令得有關問題變得更加複雜，更加不容易把握，亦即欲速而不達，但由於問題之複雜化，主要乃在於綜合與分析，即由個別到一般之歸納以及由一般到個别之推演，我相信，這當有利於將前人經驗系統化，因而也當有利於對絶句之全面認識。因此，在結束語部分，我想闡明兩個問題：（一）絶句創作既然甚是講究天籟，即將天賦資質看得十分重要，那麽，一般人對此，究竟應當如何合理進行抉擇？（二）人工鍛煉，或快，或慢，情況各不相同，創作過程中，對於前人經驗，究竟應當如何有效加以運用？

先説第一個問題。所謂抉擇，乃對於自身資質之判斷。主要看看是否具備應有之天賦，是否適合於寫詩、創作絶句。亦即：絶句雖只有四句話，二十個字，或二十八個字，看似容易，實際並非個個都玩得。勉强從事，既耽誤自己，又危害别人。宜認真對待。

有一位老前輩，在介紹怎樣做研究工作時，曾揭示一段經歷。謂：中學時代，開始模仿填詞。大學時代，「天天作文、作詩填詞，一心想做詩人」。進入清華大學研究院，生活條件很好，環境極美，頗有意繼續作詩填詞。某日，將二千多首詩詞稿，上呈梁任公、王靜安審閱。梁、王曰：「理性過多，才情過少。不宜爲詩。」並勸其研究歷史或小學。一盆冷水，一夜不眠。「輾轉考慮到第二天一早，一根火柴燒掉了詩稿」。這位老前輩，就是姜亮夫教授。做不成詩人，却成爲一位大學問家。事蹟載《治學偶得》（杭州：浙江人民出版社，一九六二年八月第一版。）而今看來，這位老前輩之燒掉詩稿，應十分可惜，因堂堂詩國，上上下下，競相爲詩，仍然是「詩多好少」，大批詩集，或有書號，或無有書號，尚未被燒掉，却不一定能够比被燒掉之詩稿來得好。不過，從整體人文生態看，大批詩集，既無才情，又缺理性，浪費資源，誤己害人，自己不捨得燒掉，終將被别人燒掉。所以，我認爲，老前輩之抉擇，乃明智之舉。這是一個方面意思，乃對有意做詩人並且已作出一定努力之作者而言；另一個方面，對於初學，則未可輕易言「敗」，簡單説「不」。記得韻文班有一名學生，試作兩首小詩（五言絶與七言絶）。一首較爲滿意，一首打叉，表示不滿意。但打叉一首却相當好。一不小心，可能將天才扼殺。小詩題稱「榴花」。曰：

昨夜榴花初著雨，輕盈一朵嬌無語。天涯可有解花人，莫負芳心千萬縷。

此詩一經傳播，書信四處飛來。或懇請賜玉，特邀聯吟，或表示願爲立傳，載入《中華詩人大辭典》。甚是名不虛傳。學生鄭嫦娥，現在澳門某學校任教。詩篇載《華夏吟友》（北京：中國文聯出版公司，一九九七年六月第一版）。希望繼續努力，未可辜負期待。不過，这首诗的由來還得説一説。這首詩源自瓊瑶小説《一顆紅豆》當中的《問斜陽》。瓊瑶原作爲：

昨夜榴花初著雨，一朵輕盈嬌欲語。但願天涯解花人，莫負柔情千萬縷。

而瓊瑶所作亦有來源。四句中首二句取自唐寅《妒花歌》的開頭二句。唐寅歌曰：「昨夜海棠初著雨，數朵輕盈嬌欲雨。」瓊瑶將海棠改作榴花，數朵改爲一朵。四句合成，句式整齊，但每句都仄起，有違一般古典格律詩的平仄組合規則。鄭嫦娥作了調整。將「一朵輕盈」改成「輕盈一朵」，「欲」改成「無」，並將「但願天涯」改成「天涯可有」，令其成爲一首合格的古體絶句。所作調整還算成功。作爲初學，應予肯定，但從原創角度看，還只能算是改某某之作。有關知識版權問題，仍須清楚交待。

再説第二個問題。這是對於前人經驗之把握及運用。因爲既已有了抉擇，認爲可以嘗試，就當付諸實踐。而此實踐，乃屬於一種見證，既需要詩内功夫，又不可缺少詩外功夫。亦即：此實踐過程，要能有效進行，除了天才妙悟，尚須刻苦鍛煉。同樣宜於認真對待。

我十分贊賞《六祖大師法寶壇經》所載一段故事。謂：五祖弘忍禪師命諸門人各作一偈，若悟大意，能見本心般若之性，即付衣缽，爲第六代祖。大弟子神秀，志在必得，誠惶誠恐，半夜裏，將所作悄悄書於壁間。曰：

身是菩提樹，心如明鏡臺。時時勤拂拭，勿使惹塵埃。

五祖見偈，唤秀入堂。曰：「汝作此偈，未見本性。只到門外，未入門内。」要求重作。而當時仍在碓坊服雜役之行者慧能，請人代書一偈，曰：

菩提本無樹，明鏡亦非臺。本來無一物，何處惹塵埃。

徒衆見之，無不嗟訝。五祖亦深爲賞識，因秘密授之禪法，付以衣鉢。

故事所説乃禪理，但應與詩理相關。例如：慧能之頓悟，除了「根性大利」（五祖語），當不能排除踏碓八個餘月所起作用。這是五祖著意安排，亦可稱爲詩外功夫。而神秀漸悟之未合師意，可能因其身爲教授，善於説法，却未見本性，亦即功夫不到家之緣故。可見，學道與學詩，一樣都並不那麽容易。因此，如何見證諸法，使得實踐過程之順利進行，頓悟與漸悟二法，可引爲借鑒。這是我爲第二個問題所尋找的答案。

最後，在本文結束之前，想借此機會，表達三大願望。

第一，願我學生及其他讀者，不必讀我此文，即可寫好一首絶句。因爲在此世間，乃先有絶句，而後才有絶句作法。究竟是否有此天賦或悟性，不妨一試。相信詩中之神品，多數並非作者事先讀了有關作法一類書籍而後依樣「畫」將出來之所謂「神品」。

第二，願我學生及其他讀者，讀我開篇所發表「絶句速成法」，即可寫好一首絶句。因此速成方法，簡單扼要，頗便入門。未曾嘗試寫作，幾分鐘内即可摸清頭緒，按部就班；已曾嘗試寫作，對照此法，相信亦能够進一步得以完善。

第三，願我學生及其他讀者，讀完全文，能够寫好一首絶句。這當比較辛苦，不能不付出代價。但因文中所列舉，都爲前人經驗，並非本人杜撰，功夫從上做下，必能得其真髓。

當然，如果讀完全文，仍然寫不好，甚至寫不成一首絶句，那也只好懇求諸位多加包涵，或者另請高明了。這是後話。

原載一九九八年九月六日、九月二十日、十月四日、十月十八日、十一月一日、十一月十五日、十一月二十九日、十二月十三日、十二月二十七日及一九九九年一月十日、一月二十四日、二月七日澳門《澳門日報》「語林」副刊。又載趙敏俐、佐藤利行主編《中國中古文學研究》（中國中古〔漢—唐〕文學國際學術研討會論文集），北京：學苑出版社，二〇〇五年十二月第一版。又於南京《古典文學知識》二〇〇九年第二、三期連載。

學絶句與絶句學

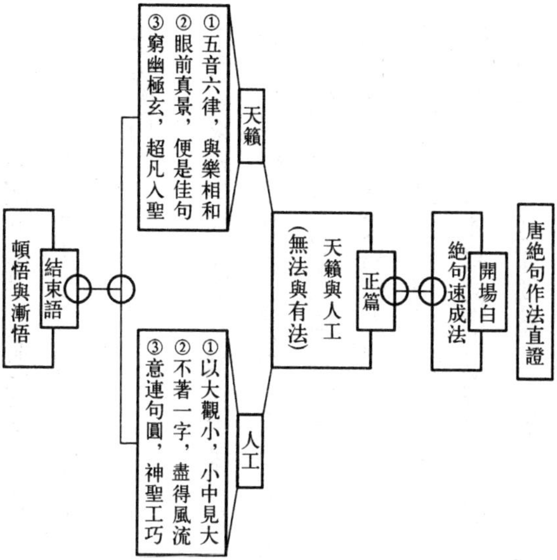
唐絶句作法直證
開場白
絶句速成法
正篇
天籟與人工
（無法與有法）
天籟
①五音六律，與樂相和
②眼前真景，便是佳句
③窮幽極玄，超凡入聖
人工
①以大觀小，小中見大
②不著一字，盡得風流
③意連句圓，神聖工巧
結束語
頓悟與漸悟

拙文《怎樣寫好一首絶句》在「語林」發表，自戊寅年七月十六日（一九九八年九月六日），至十二月二十二日（一九九九年二月七日），計十二篇。如將其合攏，即可組成以下架構：

一　學絶句

這一架構，看起來頗勻稱，似乎乃刻意安排。其實不然。因爲拙文原應一位老詩人之命而作，主要爲著回答怎樣寫好一首絶句問題，並不準備將文章做得面面俱到。即：老詩人於戊寅夏某日來電，謂有青年朋友問絶句作法，寫了一首論詩中絶句之絶句予以回應，即將傳真過來，要求加以評判。拙文寫作即由此引起。先是有所謂速成法之作，説了兩條規則：平仄組合規則及平分結構規則，希望兩下子搞掂（辦好）。但因尚未涉及老詩人所説「除却功深半天賦，如雲變幻海微波」，才將文章逐漸做「大」起來。

不過，這一架構之組成並非偶然。從事物發展之内在聯繫看，這一架構之組成，乃將有關前人經驗，經過篩選、集中、分析、綜合之必然結果。既有點超出於意料之外，又完全在意料之中。這一結果，亦即經過篩選、集中、分析、綜合之經驗，必將比個別經驗更加全面、更加具有代表性，因而也更加具有普遍指導意義，這當毫無疑問。這是一個方面。另一個方面，如果以爲我在這裏爲讀者打保票，那就十分危險。譬如有人捧著剪報找上門來，説：「看了大文，還是寫不好一首絶句。」索要賠償，該怎麽辦？但我已有言在先，於拙文結束之前收回「保單」，應百無禁忌。這一意思僅在此再次加以申明。當然，對於拙文所述，我仍然充滿信心，以爲好此道者，必將有所獲益。

冬日圍爐説詩，曾與研究生説及拙文。或以爲：老師真夠大膽，敢於現身説法。確實如此，譬如唐詩，才上過幾堂課，就有《唐詩讀法淺説》，敢與研究幾十年之專門家相比拼。又譬如絶句，也不知道才寫過幾多首，好與不好，一樣站將出來，教人「怎樣寫好一首絶句」。好比走江湖者，十八般武藝是否般般精通，尚未可得知，却够膽闖擂台，非吃虧不可。大概因爲這一緣故，以前老師傅即大多不願意現身説法。譬如，三十年代有位詞學家著書立説，就曾明確宣稱：「我這本書是『詞學』，而不是『學詞』，所以也不會告訴讀者怎樣去學習填詞。」但是，生當現代社會，既爲人師，且爲詩詞導師，我想，這就不應當再次出現不願與不敢之一類問題。因爲希望我學生及其他讀者，能於學絶句與絶句學兩個方面，均取得成就。

二　絶句非律之截

以上著重説學絶句，以下説絶句學。

所謂絶句學，目前學界似乎尚未見以此命名之專門著述，但作爲唐詩寶庫中最絢麗奪目之珍品(霍松林語),很早就受到特別對待,如特別爲此輯録成集等,實際上,應當説,這就是絶句學之一組成部分。亦即,自從有了絶句,也就有關於絶句作品之評賞、研究,乃至考訂等工作,這就是絶句學。這是在一般意義上,對於絶句學所作的闡釋與界定,其目的乃在於説明:唐詩有「學」,宋詞有「學」,絶句亦當有「學」。

就本人粗淺理解看,中國詩歌發展史上所出現絶句,之所以至今尚未有「學」,可能與對於絶句之所持觀念有關。如以爲:「絶之爲言,截也。即律詩而截之也。」(徐曾《文體明辨序説》以爲「唐人絶句皆稱律詩」(同上)。因而,也就以爲,没有必要特別爲之立學。對此,學界已有人進行過辯駁。指出:

> 唐人所謂的「今體詩」或「近體詩」,包括律詩和絶句,並不是在唐王朝建立之後突然湧現的,而是從晉宋以來、特别是從「永明體」以來,經過漫長的創作實踐,逐漸形成的。在形成過程中,絶句先於律詩,而不是先有律詩,然後「截」律詩爲絶句。

這是霍松林爲《萬首唐人絶句校注集評》所撰「前言」中之一段論述。這段論述著眼於歷史事實,有一定依據,説明絶句非「即律詩而截也」;而就宗旨、體裁、音節、神韻諸方面論,則絶句之格式儘管可能與律詩之前四句、後四句、中四句或者首尾四句相同，其性格却未必相同，這事實同樣説明，絶句非「即律詩而截也」。例如杜甫《漫興九首》：

眼見客愁愁不醒，無賴春色到江亭。即遣花開深造次，便覺鶯語太丁寧。

手種桃李非無主，野老墻低還似家。恰似春風相欺得，夜來吹折數枝花。

熟知茅齋絶低小，江上燕子故來頻。銜泥點污琴書内，更接飛蟲打著人。

二月已破三月來，漸老逢春能幾回。莫思身外無窮事，且盡生前有限杯。

腸斷春江欲盡頭，杖藜徐步立芳洲。顛狂柳絮隨風去，輕薄桃花逐水流。

懶慢無堪不出村，呼兒日在掩柴門。蒼苔濁酒林中静，碧水春風野外昏。

糝徑楊花鋪白氈，點溪荷葉疊青錢。筍根稚子無人見，沙上鳧雛傍母眠。

舍西柔桑葉可拈，江畔細麥復纖纖。人生幾何春已夏，不放香醪如蜜甜。

隔户楊柳弱嫋嫋，恰似十五女兒腰。誰謂朝來不作意，狂風挽斷最長條。

詩篇寫於唐肅宗（李亨）上元二年（七六一），寓居成都草堂之第二年，時年五十。主要乃對於草堂周圍春及春夏間各種風物、景象之觀感。多用對句，似有意以律詩手爲之，即截律詩而成之者也，所以，往往被稱爲「别調」。但因其乃即興之作，即所謂「興之所到，率然而成」（王嗣奭《杜臆》），亦即出自於天籟，却具有一種特别意趣。論者以爲「有古《竹枝》意，跌宕奇古，超出詩人蹊徑」（李東陽《麓堂詩話》）。這就是作爲絶句之一特殊性格，説明絶句非即爲「截句」者也。

因此，我以爲，爲絶句立學，必要從端正觀念起，亦即從正名開始。這是本文將繼續進行探討之問題。

三 絶句乃律之餘

爲絶句正名，以爲絶句非爲「截句」，亦即非律之截也，主要從兩個方面立論。一爲詩歌發展史，以爲絶句先於律詩，並非截律詩而成之；另一爲絶句固有特質，或性格，以爲乃詩歌中之一獨立品種，亦非截律詩而成之。那麽，這一獨立品種究竟爲何？我看，這一問題仍然可以從多個方面加以考察。例如，論者以爲：

考之開元、天寶已來，宫掖所傳，梨園弟子所歌，旗亭所唱，邊將所進，率多當時名士所爲絶句爾。故王之涣「黄河遠上」、王昌齡「昭陽日影」之句，至今艷稱之。而右丞「渭城朝雨」流傳尤衆，好事者至譜爲《陽關三疊》。他如劉禹錫、張祜諸篇，尤難指數。由是言之，唐三百年以絶句擅場，即唐三百年之《樂府》也。

——王士禛《唐人萬首絶句選序》

這是一種綜合考察，包括社會文化生活之各部分。以爲絶句乃唐三百年之樂府，亦即有唐一代之代表文學，值得注視。但是，如果就個別作家而論，或將問題限定於作詩宗旨，乃至與之相關之體裁、音節、神韻這一範圍之内，進行考察，我以爲，作爲唐三百年之樂府——絶句，似可稱爲律之餘。這是我對於絶句特性之總判斷。

所謂律之餘，可作兩種闡釋：狹義及廣義。狹義，乃與律之截相對而言，謂絶句並非律詩中之某一配件，而乃律詩以外之另一獨立體裁。廣義，乃推廣及律詩以外之其他詩歌品種，諸如古詩或歌行，謂絶句亦爲古詩之餘或歌行之餘。而其所謂餘者，約有二義。一爲多餘之餘，有剩下之意思；二爲贏餘之餘，有以外之意思。就作詩宗旨看，此所謂餘者，當與「言之不足故嗟嘆之，嗟嘆之不足故永歌之」(《詩大序》)同一用意。而就意境創造看，此所謂餘者，雖未必如律詩及其他詩歌品種一般闊大，却往往較爲深長。因此，可以説，這是律詩及其他詩歌品種以外之另一小律詩或小歌詞。這就是律之餘之意。但是，在衆體皆備之唐代詩壇及樂壇，絶句之作爲律之餘，並不因爲一個「餘」字而變成律詩及其他詩歌品種之附庸，而乃通過這一個「餘」字，發揮所長，展現其特性，從而發展成爲一代之勝。這也是值得重視之歷史事實。

以上闡釋，主要爲著正名。這是絶句立學之依據。我相信，以此爲出發點，必須爲絶句學之確立，建造一整套與之相關之觀念、方法及模式體系（或架構），包括語彙系統。這是我對於絶句學之初步構思。

從學絶句到絶句學，這是由《怎樣寫好一首絶句》所引申出的問題。所謂引申，就是一種聯想或貫通。基本上包括從個別到一般，又從一般到個別之概括、推演過程，亦即上文所説篩選、集中，分析、綜合過程。這是「學」與「思」之具體實現。既應注重有體系（或架構）、系統之思考，又不可忽視學習與寫作。學絶句與絶句學，二者同等重要。

原載一九九九年三月七日、二十一日、四月一日澳門《澳門日報》「語林」副刊

絶句作法三步驟

從格式上看，所謂絶句——五言絶和七言絶，除了正格與偏格（或變格）不同，平起與仄起有别，尚有所謂古絶或拗絶者也，頗爲繁複多樣。初學對此，無不傷透腦筋。但是，如果從立意、布局的角度看，却大可以將其簡單化，當它不過是由四句話所組成的一種小玩意兒，絶對寫得出來。

以下試以三個步驟，即立意、布局與定型，分别加以説明。

第一步——立意。

簡單地説：意，就是題材及所要表達的意思；立，就是選擇及確立。首先説題材及意思，此二者也就是通常所説内容及主旨。前者屬於寫作的對象，後者屬於寫作的意圖（目的），亦即通常所説描寫什麽、表現什麽。這是落筆之時（或之前）必須考慮清楚的。例如，澳門大學古代韻文班林遠茵同學所作《春草》：「春來小草作先鋒，好向人間著翠濃。雨打風吹都不怕，碧雲深處認無踪。」其描寫對象爲春草，寫作目的即在於：表現一種先鋒作用及奉獻精神。寫的時候,不管有意無意,我看都曾顧及。這是對於題材及意思的初步思考。如果再進一步,不妨將這一「意」字,主要是題材及意思,盡量加以擴大,以展開自己的視野。即:將宇宙空間,所有一切,包括天文、地理、人文,都看作描寫對象(題材範圍),舉凡日月星辰、風雲變幻,山川形勢、草木蟲魚乃至「食」、「事」、「怨恨」以及詩書禮樂,一切所有,都可以入詩、可以入詞。但是,話説回來,這一切又都可加以「縮小」,即歸納爲三個要素——物景、事理、情思,因爲任何作品所寫都超越不出這三個要素。經此再思考,即擴大與「縮小」,對於題材及意思的理解,我看也就比較清楚了。這就是説,究竟寫些什麽,即題材及意思究竟爲何物,我的回答是:無非物景、事理、情思三項。

其次説選擇及確立,這也不需説得十分複雜。總的看來,大致新與舊、大與小、有理與「無理」三種對立關係可供選擇。依據内容及主旨的需求,可能新比舊好,大比小好,有理比「無理」好,但也未必。例如,當代十大詞人之一李祁書齋的一幅對聯:「階上草新,尊前人舊。」此新與舊就不宜掉轉過來。又例如,温庭筠《菩薩蠻》:「新貼綉羅襦,雙雙金鷓鴣。」主人公無端地惱怒起金鷓鴣來,似無理之極,但其由金鷓鴣之「雙雙」聯想到自身之「單單」,其無理之理却已進入痴的境界,這就比一般有理深刻得多了。至於大與小,同樣也並非絶對。各有各的追求,各有各的選擇,相信都能掌握好自己的標準。

第二步——布局。

實際上，這就是文學材料的分配與組合問題。三種要素——物景、事理、情思，四句話，如何分配與組合？依據唐人的經驗，如從結構模式看，其布局方法，主要有以下二種：

（一）一句一意獨立分配法

這是將材料（物景、事理、情思）平均分配成四份，以四句話分別加以描述並共同表達一種意思的布局方法。典型作品爲杜甫的絶句：「兩個黃鸝鳴翠柳，一行白鷺上青天。窗含西嶺千秋雪，門泊東吴萬里船。」四句話分别描述四種物景——黃鸝、白鷺、雪和船。四種物景分布在四個不同方位，各自獨立，但皆觸動詩人之眼、之心，四句合在一起，即共同表達一段思鄉之情。同學中也有用此法者，例如，澳門大學古代韻文班同學何德儀所作《春》：「東風臨大地，春雨灑人間。百花相競艷，蜂蝶不偷閒。」四種物景分别爲東風、春雨，百花、蜂蝶，各有各忙，但共同表達的是春天所出現的生機。如此分配與組合，效果甚佳。由此所構成的結構模式稱獨立式。

（二）兩句一意平均分配法

這種布局方法在唐詩中最爲常見。無論物景、事理或情思，作者所要説的話，即材料，都可以劃分爲兩半，然後加以組合。因此，最常出現的模式是：首二句布景，次二句説情、叙事或造理。一首絶句到手，即把它切成兩半，前半説什麽，後半説什麽，基本上不會突破這一模式。閲讀欣賞依此模式，寫作也大致如此。例如，澳門大學古代韻文班何曉敏同學的《夾竹桃》：「好風裁出眉間黛，和露潤成腮裏紅。清遠妖嬈兩兼得，天成風韻傲芳叢。」首二句狀物形，猶如布景一般，即爲物之外形美；次二句説物理，即説理，體現精神，爲物的昇華，進一步顯示其内在美。前後兩半互相映襯，詩篇所寫物景雖甚小，而所表達的意思却不甚「小」。這一分配組合法所構成的結構模式稱平分式。

當然，所謂分配與組合，即布局，主要是爲了表達好所要表達的意思。布局好，意思也好，才稱得上一首好詩。上課時，我曾以澳門的眼前物景「雙橋連海島，一水接雲天」徵求續作（當時僅二橋），此爲布景，同學集體續作稱：「鷗鷺翻飛樂，漁翁獨釣閑。」亦爲布景，構成一句一意獨立式結構模式。課下吴國慧同學續作稱：「兩制同一國，齊心協力鞭。」叙事而兼説情，構成兩句一意平分式結構模式。兩種布局方法皆無不可，但看其組合的結果，却覺得各有不足之處。如前者，畫面中的四種物景似頗爲融洽，却讓人有一種隔世之感；而後者，所叙事與情甚合時代精神，但因分量太重，不知前面所布置的物景——橋和水，是否承載得了？這是應當仔細加以推敲的。

第三步——定型。

這也是重要的一個步驟。一首詩四句話寫出來了，看看意思並不錯，但就是平仄、韻律不協調，定不了型，仍然不能算是一首合格的絶句。所謂定型，即要求所寫出的四句二十個字或二十八個字，符合絶句格式類型的要求。所寫出的四句，或正、或偏、或拗，都當有所依據，而後貼上合適的標簽，方才成爲合格品。

以上所説三個步驟，爲寫成一首絶句的基本步驟。但三個步驟當中，人們往往忽視定型這一步。以爲只要寫出四句話來，也就是一首絶句了。這是對作者而説的。至於讀者，不知是不是學校和老師的責任，有的讀書人或寫書人，甚至連絶句與律詩都分不清楚。例如，有一位名記者，也是著名的報告文學作家，就曾將其生父的兩首七言絶句，合併爲一首七律公開發表。兩首七絶爲：

敢道滹沱麥汴香，臣漸倉卒帝難忘。艱難險阻親嘗盡，天使他年晉國强。

藹藹蒼松伴紫芝，領眉妙墨出瑶池。朽株新被祥風拂，一夕青回兩鬢絲。

此等誤差實在並非罕見，偶爾翻閲有關書籍，都常有所發現。當然，多數詩詞作者乃不會出現此等大誤差，但小誤差，或者並不太小的誤差，却是常見的。

實際上，有關絶句的定型工作並不太麻煩，無非協韻和調平仄二項；僅僅那麽四句話，那是不難掌握的。而且，其用韻及平仄安排的規則與一般近體詩的格律規則也基本相同。這裏，只要記住兩條規則也就一通百通。一條是雙句用韻、單句一般不用韻的韻協規則，另一條是相間、相反、相黏的平仄安排規則。有此兩條，相信可將一首絶句定型。例如，澳門大學古代韻文班鄭嫦娥同學的《榴花》：

昨夜榴花初著雨，輕盈一朵嬌無語。天涯可有解花人，莫負芳心千萬縷。

這首詩源自瓊瑶小説《一顆紅豆》當中的《問斜陽》。瓊瑶原作爲：

昨夜榴花初著雨，一朵輕盈嬌欲語。但願天涯解花人，莫負柔情千萬縷。

二者相比較，題材及意思一樣，亦即内容及主旨基本相同。不過，格式不同。瓊瑶所作，首二句取自唐寅《妒花歌》的開頭二句。唐寅歌曰：「昨夜海棠初著雨，數朵輕盈嬌欲雨。」瓊瑶將海棠改作榴花，數朵改爲一朵。合爲四句，句式整齊。一、二、四句所用韻爲六語（語）、七虞(雨、縷),基本符合用韻規則,但四句都以仄起,犯失黏禁忌,不合古典格律詩的平仄規定,尚未定好型,還只能算是一首現代新體格律詩。鄭嫦娥依據古典格律詩的平仄組合規則,對它作了調整。將「一朵輕盈」改成「輕盈一朵」,「欲」改成「無」,並將「但願天涯」改成「天涯可有」,令其成爲一首合格的古體絕句。而且,這位學生改「柔情」爲「芳心」,將「芳心」與「花心」對舉,二物之間,展開聯想,令其作爲一首詩的條件,更加充分。就絕句的定型看,這位學生將現代新體格律詩改而成爲古典格律詩,所作調整是成功的。只是從原創角度看,這位學生的作品,還只能算是改某某之作。有關知識版權問題,仍須清楚交待。這是題外話。

總之,通過第一、第二兩個步驟,立意與布局,先寫出四句話,而後再通過第三步加以定型,一首絕句,大致可以寫成。一般初學,不妨采用這三個步驟,按部就班,進行練習。至熟練之後,當可三個步驟同時進行;四句寫成,隨即定型。但這是需要反覆實踐的。

原載北京《文史知識》二〇一二年增刊(第二輯)

第二辑　诗学分论

李白詩中的李白

——花不常開，月不常圓，人不常好

千百年來，李、杜詩篇深入人心。但人心各異，各人心中的李、杜，各不相同。記得某年國慶，業師夏承燾教授賦詩二首，有云：

千古幾詩人，此局無千古。魯迅不曾見，何況李與杜。
萬國所瞻仰，北京是北辰。巍巍天安門，堂堂中國人。

以爲新中國開局，史無前例。千古詩人，不曾得見。天安門、北極星，萬國瞻仰。作爲中國人，感到無比自豪。其景、其情，料想古之李、杜，當不能理解。這是因爲時代的隔離所造成。説明，必欲知人，仍須論世。而生當今日之世界，希圖獲知李、杜，同樣亦須進入李、杜當日之世界。孟子所云，知人論世，以意逆志，即此之謂也。

不過，有時即使對於其人所處之世有一定了解，也還是不能够切實地認知其人。這究竟爲什麼呢？ 問題可能出在以意逆志上。比如，對於李白，千百個人的理解，千百個樣。因其所謂「逆」者，可能都是一種主觀的臆測，難爲憑準。

本文説李白詩中的李白，希圖依憑有關詩篇，對李白作近距離的觀察，看一看，詩中的李白和現實中的李白究竟有何區别。

現實中的李白，身處大唐帝國的鼎盛時期，承平時代，究竟擔當怎樣一個脚色？《舊唐書》卷一九〇下《文苑傳》載：李白「與筠俱待詔翰林」；《新唐書》卷二〇二《文藝傳》載：「帝賜食，親爲調羹，有詔供奉翰林。」李白《爲宋中丞自薦志》自稱：「翰林供奉李白。」此外，亦有稱其爲翰林學士者，如李華《故翰林學士李君墓志》、范傳正《唐左拾遺翰林學士李公新墓碑》以及劉全白《唐故翰林學士李君碣記》。不過，無論其爲翰林待詔、翰林供奉，或者翰林學士，凡看過清宫戲的都能明白，這是皇上的一名奴才。隨叫隨到，隨時聽候使唤。但是，在詩中，脚色即不盡相同。

以下是李白的《清平調》詞三首：

雲想衣裳花想容，春風拂檻露華濃。若非群玉山頭見，會向瑶臺月下逢。

一枝紅艷露凝香，雲雨巫山枉斷腸。借問漢宫誰得似，可憐飛燕倚新妝。

名花傾國兩相歡，長得君王帶笑看。解釋春風無限恨，沉香亭北倚闌干。

清平調，唐教坊曲名。杜佑《通典》稱：「平調、清調、瑟調，皆周房中之遺聲也。漢代謂之三調。」三首歌詞依清調、平調填製而成，故曰《清平調》詞。乃奉詔之作。謂某一天，宫中牡丹盛開，紅紫、淺紅、通白。上乘照夜白，太真妃以步輦從。賞名花，對妃子。有李龜年這樣的好歌手，却没有好的歌詞。遂命李龜年持金花箋，宣賜翰林學士李白進《清平調》詞三章（據韋睿《松窗雜録》記載）。

歷來讀此作者，皆頗極贊賞，而對於言外之旨，則存有異議。例如，蕭士贇及王琦。或以爲刺明皇之聚麀，譏貴妃之微賤；或以爲白係新進之士，未必欲托無益之空言而期君一悟（王琦注《李太白全集》卷之五）。有寓意，無寓意，兩種意見，針鋒相對。劉永濟編撰《唐人絶句精華》，對二者均持批評態度。謂：「一則失之太淺，一則失之過深，皆難使人信服。」但他仍以爲：「用巫山神女、漢宫飛燕兩故事，而楚襄、漢武淫荒逸樂之戒，即在其中，故高力士得謫其句爲進讒之階，明皇雖愛才亦不能不動心，故終有放還之舉。」並以爲，李白所以一生落拓江湖，不得翱翔雲霄，亦即因此。

看起來，古今論者，對於詩篇的言外之旨，似乎皆傾向其有。即謂其帶有勸誡之意，説明李白並非一名只會説「喳」的奴才。但是，就詩論詩，我覺得，仍須作具體分析。比如，從事情的起因看，李白進詞三章，目的乃在於助興，不當帶有勸誡之意。此其一。至其二，即其對於名花、妃子及君王的描摹刻畫，均相當得體。説明，當其之時，李白盡管宿酲未醒，但死門活門，還是看得清楚的。他知道，名花、傾國、君王，誰個得罪得起，誰個不能得罪。絶對不敢令皇上掃興，不敢「批龍之逆鱗而履虎尾」。在這一問題上，我贊同王琦的説法（王琦注《李太白全集》卷之五）。就這一層面看，詩中所呈現，與現實中實際狀況，尚未見太大區别。這就是説，如停留在有言外之旨與無有言外之旨，亦即敢與不敢這一層面，則李白此刻，當尚未改變自己在現實中的奴才身份。

以上所説是對於言外之旨的理解。而就歌咏對象看，歷來説法亦有不同。一種意見以爲，三首皆咏妃子，而以花旁映之；一種意見以爲，初首咏人，次首咏花，三首合咏（黄生《唐詩摘鈔》）。説此三首歌詞，我將其一一分别開來，謂其依次歌咏名花、歌咏妃子、歌咏君王，以及歌咏包括自己在内的所有的花和所有的人。三首樂歌真實呈現李白作爲所謂謫仙人體察世情的感想與思考。

第一首，歌咏名花。一、二兩句，合在一起看爲賦，乃對於名花作正面描述；分開看爲比，以美人的衣裳及容貌，比喻名花的葉和花。「雲想衣裳花想容」，亦作「葉想衣裳花想容」

（蔡君謨書。王琦注《李太白全集》卷之五轉引）。謂其因得到春風、露華的滋潤（或曰君王的恩澤），葉與花都顯得非常美麗。三、四兩句爲比，以群玉山頭和瑶臺月下的仙子作比，謂其具有天仙一樣的容貌及姿態。

第二首，歌咏妃子。先是以花作比，謂其天香國色，一枝紅艷，就像是凝結著香露的牡丹；再是以人作比，謂只有漢宮飛燕，剛剛洗好澡，著上新裝，才能與之比美。

第三首，歌咏君王，亦叙説自己的觀感。就歌咏對象看，從名花，到傾國，所謂「兩相歡」與「帶笑看」，分頭表述，此則歸結於君王。一、二兩句中，一個字非常關鍵，即「長得君王帶笑看」的「得」字。這個字如果换成「使」，謂「長使君王帶笑看」，可能就要被砍頭。許多版本都是「得」，未曾出現差錯。至此，對於名花、傾國、君王的歌咏，已到一個段落。於是，名花、傾國、君王三者，既已被伺候得服服帖帖，三者之間的關係，也給擺得平平正正。足見其作爲奴才的本事。但是，這是不是李白詩中的李白呢？絶對不是。因爲詩篇還有另外兩句話。一爲「解釋春風無限恨」，揭示恨之所在；另一爲「沉香亭北倚闌干」，展現李白的思考。從字面上看，並非解釋春風，而乃春風解釋。爲協和平仄，調换了個位置。主語是春風，謂春風把無限恨釋放出來。從字義上看，剛剛説「兩相歡」，馬上説「無限恨」，到底爲甚麽呢？爲著警告當事人：不要得意忘形，高興得太早。同時，也爲著警告自己，警告所有的人：花不常開，月不常圓,人不常好。字面、字義弄清之後,即可明白,於沉香亭北倚闌干時之所揭示與思考,乃一放之四海而皆準的定律。這也就説,澹蕩春風,往往給人帶來許多煩惱。這就是無限的恨。相信誰也不能免。此所謂無限的恨,是名花之恨,是傾國之恨,是君王之恨,是李白之恨,也是千百年後,包括我在内以及在座各位在内共同的恨。而這位倚闌干者,就是李白詩中的李白。

以上,通過《清平調》詞三首樂歌的解讀,既可見作爲奴才的李白,怎樣擺平名花、傾國、君王三個方面的關係,又可見作爲謫仙人的李白,於沉香亭北倚闌干時的揭示與思考。樂歌當中,身份的轉换,如落實到具體事件上,即可知李白之立進歌詞,最少具兩個層面的意義。就最低層面看,乃爲著應詔;而最高層面,則在於揭示與思考。這裏,不必爲尊者諱,亦不必因尊者之受委屈而感到惋惜。因爲在現實中,李白只不過是一名等候供奉的新進之士而已。但是,如與當時的其他讀書人相比,李白亦有過人之處。那就是通過揭示與思考,表現對於當時具體人和事的超越。這就是最高層面的意義。比如,在最高層面上,對於「恨」,可作兩個層面的理解,包括常人層面與詩人層面。上文所説勸誡之意,屬於常人層面;而有關「無限恨」的推理及演繹,則屬於詩人層面。前者有壽王之恨,個别層面的怨恨;後者有李白之恨,已經由個别上昇到一般層面。李白之恨,既由眼前之名花、傾國,轉向廣泛的社會人生,又由具象向抽象昇華。表示詩人對於外部世界的審視點，在一定程度上，已超越時空的極限。因而，其所揭示和思考的問題，既有一定的普遍性，又具有永久的價值。這就是三首樂歌的精粹之所在。於李白詩中認識李白，必須由此入手。

壬辰寒露前三日於濠上之赤豹書屋

原載北京《文史知識》二〇一三年第一期

不若歌謠譜出，講過大衆聽聞

——黄世仲、黄伯耀《中外小説林》粵謳試解

晚清資産階級革命家黄世仲（一八七二——一九一三）及其兄黄伯耀（一八六三——一九四〇）聯手創辦小説雜志《粵東小説林》《中外小説林》以及《繪圖中外小説林》三種，乃二十世紀初所出現以開發民智、鼓吹變革爲宗旨的文藝雜志。雜志中，除各類小説及文藝專論以外，並有以嶺南方言創作之木魚、班本、粵謳、南音以及龍舟歌等式樣之文學作品發表。品種繁富，姿彩各異，頗能體現其藝術創造天才。

以嶺南方言創作之有關文學樣式，大致可分爲兩類：一爲戲曲，一爲歌謠。戲曲有木魚與班本兩種；歌謠有粵謳、南音以及龍舟歌三種。木魚，或稱板眼，以唱爲主，有板有眼，大致只有一場或一折；班本，或稱戲本，有唱有白，可連續搬演。粵謳與南音，名稱不同，實際並無不同。篇幅可長可短。長者，有如詞曲中之慢調或聯章、套數；短者，有如詞曲中之小令。而龍舟歌，一般則爲長篇巨製。本文著重説歌謠。

據二〇〇〇年四月香港夏菲爾國際出版公司刊行《中外小説林》上、下兩册，所輯《中外

小説林》三種二十期，中有粤謳九篇，題稱《風已緊》、《命呀》、《留你不住》、《唔見你耐》、《又試呷醋》、《唔怕醜》、《春景咁好》、《今年春景》、《土地誕》；又有南音六篇，題稱《宦海悲秋》、《登高感懷》、《女英豪》（連載）、《烟魔獄》（連載）、《嚴蘇憶別——事見香港各報紀嚴蘇欲與巡目梁海自由結婚事》、《國民嘆五更》（傷辰丸案也）；又有龍舟歌九篇，題稱《秀英問米》、《秋女士泉臺訴恨》、《禁烟笑柄》、《管廷鶚烟魂訴恨》、《賀新年》、《冬烘先生訴苦》、《和尚春思》、《涂巡官獄中聞喜信》、《嫖鏡》。就題材看，涉及範圍相當廣泛。舉凡國際、國内，政治、經濟、文化之有關人和事，以及宦海、情場之有關怨和恨，無不譜入歌謠。二十世紀初之社會人心以及粤港二地之風土人情，於此可見一斑。

以下，試扼要加以介紹。

一　傷時感事，細數因由

「感於哀樂，緣事而發」（《漢書・藝文志》）。這是古樂府的傳統。當時有趙、代、秦、楚之謳，此爲粤謳，後先輝映，正好可標榜其宗旨。於是，某些重大事件，比如秋瑾英勇就義，辰丸軍火案中方失敗以及俄國女子殲除民賊事件，皆及時采入，有層有次加以細數，以激發其哀樂之感。

例如《國民嘆五更》：

偷自想，泪汪汪。虧我國權不振，漸淪亡。試睇中國近來，何現象。利權坐喪足深傷。當此春風似剪，我就添惆悵。觸起許多愁緒，暗地淒涼。記得辰丸被獲，個陣風潮漲。有咁大嘅案情，該有主張。雖則話强弱相形，須自量。總要堅持公理，咪怕佢國力豪强。可恨外部個班人，一味甘退讓。糊塗了結、不顧後日災殃。今夜月華對住，我就心淒愴。唉，無可望。不若把五更來嘆，訴吓呢段情長。

初更月，照窗前。誰人不愛，個月裏嬋娟。月呀，見你出自東方，光一片。團圓到極地，確是可人憐。月係咁清明，就該同我打算。做乜當頭見你，越覺心酸。惹起國仇家恨，心就唔知點。好似滿胸悲憤，有口難言。我四萬萬同胞，如蟻賤。你照臨中土，要替佢呼冤。試睇土地瓜分，唔差得幾遠。國權喪盡，係釋放二辰丸。高高在上，不共我行方便。枉你自號無私，照遍大千。呢陣講盡幾多言語，你又詐作唔聽（平）見。唉，愁不淺。虧我悠悠長夜，係咁遲眠。

二更後，月輪高。月呀你知否我國民受酷，似坐監牢。花月有咁鮮妍，雖則係好。可惜賞花對月，要讓别個風騷。我只見月影無聊，心更惱。最唔禁想，係中國嘅前途。

月自清華，人自苦。你睇官場慘毒，好似地暗天烏。話我民氣囂張，多昧冒。無端白白向政府嚟嘈。重話查察起事之人，把佢來捉捕。剝削吾民，重慘過利刀。事恃威權，撩動衆怒。一已甘爲矢的，確是膽生毛。壓制到咁交關，無路可訴。坐令(平)民氣死難蘇。咁樣點怪我華人，常受侮。唉，愁滿肚。一言難盡吐。呢陣我傷時感事，月你知無。

樵樓鼓，又打三更。我試把神州悵望，就涕泪飄零。堂堂萬里中華境，國富兵强，理所應(平)。地脉係咁豐腴，財産又咁裕盛。況且最先開化，胄衍神明。做乜受人苛待，唔知警。好似牛羊，任宰烹。若使政府爲民，能請命。駛乜垂頭喪氣，日受欺凌。點想佢白鬚紅頂，已成了盲聾病。熱血全無冷似冰，人地强横，佢就唔敢逆命。一張照會，就事事應承。何況外人窺透，我地難争競。强權恫喝唱虚聲。月呀，你暗了復明，還有的好境。唉，我愁相並。點得共月你團圓千古，大放光明。

四更鼓，亂紛紛。虧我叫天唔應(仄)，叫地唔聞。只見夜静天高，明月近，人聲寂寞剩孤燈，大局如斯真可憫。不惟國弱，更重民貧。枉我倦懷時局，千般憤。後顧茫茫，點斷得禍根。你睇山河大地，不絶風潮滚，志士空餘血流淋。交涉已成千恨，瓜分慘劇，係□原因。早知失敗，咪自撩人憤。國權斷送，點對得我地同群。今夜我坐不成眠，試將月問，問明月你呀，始得安心。無奈月你總總唔聲，情似太忍。唉，心點忿。大同危危震。聽見銀壺玉漏，更易銷魂。

五更天色，夜將闌。回首中原泪暗潸（平）。更長已覺愁無限，想起爲人奴隸，越覺心煩。今夜對月無聊，惟有自嘆。枉費我盈腔熱血，只爲（仄）時艱。中原大局，已是將糜爛，問誰只手可挽狂瀾。只望我漢族同胞，齊合膽。文明對待，記在心間。結聯團體，咪自如沙散。切戒野蠻暴動，被人彈。只在吾民求自反，若向官場依靠，不過係冰山。今日補牢還未晚。唉，除後患。要把民權挽。個陣雄鷄一唱，就聲震人寰。

這是南音。歌題注明：傷辰丸案也。作者署名「劇」。載《繪圖中外小說林》戊申年（一九〇八）第六期。本期所載班本《張督辭官》，道及此案，可供參考。案件由辰丸載軍火所引發。其時，廣東、廣西兩省，處於外患、内難當中，日人利用辰丸號運載軍火，接濟「亂黨」。據駐東（東瀛）探員電告，兩廣總督派兵輪攔截，全數拘還。日人不允，通過外交交涉，把全案推翻。結果，中方失敗。放還船隻，並須賠款。歌者所傷，就是這麽一回事。即以爲：國權不振，民權難挽，四萬萬同胞如蟻賤。希望「結聯團體，咪自如沙散」。傷時感事，滿胸悲憤，頗極動人。事件中，對於政府盡管仍然存有幻想，謂「若使政府爲民，能請命，駛乜垂頭喪氣，日受欺凌」，但以爲「只在吾民求自反，若向官場倚靠，不過係冰山」，却流露出以民權救國權這意思。這應是民主意識的一種體現。

這是一個方面，從對於時事的揭露，激發其哀樂之感。而另一方面，則爲贊頌，於明媚春光表現傷感情緒。例如《賀新年》：

歌一曲，賀吓新年。且向我同胞，恭喜句先。呢曲歌詞雖係淺，但得諸君聽過，各記在心田。你睇新年氣象，真堪羡，春光明媚艷陽天。有拜客好多、來謁見，講吓吉祥言語，各自周旋。個個把件新色衣裳，穿在外便。當行出色，委實光鮮（平）。有的三名夫轎，隨街轉，後有長隨，幾咁闊然。手持一紙紅名片，走的汗如珠落，好似馬不停鞭。有的步行初覿面，開言恭賀，當作係口頭禪。重有的門前入到，才相見，鞠起條腰，一味打千。坐落案前，就講到名利個件。話今年境象，是必勝過明年。奉客茶烟經早整便，又揭開攢盒，個個係咁手拈拈。睇見成班，細佬哥出現，料得佢分明，係想兜利是錢。即刻向住荷包，吟（借用）起個件。雙手接來，真係歡喜到癲。得錢買食，的確諧心願，偷自解開睇吓，不敢遲延。估話有六個雙毫，真正合算。點想數（上聲）埋，唔够一仙。呢的俗例相沿，從古不變。唉，唔能免。講到個的拜年堂客，更重流連。

好多女客，快活逍遥。逢人看見就魂銷。穿起個件衣裳，隨處咁繞。話新年拜賀，怕也路遠迢迢。有陣回頭笑一笑，引得遊春人客，係咁眼刁刁。裝整容顏，真正肖，兩傍花朵，襯住鳳髦高翹。有的煎定年糕來送了，一擔行盒把肩挑。重有浪蝶遊蜂，狂得緊要。唉，真可笑。習俗多煩擾。不若把將來進步，譜入歌謠。

第一賀，賀學界文明。都城鄉曲，學校齊興。試睇泰西諸國人才盛，故此國民進化，超絶寰瀛。可惜我堂堂萬里中華境，人民雖衆，學問唔精。好似大夢沉沉，還重未醒。又好似前途暗黑，有一點光明。但得學堂遍設求争勝，各圖自立，亦理所當應。咪話西國英賢，難與並。唉，須自醒。日新兼月盛。試睇主人翁個陣，指日功成。

第二賀，又賀商場。但得支那商務，日益繁昌。可嘆我中國近來，貧嘅景象，民窮財盡，更重物價高昂。外溢嘅利源唔駛講，講到商權，更是慘傷。想起海外華僑，個哋慘狀。被人酷待，重賤過牛羊。年復一年，都係一樣。點得熱心熱力，把佢提倡。著著争先，唔肯退讓。定必權利争回，漸進富强。個陣富豪直駕，環球上。唉，真合想，商業如潮漲。免使店户時時倒閉，係咁驚揚。

第三賀，賀機器精奇。改良工藝，共辟新機。如今手技，不過麻麻（借用）地。更新除舊，咪學前時，大抵家國貧窮，由百藝廢弛。試想洋貨銷流，點塞漏卮。幸得同心兼合意，出奇制勝，不用思疑。蒸蒸日上凌歐美，免使貧民日日，抵餓挨饑。我勸一句同胞，唔好自棄，總要聯埋團體，盡力而爲。重有希望好多，還想向大家道喜。不過聊將個幾件，賀吓新禧。個的歌言雖俚心須記。唉。齊奮起。前途多吉利。切莫爲畏難兩個字，負却心期。

這是龍舟歌，作者署名「劇」。載《繪圖中外小説林》戊申年（一九〇八）第一期。綜合氣象，抒寫性靈；於快樂吉祥之中，充滿著節日氣氛。但於報喜同時，不忘報憂。希望國民於快活吉祥之中，看到學校不興、商權慘傷，百藝廢棄、家國貧窮的景象。這是歌者以民權救國權的另一思想體現。

「文章合爲時而著，歌詩合爲事而作」（白居易《與元九書》語）。有關諸篇章，爲時、爲事，以大題材表現大感慨，乃歌者之大手筆。

二　宦海情場，怨恨誰言

除了時和事尤其時事中之大政事和小政事以外，歌者頗重視怨和恨，而怨和恨，又往往離不開時和事。例如《宦海悲秋》：

銀河耿耿貫天邊，對月愁人顧影憐。你睇平橋孤雁係咁悲涼叫，蒼茫客路鎖寒烟。觸境就隨秋意淡，滿胸愁緒向乜誰言。記得詩人杜甫吟秋興（去聲），故園心事也情牽。那堪宋玉傷時泪，總闕江湖亦枉然。宦情古道如冰冷，況又殘軀病勢添。木槿有花朝暮落，虧儂思想夜不成眠。破曉申江涼信到，催人失意整歸鞭。自從開缺征塵冷，唉，使我愴懷身世，憶恨當年。思往事，境遇移遷。極目天涯泪暗漣。祖籍廣西岑係我姓，春宣名字響轟天。幸叨父蔭馳皇路，屈指爲官十幾年。記得黨人相結引，三品京堂猛著鞭。粵藩未久移甘省，個陣官聲榮耀尚得人憐。後遇蒙塵清帝後，勤王兵馬算我爲先。立陞晉撫移川督，唔想三年督粵到滇黔。我只得賫緣京裏去，洊部郵傳勢赫喧。奏參官吏如麻亂，計起番嚟有幾十個大員。點估風雲多變幻，興盡悲來咁倒顛。重須粵命生煩惱，請假頻頻病勢延。古道失意之人人算我，焂時開缺恨難捐。秋風無力難争氣，料理淵明舊菊園。好似琵琶歌妓憐秋扇，終身淪落奈何天。呢陣朝内無人時命又蹇，夢繞燕雲馬不前。青衫欲濕憐司馬，黃閣休期相（去聲）仲淹。秋蝶有心迷去路，秋蟬無意趁歸船。自怨當初行窄路，媚異戕同性太偏。越想越思情莫遣，心自戰，虧我聽殘更漏莫解愁團。

聞擊拆，報初更。想至粵路風潮煞可驚。當時督粵須朝諭，函電紛馳道喜迎。重搭花樓花塔樣，幾多還我使君聲。怎知借寇愁無力，草木無心枉有情。恨海欲填銜石去，虚勞精衛動行旌。重怕將來路棍難争氣，那堪今日坐愁城。呢會伯勞飛燕東西路，恨煞終軍舊請纓。悵望白雲山不見，一輪秋月，照我泪滴腮盈。

秋月上，二更初。强倚欄杆意奈何。生平剿亂誇能將（去聲），故劍常懸自撫摩。聞道惠潮烽火烈，幾回驚醒夢蹉跎。漫期假滿南轅下，望掃欃槍唱凱歌。自殘同種都爲升官計，點想升革無常只在頃俄。好比楊惲去官休上摺，魯陽無計怎揮戈。況當革命思潮漲，黨獄憑誰織網羅。恨只恨個的彈章重話我通新黨，憤氣終慚飲太阿。此情想到難消遣，縱有新房嬌妾懶畫雙蛾。

聞三鼓，强稱觴。借酒澆愁愁更長。疏簾有影疑哀鴈，内閣無緣戀帝鄉。記起當年居粤任，查抄富户願皆償。身逃海外周和李，畏我如蛇冇主張。今日失權由佢笑罵，落職無官冷下場。未必慈航有意把佢來超渡，造乜勢力偏輸這富商。冰山早料難長倚，何苦當初咁逞强。大抵專制恩威原莫測，恩寵方濃煞起禍殃。今日秋水潯陽憐白傅，又聽得秋蟲含怨觸我九迴腸。

四更鼓，風動簾鈎。露滴窗蕉月影浮。西征一役功勞大，殘殺枌榆實可羞。自恨甘爲奴與隸，供人驅策馬和牛。今番解組遺初願，叫我有何顔面買歸舟。重話皇恩寵信休迴避，誰憐今日滬勾留。飄飄遠舉慚雲鶴，點點無情付水鷗。自怨自嗟還自咎，有何開解得我呢的舊病新愁。

愁未已，五更纔。感懷身事不勝哀。夢繞頤和園裏去，身世茫茫怎主裁。子母相稱方數載，一旦無情缺便開。功名身外還餘恨，怎得佗城重見五層臺。或者垂簾慈母猶憐憫，他年補闕報涓埃。個陣將軍跋扈空蜚謗，視宣如子復憐才。游思幻想渾如夢，又只見月落窗前曉夜催。呢陣宦海渺茫唔到我戀愛。唉，不若逃方外。等我撥埋心事學個禮佛如來。

這是南音。作者署名「耀公」。載《中外小説林》丁未年（一九〇七）第九期。説一段故事。主人翁岑春宣，祖籍廣西。爲官十年。由叨父蔭開始，步入仕途，官至幾個省份之方面大員。但興盡悲來，最終還得買舟歸去，料理淵明舊菊園。因此對月愁人，傾訴悲情。

又如《嚴蘇憶別》：

思往事，泪難收。虧我薄命生來不得自由。我小字阿蘇，嚴氏後，早背先嚴有幾秋。剩下親娘唐氏，養育恩深厚。自怨不做男兒，只做女流。我雖然未得爲閨秀，未識之無實在可羞。況且千年女界昏沉久。重話女子無才莫過求。三步戒出閨門，真怪謬，慘過困在牢籠，幾世唔修。閫範森嚴雖講透，家庭專制、慘過罪牢囚。亦有的倚門賣笑唔知醜，瓜田李下把歡偷。品行既乖，名譽亦臭。敗俗傷風罪不可侔。更有許多無識行爲謬。矯情過甚話把齋修。欺人要把清規守。實則外面清真，講不盡裏頭。都係女學不興無造就。風氣唔開實可憂。當係閨房玩具，由來久。好似人世虛生、做個贅瘤。今我年華都有二九。未歌荇菜與咏河洲。若憑媒妁成婚媾。又怕誤人畢世實虛浮。故此立心自要尋佳耦。志氣光明豈在怯羞。不想素願至今，成假柳。難回音，都爲好事多磨，誤我好逑。心再想，實堪哀。做乜一段良緣咁樣下臺。記得當初因事離家內，道路相逢惹起禍胎。自識站街警伯名梁海。心中懷念，佢一表人材。佢外貌生成原可愛。願結絲羅理亦所該。第一輸入文明，風氣漸改。不若自由婚嫁，好擇男才。想我十年不字深閨待。況且深情久結解難開。意本含羞情又惡耐，故此直言求偶願結婚來。總係街談巷語言多礙。不若同遊花地冀講埋堆。我話共佢結爲夫婦無災害。不料佢口辭心受，意尚徘徊。佢一爲家貧妨我錯愛。一力推辭意念已灰。二爲我家中尚有高堂在，未嘗稟命亦屬癡呆。勸我回家權且等待。另配高門不美哉。枉我千言萬語情如海。真可慨、放著呢段良緣、點樣酌裁。情自慘，暗吞聲。眼見幾次求婚願望不成。佢咁真誠原實可敬。就係裙布荆釵、亦所應（平）。幸得個日重逢、方僻靜。約佢泮塘遊玩，再共談情。豈料真情成了幻影，行到中途遇著警兵。話佢警規唔守尤違令。因何同伴一個女娉婷。立行將佢來拘定。一並拿奴送入警廳。我非有眉來眼去偷歡病。估話自由擇配、正大光明。不不料警官弗察偏懲警。重話苟合雖無、亦所不應(平)。話佢身爲巡士須持正，與少女同行，即是罪名。又話我既無媒妁兼親命，如此行爲亦算不貞。更令我娘親來作證，立時將我帶返家庭。重留下海哥來聽令。須行革職不準當兵。亞海聞言還叩請，話佢並無苟合與共私情。不過我幾番求正聘，我原至潔佢亦冰清。若把罪名來擬定。實屬無辜枉受慘刑。無奈天花說出、警局終唔聽。話按章懲辦斷難輕。我呢陣勒令回家、隨母訓令。可惜意裏才郎困在圜圄。佢本來無事人清正。只係被奴牽累，有口難聲。點得仁人將佢保領。免渠受罪我願答謝神靈。重怕佢監牢難保性命。死到黃泉我係罪星。我此志誓殉爲佢妾媵。或者有日團圓、結合可成。我呢會好似多情染得離魂病。目難瞑。縱然一死、你話點得安寧。

這也是南音。載《繪圖中外小說林》丙申年(一九〇八)第五期。題下註明：「事見省港各報紀嚴蘇欲與巡目梁海自由結婚事。」說一段故事。作者未署名。主人翁嚴蘇，年華二九，立心自尋佳偶。結識巡目梁海，街上同行遇警。梁遭革職，困在圜圄；嚴則苦守，不得安寧。

因藉此歌謠代爲傾訴悲情。

兩段故事，所説似乎僅僅是個人的怨和恨，實際上都與時事或政事相關。一個宦海失意，因朝内無人以及同種自殘所導致；一個情場失望，因女學不興以及風氣未開所造成。説明皆有爲之作。雖並非大政事和小政事，却同樣具有警醒作用。乃歌者之另一種手筆。

三　南音唱出，寫吓心期

以上主要説内容，以下是形式創造。以嶺南方言創作文學作品，並非始自黄氏昆仲。廣東惠陽廖恩燾，出生於清同治四年（一八六五）比黄氏昆仲稍長數齡，曾有《嬉笑集》傳世。此册由四集組成。《漢書人物分咏》、《金陵雜咏》、《史事隨筆》三集歌咏往事，《信口開河録附存》一集歌咏時事。一古一今，皆以七律形式出之，計數十篇。與此同時或稍前，粤人招子庸以及何淡如、譚卧樓諸輩，亦曾有粤語詩詞以及歌謠作品面世。尤其是招子庸，所創粤謳，名重一時，而廖氏之仿作《新解心》數十章，則更受時人推崇。以爲「皆絶世妙文，視子庸原作有過之而無不及，實文學革命一驍將也」（梁啓超《飲冰室詩話》第六十七則）。可見一時風尚。這當可看作是黄氏昆仲粤謳創作的近源。而其遠源，似可推溯自隋唐或隋唐之前。此當細加查考。這裏僅列舉一、二具體事例，以供參照。一爲楊廣（隋煬

帝)《泛龍舟》:

舳艫千里泛歸舟,言旋舊鎮下揚州。借問揚州在何處,淮南江北海西頭。六轡聊停衡百丈,暫罷開山歌棹謳。詎似江東掌間地,獨自稱言鑒裏遊。

另一爲釋神會《五更轉》:

一更初。涅槃城裏見真如。妄想是空非有實,不言爲有不言無。 非垢净,離空虚。莫作意,入無餘。了性即知當解脱,何勞端坐作功夫。

二更催。知心無意是如來。妄想是空非實有,□□山上不勞梯。 頓見境,佛門開。寂滅樂,是菩提。□□□燈恒普照,了見馨香無去來。

三更深,無生□□(法忍)坐禪林。內外中間無處所,魔軍自滅不來侵。 莫作意,勿凝心。任自在,離思熏。般若本來無處所,作意何時悟法音。

四更闌。□□□□□□□。□□共傳無作法,愚人造化數數般。 尋不見,難□難。□設似,本來禪。若悟刹那應即見,迷時累劫暗中觀。

了了見，的知真。

五更分。净體由來無我人。黑白見知而不染，遮莫青黄寂不論。隨無相，離緣因。一切時中常解脱，共俗和光不染塵。

前者載《樂府詩集》卷四十七，郭茂倩將之列歸清商曲辭。清商樂，一曰清樂，乃九代之遺聲，包括江左所傳之中原舊曲以及江南吴歌、荆楚西聲諸樂曲。此屬吴聲歌曲。後者見敦煌寫本，任半塘將之列歸定格聯章。五首互相連接，合爲一套，並已形成固定格式。爲西京菏澤寺禪師神會所作。任氏以爲：此調自陳隋以來，即已歌唱於民間。演變至盛唐，於齊言以外，復有雜言並行（《敦煌歌辭總編》卷五）。此爲雜言體，已作長短句歌詞看待。此二例，與黄氏昆仲粤謳相比，儘管並不完全相同，但其基本格式，却有某些相合之處。除了《國民嘆五更》、《宦海悲秋》明顯采用《五更轉》格調，這是屬於南音的篇章，此外，數篇龍舟歌以及粤謳，無論是長篇或短篇，於句式運用及變化，與隋唐舊制，多少都有一定牽連。這一些都可看作黄氏昆仲粤謳形式創造的基礎。

在這基礎上，黄氏昆仲進一步創造所獲得成績，大致體現於兩個方面：一方面是品種與式樣，一方面是諷刺與諷諭。前者爲樂曲形式，後者爲歌咏方式，都屬形式創造。兩個方面所獲成績，都甚爲值得稱述。

先説樂曲形式。從大的範圍看，主要是樂章的組合。例如隻曲與聯章。隻曲占半數以上。其中，粵謳九篇，篇幅較爲短窄，皆隻曲；南音六篇中之《登高感懷》、《嚴蘇憶别》以及龍舟歌九篇中之《秀英問米》、《秋女士泉臺訴恨》、《禁烟笑柄》、《管廷鶚烟魂訴恨》體制較爲繁重，亦當看爲隻曲。其餘則可作聯章看待。當然，隻曲中短篇，實際亦並不太短，比起詞曲中之小令，大多長上幾倍。而此類篇章，製作皆甚爲精緻。例如《風已緊》：

風已緊，漸漸又到冬來。想起民庶飢寒，有邊個爲佢恤災。雖則暑往寒來。天性亦有變改。君呀係飽暖安然，亦都要念吓草菜。怪得話、熱極就噲生風，都唔熱得幾耐。人事與共天時，一樣可哀。做乜同胞呼籲，君呀你總唔秋采（借用）。點得見吓温和世界，大衆共上春臺。呢會風景唔似前時，天呀亦唔見得你可愛。唉，真無奈。好景難等待。點得你甘雨和風，澤及八垓。

這是最短的一篇，作者未署名。一百三十九字。以六字句爲主，十分工整。平韻與仄韻同部通叶（協）。前半叙事，後半造理。如將其分爲二段（片），就是一首布局嚴謹，聲韻和諧的歌詞。

而隻曲中的長篇,長達千餘字或近千字,製作亦頗爲用功。例如《登高感懷》,九百字。因登高而感懷。開篇近二百字爲總叙。慨嘆虚度春秋,未遂平生志。以下七百餘字,依四個層次,説四層意思,爲分叙。由登高,到望中原,直斥朝廷之殃民辱國,一層深似一層,逐漸展開其傷時感亂,誓與四百兆同胞共奮發的胸襟及懷抱。幾層意思,因韻脚之轉换,不斷推進,甚是真切動人。

至於聯章,無論以《五更轉》格調譜寫,或者由若干隻曲合成,大多有規矩可循。例如《國民嘆五更》,總叙之後,由「初更月,照窗前」,接著二更、三更、四更、五更,隨著月華輪轉,天色變换,依次將事件説明,並且藉著月華與天色,剖露心迹,將情與景融爲一片。這是對於古老樂曲的運用。既中規中矩,又遊刃有餘,顯得極其當行出色。又如《賀新年》之第一賀、第二賀、第三賀以及《嫖鏡》之第一累、第二累,「逐次唱來,先與後,有層有次,細數因由」,可看作《五更轉》的一種變通格調;而《冬烘先生訴苦》、《和尚春思》、《涂巡官獄中聞喜信》,雖不曾以第一、第二明確表示先後,但其敷演陳列同樣具有一定層次,亦可看作《五更轉》的一種變通格調。這也是對於古老樂曲的運用。既在規矩之中,又在規矩之外,同樣顯得極其出色當行。這是一種聯章形式所體現的規矩。另一種聯章形式,如《女英豪》、《烟魔獄》,連綴隻曲,連續搬演,十分自由,似乎無有規矩,但其於長篇之鋪叙中,注重「此中情與事」根源之揭示,却是一種内在的規矩。

因此，可以這麽説，黄氏昆仲之粤謳創作，數量雖不太多，但其繁複多變，仍然十分可觀。這是樂曲形式。

再説歌咏方式。這是因諷刺與諷諭所體現的一種内規矩，也就是相對於外形式或者外結構之内形式或者内結構。例如《女英豪》，歌咏對象乃俄國一位英奇女。故事長篇由車站遇仇、短槍誅姦以及女豪被虜、拘拿受辱、開會歡迎、入獄監禁六個片段組成。六個片段，六支樂曲，加上開篇一段，獨立一支樂曲，不僅將長篇中之情與事，從頭細數，而且依照其宗旨，將諷刺、諷諭意義一層一層加以展示。主要標榜振女權意旨。所以於故事展開之前，先來個中西對比。謂「歐西個處文明地，巾幗鬚眉自古傳」，而「支那無女學，欲强中國也是虚言」。從高處著眼，非同一般。因而，以下各段，也就不至「域於一人一事」，而能將家仇、國仇，俄國、中國，男子、女子，聯繫在一起，進行對比，其諷刺、諷諭意義，就顯得無比深遠。又如《烟魔獄》，演説詐索資財怪劇。由案情原起、立會戒烟、違例開燈、冒名索賄以及狡計敗露、涂妻書寫、罪員自嘆七個片段組成。七個片段、七支樂曲，説一名中心人物涂運泰，同樣有許多牽連。這是一名小吏。爲著金錢，冒名勒索，遭受官刑。故事自身，已有幾分離奇。但歌者之著眼點並非故事自身，而乃故事之起因，即將「此中情與事」之根源，追溯自鴉片運入中原之幾百個春秋。因此，故事所説，其諷刺、諷諭意義，也就同樣顯得無比深遠。

以上兩例，作爲社會新聞，本來只是轟動一時，但譜入歌謠，有規有矩，却能傳之久遠。這是歌咏方式所造成。

兩個方面——樂曲形式與歌咏方式，説明黃氏昆仲對於粵謳創作，不僅在内容而且在外形式，都有突出貢獻。研究嶺南方言創作，研究二十世紀文學，不可忽視革命先驅所留下的這筆寶貴財富。

辛巳大暑前三日於濠上之赤豹書屋

原載《黃世仲與辛亥革命國際學術研討會論文集》，香港：紀念黃世仲基金會，二〇〇一年八月第一版。又載《新文學評論》二〇一二年第三期。

夏承燾舊體詩試論

——《天風閣詩集》跋

由夏承燾先生親自審訂、吴無聞先生注釋的《天風閣詩集》，將由浙江人民出版社出版。筆者有幸得先拜讀全稿，感到非常高興。

詩集按年代編排，從一九二二年至一九八一年，集詩三百篇。夏承燾先生以畢生精力治詞，也在「詞之餘」寫下了大量詩篇。詩集所收是其中的主要部分。這些詩篇，描繪了夏先生六十年來所經歷過的各種生活場境，從許多側面，展示了這一時期社會歷史風雲變幻的圖畫。這些詩篇，凝結著夏先生與國家、民族命運休戚與共的熾熱情感，體現了夏先生對於生活的信心和希望。這些詩篇，内容豐富，風格多樣，技法圓熟，很值得學習。

一

六十年來，我們的國家和民族，經歷了無數次地覆天翻的大動蕩、大變化。青年時期，夏承燾先生剛一踏上人生的征途，就置身於大動蕩、大變化的歷史潮流當中。夏先生的心潮、詩潮，與時代的脉搏一起躍動。

一九二一年，夏先生開始北遊，先後到北京、西安等地謀職。一九二五年返回浙江，在嚴州第九中學任教。這五六年時間是夏先生「行萬里路，讀萬卷書」的一個組成部分。其時，「江湖多難未休兵」（《客思》），到處所見，就是軍閥戰爭的混亂局面。夏先生懷著憂患的心情，遠客天壤，對於人生道路和治學道路，進行了多方探索。

一九二三年，夏先生登長城，賦詩曰：

不知臨絶頂，四顧忽茫然。地受長河曲，天圍大漠圓。一丸吞海日，九點數齊烟。歸拭龍泉劍，相看幾少年。

從這位年輕詩人的詩境和心境看，此時，他仿佛置身於地天之外，站在最高處，觀望人間一切。但是，詩人並未脱離現實，他還要「歸拭龍泉劍」，準備在社會上施展自己的抱負和才華。

經過幾年探索和積累，一九三〇年前後，夏先生開始走上專攻詞學的道路。但此時，帝國主義入侵，國家、民族正處於生死存亡的緊要關頭，夏先生意識到歷史所賦予每個公民的重大責任。因此，他以南宋愛國志士陸游、辛棄疾、陳亮等爲榜樣，把自己的詩書事業與國家、民族的前途命運連結在一起。「九・一八」事變爆發之後，夏先生參加了之江大學教職員組織的「抗日會」，積極參與愛國師生的抗日救國活動。九月二十八日，夏先生在日記中寫道：「刻苦耐勞，盡我本分以救國。」十月九日寫道：「夜同事會議組義勇軍及十一日出查日貨事，十時方散。」十月十一日寫道：「早偕全體學生赴海月樓查日本貨。」

抗戰爆發後，夏先生隨之江大學搬遷到了上海。此時，他雖未能親自上前綫，但却時時刻刻關心著抗戰事業；滿腔熱血，灌注於筆端。他以充滿著愛國激情的詩篇，發爲叫號。其時所作《抗敵歌》（爲浙江抗敵後援會作）曰：

盡最後一點血滴，再挪前一步血迹。
奮空拳可擊，張空口可齧。
人無老幼，地無南北，今有我無敵。
越山蒼茫兮錢塘嗚咽，我念此浙江兮，
是復仇雪耻之國！
今無有前方後方，今唯有後起前僵。

拼焦土偕亡，看沿途納降。
敵昨如狼，敵今如羊，收我刀如霜。
錢塘嗚咽兮越山蒼茫，我念此浙江兮，
是復仇雪耻之鄉！

夏先生熱情地贊頌人民大衆的英雄抗敵行動，詩篇具有巨大的鼓舞力量。

抗戰期間，知識分子處境十分艱難。當時，有些意志薄弱者投奔於南京汪僞政權。夏先生一位詞壇好友到南京後來信招邀，說：汪先生知道你。夏先生覆信，對他進行了嚴厲批評，並正告他：「你説到南京是爲了吃飯，那就只許你開吃飯的口，不許你説别的話。」爲此，夏先生曾作《水龍吟・皂泡》詞，以皂泡上之「夭斜人物」，比喻投奔汪僞政權的人。指出：此輩依仗日本侵略者，如同皂泡，「乍明滅，看來去」，片時即破；而中華民族，終將如東升皎月，「一輪端正」，將永遠照耀祖國山河大地。詩集中，《鷺山新成草堂，以來禪名樓，惠詩相招，感其盛意，寄三詩爲報》，其中「起試荷衣還獨喂，幾人京洛負深期」，便是感嘆投奔南京汪僞之舊友有負作者之深切期望。

夏先生始終注重出處大節，時刻想著國家、民族的前途命運。上海淪陷後，夏先生毅然回到家鄉，入雁蕩山，繼續過著清苦的詩書生活，保持著清貧自守的高貴節操。「野獲新編據亂成，年来有泪爲蒼生」（《將別鷺山草堂與鷺山夜話》）。在憂國憂民的艱難歲月裏，夏先生一刻也離不開教育事業，孜孜不倦地工作，發奮地著述。七八年間，夏先生不僅寫作了許多充滿愛國激情的詩篇，而且完成了《白石歌曲考辨》、《唐宋詞人年譜》等重要著作，用自己的心血，爲發展中華民族的教育文化事業，努力作出貢獻。

全國解放，夏先生終於盼到了「太平」日子。他的《杭州解放放歌》曰：

半年前事似前生，四野哀鴻四塞兵。醉裏哀歌愁國破，老來奇事見河清。著書不作藏山想，納履猶能出塞行。昨夢九州鵬翼底，昆侖東下接長城。

夏先生對於社會主義新中國，充滿著信心和希望，他十分盼望能把自己的才華獻給祖國的偉大事業。

夏先生關心勞動大衆，熱愛新農村。解放以後，一有機會下鄉，他就報名參加。一九五〇年十二月，隨浙江大學中文系師生一起前往嘉興、皖北等地參加「土改」。一九六四年及一九六五年，先後兩次到諸暨縣澧浦公社住了四五個月時間。鄉居期間，夏先生寫作了不少獨具風格的新田園詩，表達了「要與農民共感情」（《下鄉》）的願望。

在教育事業、科研工作方面，夏先生也有不少建樹。解放以來，他所指導、培養的幾届研究生、進修生，陸續走上工作崗位。他的十餘種詞學研究著作也相繼出版。同時，他還發表了數十篇有關古典文學的研究論文。在國內外學術界，得到了好評。

但是，一九六六年，「文革」開始，一夜之間，夏先生所有的工作，馬上變爲「罪行」。「有峰滿眼不待尋，有詩滿口不敢吟」（《追昔遊》）。在「牛棚」裏，觸皮肉，觸靈魂，夏先生被剥奪了一切權利。他在被「批鬥」之餘，把心力全放在歷代詞人身上。他的《瞿髯論詞絶句》八十首，大部分就在這期間吟成。

風露晚節，氣衝斗牛。夏先生經過十年浩劫，精力已衰，但豪氣未減。一九七五年及一九七六年間，他因治病機會到北京、長沙等地，仍頑强地堅持寫作。在吳無聞先生協助下，《瞿髯詩》、《瞿髯詞》（油印本）相繼刻出。

「四人幫」覆滅，夏先生再次獲得新生，壓在頭上搬它不動的「資産階級反動學術權威」以及裏通外國等大帽，到一九七八年年底，終於被搬走了。「冰消灼灼花生樹，霞起彤彤日耀天」（《筇邊和周、蘇兩教授》），他揮動彩筆，熱情贊頌這個大動蕩、大變化的新時代。

六十年來，夏先生把自己的一切獻給祖國的教育、文化事業，桃李滿天下，著作等身。而且，所謂「詩人窮而後工」（蘇軾《答錢濟明書》語），夏先生的詩歌創作，經過了時代的洗禮，也獲得了很大的成就。

二

夏承燾先生論詩，把做人和作詩同等看待。說：「必其人可讀，然後詩可讀。」十九歲時，他在日記中寫道：「窗下展讀年來舊作，每嫌詩境卑卑，無元龍百尺氣概，未知是否學力未到或境遇所致，要之哀易入靡，非少年所當作也。」他曾作六絶句以自警。其一曰：

落筆長鯨跋浪開，生無豪氣豈高才。作詩也似人修道，第一工夫養氣來。

詩格即人格。在現實社會中，經過不斷探索，刻苦「參」、「練」，夏先生的詩歌創作，格調日益提高，境界深遠，詩集三百篇，包含著豐富的内容。

（一）面對現實，揭露矛盾，抒寫憂國憂民的思想情感

這類詩作包括《客思》、《十八年六月二十日建德大水》、《岳墳》、《三原》等篇，多屬早期創作。

如上所述，詩人一踏上人生征途，就遇上動亂的時代。一方面，人民大衆備受軍閥戰争、帝國主義入侵以及自然界所造成的種種災難，置身於水火之中，另一方面，當局政治腐敗，不顧國家、民族的生死存亡，不問老百姓的疾苦，終日尋歡作樂。詩人面對這一嚴酷的現實，站在人民大衆的立場上，給予無情的揭露。比如，一九二九年建德大水，「嚴江樓上水連天」、「城堞争看泊甲船」，建德城變爲澤國，難民成爲哀鴻，而當局者無有救災之策，照樣「燈火平時鬧管弦」。詩人對此感到無比憤忿，發出了「誰從滄海問桑田」的責問！又比如，一九三〇年，隨著帝國主義不斷入侵，時局已萬分危急，詩人在杭州時，見到當政者把國家、民族置於度外，日惟遊湖作樂，就借南宋愛國將領岳飛的事蹟，加予揭露和嘲諷。

「櫻人憂患矜啼笑，閱世風霜逼老成」。在大動亂的時代裏，詩人憂患的是國家和民族的命運，是民間的疾苦。這爲詩人今後的創作，奠定了堅實的思想基礎。

（二）高歌正氣，呼號抗日，鼓動復仇明耻的愛國熱情

抗日戰争期間，「劫罅今難逃藕孔」，「那料神州有陸沉」。夏先生在戰亂中面臨著「檢夢思鄉兩不禁」的困境（《寄妻温州》）。但是，夏先生始終把自己的命運與國家、民族的命運緊密地聯繫在一起。

夏先生一方面沉痛地指出，日軍入侵，「同氣相殘」，違背中日兩國人民意願（《護戰壯士

歌》)；一方面憤怒地控訴日本侵略者給中國人民所帶來的嚴重災難，到處造成尋夫、尋妻、尋爹、尋兒，黑風滚滚，鬼語啾啾，一派淒涼的景象(《尋屍行》)。

夏先生堅定地站在愛國主義的立場上，寫下了不少激情滿懷的詩篇。例如：《抗敵歌·爲浙江抗敵後援會作》，奮臂疾呼，氣壯山河，充滿著熱烈的戰鬥氣氛；《軍歌》四章，鏗鏘鏜鞳，激昂慷慨，體現了爲國家、爲民族血戰到底的獻身精神；《鬱蒸半月餘，九月七日乃大雨，是日傳我軍血戰復寶山》，卷雷走電，觸景生情，表達了洗凈胡塵、放眼千刃的美好願望。等等。

這類詩篇，是新的正氣歌，是戰鬥的號角，具有巨大的鼓舞力量；數量不多，但在詩集中占有突出的地位。

(三) 贊美新生活，歌頌新社會，表達獻身新時代的奮發精神

「著書不作藏山想，納履猶能出塞行」(《杭州解放放歌》)。新社會爲知識分子施展才華創造了有利條件，從此，夏先生邁上了新的征途。

一九五一年，夏先生在皖北參加「土改」，當他自五河歸故鄉温州省母之時，沿途所見，不禁聯想起十幾年前奔父喪的情景。其時，夏先生乘輪船由上海南歸，「鯨波布潛雷，鳶聲滿高穹」，沿途充滿著戰爭的恐怖氣氛；但此時，「五河西泝淮，送我有東風」，情景大不一樣。在

這個「乘風揚高桅」、「千載不再遇」的時代裏，夏先生決心「綿力奮所任」，把一切獻給社會主義新中國（《自五河歸省，浙大諸生爲予荷行李至蚌埠》）。

詩集中如《杭州解放放歌》、《一九五〇年十二月偕浙江大學中文系友生參加嘉興土地改革，居鄉見聞，皆平生所未有，作雜咏若干首》、《下鄉》、《乘飛機到北京》、《白堤曉行遇紅領巾隊》、《與馨一談少年遊秦事》、《過富春》、《笻邊和周（谷城）、蘇（步青）兩教授》等等，這些詩篇，都從各個不同角度，熱情贊頌社會主義時代的偉大變革，充滿著蓬勃生氣。「文革」中，夏先生受盡折難，但仍然保持著樂觀精神。一九七四年作《尻輪行》，他不因爲「出入人臂代扶笻」，無法實現遊五嶽的夙願而感到遺憾，而用莊子以尻爲輪，以神爲馬之奇語，啓發自己，從而獲得了力量，增强了信心。一九七九年《八十自壽》曰：「壯懷昔昔横江約，吟興迢迢入蜀圖」，更是念念不忘平生的宏圖大願，準備入蜀進行實地學術考察。「唤起龍洲鬥豪語，九天星斗滿匡床」（《劉海粟畫家贈墨荷》）。這正是夏先生晚年心境與詩境的體現。

（四）熱愛祖國，寄情山水，體現對於美好境界的熱切嚮往

夏先生熱愛國家與民族，熱愛新社會，也熱愛祖國河山，「平生好遊，聞有佳山水，即欣然往」（夏先生日記中語）。夏先生足迹半天下，處處留下了優美的詩篇。一九二九年作《嚴州西湖看桃花兼答友人訊近狀》詩，曰：「天邊一片紅雲來，水邊無數花枝開。」「三年坐占雙湖

水，鄭峰雷峰如夢裏。自慚行迹似東坡，到處隨身有西子。」詩人看桃花，從嚴州西湖聯想到杭州西湖，聯想到宋代大詩人蘇軾，覺得「天遣西來應有意，要我瀧中詩數首」。面對祖國河山，詩人時時感到自己責任之所在。一九三〇年作《之江寓樓看日出》詩，描繪日出的情景，從水底寫到水面，初看，漸看，前後左右，光怪陸離，烘托著一輪紅日升雲天；而且，帆影、濤聲，互相映襯，構成了一幅有色有聲、神彩飛動的日出圖。此時，夏先生在之江大學任教，正踏上專攻詞學的道路，信心百倍，前景光明，詩篇當寄寓著這一蒸蒸日上的壯志豪情。

詩集中，諸如《湖樓雜詩》、《莫干山雜咏》、《内蒙古雜咏》這類山水風景詩占有很大的分量。「文革」期間，夏先生被迫把「雙芒屐」掛於壁間，失去了登山臨水的機會，但他「十年未死看山心」，仍以「神遊」的方式，抒寫自己對於祖國河山的懷戀之情。一九七三年所作《追昔遊》諸首，就寄寓著詩人對於美好未來的嚮往和追求。

（五）懷古談藝，友朋酬唱，反映一代知識分子的詩書生活和藝術情趣

詩集中此類作品爲數最多。從有關歌咏古代詩人、詞人的作品中，可以探知夏先生詩詞創作的淵源；從近代、現代著名詩人、詞人以及畫家、藝術家與夏先生的交往中，可以探知夏先生詩詞創作所受的影響。而且，從夏先生與國外漢學家的唱和詩詞中，也可見他對於中外文化交流所作的貢獻。

有些作品，夏先生自寫詩書生活，在今天，仍有一定的認識作用。例如，《辛巳除夕，檢積年舊稿，設竹垞、彊村兩翁像祭之》，作者回顧了自己在戰亂中的經歷，「廿年如風輪」，秋病未死，而今淪爲風波之民。「百怪互出没，墜此窮海濱（時作者寓居上海）。「有眼不忍見，窿堆坐昏晨」。面對目前之景，談起戰争的浩劫，想到國家、民族的命運，「永懼九鼎淪」。詩人在這一艱難環境中，以書燈爲伴，發奮著述。因此，詩人想起了「同爲喪亂人」的前輩詞人：朱彝尊與朱祖謀。此時，詩人内心充滿著激烈的矛盾，一方面準備「携家還謝鄰」，筆硯隨身，了此一生，一方面「嗟哉無管樂」，恨不能爲國家、爲民族效力，内心十分痛苦。詩人的意願訴説無處，只好爲二翁陳述。詩篇所寫雖都是文房小事，却凝結著濃鬱的民族感情。

此外，如《答榆生招遊春申》、《雁蕩明陽洞夜坐，與鷺山聯句》、《擬買宅故鄉東山春草池邊》、《和石遺翁示近作》、《題黄小齋詩幅》等，這些詩篇都體現了生活在各個不同歷史時期的一代知識分子的精神面貌。

總之，詩集三百篇，是夏先生性情、胸襟、懷抱的生動寫照。

三

夏承燾先生的詩歌創作，首先得力於陸游、元好問、黄景仁三位詩人。夏先生自謂：從小愛讀三詩人作品。《嚴州讀放翁詩》曰：「兒時學詩好豪語，坐卧掛口翁佳句。」《過解縣弔黃仲則客死處》曰：「兒時百首誦千回，今日傷春萬里來。」《瞿髯論詞絶句》贊元好問曰：「手挽黃河看砥柱，亂流橫地一峰尊。」對於陸游，先學其爲人，後學其豪放；對於元好問，主要體會其「沉摯悲涼」（趙翼語）中所鬱結著的憂國憂民的真切感情；對於黃景仁，則去其悲苦，取其風骨。

在温州師範學校求學期間，夏先生熟讀元好問詩，把元好問詩一首一首抄録下來，朝夕咏誦。在嚴州任教期間，通讀陸游詩。夏先生所處時代，軍閥混戰，帝國主義入侵，與陸游、元好問所處時代相仿佛。他喜愛陸游、元好問詩，不斷從他們的愛國思想中吸取精神力量。而且，正如趙翼論元好問詩所説「國家不幸詩家幸，賦到滄桑句便工」；夏先生所經歷的亂離生活，也更加豐富了他的詩歌創作。

除了陸游、元好問、黃景仁，夏先生還喜歡杜甫、韓愈、王安石、蘇軾、黃庭堅、陳師道、姜夔、楊萬里、范成大等人的詩。所謂「三唐兩宋都參遍，著力還須魏晉前」（一九一九年作六絶句中語），正體現了夏先生詩歌創作的目標。

因此，夏先生的詩歌創作，在藝術方面的造詣也是多方面的。

（二）詩境既雄厚而又深峭，骨重神寒，氣象峥嵘，三唐兩宋，無所不窺

夏先生作詩作詞「好驅使豪語」，但並非粗豪疏放。他推崇辛棄疾「肝腸如火，色笑如花」的特殊詞風，作詩作詞要求能够摧剛爲柔，「婉約中含激烈聲」。夏先生作詞，曾自謙地說：平生意欲熔稼軒、白石、草窗、竹山爲一爐，但差近碧山而已；他作詩，也能够兼采唐宋諸大家之所長，另闢新境。夏先生曾與友人談放翁、白石詩。友人說：「白石『數峰清苦』句可評其人與詩詞，清而帶苦不及放翁豪情勝概，能兼白石、放翁爲一人，氣象乃好。」夏先生說：「放翁有爲，白石有守，合二者乃爲完人。」由此可以想見，夏先生作詩作詞的胸懷和氣魄。

詩集中，如《送成業諸生》曰：「淵明有豪語，所懼非飢寒。愧以昂藏身，而有靦腆顔。田園日招我，適野趣彌繁。非云樂肥遁，將欲振凋殘。……誰謂天地窄，阡陌浩漫漫。」此詩氣象甚高，可以廉頑立懦。如《黄山遊歸報鷺山》曰：「蓮頂天都君莫問，再遲來看亦揚塵。」二句神完氣足，寄慨尤深。如《西湖雜詩》曰：「隔水群山睡態濃，無人先我曳孤筇。鷺鷥熟識不相怪，錦帶橋頭日日逢。」此詩甚似放翁。此外，如《將去月輪樓》曰：「泄雲不可留，隱几山逾媚。自我客江樓，萍逢訝有蒂。一榻俯風湍，百詩茁肝肺。平生獲野心，低徊尊壑計。……後夜辨煎茶，聽江在夢寐。」此詩韻味雋永，在山谷、後山之間。如《西湖雜詩》曰：「暝燈個個讀書窗，窗下鳳落萬綠幢。忽憶故人偕老約，水禽歸去各成雙。」此詩饒有白石韻

味。如《西湖雜詩》「遊人羨我水邊樓」以下三首，其清新處則似誠齋（此段參考吴鷺山先生手批《天風閣詩集》）。

（二）在藝術表現手法和藝術技巧的錘煉方面，夏先生也積累了豐富的經驗

一九三七年四月十三日，夏先生在日記中記述他答覆朋友問詩的一段話，曰：「（我）學古詩好韓、蘇、黄。韓取其練韻，蘇取其波瀾，黄取其造句。」

詩集所體現的藝術成就是多方面的。

首先，善於鋪叙，富於聯想，具有磅礴氣勢。

例如，《常州錢名山先生書來約清明來富陽訪夏靈峰兼及賤子，寄此奉迓》。詩篇寫作者「十年夢想桐江水」，接到朋友的信，格外歡快。因此，從眼前聯想到二謝，聯想到嚴光。以爲謝靈運、謝朓之後，長久無人起繼，富春江景色如此優美，嚴光却無一字題咏。議論古人，又從過去返回到眼前，集中在詩人與友人之間，想像清明節過七里瀧的情景：「片帆珍重借江神，幾人過此動星辰。瀧灘七里明如鏡，待照鬚眉似古人。」全詩凡五用韻，四句各爲一組，排山倒海般地把思路展開，頗具東坡氣象。夏先生前期詩作中的不少五、七言古詩，都具有這一特色。

後期詩作，此類長篇巨制比較少，但一九七四年所作《尻輪行》，豪氣不減當年。詩篇前半寫作者由於老來堅持著述(「老猶攤書仇魚蟲」),久忘禽熊屈伸之術,因像陸游一樣,得了脚病(左髕生骨刺),於是,「晨遊每被鄰嫗笑,出入人臂代扶笻」。這是眼前實景。後半展開奇妙的聯想,以爲只要像莊子那樣,駕尻輪以神遊,同樣可以周九塞,領略天南十萬峰。詩篇想像豐富、氣勢雄放,充滿著樂觀精神。

其次,用事精切,點鐵成金,構成完美藝術形象。

夏先生的創作,素有學人之詩、學人之詞之美稱。陳衍曰:「(瞿禪詩)用事精切,非深於史學者不辦。」(《石遺室詩話續編》)這是符合實際情況的。但是,夏先生用事,不同於宋人的掉書袋。他所用事,切合本地風光,而且,都被融化於具體形象當中,這是詩集用事的主要特色。

一九四二年所作七律《將離鷺山草堂與鷺山夜話》,詩中多處用事用典,都很精切。「野獲新編據亂成,年來有泪爲蒼生」。作者以沈德潛撰《野獲編》自況,謂其新著《唐宋詞人年譜》,乃戰亂中寫成。「秋漢」、「海塵」,借《爾雅》中「箕斗之間,漢津也」句意及《神仙傳》東海揚塵的故事,以寫戰亂。「露車」、「耦耕」,用《晉書·王尼傳》王尼家貧夜與子共宿車上的故事及《論語》中「長沮、桀溺耦而耕」的記述,表達作者的意願。這些典故,切合當時的環境,也切合作者的身份。詩篇所體現的隨遇而安的精神,通過幾個典故形象地説出,主題就更突出、鮮明。

夏先生用事，有的是采擇貼切的典故，直接融入形象當中，有的是反其意而用之，或者加以改造、點化，使之爲我所用。《尻輪行》有關熊頸鴟顧、病足有詩、殷浩書空、莊子以尻爲輪、以神爲馬之奇語，李白「拙妻好乘鸞」詩意，乃至温州土語「眠床債」等，都被組織在一個完整的詩境當中。《題黄石齋詩幅》中的「磊落學雕蟲」，反用韓愈「爾雅注蟲魚，定非磊落人」詩意，贊頌明末志士黄石齋；《菜花》一詩，則是用劉鳴玉「半畝只邀名士賞，一生不上美人頭」詩意，加以改造、點化，而以「漫天漫地勝黄金」，表達詩人對於農事的贊頌。

夏先生用事用典，得心應手。詩集中「驅使莊、騷、經、史，無一點斧痕」（借用樓敬思評辛詞語），達到了出神入化的境界。

第三，雖小却大，雖小却好，具有獨特藝術造詣。

夏先生作詞，主張「小、好、了」三個字。他説：「長篇不是詞的正經辦法，但必須小中見大，小而出色，而且明了。」他曾提議，選一本小而好，令人百讀不厭的小詞。同樣，在詩歌創作中，也體現了這一宗旨。

詩集三百篇，絶句占五分之三。

夏先生的絶句，有的寫出了大感慨。如《讀夏完淳集成二絶》曰：「國殤猛志沉湘憤，迸作風雷落筆聲。」又曰：「垂老還思携夢去，壯遊如見戴頭來。」有的寫出了大變化。如《星辰》曰：「夢中湖海萬吟人，閲劫忽如陌路塵。夜上庭柯看河漢，芒寒色正幾星辰。」有的所寫僅是小蟲、小花草，但却頗具深意。如《湖樓紀事》，其三《春工》曰：「蝴蝶飛來入小詩，日華五色在蛛絲。世間微物天安置，各贊春工不自知。」此類詩篇，越讀越耐人尋味。

尤其是晚年所作，「高明沉著」（朱東潤評夏詩語），更見功力。比如《高鴻》、《讀莊子》、《會得二首贈長沙何申甫、彭岩石二君》及《長沙雜詩》諸篇，常常是輕輕一筆，淡淡説起，却於平中見奇，静中見動，在高雅沖淡當中見其波瀾。

一九六四年，夏先生改陸游詩句「阿奴尚喜强人意，三日于菟氣食牛」爲筆者贈書條幅曰：「老羆尚欲身當道，乳虎猶期氣食牛。」夏先生人老心不老，他的創作，永遠充滿著蓬勃生氣。今天，拜讀夏先生六十年詩作，對於他的這一教誨，倍感親切。

一九八〇年十月一稿，一九八二年二月二稿

原載《河北大學學報》（哲學社會科學版）一九八二年第三期

卓立騷壇大帥旗，百年名世不相師

——南海詩人黄詠雩藝術創造説略

（發言提綱）

上世紀八十年代，編纂《當代詞綜》，曾有當代十大詞人之議。此後，探討二十世紀歌詞創作，又有民國四大詞人之説。四大詞人乃從十大詞人當中推舉而得。我對於相關諸家曾花費不少時間，進行搜索及探研。但因見聞所限，對於南海詩人黄詠雩先生其人其作，仍然缺乏了解。年來得朋友介紹，參與黄詠雩詩詞學術活動，對其身世背景及其相關述作，開始有所接觸。黄詠雩的述作，包括詩、詞、文多個方面，不僅數量可觀，而且衆體皆備。據目前所刊發，黄詠雩已見述作，有《芋園詩稿》十卷（羅雨山選録）、《芋園詩稿燕歌集》四卷（程維增選録），計十四卷，存詩一千九十四首；又有《天蠁詞》四卷（朱庸齋、羅雨山等編纂），存詞一百八十首；又有《芋園文存》一卷，文二十五篇。黄詠雩在二十世界的詩界和詞界，交遊甚廣，是一位具一定影響的人物。探研這一時期的詩詞創作，應將其擺在重要的位置，展開研習與推廣。

一　黄詠雩的藝術人生

黄詠雩世代從商，家庭環境殷厚。自小跟隨其父做生意，也跟隨古之讀書人讀聖賢書。閲讀與收藏，感染與熏陶，乃至商業與儒業，兩兩得兼，並且取得卓越成績。

如果將黄詠雩的作品，即詩、詞、文這幾個方面所取得的成果，用以和同時代作家作一對照，比如和嶺南著名詩詞家饒宗頤教授和詹安泰教授作一對照，那麽，就將發現，黄詠雩在這幾個方面，很早就已展現其才華。

饒宗頤十六歲（一九三二年），寫了一首咏優曇花詩，一時驚諸老宿，被稱爲神童。優曇花詩序曰：優曇花，錫蘭産。余家植兩株。月夜開放，及晨而萎，家人傷之。因取榮悴無定之理，爲詩以釋其意焉。

詩云：

異域有奇卉，植兹園池旁。夜來孤月明，吐蕊白如霜。香氣生寒水，素影含虚光。如何一夕凋，殂謝亦可傷。豈伊冰玉質，無意狎群芳。遂爾離塵垢，冥然返太蒼。太蒼安可窮，天道邈無極。衰榮理則常，幻化終難測。千載未足修，轉瞬詎爲逼。達人解其會，保此恒安息。濁醪且自陶，聊以永玆夕。

黄詠雩十五歲（一九一六年），作有七言律詩七首。其一《古今》有云：

哀樂無端總是癡，古今俄頃了無期。群經都在荒蕪裏，有史偏多變亂時。白日無人同一夢，青燈於我獨相知。好修自是蛾眉性，蘭芷芳心托楚辭。

兩首詩相對照，頗有些共通之處。饒詩謂異域奇卉，一夕凋謝，説明榮悴無定，幻化難測，明白這一道理，自能保持一種平常心態。黄詩謂哀樂無端，古今俄頃，只要好自修洁，有著屈子一般的蘭芷芳心，就能保持自己的本性。二者所作，均帶有一種形上傾向。

黄詠雩十五歲所作，除了律詩，還有樂府體的古詩。十六歲時，寫得更多，且更加純熟。

至於填詞，一代詞宗夏承燾先生，他是我的老師，剛才黄福五先生已作介紹。夏承燾十四歲就會填詞。那時讀小學，填製一首《如夢令》。末了二句云：「鸚鵡。鸚鵡。知否夢中言語。」他的老師給打了三個圈。夏先生一直記住，終於成爲一代宗師。詹安泰先生十四歲會寫詩，十五歲會填詞，這一些，都没有記録下來。黄詠雩先生早年的詩有記録，早年的詞没有記録。詩與詞的情況是這個樣子。

再從文來講，最近，陳永正先生編選《今文言》，好像没有收入黄詠雩先生的文。但我看黄詠雩先生的文，二十幾篇也是了不起。而且他的序也寫得很好。他爲羅雨山的《雨山詞影》所撰跋，就是一篇很好的詞論。包含了他在詞學方面的見解。他的文有好幾篇是四六形式出現的駢體文。

總而言之，黄詠雩的詩、詞、文這些方面的成就，都是非常了不起。

二　以學問爲詞

黄詠雩《天蠁詞》四卷，令、引、近、慢，各呈姿彩。但其中特别引入注目的，似乎並不在此。《横江集》中載有《寶鼎現》，以學術報告入詞，頗能體現其獨特的才華。詞章副題：周石鼓。題下有長篇序文，清楚交代事件。其詞曰：

重輕遑問，禹鼎亡矣，何人能守。周石鼓、秦襄時製，當在十五歲癸酉。孰作者、犬丘秦世父，祠帝三牲鬯卣。故篆曰牾來自虜，想見西戎歸後。　沔沔汧水中何有。濟舫舟、魚草楊柳，惟丙日、車工馬簡，彤矢角弓驂左右。馭六轡，導陰陽原隰，持射毆其鴩獸。既獻享、師徒孔庶，卅里亟除中囿。應記地賜岐豐，銘十鼓，三原初搆。笑從來，榷拓紛紜，書矜史籀。更那省、嗣王誰某。數典忘宜臼。看墨氣，蟠爵蛟龍，沆瀣遥通岣嶁。

周石鼓，歷時久遠，已無人知其來歷。作者通過相關典籍的考辨，並印證於石鼓上的文字，斷定周石鼓乃由犬丘世父所製，時在秦襄公十年（公元前七六八）。歌詞前段，以陳述方式，記録這一結果。如就石鼓本身的考察而言，則前段已將其來龍去脉説清楚。中段刻畫人物形象，全用石鼓文本字。謂犬丘世父於汧水漲滿之時，乘船渡河而來。他的隊伍車工馬簡，他佩戴著裝飾得很漂亮的弓箭，駕馭六匹馬拉的車，還有兩匹馬隨伺左右。隊伍經過三原，他持射�獸，携來豐富祭品。至獻享完畢，衆多兵士趕忙開墾三十里所收復的土地。這一段，發揮想像，令石鼓文的記載更加真實。後段議論。謂當時所在這片土地，乃周平王所賜，十個石鼓的銘文已經記載。這是三原的來歷。後人不知，榷拓紛紜。只欣賞史籀所創造的文字，而不知嗣王爲誰。其實，他就是周平王宜臼。這一段返回原初，既不至於數典忘祖，古今貫通一起，顯現此段考古文字的學術價值。

歌詞作於一九二九年，作者仍處於倚聲填詞的最初嘗試階段。有關令、引、近、慢的製作，多數在於布景、説情，或者叙事、造理，自古至今，已形成固定模式，作者已熟練掌握。這階段所作，一般作者做得到，黄詠雩也做得到。但這首歌詞，以考古報告爲之，就不一般。詞史上，蘇軾以詩爲詞，辛棄疾以文爲詞，以論爲詞，以筆記爲詞，既呈現出各種不同的姿彩，又不失作爲「别是一家」的歌詞的本色。只是後來的效法者，忽略歌詞自身的特性，盲目從事，大多走了樣。黄詠雩以學問爲詞，做得既穩妥，又富有歌詞的韻味，頗能見其功力。這是值得留意的。

三　地位及影響

那麽，怎麽給黄詠雩以詞史的定位呢？和民國四大詞人相比較，黄詠雩的歌詞數量似乎少了一點，一百八十首，可他怎麽少也少不過唐圭璋先生。唐圭璋，一代詞宗，於民國四大詞人當中列居第二。這是我個人的定位。應當説，只就歌詞創作看，黄詠雩亦堪稱名家。而且，黄詠雩的詩歌和歌詞都很有特色。詩和詞比，詩的成就似乎更高。但是，他的詞也很了不起。了不起在什麽地方呢？在於以學問爲詞。他考訂周代石鼓文，親自到故宫觀摩文物，進行田野考察。他寫出考訂文章，並將結果填到詞裏面去。後來，考訂文章丢掉了，他根據歌詞所附序，寫出一篇長文。這篇文章得到了文字學家容庚先生的認可。在他所生活的那個年代，他不在大學授業課徒，憑借自己的興趣，倚聲填詞，並與詞界諸名家唱和，具有較爲廣闊的交遊網絡。做這麼多的事情，也是很了不起的。但是，也正因爲不在高校，他的影響，比起四大詞人，也就有所不及。所以，怎麼定位呢？我想，暫時還是以地域，將其限定在一定的範圍，以南海詩人加以標榜，不知恰當與否？

羅雨山有《鷓鴣天》題黄詠雩《懷古集》，高度贊賞《天蠁詞》。其曰：

卓立騷壇大帥旗。百年名世不相師。紀遊傳誦燕歌集，懷古争弦天蠁詞。無限事，可堪悲。山川人物幾興衰。好教鐵板銅琶唱，並遣梅花玉笛吹。

黄詠雩的《天蠁詞》，包括《横江集》、《芋園集》、《海日集》、《懷古集》四卷。舉凡山川形勝、人物英雄，乃至社會歷史之興盛衰亡，皆以入詞。相關篇章，不僅可令關西大漢以鐵板銅琶演唱，亦可讓十七八女郎以玉笛吹奏。

作爲南海的一位詩人、詞人，重要的文化名人，黄詠雩有這麼高的成就，後來者面臨的問題，就是如何研習與推廣。研習與推廣，現在有了很好的條件。黄詠雩家屬已提供了這麼完整的文本。這次研討會，邀請了幾位民國詞專家，包括華東師範大學朱惠國教授、武漢大學陳水雲教授，以及吉林大學一位年輕的教授馬大勇（他没到會）。此外，香港中文大學黄坤堯教授和程中山博士，都是很資深的學者。以上專家、學者門下好多碩士、博士研究生，是從事研習與推廣的寶貴資源。現在，有的研究生或許正找不到合適的題目，而黄詠雩的述作，正好可以給他們提供一個很好的選擇。在澳門大學，我讓一名碩士生，以黄詠雩爲題，撰寫碩士論文。這篇論文儘管不是做得很好、很理想，因爲這名碩士生還没有這個功力可做好黄詠雩的研究，但畢竟是個好的開頭。接下來，我還會讓我的研究生做這個題目，幾個人一起做，都不嫌多。這是將黄詠雩研究推向學術殿堂的一項大工程。有一份雜志《新文學評論》特別開闢了一個專欄，發表二十世紀詩詞研究文章。編輯部向我約稿，大家如有這些方面的文章，可以寄往發表。

今天，我就簡單講到這裏。謝謝大家。

癸巳清明後六日於濠上之赤豹書屋

第三輯　詩學評議

詩城與詩國

——我看澳門當前詩詞創作

開場白

澳門作爲東方之蒙地卡羅（Monte Carlo）即賭城，早已舉世聞名。但是，有詩評家稱之爲詩城，則仍未獲得廣泛認同。有關賭城與詩城問題，本文不作評述，而只説其中的詩，尤其是舊體詩詞創作。

衆所周知，中國乃一個詩的國度。流芳所及，澳門這座小城，自從開埠以來，四百多年，也就一直與詩結緣。

占城十日過交欄，十二帆飛看滯還。握粟定留三佛國，采香長傍九州山。

——聽香山譯者之一

花面蠻姬十五强，薔薇露水拂朝妝。盡頭西海新生月，口出東林倒掛香。

——聽香山譯者之二

不絶如絲戲海龍，大魚春漲吐芙蓉。千金一片混閒事，願得爲雲護九重。

——香山驗香所采香口號

不佳田園不樹桑，峨珂衣錦下雲檣。明珠海上傳星氣，白玉河邊看月光。

——香嶴逢賈胡

這是明萬曆十九年（一五九一）十一月，湯顯祖爲澳門（香山嶴）所留下的四首七言絶句。是年五月十六日，湯顯祖因抨擊政府罪，被降職爲徐聞縣典史。徐聞在廣東雷州半島南端。赴官道中，遍歷嶺南山水。即自九十月間，由贛入粤，陸行過大庾，而後順北江南下，至十二月，方才到任。其間，所作五七言律絶及五言古詩計一百一十餘首，論者以爲「俱是實録」，並以爲「可備風土志」（沈際飛語。據《湯顯祖集》詩文集第十一卷。上海：上海人民出版社，一九七三年七月新一版），頗饒情趣。本文所録，即爲其中四首。香山，今廣東中山。香嶴，即香山嶴，隸屬中山。詩章描繪當時之實際人和事——海上商賈、花面蠻姬、驗香官吏以及采香、驗香諸事，細膩、鮮明，如在目前。香，或以爲龍香涎，或以爲阿芙蓉，即鴉片。二説並存，供參考。四首絶句，原載《玉茗堂集》（據《湯顯祖集》詩文集第十一卷），毅剛編纂《澳門四百年詩選》（澳門：澳門出版社，一九九〇年十月第一版），將其列於卷首。論者稱：這是澳門詩詞史甚或文學史開卷之篇章（馮剛毅語。據《澳門當代詩詞選・序》）。我看，這是靠得住的。小城詩詞創作，應當從此説起。

湯顯祖之後，騷人墨客，南來者不斷。例如蹟删（方顓愷）、張穆、屈大均、吴歷、印光正、何紹基、譚瑩、鮑俊、康有爲、汪兆鏞、丘逢甲等，都曾在小城留下足蹟，傳有佳篇。據毅剛《澳門四百年詩選》所輯，鮑俊有《行香子》詞一首。曰：

> 蠔鏡波平。四面鐘聲。□（此處漏一字——引者）耶穌、果供香迎。簾垂粉壁，山鎖蓮莖（讀作平——引者）。看海東西，樓高下，艇縱横。　颶母時鳴。百丈潮生。捲腥風、浪迫蛟鯨。沙關夕照，馬閣朝晴。愛蠟魚黄，銀蝦白，石螺青。

詞章歌咏蠔鏡風物，「本色生情」（借用沈際飛評湯顯祖詩語），尤爲難得。

本世紀二十年代，馮印雪（祖祺）及其胞兄馮秋雪（平）在小城創立詩社——雪社。社友七人，除黄沛公外，趙連城（馮秋雪妻）號冰雪，劉草衣號抱雪，周佩賢號宇雪，梁彦明號卧雪，都帶個雪字。有社刊《六出集》及《雪社》多集印行。方寬烈《澳門當代詩詞紀事》（澳門：澳門基金會，一九九六年三月第一版）輯録其作品，甚多可讀篇章。例如梁彦明《憶舊遊・南灣步月》：

記濠江似練，人寂宵深，結侶同遊。四境淒清甚，幸多情是月，朗照當頭。金波瀲灎千頃，倒影印瓊楸。看十里長堤，風光如此，遠勝揚州。　慨朋歡難再，良會恰逢，且狎鷺盟鷗。河上逍遥好，踏碎榕陰碧，隨處勾留。眼前景物指點，萬象望中收。我更欲乘風，蒲帆遍訪洞庭秋。

詞作狀寫遠勝揚州之本地風光，抒發遍訪洞庭之乘風意慾，甚是真切動人。

六七十年來，雪社同仁以外，尚有陳融、金曾澄、月溪（僧）、王志澄、陳勉雲、鄭春霆、梁披雲、林蔭民、馬萬祺、佟立章、方寬烈諸輩，都曾在小城從事詩詞活動，並有詩詞專集行世。詩詞創作，未曾斷絶。至一九九〇初秋，澳門中華詩詞學會成立，小城詩詞史，翻開了新的一頁。詩會成立，不僅逐年均有會刊——《鏡海詩詞》問世，而且所編《鏡海詩林》叢書，也已出至第八種。同時，詩會同仁程祥徽、馮剛毅、連家生以及譚任傑、陳伯煇等，其詩詞專集，也於近年内相繼推出。此外，小城多家報刊及雜志，所發詩詞作品，更加難以計數。小城詩詞創作，已漸呈繁榮局面。

事實證明：作爲詩的國度的一個組成部分，澳門這座小城，詩風歷來就較爲昌盛，詩作累累，並非沙漠。而且，詩以外的文學創作、文學活動，也並非絶無僅有。李鵬翥論「澳門文學的過去、現在及將來」，曾列舉大量事例，說明小城文學活動的興起及文學發展的源流，以爲並非沙漠（據《濠江文譚》，澳門：《澳門日報》出版社，一九九四年十二月第一版第三至五頁）。論者稱：「澳門是一個頗古老的城市，歷史較臨近的香港爲長，但在文化方面，却遠遠落後於香港，而文學園地更是一片荒蕪。」（雲力《澳門文學創作叢書緣起》。據《大漠集》，東亞大學中文學會，一九八五年一月澳門版）因而將自己看作是大沙漠的拓荒者。我看，這是缺乏依據的。這就是說，澳門文學並非只有「現在」，而没有「過去」，澳門文學園地，並非到了八十年代，方才有人耕耘。

由於見聞所限，本文只説當前，即近幾十年情形；以往種種，留待來日探研。

一　梁披雲《雪廬詩稿》印象

（一）書家與詩家

梁披雲，乳名兖，學名龍光，别號雪予。福建永春人。一九〇七年三月十五日（清光緒三十三年二月初二日）出生於本縣之蓬萊街。上海大學文學士，日本早稻田大學政經部大學院研究生。自一九二九年在泉州創辦黎明高級中學起，即投身教育工作，將近七十年。曾出任海内外多間中學及大專學校校長。最近，獲聘爲厦門大學名譽教授。此項聘請由中國國家教委批准，乃繼楊振寧、李遠哲、池田大作等之後，與饒宗頤同時獲此榮銜。梁氏乃作爲一位教育家而聞名於世。至於書法與詩詞，當爲其餘事。但是，正如陸放翁之「無意做詩人」一樣，梁氏儘管「非有意於爲詩」（《新詩一帙》前記），而且非有意於爲書，却因其詩、書成就爲世所重，而仍被公推爲書家、詩家。

梁氏幼承庭訓，夙慧早達。十三歲就讀於省立十二中——前身爲永春州中學堂梅峰書院，現稱永春第一中學，時即對於詩詞頗有偏嗜。曾於齋舍夜讀，而獲國文教師、前清舉人、詞家鄭翘松（蒼亭）嘉獎——於明晨晤對，獨許以可教（據《梅峰雜詩》自注）。六十年後，梁氏有詩紀其事曰：

梅峰翦燭憶兒時，夜思千重世莫知。晨起忽聞呼孺子，春風和煦繫人思。

春風和煦，縈繫人思。師長教誨，終生難忘。兒時記憶，不僅促使其永遠堅定獻身教育事業的信念，而且促使其不斷萌生閱讀寫作詩詞的欲望。青年時期，梁氏雖然也曾致力於新體詩創作，一九二六至一九二八年間所作之《别》、《長征》、《夜行》、《雙十節》四篇新詩作品保存至今（香港版《雪廬詩稿》附録），但還是選擇舊體詩。爲什麽選擇舊體詩？梁氏以爲，「這裏頭是有些政治因素的」，即「國民黨强化統治時期，要把你的口罩住，甚至把你的口箍住，不讓你説話。如用白話詩、新詩很明顯，用舊體詩很含蓄，你自己懂，人家不懂，你把滿腹的牢騷一發，人家看不懂，就不怕抓把柄」（《梁披雲董事長在全校教職工會上的講話》。《梁披雲教育思想研究》，厦門：厦門大學出版社，一九九四年六月第一版，第二二四頁）。例如，詩稿開卷之首二章——一九二八年，二十二歲時所作《西湖秋冷》曰：

尋遍舊遊長短堤，畫船燈火岸東西。樓臺簾卷天如水，荻蓼花疏路轉迷。

簫聲月色有無間，烟柳空蒙露漸寒。莫向怒潮翻舊曲，荷花桂子説臨安。

詩章於自然景物形象具體描述中，包含著對於社會人事的觀感。或影射當時權貴金迷紙醉的驕奢生活，或警告南京小朝廷，不要步宋王朝後塵，但並未明白説出。除了後一首有小注——「金主亮讀柳永《望海潮》詞，南窺益亟云」外，其餘即需結合有關背景，細加體悟，才能有所領會。出手已甚不凡，未可當一般模山範水之作看待。

梁氏云：「予自略解詩歌，輒好漫吟遣興。」（《夢痕心影集》序）將近二十年所作，計一千多首。其中部分，當時未曾留稿，追憶尚能無訛（同上）。因用格紙，自書六百多首，由侄孫梁清輝影印分寄海内外詩友，徵集意見。最後删存四百八十餘首，即現傳《雪廬詩稿》三集。

梁披雲《雪廬詩稿》三集，包括《夢痕心影集》、《瀛海嘯歌集》及《秋鴻犇爪集》。以蠅頭小楷書寫。於一九九一年間，由澳門文化司署出版。不久，另有香港版印行。所謂「詩韻書香，相得益彰。典雅古樸，堪稱雙絶。」（楊奎章《丹心一片，豪氣縱横——讀梁披雲先生〈雪廬詩稿〉》），詩界、書界，皆極其贊賞。

有關學詩之緣起，已於上文所述。以下説學書。梁氏回憶起少年時事，謂：中小學階段，未曾認真練字。時當「五四」前後，此道被視爲「小技」。倒是進入大學之後，接觸書界朋友，看了一些碑帖，才有較大興趣。而且在其東渡遊學之時，書家劉郁文曾以隋以上碑帖相贈，囑其於閑時、悶時觀覽、臨摩，更是增添其學書意慾。此後，在籌組黎明高級中學之時，又曾數度赴滬，請教于右任，觀其揮毫作書，因而漸知門徑。此即爲梁氏法書之淵源。但其真正練字，却是四十以後事。即一九五〇年在印尼雅加達組設公司、做商人——任掛名經理之時，因與上海大學時同學蔣抱一（蔣大）意氣相投，即曾聯袂習書，共同渡過一段「海天空闊任飛還」（《蔣大山居有詩索和因步原韻》）的詩書生涯。一九五三年，梁氏有《蔣大五八初度步韻爲壽》三首：

如茵碧草映階除，坐向花陰理舊書。春夢秋雲都看慣，天涯到處有吾廬。
揮灑胸中筆一枝，蒼松翠竹影離披。歲寒勁節誰能識，風雨縱横每自知。
曠野閑雲任所之，滄浪濯足悟玄機。偶然驄馬鳳城過，已分乾坤一布衣。

詩篇塑造了一位猶如曠野閑雲、能悟濯足玄機的知識分子形象——乾坤一布衣，並且熱忱地贊頌其到處爲家、歷經風雨的生平及氣節，既説友人，又寄寓著自身情懷。這就是這段生涯的真實記録。

這段生涯，爲梁氏留下了美好記憶。一九六六年初，梁氏歸國觀光，並於九月間定居澳門。一九六九年，有《夢與蔣大晤對書齋，醒來得句，因寄》一詩：

惻惻分携四載餘，遥空雁斷隔年書。行吟苦憶同三徑，入夢歡呼對五車。鏡海歸帆風正好，炎洲浪蹟計終疏。何時了却平生願，萬頃湖濱與結廬。

十分盼望，能够實現平生意願，一起結廬湖濱，繼續以前那段詩書生涯。據梁氏稱，蔣大習于右任草書，至八十餘，筆墨硯隨身，除了發高燒，未嘗一日間斷。晚年並有幾種書法作品問世。梁氏亦揮灑自如，以之書寫胸中丘壑。書法盛名，頗爲時人所重。

但是，梁氏畢竟是一位教育家。其學詩與學書，並非爲了以詩、書名家，而是爲了教育。亦即將詩書事業，看作是教育事業的一個組成部分。一九七四年，在香港創辦書譜出版社，出版《書譜》雙月刊，印行名家詩書作品，爲中國書道之推陳出新，提供典型範例；一九八四年，主持編輯、出版《中國書法大辭典》，爲建樹中國書學做好奠基工作。所謂「未容樹衰老，詎自怯風瀾。臘盡梅須放，相期共歲寒」（《書譜七周年紀念席上》），既表現其無私的奉獻精神，又表現其對於下一代的殷切期望，甚可感人。

（二）詩史與心史

梁披雲生當清朝末年，自從五四新文化運動以來，本世紀所發生之一系列重大事件，都曾親自閱歷；並曾東渡日本，漫遊南洋，見多識廣。除了興辦學校，創辦報刊，還在社會上擔任公職。其《雪廬詩稿》三集，輯存一九二八年至一九八八年六十年間所作詩詞，爲平生經歷之真實記録。所謂「文章合爲時而著，歌詩合爲事而作」（白居易《與元九書》語），其中篇章，或者直接歌咏時事，以體現觀感，或者借助於事件中之人物活動，以抒寫情懷；極其真切、動人。既留下當時感受，又可作歷史見證。諸如一九三二年所作的《春申除夕》，記述「一·二八」事變中，十九路軍死守抗戰事蹟；一九四四年所作《苦憶》，記述抗日戰爭期間，倭寇南侵，「室無隔宿之糧，妻有將雛之累」之不堪現實；以及一九四六年所作《山鄉書事》與《石壕吏》，記述因喪亂所造成的人間悲劇——「地僻丁糧征斂遍，把鉏婺婦盡吞聲」及「鄰兒夜半呼，有婦堂前縊」等，均可當作歷史來讀。而一九五九年所作《番客謠》，則通過某番客之親身經歷，展示其對於僑居地開發建設所做的貢獻以及被遺棄、被排斥的不平遭遇。其詩云：

少小離家作番客，今日還鄉頭已白。當時慣唱過番歌，垂老重歌歌不得。我家原在萬山中，租地耕田世世窮。餓驅飼誘甘賣命，過海飄洋足怨恫。黑奴籲天天不應，豬仔吞聲魚貫行。炎荒瘴癘無昏曉，九死煎熬剩一生。青春活力空摧折，瘦影相看肝膽裂。橡膠菸草和泪栽，銀液金沙雜汗血。大厦高樓平地起，通衢達道逮城市。勞而不獲獲不勞，碧眼紅毛擅肥美。縱横捭闔殖民地，覆雨翻雲何足異。招來揮去事尋常，老馬良弓遂見棄。東飄西泊年復年，苦雨淒風路幾千。窮途賴有同里在，相邀作活海山邊。野店荒村等一家，眠遲起早歲月賒。翁嫗童孫齊食力，鄰居相見輒相誇。蠅頭微利坋塵垢，剜肉補瘡憑赤手。柴米油鹽通有無，民間友誼由來厚。奈何霹靂落晴天，一紙文書絶貿遷。紛紛鐵騎刀搶出，鷹犬豺狼恣饞涎。檻車驅送赴魔谷，夜雨昏燈泣破屋。誰教同氣竟相殘，明眼豈容混馬鹿。患難深情中道抛，是非顛倒肆咆哮。引狼逐客能無悔，吸血鬼方瞰爾巢。荒鷄喔喔夜漫漫，百念千愁熱肺肝。鴟鴞枉自争腐鼠，一枝寧縛九霄翰。忽見燈花傳喜信，明朝笑指雁來陣。僑胞今日非孤兒，祖國關懷何所吝。父母之邦詎昔比，錦綉江山千萬里。四海爲家呼弟兄，忍將骨肉委蛇豕。舳艫相望接南溟，大力迎親從此始。和平一貫百千年，落葉歸根展新史。我亦灑恩感激深，樂莫樂兮鳥歸林。熱泪奪眶君莫笑，旌旗似海湧丹心。君不見東風浩蕩開新霽，歸僑前景逾壯麗。歡聲洋溢動江關，天堂見在人間世。

詩章以鋪叙手法羅列事例。從少小離家，過海飄洋，直説到頭白還鄉。並以對比手法，將在異邦遭遇與祖國關懷相對照，抒寫其沐恩感激之情。就寫作背景看，似乎主要針對著排華、接僑事件，實際上，其所包涵的意義並不僅僅局限於此。這是一部以詩的形式所書寫的華僑血泪史。此外，梁氏尚有七古長詩——《星洲番客吟》，記述星洲華僑歸國參與抗日戰争事蹟，謂看到國民黨的腐敗，「又向星洲作番客」。此篇曾由友人寄往南洋某報發表，底稿未存。這一些，都顯示梁氏以詩爲史的大手筆。

以詩爲史，體現了《雪廬詩稿》的史詩價值。作爲一位有理想、有抱負的教育家，梁披雲自然十分擅長於此。但是，作爲一位有靈感、有個性的詩人，梁氏似乎並不滿足於此，而是更加注重於内在心靈體驗。這一點，可由其創作實踐加以印證。

正如前文所述，梁氏所以選擇舊體詩，主要原因乃在於舊體詩之方便發牢騷，即方便敘説心中的怨。而其敘説怨，除了爲時、爲事而外，還爲自己，即爲自己留下夢痕心影。這是詩人個性的突出體現。

例如一九二八年所作《吴門夜飲》：

酒殘楓冷九秋哀，夢裏聽歌百感來。月落烏啼天亦醉，寒山鐘咽舊蘇臺。

詩篇記述夜飲吴門時之環境及心境。謂：九秋風露，楓葉生寒，於醉夢中聽歌，頓然湧發百感。而此百感究竟爲何，却未道明。此時此刻，只見滿天之霜月，與我共醉；又覺寒山寺鐘聲，一片幽咽。整座姑蘇城，同生哀感。——外在物景，摇蕩性情；性情摇蕩，又令外在物景，改變顔色。這是詩篇産生的過程，也是詩人心靈體驗的結果。此所謂體驗，即牢騷或怨，一方面與創作時的具體環境——自然物景與社會人事相關，亦即與時與事相關，有如同年所作之《西湖秋泛》二首，據梁氏云，乃爲諷刺南京小朝廷而作；另一方面，此所謂體驗，即牢騷或怨，又不僅僅局限於具體的時與事。這就是詩人所要保留的夢痕與心影。

又如一九四三年所作《長汀曉發》：

曉起驅車雲霧窟，千山落木寒侵骨。霜楓猶作醉顔紅，獨向天邊呼日出。

詩篇記述長汀曉發情事，但其著眼點並不在事，而在於情。即以曉發時之環境及心境烘托其情。一方面乃處於雲霧之窟，落木千山，寒氣侵骨，一方面却猶如霜露中之楓樹，獨自向著天邊，呼唤日出。——環境及心境，體現出詩人不怕風寒、不怕霜凍，勇往直前的大無畏精神。此精神既爲當時實在情事之反應，又爲多年人生體驗之寫照。這也是詩人所要保留的夢痕與心影。

再如一九八八年所作《暮年》：

過盡崎嶇入暮年，縱横意氣逐風烟。宴居空抱扶危策，退食仍思種樹篇。有子有孫聊自足，無趨無競更何牽。餘生儻許長乘興，一杖千岩作散仙。

尋思以往，回顧平生。風烟變幻，崎嶇縱横。由扶危策到種樹篇。其間可稱述之情事萬萬千千。但是，其著眼點同樣並不在事，而在於情。即以平生之閱歷及經驗生發其情。謂進入暮年，退食宴居，雖未能充分施展其抱負，但也已知自足。所謂無趨無競，無所牽掛，今後日子，就想繼續其千巖一杖、乘興而爲的散仙生涯。這是尋思、回顧所生之情，所得結論，同樣也是詩人所要留下的夢痕與心影。

以上事例證明，梁氏爲詩，不僅爲了反映現實，展示時代精神，而且還在於表達人生思考，描繪心路歷程，體現人本價值。這是十分難得的。

（三）小詩與小詞

總的來看，梁披雲《雪廬詩稿》三集，内容大致可以爲時、爲事而作及爲自己而作兩類，加以概括。兩類篇章，各有特色，各具價值。但是，就作者本身而言，則當以爲自己而作，即爲自己留下夢痕心影之一類篇章，最能代表雪廬本色，最能體現詩稿成就。這是由詩的本質所決定的。所以，古人有云：詩言志。今人亦以爲：「詩本性情。詩無性情，如花無香氣，果無甘液；謂之詩之糟粕可，即謂之非詩亦無不可。」（潘受《雪廬詩稿》序）這是讀《雪廬詩稿》所當明白的道理。

爲自己而作，既爲自己留下夢痕心影，其主要特徵就在於可見性靈。在這一點上，梁氏的努力，相當成功。這除了因其本性情中人，能够體現真情性外，還因其具備詩人所應有的學問與識見，能够將情性進一步加以昇華，使之更加透徹玲瓏，因而也更加容易唤起心靈的感應與共鳴。這就是《雪廬詩稿》的本色與成就。如看具體作品，梁氏這種因學問與識見所造就的成就，乃在其善於「通古今而觀之」，即善於以詩人之眼觀察一切。這是一種以大手筆寫作小詩、小詞的特殊本領，也是成就詩稿的一種重要手段。詩稿三集，甚多此類篇章。如前文所引《吴門夜飲》，便爲其中一例。詩篇記叙體驗，所謂不僅僅局限於具體的時與事，亦即非「域於一人一事」（王國維語），即爲「通古今而觀之」。因而，其所抒寫的哀感，就更加具有普遍而長久的意義。即此哀感，既可通千百年以前夜泊楓橋時詩人之心靈，又能令千百年以後處於同一環境之讀者産生共鳴。這就是經過昇華的性靈。

此外，尚有許多篇章，語淺意深，真摯動人，亦堪稱性靈之作。例如：

不是山程便水程，去來屢與白鷗盟。危檣遥夜烟波裏，鎮把秋心向月明。

——《港粤道中》

又撿寒衣賦北征，長堤烟樹碧盈盈。癡心一片珠江月，萬水千山送客行。

——《去粤北行》

又向閩江鼓櫂行，數峰摇紫片帆輕。閑雲欲踐溪山約，去住何心計雨晴。

——《重遊閩江》

菊瘦楓丹月更幽，雄心抛却事清遊。驕蹄得得霜痕重，踏破溪山一片秋。

——《秋郊紀遊》

肯因升斗負襟期，種竹栽梅不自持。匹馬銜寒今去也，漫天風雪助裁詩。

——《去永泰》

湖海棲遲負綺年，剩將孤憤付冰絃。華燈暖閣聽歌夜，魂斷平沙落雁邊。

一層新月寫淒清，湖上風來意窈冥。唱破家山誰與語，迢迢銀漢隔雙星。

——《紀夢》二首

輕陰漠漠雨絲絲，惆悵東闌雪幾枝。燕子不來天又暮，小園香徑立多時。

——《輕陰》

此等篇章，雖爲梁氏早年所作，但「即詩即人，即人即詩」（潘受語），同樣可見其本色與成就。

潘受爲《雪廬詩稿》序，對梁氏七絶小詩極其贊賞。曾謂：「七絶少迴翔餘地，古人稱難，翁獨挽强命中，略不費力。運魏晉人神理，入唐宋人格律，難上加難之境也，而翁時亦有之。」並謂：「荆公云：『看似尋常最奇崛，成如容易却艱辛。』豈不然哉，豈不然哉。使翁專力於詩，成就寧止限於今日？」對於梁氏其詞，亦當作如是觀。梁氏所傳，儘管只得令曲小詞——《浣溪沙》三首及《長相思》一首，然而，所謂「治詩如治兵，貴精不貴多」（潘受語），此等令曲小詞却頗能體現其倚聲填詞的性情與才華。

先看一九四二年間所作《浣溪沙》二首：

> 裊裊東風泛碧紗。曲闌干外綠無涯。當年小閣記煎茶。　七碗温存如中酒，多時笑語與簪花。而今天海渺星槎。
>
> 玉笛誰家不忍聞。舊遊處處剩蹄痕。闌干斜倚近黄昏。　二十四番風更雨，八千里路月和雲。秋潮春夢兩絪緼。

詞章題稱「感舊」，標明乃叙説戀情，即對於往日夫妻間恩愛情事的思憶與回顧。謂東風泛碧，芳草無涯，曲闌干外，充滿春的氣息。當年此刻，小閣煎茶，七碗温存，多時笑語。其情其景，令人陶醉。而今相隔，海天渺茫，難以星槎引渡。謂黄昏將近，闌干斜倚，到處都是舊遊痕蹟。不知誰家玉笛，如此擾人心思，勾人魂魄。八千里路，浮動著月和雲；二十四番節氣，變幻著風和雨。春夢與秋潮一起，生長降落，混和鼓蕩，似將令得周圍一切，返回太和未分時狀態。思憶、回顧，捕捉、追尋。既那麽密切、細緻，具體可感，如在目前，又那麽沖淡、疏遠，寬大深長，不著邊際。因而，其所體現情思則顯得温存、和婉，沉著、纏綿，具有無窮的韻味。作此詞時在重慶，妻子遠在星洲。所謂「盈盈水隔波千叠，曲曲峰攢萬重恨」（《蓬萊》），這也正是詩人性情的自然流露。

再看一九五三年間所作《浣溪沙》：

疊疊重重路幾盤。來時非易去尤難。風斜雨細鳥綿蠻。　已慣滄洲波浩蕩，漫愁碧落月高寒。海天空闊獨憑闌。

詞章作於印尼。題曰「海山凝望」。實際乃借憑闌凝望中之空闊海天，檢閲過去，展望未來，寄托懷抱。以小詞叙説經歷，同樣可見性情。

小詩、小詞，言情、述志，都那麽當行出色。這是梁氏直抒胸臆、不假浮藻，亦即「非有意於爲詩」的結果，也是梁氏其人、其詩特别引人注目之處。讀《雪廬詩稿》，不可忽視這一點。

二　馬萬祺白話詩詞印象

(一) 山川秀麗，相逢多歡

馬萬祺，廣東南海人。生於一九一九年。一九三六年，年十七，即承繼祖業，接管家族生意。一九三七年，由廣州移居香港。一九四一年轉澳門，直至於如今。乃港澳一位著名實業家。而其自少年時，即「喜讀唐詩宋詞，並愛國文」（《馬萬祺詩詞選·自序》）。幾十年來，投身社會，經歷各種政治事件，每以詩詞抒懷，其所作亦已達到可以結集之地步。一九八八年，作家出版社爲其出版《馬萬祺詩詞選》。幾年後，並有詩詞選之箋釋本十卷及詩詞選之二集問世。馬氏詩詞，依寫作時間之先後順序進行編排。一九三七年至一九九三年間，所輯作品合四百三十四首。除長短句歌詞七十首外，其餘即爲五七言律絶，皆以白話爲之。其内容，大致包括三個方面：（一）記述大小政事，贊頌賢達先進；（二）描繪山川風物，抒寫高遠懷抱；（三）叙説夫妻情感，歌咏百年姻緣。有關專家、學者，已就其第一方面作品所體現之史詩價值，作了詳盡解説，並予充分肯定。這對於了解馬氏之作爲一位愛國者的心路歷程，當頗有助益。本文不準備在這一方面多加引申，而想於第二、三方面，亦即於雅頌之外，著重於風，諸如風土、風情等，説點觀感，以爲了解作爲詩人、詞人之馬氏，提供某些參考意見。

馬氏於濠江立業之初，國難當前。其「刻苦籌謀」，既希望家業再興，又深祈國土重光。所謂「關心國事，無時忘懷」（《濠江立業》），馬氏乃「赤膽無私」（《與柯麟爲鏡湖醫院服務》），與萬衆同仇（《同仇抗戰》），堅定地維護國家、民族利益。於是，馬氏不僅能於各大歷史關頭，站穩立場，而且因商務或政事，觀光萬里，閲歷九州名勝、域外風物，也處處寄寓其懷抱，表現一種積極、樂觀的向上精神。例如《首都北京》：

> 三千氣象顯莊嚴，歷代文華景仰瞻。紫禁城中藏國粹，天安門外遍嫣妍。長城雲月八千里，帝殿風光數百年。有幸登臨朝聖地，平生告慰錦花添。

詩篇寫於一九五〇年，題下小序稱：「夏日到達北京，親見京師莊嚴壯麗，祖國人民款待情殷。」這是馬氏首次晉京。狀寫首都莊嚴壯麗氣象，既有帝殿風光爲依據，如紫禁城、天安門以及萬里長城，又有人文珍藏作烘托，如文華、國粹等。因此，萬千氣象亦即有一定著落，與一般只是堆砌政治術語而空洞無物之標語口號詩不同。而其觀感，以爲有幸登臨，「使此行錦上添花，真平生一大快事」，亦爲一種自然體驗，與一般只是説豪言壯語而無真實情感之革命順口溜異趣。這是對於京師的第一印象。此五十六個字之精心構造，不但於布局謀篇，尤其對仗安排，甚見工力，如頸聯之「長城雲月八千里，帝殿風光數百年」，既工整又有氣勢，甚不平常，而且，更重要的乃在於立意，即以莊嚴壯麗之氣象，展示高遠懷抱及向上精神。這當也是赤子肝膽的體現。

又如《天净沙・松化道上》：

青松翠柳香花。拱橋溪水農家。柏道東風駿馬。艷陽初夏。歌聲嘹亮朝霞。

這是曲中小令，亦可作歌詞看待。寫於一九五七年夏，赴松化温泉途中。依馬致遠格式填製，布景、叙事，充滿歡樂氣氛，其懷抱及精神，同樣真切、可感。

五十年代以後，國運興隆，馬萬祺所創事業，蓬勃發展，其詩詞創作也進一步得以推廣。尤其是一九五九年五月，於香港、廣東、福建等地友好組成訪問團，赴蘇聯以及東歐諸國，所到之處，都有詩詞作品留存。其中，若干篇章雖頗帶急就性質，大多寫得極其淺白，却仍具有幾多意味。

例如，《捷克首都布拉克》：

捷克機場八面通，東歐工業數其中。人民生活稱多彩，物質豐盈尚可崇。

又，《德意志民主共和國首都柏林》：

一個柏林兩面分，親人阻隔不相親。同胞晤面成陌路，但願常情早日申。

二詩一說經濟，一說政治，題目都很大，但是因爲二詩皆善於概括描述，以個別環節特別之處，如「八面通」及「兩面分」，顯示風土特徵，所以，亦甚爲清新可誦。

一九五九年十月，出訪歸來。此後，將近四十年，馬氏曾先後到過朝鮮、新加坡、柬埔寨、泰國、日本、馬來西亞、菲律賓、葡萄牙、比利時、荷蘭、法國、意大利、瑞士、德國、英國以及美加諸國訪問，並曾多次前往内地遊歷、探勝。因此，所作詩詞，富有多種風味。諸如：「星洲辭別訪金邊，聖地吴歌窟景妍。禮遇皇家歌舞劇，千年古藝壯山川。」（《訪柬埔寨》）「綾羅島上豔陽天，歡樂人群舞並肩。南北朝鮮統一日，三洲友好醉筵前。」（《綾羅島》）「三日浦前貞淑迹，金剛山上木蘭花。芬芳艷蓋三千里，慧質丹心傲國家。」（《金剛山》）「馬來西亞馬華居，兩族猜疑未盡除。若使真誠能互助，民豐物阜展通渠。」（《訪問馬來西亞》）等。狀寫異國風物，頗見情趣。而另外許多篇章，記述九州遊踪，也頗能體現其風貌。例如《寶成鐵路列車上》：

蜀道難行古已然，寶成鐵路陝連川。來回叠洞工程巧，上下連山技術專。車内團員同贊賞，途中詞友共揮箋。於今棧道非天險，縱有陳倉少著鞭。

詩篇寫於一九五九年十月十一日，在前往成都途中。正如小序稱：「從寶鷄至成都，山巒重叠，路途險阻，交通至爲不便。」而新築之寶成鐵路即將這段路途連接起來，使古已難行之蜀道，變成通途，變成大道。詩篇所寫即爲此巨大變化。題材極其繁重，落筆極其輕巧，似乎毫不費力。

又如《訪問成都》：

四川稱天府，物阜與民豐。巴蜀風光好，蓉城生聚隆。離堆沃千里，寶鐵暢西東。祖國山河壯，親情百族融。

詩篇寫經濟建設，由自然風光到社會人事，縱横交錯，馬到功成，同樣若不經意。

（二）妻子好合，如鼓瑟琴

馬萬祺既有成功的事業，又有一個幸福的家。這一切，當與其美滿姻緣密切相關。一九四三年，二十四歲。馬氏於濠江立業之初，與羅氏柏心共偕連理。羅柏心，澳門婦女運動創始人之一。一九二二年出生於廣東番禺。廣州淪陷後遷居香港，後來澳。詩詞選中有《成婚》詩云：

濠江創業稍從容，菽水承歡世俗同。喜與柏心偕白首，靈犀一點兩相通。

詩篇毫無修飾，放言直書，以爲婚姻大事，世俗皆同，但最爲要緊的，乃在於靈犀相通。樸樸實實，表明當時感受，以見其「如皓月之潔」（詩篇所附小序）之崇高心志。這是馬氏現存第一首愛情詩。詩詞選中，這類篇章占有相當分量。説明馬氏，亦爲一位重性情的詩人。

但是，馬氏之所謂性情，並非僅僅局限於一般男女歡愛，而是包括理想、抱負在內的情懷、志趣，即心志。例如《蝶戀花·贈柏心妹》之寫戀情，既著力描摩其形影相隨、兩情相悦，「笑我敬卿卿愛我」之恩愛情景，又極爲强調其堅持真理、赤誠互勉，合力爲家國之共同追求。這首詞寫於一九五六年六月，爲馬氏夫婦雙雙投身愛國行列及造福社會工作之真實記録。

詞章儘管於用韻方面尚未進一步加以協調，但因率性而作，却仍十分順暢。這當也是自然性情的一種體現。

共同的目標，堅固的基礎，這是馬氏事業成功、家庭幸福的動力。爲此，馬氏十分珍惜這一姻緣。一九五五年十一月，遊覽江南。馬氏作《補度蜜月》。其序稱：「何香凝主任請余夫婦遊江南，廖承志同志笑謂：『此乃馬先生之新婚蜜月旅行。』時余已結婚十三載，五男二女矣。而沿途真以新婚接待，足見廖公之親切可愛也。」其詩云：

廖公款待遨蘇杭，笑作新婚蜜月償。兒女成行超十載，沿途真個備新房。

詩篇十分淺白，但却十分實在，十分富有人情味，十分温馨，真乃「親切可愛」。一方面體現主人的隆情盛意，一方面表達作者感激之情及珍重之意，甚可一新耳目。

又，一九七三年元月十五日，結婚三十周年紀念，馬氏有《憶江南》詞及另一絶句《結婚三十周年》以寄懷抱。詞與詩，依然十分淺白，純是直說。但其將夫妻恩愛與愛國忠誠，合在一起說，却也顯得十分融洽。尤其是詞中對句——「卅載情投同大道，百年心願共新途」，則更加可見其遺詞造句功力。因此，詞與詩所說，儘管多爲大道理，却不落俗套，同樣可見其親切的情與義。

《詩經》有云：「妻子好合，如鼓瑟琴。兄弟既翕，和樂且湛。」（《常棣》）這是中國傳統的幸福家庭模式。馬萬祺爲此努力創造，並且熱情謳歌。結婚三十周年，曾賦詩填詞慶賀；三十八周年，亦有《水調歌頭》爲紀念。詞章上片云：「猴歲三冬日，新曆上元時。遠望京華霜雪，皎潔親梅枝。轉眼兒孫長大，又是繁榮家國，不枉此心癡。月圓人未老，瀟灑度佳期。」度佳期，望京華，將兒孫長大與家國繁榮並列，表現其癡心追求。愛情、婚姻、家庭與祖國前途緊密聯繫在一起。這是馬氏崇高心志的體現，也是爲傳統幸福家庭模式所增添的新內容。因此，詞章下片，即在這一基礎之上，進一步表達他們携手並進，爲國家、民族之萬衆基業貢獻力量的共同願望。說情言志，一片赤誠。

一九九三年一月二日，金婚紀念。馬氏又有《臨江仙》，云：

紀念金婚情意重，喜逢經濟騰飛。滿懷欣慰慶佳期。兒孫承膝下，舉案共齊眉。

政策開明稱盛世，江山如畫如詩。和平統一正時宜。弟兄同禦侮，祖國競生輝。

馬、羅二氏，成婚五十周年，情深意重。詞章寫作之時，正逢祖國經濟騰飛，《澳門特別行政區基本法》起草完成，開放改革及和平統一事業，走向新的歷程。因此，紀念金婚，其深重的情與意，即與對於開明盛世及如詩如畫江山的情與意，完全融合在一起。——所謂傳統幸福家庭，於此有了新的典範。這也就是「人間並蒂蓮」（南懷瑾賀馬氏金婚句）所顯露的光輝。

在創業過程中，建造幸福家庭。馬氏不僅以身作則，樹立榜樣，而且注重教育下一代，將此傳統繼承發揚光大。而今，七男二女，皆已大學畢業，投身社會工作。幸福家庭，兒孫滿堂，顯得更加美滿。其對於子女的教育與期待，同樣寄之以吟咏。例如，一九六二年所作《勉大兒有健》云：

三年困苦尋常事，應看前途美景妍。萬里長征俱已過，陽光指引寸心堅。

其時，所謂「三年困苦」，國家正面臨著因歷史上罕見自然災害所造成的困難。而其子正在內地（西安冶金學院）就讀。這是一次小小的考驗。但所謂「書以勉之」，正表現其鮮明的態度及立場。

又如，一九七三年八月八日，二兒有恒與榮智婉在北京訂婚，馬氏有《長相思》云：

喜筵開。慶筵開。祖國興隆頌主裁。歡欣共舉杯。　親友來。摯友來。一片真誠兩不猜。恩情滿載回。

榮智婉，榮毅仁女公子。主裁者，指主持這樁婚事諸友好。訂婚儀式，宴請親朋，充滿和樂氣氛。詞章如實記載，即：用兩個「開」字，將場面鋪展；用一個「共」字，說場面中具體情景。而所謂「頌」，乃心中意願，表示對於喜慶及興隆與主裁的贊頌。這是上片。下片說場面中的人物活動。兩個「來」字，表示衆多；「兩」，集中說一對小情侶。而恩與情，則又將家國之種種，貫通融會。全詞所說，不誇飾，無造作，平易近人，其心中一切，皆自然流露。讀之令人神往。新一代幸福家庭模式，當更加富有姿彩。

（三）握拔一彈，心弦立應

夏衍爲《馬萬祺詩詞選》所作序，曾引用魯迅《摩羅詩力説》中兩句話——「握拔一彈，心絃立應」，以贊頌其史詩價值。以爲其中篇什，「無一不本愛國之深情」。因而，無論其咨嗟咏嘆，或其寄懷縱目，都與民族國家之憂樂以及河山風景之興替，緊密聯繫在一起。兩句話，甚是發人深省，既説明馬氏之所創作，乃發之於心聲，故「其情摯，其言真」；又説明，其詩心跳動，活潑進取（艾青序《馬萬祺詩詞選》二集語）。故其即興吟咏，水到渠成，皆能自成篇章。

亦即詩詞選中作品四百餘，儘管多數於繁忙商務及政事之餘草擬而成，但因爲具有「一彈」、「立應」之創造能力，其所成篇章，自然中規中矩，可諷可誦。這是十分難得的。

例如一九七九年十一月所作之《憶江南・重遊桂林》：

桂林好，山水世無雙。巖洞天然風景美，灕江好客水流長。還有桂花香。

詞章説山説水，説所見獨有風土人情及觀感。屬於一時興到之作。雖非苦心經營，其構造却甚完美。既有總提，謂其美好無雙，又有分列，具體加以表述。即謂：天然巖洞，神奇、美麗；多情江水，水流深長。而最後，以桂花香總結，更是耐人尋味。全篇語言淺白，筆調輕鬆，所表達情感既深且長，很不一般。

又如一九八八年元月所作之《蝶戀花・雙喜》：

笑傲嚴冬天數九。香滿華堂，敬謝親情酒。革命元勳功不朽。同胞愛國無先後。

寶石婚姻非少有。世事波瀾，但願人長久。港澳换文多感受。興華萬衆雄心赳。

所謂雙喜，指的是馬氏夫婦結婚四十五周年及中葡兩國關於中國政府在一九九九年十二月二十日起恢復在澳門行使主權互相换文兩件喜事。兩件喜事，都於元月十五日來臨。馬氏以全國人民代表大會常務委員會委員及中華文學基金會副會長身份，在人民大會堂宴會廳舉行盛大宴會，兩件喜事，一起慶祝。詞章所説，即爲喜慶盛況及感受，亦屬一時興到之作。但是，詞章將兩件喜事，或大或小，或遠或近，布置、安排得十分停當。有場面，有氣氛，通篇洋溢著喜悦之情，同樣很不一般。

這就是説，馬氏所作，非常快速、敏捷。乍一看，也許覺得，有點過於直露，過於淺顯，實際上，仔細琢磨，就將覺得，其中乃有一種深情厚意在，這是因其發之於心聲的緣故。因此，馬氏所作，儘管十分淺白，却是時下某些標語口號詩或順口溜所無法比擬的。其所謂不一般之處，就在於此。這是我讀馬氏白話詩詞的初步印象。

在對於馬氏白話詩詞進行粗略評賞之後，這裏，似當順便説説有關寫作訓練問題。作爲詩的國度，照理説，多出一些詩人、詞人，那是極爲平常的事。但自從本世紀以來，經過多次文化革命，古典詩詞這一傳統文學樣式，因一再被當作舊文化而遭到排斥，有關寫作訓練便得不到重視。例如：「五四」新文化運動以後，二三十年代一位對宋詞進行「有條理的研究和系統的叙述」的詞論家，亦即被推尊爲「在新文學觀念的鼓舞下和胡適詞學思想的影響下進行詞學研究的」詞論家，就曾明確宣稱，其所研究和叙述，主要在「詞學」，而非「學詞」，即「不會告訴讀者怎樣去學習填詞」。這位詞論家認爲：「詞體在五百年前便死了！」因而，「極端反對現在的我們，還去填詞」。這是中國詞史上第一位只説不做的詞論家。當時，作爲「現在的我們」，追隨者仍不甚多見。而一九四九年後，這位詞論家的經驗，却在詩國得到全面推廣。於是，出現這樣一種現象：研究詩詞的學者、專家，大多未能寫詩填詞；傳習詩詞的教授、講師，甚少如法炮製。這當是不重視寫作訓練的結果。

前些年，從友人處獲知：有位名牌大學教授、詞學家，如以時下風習，應當於其頭銜之上，冠之以「著名的」三個字。但此公不識填詞，也不會順口溜。有一次，外出參加學術研討會。東道主聞其聲名，早備紙筆侍候。此公甚老實，説明不會，但對方就是不信，以爲謙虚，窮追不捨，直將紙筆擺放到其下榻處，急得此公未敢返回午休。又有一位同樣够得上「著名的」這一級别的學者，率團出訪，遇上同樣問題。此學者不加説明，也不推讓，徑將「海内存知己，天涯若比鄰」之「内」改作「外」，即大模大樣地題將起來。雖得安枕無憂，但也不能不自暴其短。這都是不重視寫作訓練的結果。

最近幾年，詩會、詞會處處湧現，金獎、銀獎，賽事不斷。但詩壇、詞壇，仍然問題多多。一方面，至今大多數專門研究機構及高等學府，一些研究、講授詩詞的人，照舊只説不做，大批高談闊論有關藝術風格及審美特徵之詩詞論著，與寫作無關。另一方面，社會上某些人士，將詩詞寫作看得太簡單，以爲湊上五十六個字，就是一首七律，掛上一塊招牌，如「滿江紅」或「念奴嬌」，就是一首詞。於是，所謂空洞無物之標語口號詩及順口溜，乃至一些只是顧及字數而全然不理會平仄韻部之所謂「詩」或「詞」，到處泛濫。這當也是不重視寫作訓練的結果。

以上所説，就詩國現狀看，雖不能概括總體，但也並非個別現象。因爲所謂標語口號詩、順口溜以及衆多不合格品，隨時都可在某些有影響的報刊上尋見。尤其是大賽大獎，作品成千上萬，此類篇章就更加占有分量。三十幾年前，針對詩壇、詞壇混亂現象，曾經主持《人民日報》工作的鄧拓，就提出忠告：「你最好不要采用舊的律詩、絶句和各種詞牌。例如，你用了《滿江紅》的詞牌，而不按照它的格律，那麽，最好另外起一個詞牌的名字，如《滿江黑》，以便與《滿江紅》相區别。」而今看來，鄧拓的話並未過時。因此，在這一背景下，馬氏詩詞選出版，我看很有意義。即：作爲一位實業家，其所作既循規蹈矩，又富有情趣，不失詩人本色。這不僅予詩壇、詞壇某些胡作非爲者以警策，對於學界某些不爲或不能者以鞭策，而且對有志於此道者，也是一種鼓舞。

三　佟立章晚晴詩詞印象

（一）苦吟卅載，萬首詩成

佟立章，廣東南海人。一九二三年生。廣州國民大學夜校肄業。長期從事文化、教育、新聞工作。現爲澳門《華僑報》副總編輯，並兼任澳門中華詩詞學會副會長等職。自幼與文學結緣，曾創作大量新體詩歌、新體散文以及多部中、長篇小説與廣播劇，並曾創作大量古體詩詞。乃澳門一位專門以爬格子爲生的文化人。幾十年來，夜以繼日，筆耕不輟。據云：早年積稿包括各類文章剪報，無處堆放，暫時藏入車房，後受白蟻侵蝕，未敢取回，通通以大貨車裝去填海。而古體詩詞，散見於澳門各報刊雜志，則有上萬之數。這是個驚人的數字。論者以爲，陸游以「六十年間萬首詩」，稱譽古詩壇，而今代之高産作者，當推佟立章。但是，由於只管耕耘，不顧收穫，萬首詩章，至今尚未整理結集。目前，欲窺全豹，仍有一定困難。因此，也是爲了方便，只好就佟氏所贈兩個本子——《晚晴樓詩》及《三徑吟秋》入手，並參照澳門有關詩詞選集及詩詞雜志所收佟氏作品，進行初步探討。

佟氏《晚晴樓詩》，收録古近體詩九十二首，詞十首，對聯一幅。由林少明手書。澳門政府教育司，一九八九年六月出版。《三徑吟秋》爲詩畫集。葉泉畫菊，佟氏題詩。一詩配一畫。計七言絶句五十七首。澳門市政廳、澳門基金會、澳門教育司、澳門文化司署、澳門教育文化藝術協會，一九九三年間聯合出版。而《澳門四百年詩選》、《澳門當代詩詞選》及《鏡海詩詞》創刊號至第五期所收佟氏作品二百七十一首。除《題葉泉菊花圖》十首及《盧園尋梅》等十餘首重見以外，數項相加，合四百餘首。這是案頭現成資料。從數量上看，四百對一萬，顯然不太相稱。但是，如以此作爲抽查樣品，即於管中窺豹，仍然可望探知大概。

首先，就初步閱讀可知：萬首詩詞，來之不易。

例如，《晚晴樓詩》所録《檢視舊作》云：

自是悲歡欲辨難，未應心力枉拋殘。九千日裏烏絲字，都是回腸寸寸丹。

每日一詩，九千日，將近萬首詩。詩章所説，幾乎可以代表全體。亦悲亦歡，心力拋殘，説明字字烏絲，都由寸寸迴腸所化成。個中滋味，只有自己才最清楚。二十八個字，已道盡佟氏詩書生涯之一切。

例如，《鏡海詩詞》第四期所載佟氏《夜殘成詩復拈四韻》云：

思深無寐佇天明，辛苦推敲到韻成。惝恍有情騰未已，遣懷寧得罷吟聲。

又，《感懷示贈詩人》云：

猶欲登高引遠眸，壯懷忍令付奔流。明朝縱有春如海，花自生香人白頭。

二詩或謂辛苦推敲，吟聲難罷，或謂登高望遠，壯心不已。既可作爲抛殘心力的注脚，又是寸寸丹心的體現。待得明朝，春潮如海，百花競艷，即使人已白頭，也自心甘。因爲詩人，已經立下志願，「揚灰煅骨作春泥」（《訪梅》）。這是我讀佟氏詩詞的第一印象。

其次，佟立章各體詩詞，技法圓熟，各具本色。

佟氏創作，大致各體兼備，而以七言絶句及令曲小詞尤爲擅長。所作菊花詩五十七首，皆爲七言絶句。其作法，或憑藉神韻，信口而成，或依據事理，專重轉合，大多頗得其佳處。例如：

嘉名海日意殊常，風朵紅生灧灧光。襲取水宮仙子貌，凌波冉冉染裾香。

憔悴年年泪暗傾，分明未泯舊心盟。西風簾捲斜陽裏，說與黄花未悔情。

二詩寫菊花。一曰：海日。一曰：簾捲西風。謂嘉名含意，甚不尋常。輕盈一朵，浮動艷光。必定襲取，水宮仙子，美好形貌，所以凌波而至，裙裾生香。謂憔悴年年，暗傾熱泪。舊時心盟，難以泯滅。簾捲西風，夕陽殘照，只好共黄花，相與訴說未悔之情。前者咏物，尚能顧及物之形與理。後者咏物，完全將物異化，只管説自己心中之形與理。若即若離，一任思緒之自由馳騁，頗能見其才情，這是所謂「詩以神行」之具體事例。

又如：

金精結體水爲廓，碧玉城中倏現身。坐擁名花成一笑，餐英吾亦得忘貧。
遠離塵垢净無瑕，玉骨珊珊氣有華。佳色由來非易得，直須尋夢到天涯。

詩篇所咏，一爲碧玉城，一爲天涯柳色，亦菊花名稱。與前二例相比，二詩雖亦即興之作，但其法度，却甚嚴謹。即：皆於一、二句賦物形，於三、四句賦物理。並且皆於第三句用功夫，而將第四句作推宕，或作指點。因此，其由花之體態、神理，説及人之餐英、忘貧，或由眼前之珊珊玉骨，聯想到天涯佳色，其用意，即其坐擁名花的願望及對於佳色的追求，也就在推宕、指點中，自然而然得以體現。宛轉變化，頗見技巧。這是所謂「篇法圓緊」之具體事例。

以上爲絶句。至於長短句歌詞，佟氏所作雖不甚多，但所見篇章，或言情述志，或吟咏風物，大多較爲純正，甚是出色當行。例如《眼兒媚》：

當時寄食托殊鄉。年少忒荒唐。行雲階下，曙星簾外，試覷梅妝。　韶光忍問東流水，青鬢已凝霜。也應無憾，肯將顰笑，都付詩囊。

上片説少年時事，下片説而今景況。兩相對照，表現其「未悔情」。真誠、坦率，而又十分決絶。所謂「詩癡」或「情癡」，這當是最好説明。

絶句與歌詞如此，其他體裁，例如五七言古詩，亦甚見工力。

（二）豪博小怡，皆慎戒之

賭城澳門，號稱世界娱樂之都，犬馬聲色，樣樣齊全。自然景觀，諸如八景、十景一類，雖不斷發掘、不斷增添，但其可占據之地理位置乃極其有限。而人文景觀，東西交匯，層出不窮，無可限量。一般遊客到此，往往以一天、半天，或者一兩個小時，趕訪各風景點，其餘，即

「通宵營業」，隨意尋探各種人文景觀。諸景中，最有吸引力的，自然是被稱作「雀籠」之葡京娛樂場，這是澳門的一個重要標志。

佟立章之作爲賭城澳門的一位文化人，多情多感，其對於諸景中之衆生百相，不可能充耳不聞、熟視無睹。所作詩詞，從各種不同角度，體現其觀感。

一九九二年出版的《鏡海詩詞》第二期刊載佟氏《宵深於編輯室審稿竣率爾賦此》云：

乖離世態太紛紜，暴力縱横到醜聞。更覺胸前心血蕩，蒼穹懸目接初昕。

所謂暴力、醜聞，心血震蕩，這是對於社會治安及社會道德等問題的深切憂慮。

一九九六年出版《鏡海詩詞》第五期刊載佟氏五言古詩二首，其一《哀世風》云：

舉世重金錢，癡兒堅情義。鑄情易戕身，行義短衣食。芸芸斯衆生，錙銖惟逐利。論事崇奢談，言行每多僞。剽竊逞己私，惑人恒作祟。世倘無癡兒，天地亦魑魅。但求安其心，毋辨愚與智。

詩篇將金錢與情義對舉，謂芸芸衆生，惟利是圖，奢談、多僞、剽竊、惑人，只是爲一己私利；而自己則願堅守情義，即使「易戕身」或「短衣食」，也在所不惜。這是對於日下之世風的批評與揭露。

其二《葡京娱樂場即事示友》云：

鬧市矗高樓，如籠亦如刃。人流烟霧中，赴矑若蟻陣。惟聞呼盧聲，是間無禁政。摇曳轉輪盤，飛牌儼行令。聽骰復辨色，大小互猜競。腰纏萬貫來，散似流水迅。忐忑投手間，囊空未悔吝。踉蹌奔典肆，乞貸如饑饉。繼作高利囚，蒼顏慘灰燼。一身債難償，傾家妻兒殉。一身債待贖，含羞搔雲鬢。小賭豈怡情，大賭能致命。奈何賭命者，此理未深信。豪博與小怡，兩者戒之慎。人溺知己溺，屈刀堪爲鏡。

詩篇寫賭場，謂其「如籠亦如刃」，並以典型事例，反證經理部「敬告」——「博彩無不勝，輕注好怡情。閑錢來玩耍，保持娱樂性。」——以爲「豪博與小怡，兩者戒之慎」，可看作一首戒賭的勸世歌。

佟氏五古繼承中國古代樂府民歌所謂「感於哀樂，緣事而發」的傳統，注重寫實，多所感發，並且十分突出諷諭意義，佟氏所寫，儘管只是諸景中的某個側面，而並非整體，但其所感發，却體現出賭城一位文化人的價值取向。這是應當引起注意的。

那麽，作爲一位文化人，長期生活在這座小城，佟立章究竟有何理想與追求，亦即如何看待社會人生？幾首小詩，似可回答這一問題。例如《自笑》：

自笑平生不了癡，未淪窮餓尚耽詩。只緣迴夢喧紅葉，一片秋心落硯池。

又如《與陸覺鳴茗叙》：

瀹杯新沏若蒸霞，君慕咖啡我品茶。豈是書生無一用，最關情處只桑麻。

又如《家居即景》：

長條新蔓緑無涯，聊喜陽臺學種瓜。蕞爾蝸兒真自樂，一椽堪寄即爲家。

詩篇道及三種情事：耽詩、品茶及種瓜。耽詩者，乃因紅葉題詩、情緣未了之故也。四十年來，欲死欲生，幾乎都爲了這一情事。這是下文將詳加説明的。而品茶及種瓜，這是賭城中書生自樂其樂的一種生活方式。「君慕咖啡我品茶」，西方、東方兩種文化並存，又有鮮明的傾向性。三種情事，具體體現其生活情趣，也明白體現其社會觀及人生觀。三種情事，三方面題材範圍，構成佟氏晚晴詩詞三個重要題目（主題）。其餘篇章，即可看作其説明與補充。

例如《江行觀日落述懷》：

引路天風我獨行，江堤潮落又潮盈。有生未了惟詩債，投老全真識玉清。不易逢人輸肺腑，應知拭目辨陰晴。日輪跳蕩沉猶壯，聽徹飛濤裂石聲。

詩篇題稱「江行觀日落述懷」，乃面對江潮與落日抒寫觀感。即謂江潮有落有盈，而我則一身詩債，有生未了；我生世上，獨來獨往，雖不易與人盡輸肺腑，但仍具備對於陰與晴的辨別能力，正像跳蕩著的落日一般，雖沉猶壯。詩篇寫景、寫人（我），富有性情，使得景與人（我）完全融爲一體。尤其是結處之「聽徹飛濤裂石聲」，既爲眼前實景，又是詩人心境之體現。所謂理想與追求，當不難領會得到。

又如《讀報有感》：

有幸爲詩客，無能作桀雄。不求附驥足，終未薄雕蟲。天地憑增色，江山起壯容。遥思寧得已，斜照漾青叢。

詩篇前解以「詩客」與「桀雄」並列，又以「雕蟲」與「驥足」對舉，兩相對照，表明自己的選擇；後解説意願，謂其爲詩客、作雕蟲，欲令天地增色、江山壯容，即使黄昏已近，亦欲令其餘暉（斜照）將青叢照耀。未曾提及報上有關感發對象，只是直説其理想追求，自然顯得更加堅定不移。

因此，佟氏曾一再表示「未因憂患識時宜」，或者「沉浮未解識時宜」。佟氏堅信，儘管世味多艱，世變難測，而其仍然愛惡分明，癡頑到底，其初衷，或素心，絶不因爲一時私念而有所改變（參見《品茶》、《視友》）。所謂「屹立知非易，推誠人笑癡。惟欣忘世味，一日一新詩」（《案前戲作》），正是其理想與追求的實際體現。

（三）梅花體態，心上倩影

近代以來，凡是多情多感的詩人墨客，多半喜歡晏小山。例如沈祖棻，嘗戲云：「情願給晏叔原當丫頭。」而吳世昌則云：「我平生爲詞，亦經小山以入清真、稼軒，而不聽止庵之『問途碧山』，與《涉江詞》作者雖同時而不相見，徒能讀其遺書，痛其慘死，亦人間之恨事也。」沈、吳二氏之所以喜歡小山，就思想根源看，當由於一個「癡」字。對此，黃庭堅曾有具體説明：「余嘗論叔原，固人英也，其癡亦自絶人。愛叔原者，皆愠而問其目。曰：仕宦連蹇，而不能一傍貴人之門，是一癡也；論文自有體，不肯一作新進士語，此又一癡也；費資千百萬，家人寒饑而面有孺子之色，此又一癡也；人百負之而不恨，己信人終不疑其欺己，此又一癡也。乃共以爲然。」即，小山之癡，大致體現於四個方面。我不知道，佟立章之寫詩填詞，是否同樣傾心於晏小山，未見明言。但據其所作，所謂詩癡與情癡，我看已達到相當癡迷的地步。這一點，步峰《佟詩劄記》已指出，並以之與陸游作比較，説明其癡迷乃有過之而無不及。相信佟氏亦有同感。這是我所以提起晏小山的緣故，説明佟氏之癡有一定根源，值得探討。

首先，從一般意義上講，我認爲，佟氏其癡，主要在於一個情字。正如周彦邦《慶春宫》所云：「許多煩惱，只爲當時，一餉留情。」這是令其一生所無法了斷的情。即使努力參禪，「參得禪三昧」，也不能將心魔驅趕（《題照》、《宵夜倚枕作》）。

其次，從個別意義上講，佟氏其癡，乃具有特殊含義，即其四十年來，舊夢重溫，究竟是爲著憑弔遺迹，還是爲著追尋鴻影？這當中是有區別的。就有關篇章看，佟氏對其所留情者，往往並不隱瞞，或者竟將名字點明。舊佳人，老地方，頗能見其踪迹。但是，佟氏所在乎的，是否就在於此？並不盡然。例如《卜算子・廬園遇舊》：

玉立並梅仙，情沸喧啼鳥。九曲迴腸認小橋，篩落光幽俏。　黯欲問天宮，剛是新晴好。一徑飄蕭柳色嬌，忍令佳人老。

詞章所寫，實有其人，即舊佳人也。而且，在老地方。這一切，詞題均明白標榜。其時，佳人出現，「情沸喧啼鳥」，確實頗受驚動。不過，這一驚動，却不因爲佳人重現，而因爲佳人老去。看：剛剛分明大好晴天，爲何一下子黯淡無光？一路都是嬌嬈柳色，能忍心讓佳人獨自老去嗎？這一驚動，實際上就是一種感覺，一種實實在在的感覺。只不過是，這種感覺已非當時的感覺。這並不是佟氏所願意得到的一種感覺。說明：佟氏重溫舊夢，往往寄托於夢中及心上。這就是當時並非爲著再拾舊歡，回到原來地方去。所以，佟氏之所追尋，往往寄托於夢中及心上。這就是當時所留下的青春影像——驚鴻影。例如《牡丹詩》：

爲君初寫牡丹詩，坐對圖開傾國姿。破夢欲尋驚倩影，香腴雙靨玉爲肌。

又如《攤破浣溪沙》：

少想當年迴向塵。梅花體態玉精神。行見星星乍飄白，一緺雲。香暖詩囊初鑄句，風窺燈火尚留痕。長繫青春心上影，眼前人。

詩篇、詞章所寫的一切——雙靨肌膚，體態精神，都是當年所留的第一印象，即當時的感覺。佟氏一生所不能忘懷的正在於此。

佟立章平生，癡迷於情，摯著於愛。然其既已將不捨之追尋，寄托在夢中心上，其對於情與愛的見解，也就不同一般。例如《園中留題》：

偶爾何妨載酒行，百般不了只心盟。塵寰無愛成何世，愛到梅花未濫情。

詩篇有意將兩種各自相對的事象——載酒行與只心盟、愛與未濫情，鋪排展示，以表現其獨特的愛情觀。即謂：偶然之間，可能也曾浪蹟江湖，但其牢牢記住的只是心上的盟約。人世間儘管到處都充滿著愛，但他未曾濫用感情，而只是愛憐梅花。

爲此，佟氏即將其一切情愛用在梅花上。而荷花、菊花以及柳樹，包括所有雪月風花，即可看作對於梅花的補充。這就是佟氏所癡迷及執著追尋的心上影。所以，佟氏晚晴詩詞，儘管多寫花、寫月，却不可當一般吟弄風月之作看待。其所寫風花雪月，有人在，又有性情在。諸如：「荒誕原知幻作真，奔騰空想渡雲津。心宫自有嫦娥在，低首甘爲拜月人。」(《中秋節前夕遣懷》)「登盤金餅泛西風，佳夕其誰笑語同。負此清圓不看月，嘘寒夢到小樓東。」(《中秋節漫賦》)「不幸前約此徘徊，菡萏連雲十里開。休笑詩情如水漾，夢魂曾爲抱香來。」(《重訪白藤湖荷花》)「九曲橋横碧水池，頻年並影誤心期。知情獨有回春柳，爲借迴風一掃眉。」(《春朝盧園訪柳》)「只許相憐未許親，已非青鬢眼前人。迴黄轉緑年年事，流逝無端又一春。」(《春末探柳》)等等。這些詩篇，或者既將心上影幻想在月宫，又埋怨月圓人未圓，不再拜月而夢小樓東——碧落、「黄泉」，上下求索；或者既抱香入夢、望柳展眉，欣喜不幸前約，又未敢相親，謂青鬢已改，非復眼前人，無端地惱怒起流逝的春光來。所謂無理而妙，通篇都是癡情人語。這都是佟氏其人、其真性情的生動體現。

正因爲如此，四十年來，癡迷執著，佟氏乃以其全部心力，償還詩債與情債。所謂「拋殘歲月未相忘，飄渺神光水一方。不盡綿綿無限意，在衣爲領帶環裳」(《有憶》)。佟氏明明知道，其追尋目標，猶如飄渺神光一般，可望而不可即；其追尋結果，只能是没有斷絶之期的怨與恨，而其仍然不羈、未悔，繼續追尋，既使「揚灰煅骨」，也將化作春泥，培護其心上的花。可見，其對於詩歌及愛情的態度，乃何等決絶。這是我讀佟氏晚晴詩詞的總體印象。

原載一九九六年十二月一日、十五日、二十九日及一九九七年一月十二日、二十二日，二月九日、二十三日，三月九日、二十三日，四月六日、二十日，五月四日、十八日，六月一日、十五日、二十九日，七月十三日、二十七日，八月十日、二十四日，九月七日、二十一日澳門《澳門日報》「語林」副刊。又載香港《鏡報》一九九七年六至十二月號及一九九八年一至三月號。又載《今詞達變》(《施議對詞學論集》第二卷)，澳門：澳門大學出版中心，一九九九年九月第一版。

廿一詩壇，兩項預測

——二十一世紀中華詩詞展望國際研討會小結

一九九九年十月十七、十八日，澳門回歸前夕，「二十一世紀中華詩詞展望國際研討會」在澳門舉行。兩岸四地學者、專家二十餘人參加研討。澳門詩壇領袖梁披雲出席開幕式，澳門詩人佟立章致開幕詞；福建省社會科學院研究員蔡厚示以及北京師範大學教授蔡清富致祝賀詞。開幕式後隨即就二十世紀詩詞創作狀況、二十世紀詩詞研究狀況以及二十一世紀詩詞發展前景三個主題，逐個進行研討。每一主題均有一至三名專家主講，一名評議，而後展開討論。時間緊迫，發言踴躍，氣氛頗熱烈。

一　空前活躍，問題重重

曾經於十二年前發表講話，揭開舊體詩詞創作存在四多四少現象之詩評家楊金亭，主講第一個問題——二十世紀詩詞創作狀況。他首先以四句話表明觀感，即：「空前活躍，問題重重。繼承創新，促進繁榮。」指出與十二年前所謂——歌頌多，暴露少；自然題材多，社會題材少；應景賜答題材多，感時傷事題材少以及吟咏古迹、憑弔古人題材多，對歷史作科學反思作品少——兩者相比較，似有了些改觀，但面對重重問題，仍然甚多憂慮。例如：詩詞學會（協會）遍及城鄉，新體詩没有，歷史上也未曾有過。作者二十萬之衆。每一年，各種刊物所發作品，超過五部《全唐詩》。而最高等級之詩詞刊物——《中華詩詞》，每期却只是發行一萬八千册。可見，寫詩的人多，看詩的人少。或者説，詩與詞無論怎樣活躍，都到不了自己圈子裏去。不僅一般普通大衆不歡迎，而且連詩詞作者也不歡迎。這一問題，頗引起與會者注意。

蘭州大學教授林家英擔任評議。十分明確地提出：二十世紀詩詞創作所出現的問題，主要因浮躁所致。某些人未曾經過基礎訓練，舊詩詞也背不了那麽幾篇，就急於揭竿而起，號令天下。不僅自己所作不顧平仄、韻部，而且妄圖借助行政手段，推行所謂「改革」，包括廢棄入聲字等等。某些人則趨時、趨新，大量製造新詞語，如稱垃圾爲「垃渣」，稱機器人爲「電僕」，稱馬克思爲「馬卿」，實在費解。林家英以朱東潤有「入聲字代表民族精神」一語，以示警誡。提出：文學是人學，詩詞是情學。寫作乃嘔心瀝血之事，萬萬浮躁不得。希望不要出現詩詞界之陳勝與吴廣。

那麽，究竟應當如何消除浮躁？尤其是世紀之末，天也浮躁，人也浮躁，不浮躁，似乎就成爲保守派，這該如何面對？香港中文大學黄坤堯博士，從另一角度表明看法。指出：香港有一個十分包容之社會環境，無論什麽思潮都能得到自由發展。例如：辛亥革命以後，大批遺老逃港，都能被容納。發展文學，最爲理想。而且，這一社會環境，粤語地位不會動摇。粤語保留著「古典」，文化根源就在「古典」裏。這對於舊體詩詞之學習與寫作，均極其有利。例如：粤語有入聲。以一平對三仄，就是不平。能够體現長短與節奏。普通話無入聲，爲白話文，只能體現輕重。以之讀古詩，很難形成韻律。廣東、福建推廣普通話，尤其是福建，更加走在最前列，對於舊體詩詞之學習與寫作，不知有無妨礙。這一問題，亦引起與會者注意。

二　全球意識，世界眼光

大致説來，研討會所提出的問題，似可歸納爲二：固守與改革以及執著與浮躁。這是兩種不同表現形式，而其内裏，必有一種情意所在。例如：黄坤堯所説，應當是一種粤語情意結。與吴語、閩語一樣，對於舊體詩詞而言，相信都十分重要。但是，除此以外，是否尚有情意結在，似當進一步加以探討。上海社會科學院研究員徐培均，主講第三個問題——二十一世紀詩詞發展前景。提出必須具有全球意識。以爲惟有如此，才能學習他人長處。但又强調尋根，推舉民族意識。以爲：「全球意識和尋根意識，看似兩回事，事實上應該也能够統一起來。只有各民族的文化發揚特色，大放異彩，才能促進世界文化的共同繁榮。」兩個方面，闡發得十分周全，應有十分廣泛之代表意義。作爲一種那個情意結，與上述問題未知有無牽連。兩個問題，兩種情意結，尚待深入探討。以下只說學習他人長處一事。六十年代初期，反帝、反修，以爲別人的經驗不可學、不足取，有人並曾有詩詞作品加以嘲諷。謂其「賣親朋，投兇横。求恩寵，媚音容」（某氏《六州歌頭》）。但是，二十年過去，對於舊時所作，並不十分滿意。這是對於某意識所形成情意結之重新解讀。二十一世紀，對於現行全球意識與尋根意識以及由此所形成之情意結，相信也當重新解讀。所有跨世紀之詩家、詞家，似當有此準備。

三　廿一詩壇，兩項預測

再過不多時日，澳門即將回歸中國，人類即將步入二十一世紀。四百年與兩千年，看來都十分引人注目。就中華詩詞而言，今次研討，可能是二十世紀最後一次研討。既標榜「展望」，看來有必要來個小小預測。

第一，出版讀物：從經典讀本到經典讀本。

主要從五十年代説起，那時，詩界前輩所提供讀本，十分受用。鑒賞熱以來換上玄學包裝，詩與詞被淹没。白話文出現，預示一切從頭來過。其運行路綫，有如圖一所展現。

第二，領袖人物：①從胡適之到胡適之；
②從王海寧到吳海寧。

胡適領導文學革命，創造「胡適之體」，原爲新體詩尋找生路。但是，弄得兩邊都不討好。新體詩作者不領情，不跟著走；舊體詩作者及研究者也不滿意，謂其破詞體、誣詞體。進入二十一世紀，必將重新開始。見圖二。

王國維倡導境界說，開創中國新詞學。胡適、胡雲翼將境界說推演爲風格論，使之向左傾斜。詞學研究於是步入誤區。吳世昌標舉結構論，重新確立詞學本體理論。二十世紀爲王海寧時代，二十一世紀將爲吳海寧時代。見圖三。

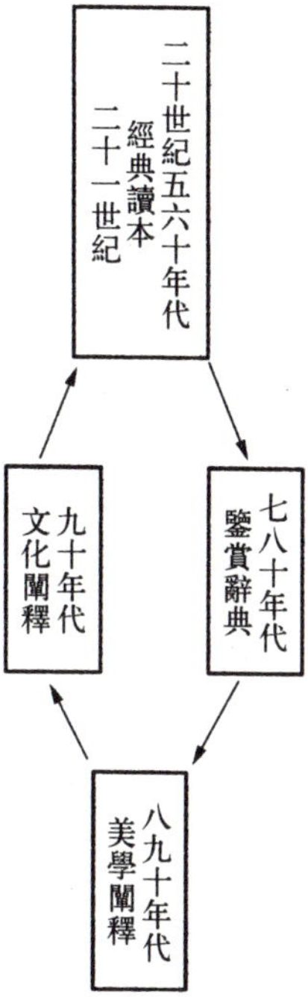

圖一：從經典讀本到經典讀本

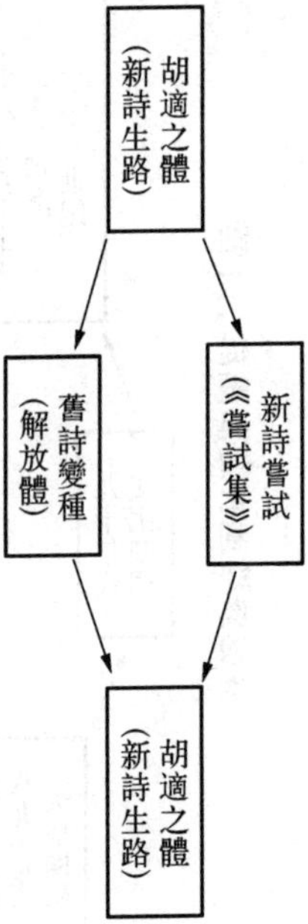

圖二：從胡適之到胡適之

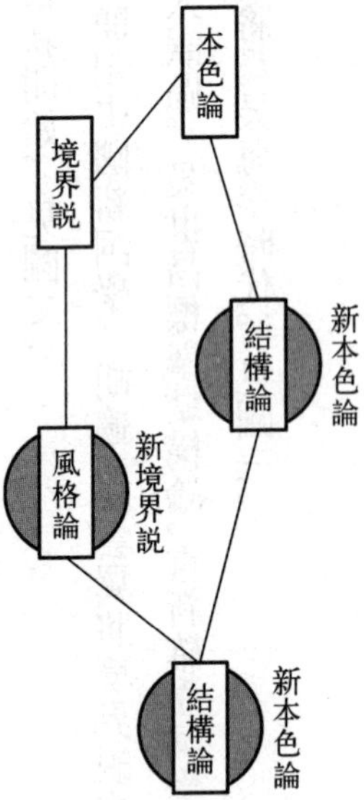

圖三：從王海寧到吳海寧

原載香港《鏡報》一九九九年十二月號

大雅正聲與時代精神

——爲新世紀的歌德派正名

「我志在删述，垂辉映千春」（李白詩句）。詩的時代，詩的國度。復興大雅，重振正聲。對於中國當代詩詞的創作及研究，凡有志於此道者，都具一定使命感和社會責任感。這是一種價值取向在兩個方面的不同表現，一方面是詩學，一方面是詩教。詩學目的在於詩的自身，詩教目的在於詩的外部。一個是審美的標準，一個是功利的標準。兩個方面、兩種表現，兩種不同的批評方法，孔夫子早已爲之定下規矩，並且創立一整套中國式的原則。

一　新詩與舊詩：胡適與毛澤東

中國詩壇，在二十世紀著實熱鬧了一番。尤其是胡適的出現。一九一六年，胡適的新體白話詩發表。中國詩壇從此增添了一個新品種。之前，自《三百篇》以後的古、近體歌詩，一統天下；自胡適出，才有另一品種，以相對舉。一個是新體白話詩，一個是舊體格律詩。簡單地講，一爲新詩，另一爲舊詩。新詩與舊詩，從此以後，就在詩壇爭勝。我將這段歷史劃分爲兩段，兩個六十年，兩個甲子。並且爲之下了斷語。第一個六十年，從一九一六年到一九七六年；第二個六十年，從一九七六年到二〇三六年。只就舊詩而言，第一個六十年，死而復生；第二個六十年，生而復死。而新詩呢？毛主席説：「用白話寫詩，幾十年來，迄無成功。」此前如是，此後又如何？但我的這一斷語，是從主席那裏學來的。這是一種文學語言的描述。

二十世紀中國詩壇，新詩與舊詩，在其發展、演變的第一個六十年，胡適與毛澤東，兩位領袖人物，其開天闢地的歷史貢獻將永載史册。

（一）胡適與「胡適之體」

1　半闕《生查子》及其創作靈感

胡適喜作《沁園春》，在其明確挂上招牌的二十九首歌詞作品中，七首寄調《沁園春》。以下所録，爲其中一首。其曰：

棄我去者，二十五年，不可重來。看江明雪霽，吾當壽我，且須高咏，不用啣杯。種種從前，都成今我，莫更思量更莫哀。從今後，要怎麽收穫，先那麽栽。　忽然異想天開。似天上諸仙采藥回。有丹能却老，鞭能縮地，芝能點石，觸處金堆。我笑諸仙，諸仙笑我，敬謝諸仙我不才。葫蘆裏，也有些微物，試與君猜。

歌詞附小序：「五年十二月十七日，是我二十五歲生日。獨坐江樓，回想這幾年思想的變遷，又念不久即當歸去，因作此詞，並非自壽，只可算是一種自誓。」這是自壽，也是自誓。這一年的四月十六日，另有同調歌詞題稱：誓詩。此前所作，其謂「更不傷春，更不悲秋，以此誓詩」，在於破解對於詩歌創作的一種傳統觀念，對於破舊的宣誓；此時所作，其謂「要怎麽收穫，先那麽栽」，乃對於立新的宣誓。破舊好理解，立新可就甚費斟酌。請留意歌詞煞拍的語句：「葫蘆裏，也有些微物，試與君猜。」就是説，我老胡倡導「文章革命」（文學革命），到底有何奥秘？諸位老兄，包括新詩、舊詩的朋友，有誰猜得出來？

到現在，新詩界的朋友猜不出，可能也没人猜，同樣，舊詩界的朋友也没人留意這一問題。但是，我猜著了，早在二十年前，就知道老胡的葫蘆裏，究竟賣的是什麽藥。能知道嗎？什麽藥？不就是收到他在不久之後所出版的《嘗試集》裏面的那些「微物」嗎？比如，《希望》三首：

我從山中來，帶得蘭花草。種在小園中，希望開花好。

一日望三回，望到花時過。急壞種花人，苞也無一個。

眼見秋天到，移花供在家。明年春風回，祝汝滿盆花。

這三首「詩」，寫於一九二一年（民國十年）十月四日，在北京大學任教職，時年三十。見《胡適的日記》（一九二一年十月四日）。載北京《新青年》第九卷第六號（一九二二年七月一日）。收入《嘗試集》。語言學家趙元任曾爲之譜曲。這是舊詩還是新詩呢？從字面上看，没人説是一首舊詩，是一首歌詞。一首怎樣的歌詞？一首由半闋《生查子》所構成的歌詞。三個半闋，構成一組聯章。

這裏，由半闋《生查子》所構成的「詩」（胡適之體的新體白話詩），就是胡適葫蘆裏所藏的「微物」。這「微物」究竟是什麽東西呢？是詩，還是詞？讓諸位猜去。怎麽樣？知道胡適想幹什麽嗎？他想提示新詩界的朋友，用填詞的方法作新詩。《生查字》，雙調，四十字，上、下片各兩仄韻，格式與五言古絶相仿。胡適拿來，砍去一半，留下一半，即據爲己有，成爲自己譜寫歌詞的一種獨特方式。這就是胡適藏在葫蘆裏的謎底。

那麽，胡適用半闋《生查子》作「詩」的靈感從哪來的呢？從陳衡哲女士那裏來。胡適《寄陈衡哲女士》二「詩」有云：

你若先生我，我也先生你。不如兩免了，省得多少事。

這首「詩」，寫於一九一六年（民國五年）十一月一日，在哥倫比亞大學。時年二十五。載同日日記。謂不必以「先生」相稱，是否有親近之意，未可知。但有一事可以肯定，對於女士《咏月》，老胡頗極贊賞，以爲「絶非吾輩尋常蹊徑」（《致任叔永書》）。説明老胡的試驗，應與女士所作相關。

陈衡哲《咏月》詩云：

初月曳輕雲，笑隱寒林裏。不知好容光，已印清溪底。

2 爲新體詩創作尋求生路

胡適與陳女士相比，才氣及情致，均大爲不及。胡的一百首，也抵不過女士一首。陳女士所作，乃偶一爲之，非同胡適，做「文章革命」（文學革命）。就其主觀願望看，應當還是一首詩，五言古絶，而仍非詞。不過，這一故事，揭示了一個秘密：借用半闋《生查子》之句調譜寫新詞，以填詞方法作新詩，這是胡適爲創造新詩體所進行的一次有意識的「嘗試」。

除了半闋《生查子》外(這是大量填製的詞調),《西江月》、《臨江仙》、《鵲橋仙》以及《好事近》,亦曾填製。其對於《好事近》這一詞調,則特別感興趣,所填製篇章之數量,僅次於《生查子》。其《小詞》(「好事近」调子)有云:

回首十年前,愛著江頭燕子。一念十年不改,記當時私誓。 當年燕子又歸來,從此永相守。誰給我們作證,有雙雙紅豆。

這首詞寫於一九二九年(民國十八年)二月十三日夜,任上海中國公學校長。時年三十八。載《胡適之先生詩歌手迹》,收入《嘗試後集》。江頭燕子當爲其遵母命所娶之妻江冬秀。明確標榜「好事近」調子。基本上依循《好事近》格式填製,字數、句法都不變,尤其上下兩結,皆爲上一下四句式,頗能突出詞調特色。但在平仄安排上,個別字聲有所違拗,上下兩仄韻,一爲四紙、八霽,一爲二十五有、二十六宥,亦不同韻部。此小小突破,當爲所謂解放詞體之必然結果。

胡適的「嘗試」,目的在於爲新體詩創作解決形式問題。正如黑格爾所説,文學創作的成敗在於能否找到合適的形式。一九二四年,聞一多的實驗,亦爲著解決形式問題。新詩的不成功，關鍵就在於找不到合適的形式。胡適是位洋博士，外面有什麼新奇的形式，諸如十四行之類，相信都會拿來，但他還是在老祖宗的庫房裏找。說明自家的器物，還很好用。但他不明說，又放進《嘗試集》，作爲新詩刊行，起了一定誤導作用。就是讓你猜不著。所以，將近一百年，他爲新體白話詩所作的努力，尚未引起學界的注意。拙編《胡適詞點評》於一九九八年十二月於香港出版，行之未遠，又於二〇〇六年七月由中華書局出版《胡適詞點評》（增訂本）。「點評」有「代序」，題稱：《爲新體詩創作尋求生路》。特別揭示胡適的這一良苦用心。

3 舊文學之不幸與新文學之可悲哀

胡適的創作，立足本土，就地取材。其所作「嘗試」，究竟成功不成功呢？這一問題尚有待歷史的檢驗，而只就外部情況看，他的破與立，無論新與舊，却好像都有點不討好。他將詞體拿來，分拆開了，爲新體詩創作提供示範，新詩界朋友不領情；他對於舊體所采取的各種破壞的行爲，舊詩界朋友也不滿意。

有關胡適及其始終皆未能適的各種現象，確實有趣。多年前，我曾爲文敘說自己的觀感。其中一篇題稱：《舊文學之不幸與新文學之可悲哀》。而副題則云：《二十世紀對於胡適之錯解及誤導》。載香港《鏡報》一九九九年五月號。文章說：「舊文學被當作死文學，白白挨了一刀，新文學之作爲活文學，活得也並不怎麼精彩。」而老胡則始終不明白：胡適？

胡適？爲什麽到頭來還是一個，胡適之？

不過，他在破與立當中所體現反傳統的精神，對於詩界革命，無疑也曾産生過一種推進作用。值得探究，作一公允的評價。他的另外兩首《沁園春》，一著眼於文章革命，一著眼於世界革命，堪稱時代的新聲。標舉文章革命者，立題「誓詩」，前文已引述。其詞曰：

> 更不傷春，更不悲秋，以此誓詩。任花開也好，花飛也好，月圓固好，日落何悲。我聞之曰，從天而頌，孰與制天而用之。更安用，爲蒼天歌哭，作彼奴爲。文章革命何疑。且準備搴旗作健兒。要前空千古，下開百世，收他臭腐，還我神奇。爲大中華，造新文學，此業吾曹欲讓誰。詩材料，有簇新世界，供我驅馳。

這首詞寫於一九一六年（民國五年）四月十二日，在紐約哥倫比亞大學哲學研究部杜威門下攻讀哲學。時年二十五。載上海《留美學生季報》春季第一號（一九一七年三月）。作者稱，題目叫做「誓詩」，「其實是一篇文學革命宣言書」。其攻擊目標爲五百餘年來，「半死之詩詞」（《嘗試集·自序》）。於題材方面，即反對「無病生呻」，反對傷春、悲秋，而主張樂觀，主張進取；於體制方面，即嘗試以白話入詞，對原有之格局規制進行重構。故以爲下半首（下片）

爲《去國集》之尾聲，《嘗試集》之先聲（同上）。

另一首《沁園春》題稱：「新俄萬歲」。題下附《小序》：「俄京革命時，報記其事。有云：『俄京之大學生雜衆兵中巷戰，其藍帽烏衣，易識别也。』吾讀而喜之，因摭其語作《沁園春》詞，僅成半闋，而意已矣，遂棄置之。謂且俟柏林革命時再作下半闋耳。後讀報記俄政府大赦黨犯，其自西伯利亞召歸者，蓋十萬人云。夫放逐囚拘十萬男女志士於西伯利亞，此俄之所以不振而『沙』之所以終倒也。然愛自由謀革命者乃至十萬人之多，囚拘流徙，挫辱慘殺而無悔，此革命之所以終成，而新俄之前途所以正未可量也。遂續成前詞以頌之，不更待柏林之革命消息矣。」其詞曰：

客子何思，凍雪層冰，北國名都。想烏衣藍帽，軒昂年少，指揮殺賊，萬衆歡呼。去獨夫「沙」，張自由幟，此意於今果不虛。論代價，有百年文字，多少頭顱。冰天十萬囚徒。一萬里飛來大赦書。本爲自由來，今同他去，與民賊戰，畢竟誰輸。拍手高歌，新俄萬歲，狂態君休笑老胡。從今後，看這般快事，後起誰歟。

這首詞寫於一九一七年（民國六年）四月十七夜，在哥倫比亞大學。時年二十六。載北京《新青年》第三卷第四號（一九一七年六月一日）。收入《嘗試集》。以時事入詞。有關事件之本末，小序已講得十分清楚。上片（上半闋）記述俄京大學生革命事迹，下片（下半闋）借十萬囚徒獲赦，贊頌自由與革命。大題材、大感慨，頗能增强其體質；可爲「文章革命」之範例。

這是一百年前的作品，如在今日，和一衆革命詩詞排列在一起，相信亦不遑多讓。周策縱著 *The May Fourth Movement: Intellectual Revolution in Modern China*（《五四運動史》），對於那個時期的人物及事件，有專門的研究。他曾有文章指出，毛澤東《沁園春・雪》受到胡適的影響。胡適詞發表在前，如受其影響，亦無庸諱言。

以上是胡適在中國詩壇第一個六十年所作貢獻。以下看毛澤東，其於中國詩壇所創立的樣板及其領導地位。

（二）毛澤東詩詞中的毛澤東

1 胸襟、抱負與氣象

一九二五年晚秋，三十三歲。毛澤東作《沁園春・長沙》，一展胸襟與抱負。詞云：

獨立寒秋，湘江北去，橘子洲頭。看萬山紅遍，層林盡染，漫江碧透，百舸争流。鷹擊長空，魚翔淺底，萬類霜天競自由。悵寥廓，問蒼茫大地，誰主沉浮。攜來百侶曾遊，憶往昔崢嶸歲月稠。恰同學少年，風華正茂，書生意氣，揮斥方遒。指點江山，激揚文字，糞土當年萬户侯。曾記否，到中流擊水，浪遏飛舟。

湘水楚天，鍾靈毓秀。這首紀遊詞，是毛澤東登上詩壇的第一首歌詞。舊地重遊，問蒼茫大地，誰主沉浮？表現青少年時代以天下爲己任的理想與抱負。

一九三四至一九三五年間，作《十六字令》三首。云：

山。快馬加鞭未下鞍。驚回首，離天三尺三。

山。倒海翻江卷巨瀾。奔騰急，萬馬戰猶酣。

山。刺破青天鍔未殘。天欲墮，賴以拄其間。

自署創作時間是「一九三四——一九三五年」。率領中國工農紅軍長征。三首，四十八個字，推敲了一年。三首小令，歌咏對象是山，也是人。韻味鬱濃。咀而嚼之，齒鰆生香；百讀不厭，名副其實。

一九三五年十月，四十三歲。走完長征最後一段行程，即將到達陝北。登上岷山峰頂，毛澤東寫下《念奴嬌·昆侖》。詞云：

橫空出世，莽昆侖，閱盡人間春色。飛起玉龍三百萬，攪得周天寒徹。夏日消溶，江河橫溢，人或爲魚鱉。千秋功罪，誰人曾與評説。而今我謂昆侖，不要這高，不要這多雪。安得倚天抽寶劍，把汝裁爲三截。一截遺歐，一截贈美，一截還東國。太平世界，環球同此涼熱。

馬克思説：「任何一種解放，都是把人的世界與人的關係還給人自己。」「歷史的結果就是，最複雜的真理，一切真理的精華，（人們）最終將會自己了解自己。」《禮記·禮運》：「大道之行也，天下爲公。」毛澤東了解馬克思與孔子的大同，謂「太平世界，環球同此涼熱」。歌詞所表現的不僅僅是一種胸襟與抱負，而且是一種氣象。乃氣象，而非一般的氣魄，或者氣概。讀此詞者，應特别留意到這一點。

一九三六年二月，四十四歲。毛澤東作《沁園春·雪》，云：

北國風光，千里冰封，萬里雪飄。望長城内外，惟餘莽莽，大河上下，頓失滔滔。山舞銀蛇，原馳蠟象，欲與天公試比高。須晴日，看紅裝素裹，分外妖嬈。江山如此多嬌。引無數英雄競折腰。惜秦皇漢武，略輸文采，唐宗宋祖，稍遜風騷。一代天驕，成吉思汗，只識彎弓射大鵰。俱往矣，數風流人物，還看今朝。

歌詞作於一九四五年，國共重慶談判。此詞於十月七日在重庆《新华日报》上發表，曾轟動一時，並即引發中國詞壇上的一場政治較量。

概言之，中國詩壇第一個六十年，胡適倡導「文章革命」（文學革命），爲著新文學，他所作「嘗試」，所有建立，都爲著解決新體詩創作的形式問題。其對於舊體，較多的是破壞作用。但這六十年，新詩不成功，該怪誰呢？怪新詩自身，不聽老胡的話。

2　民歌、古典與新詩

毛澤東主張内容與形式並重，民歌、古典、新詩並舉，具建設性，頗具深遠意義。一九五八年三月二十二日，毛澤東在成都中央工作會議上關於中國詩歌出路問題的講話。曾説：「我看中國詩的出路恐怕是兩條：第一條是民歌，第二條是古典，這兩方面都提倡學習，結果要產生一個新詩。現在的新詩不成型，不引人注意，誰去讀那個新詩？將來我看是古典同民歌這兩個東西結婚，產生第三個東西。形式是民族的形式，内容應該是現實主義與浪漫主義的對立統一。」這段話，有個共同目標，新詩、舊詩，於今仍須記取。

二　易好與難工：暴露黑暗與歌頌光明

第一個六十年，代表人物有：胡適、毛澤東。第二個六十年，群龍無首。暫時找不到代表人物。第一個六十年，如再劃分得細一些，可以一九四九年中華人民共和國爲分界綫，再行劃分爲兩個時間段。第一個時間段，民國階段。三十餘年，屬於新詩、舊詩各自的創造期。相關問題，有待文學史家給予評説。這裏著重説第二個時間段，共和階段。二十餘年，新詩、舊詩，皆進入破舊立新階段。目標一致，而表現各不相同。這裏只説舊詩。兩個事證，可知大概。

（一）歌德派及其書寫模式

自一九四九年中華人民共和國成立，至一九七六年文化大革命結束。這是二十世紀中國詩壇第一個六十年。這一階段，新詩、舊詩，相關書寫，基本上都以歌德派的形式出現。新詩暫勿論，以下是舊詩的兩個小故事。

其一：一九六三年十二月，《毛主席詩詞》出版。一九六四年初，有首《水調歌頭》盛傳一時。這首詞頗具毛澤東詩詞風格。據稱，有人當面問過毛澤東，以求證實。毛澤東聽後哈哈大笑。說：詞寫得不錯嘛，有氣勢，不知誰寫的。查實爲某教授所作，《人民日報》即花邊框起，重新發表，爲正視聽。詞云：

掌上千秋史，胸中百萬兵。眼底六洲風雨，筆下有雷聲。唤醒蟄龍飛起，掃滅魔炎魅火，揮劍斬長鯨。春滿人間世，日照大旗紅。　抒慷慨，寫鏖戰，記長征。天章雲錦，織出革命之豪情。細檢詩壇李杜，詞苑蘇辛佳什，未有此奇雄。携卷登山唱，流韻壯東風。

掌上、胸中，眼底、筆下；天章雲錦，流韻東風。壯闊恢宏，令人喜愛。所謂壯闊恢宏，四個字是網上贊詞。以爲上片咏武，下片咏文，縱横馳騁，波瀾壯闊，很有主席風格。頗獲贊譽。

相關篇章，之所以容易被混淆，甚至被誤認，説明相互之間必定有許多共通之處，諸如題材内容、叙述方法以及語言風格等，而且，這一些在某一歷史階段似乎也已形成一定套數。此類現象，文學史上也曾出現。例如辛棄疾與劉過，劉學稼軒，詞多壯語（黄昇語），作出來的詞，與稼軒很相像，有位老前輩就曾懷疑劉是辛的槍手。其實，那是不可能的。

其二：也是在這一背景下，有位老革命家，詞填得很好，很得人喜愛。我曾選録其中十首，擬編入《當代詞綜》。但他不同意。説：我的那幾首《采桑子》説愁，其實是詭辯。爲什麽不選我的《水調歌頭》？一九六四年十月，中華人民共和國成立十五周年，他所作《水調歌頭·國慶夜記事》有云：

今夕復何夕，四海共光輝。十里長安道上，火樹映風旗。萬朵心花怒放，一片歌潮直上，化作彩星馳。白日羞光景，明月掩重帷。　天外客，今不舞，欲何時。還我青春年少，達旦不須辭。樂土人間信有，舉世饑寒携手，前路復奚疑。萬里風雲會，只用一戎衣。

這是他的得意之作。但其中有不少重複的字，如「十里」、「萬里」、「萬朵」，還有兩個複字，我覺得並不純熟。字面上缺少鍛煉。當時以爲，不及另外十篇。

以上兩例，應可見歌德派書寫之一斑。在一段時間内，作者圈子很小，作品亦不多見。仍然處於模仿的階段。

（二）老幹體及其書寫模式

第一個六十年階段，詩詞創作，尤其是詩詞的發表，還是少數人的行爲，多數人的創作基本上仍在地下進行。一九七六年，進入第二個六十年，舊體詩創作從地下轉向地上。和第一個六十年相比，第二個六十年，最明顯的特徵是，政治上的「兩個凡是」，賦予詩詞創作重大的歷史使命。詩詞創作的意識形態化，令得詩詞界亦出現「兩個凡是」。詩詞界「兩個凡是」的出現，一方面對於詩詞創作及相關詩詞活動有一定的推進作用，另一方面也令得詩詞創作有點泛濫成災。

1 馬背與臺閣

上世紀八十年代初期，解放軍某部團長唐伯康提出「中華詩詞」這一概念，並編纂《當代中華詩詞選》。這是以中華詩詞爲標榜的第一部詩詞總集。一九八九年八月，甘肅人民出版社出版。其間，中華詩詞學會成立。學會由一批尚未退下崗位或者剛剛退下崗位的老革命、老幹部帶領，從無到有，迅速拉起隊伍，創建陣地。此後，老幹體一詞，就在詩壇流行。老幹體與歌德派一起被捆綁，都被納入臺閣派的書寫範圍之內。即使某些並不在臺閣，或者曾在臺閣已離開臺閣的作者，同樣被納入臺閣派的書寫範圍之內。其範圍之廣，隊伍之龐大，可以想見。

2　挑戰與應戰

在這一背景下，昔日的歌德派以及今日的老幹體，既迎來新的挑戰，也面臨著新的困境。一九八七年五月三十一日（端阳节），中華詩詞學會在北京成立。第一任會長錢昌照，借出北兵馬司胡同十七號作爲學會會所。篳路藍縷，終於爲傳統詩詞創作開闢了一片天地。錢昌照謝世，周谷城接任會長。面對眼前局勢，曾爲感嘆：「暴露黑暗易好，歌頌光明難工。」詩詞創作除了勇於向固有觀念説不，「莫再謙稱傳謬種，敢將敦厚育英才」（周谷城詩句），在實踐過程中，樹立正確的觀念，仍須於詩詞歷史進程，總結、吸取經驗與教訓，包括對於概念、意象運用所出現的經驗與教訓。這就是所謂探本與溯源。

第二個六十年，已去掉一大半。中國古典詩歌由第一個六十年之死而復生，在第二個六十年，到達二〇三六年之時，會不會讓生而復死的預言實現？昔日的歌德派以及今日的老幹體，必將産生一定的作用。有關歌德派以及老幹體，爲何還要在其前頭加上個昔日和今日的修飾語呢？其實，就所描述的對象看，並無特別用意。只是表述上的一種小小的變化，亦非技巧，因爲歌德派和老幹體，實際上是同一個概念。於歌德派前頭加上昔日二字，説明乃古已有之，並非今日之所獨創；於老幹體前頭加上今日，表示乃今之新名目，同樣並未否定其舊時已有。昔日與今日，在這裏並無專門的指向。歌德派和老幹體，其來龍去脉，得失利弊以及發展前景等問題，同樣是目前所當面對的問題。

三　近源與遠源：歌德派的今天與明天

正如上文所述，歌德派和老幹體，儘管都是新中國以來的新名目，但尋根究底，亦都有其來歷。而作爲新名目，其於新中國期間出現，大都帶有貶義。例如，歌德派，已成爲文藝界乃至文化界對於歌功頌德一班人的稱呼；老幹體，亦已成爲詩詞界對於一班退休或者還沒退休的老幹部所作詩詞的稱呼。做法皆甚未妥。故此，我說歌德派和老幹體的近源與遠源，將其置之於歷史發展的過程中進行考察，既爲著認識其作爲詩六義中之一義的真面目，帶有正本清源的意思，亦爲著總結、吸取歷來以詩六義進行創作的經驗與教訓。

對於新中國期間出現的歌德派和老幹體，應當正面直對，無須迴避。相關作者有勇氣以歌德派自居，以老幹體自命，乃自信心的表現，值得贊賞，值得支持。我遇到多位有此自信的詩人和詞人，很受鼓舞。二〇〇二年，在澳門舉辦「大雅正聲與時代精神」學術研討會，就曾呼籲：「對於新的大雅正聲，現代的雅與頌，包括言王政之《大雅》與《小雅》以及美盛德之各種頌歌，應當有個合適的評價。」呼籲：「將歷史與現狀聯繫在一起，對於《雅》與《頌》進行綜合考察。既從現代的角度，對於傳統的大雅正聲進行科學的分析，評判其地位及影響；又從傳統的角度，對於新世紀的大雅正聲進行歷史的關照，評判其現狀及前景。用一句比較新潮的話講，那就是傳統的現代化和現代的傳統化。」時間過去十二年，相關話題仍未過時。

（一）傳統風、雅、頌的歷史定位及創作經驗

1　比重及定位

傳統的《風》、《雅》、《頌》，在歷史上早有定論。《詩三百》當中，十五國《風》一百六十篇，《大雅》、《小雅》一百〇五篇，《周頌》、《魯頌》、《商頌》四十篇。三種體裁或者式樣，各有一定比重，各占居一定地位。有所偏重，而又無所偏廢。幾千年來，就是這麽一種狀況。

比重牽涉定位，説明不是一個簡單的數字問題。也是在十幾年前，一位朋友主持詩詞叢書出版工作，曾徵詢意見，我告以「控制數量的方法保證質量」，亦希望重視相關數字。有感於此，與諸生言詩，也曾説及，現今詩多好少，或者説寫詩的人比看詩的人多，詩界之第一要務，須將孔夫子的「四個可以」加上一個可以，成爲「五個可以」。這就是詩可以興、可以觀、可以群、可以怨，還得可以删。這應當是個大前提。有朋友一年一部詩集，除了備忘以外，可能還得承擔一定風險。

以下説詩六義問題。這是傳統《風》、《雅》、《頌》創作的整體經驗。《詩》六義包括風、雅、頌與賦、比、興，對於樂歌創作而言，包括寫什麽和怎麽寫兩個方面的問題。風、雅、頌，説的

是題材問題，包括内容範圍及題材要素。用當時的話語講，是大政事和小政事，以及風土、習俗；用現代的話語講就是天文、地文、人文以及事理、情思、物景。一個屬於題材範圍，一個屬於題材要素。或者説，一個是自然物象，一個是社會事相。賦、比、興，説的是體裁問題，包括樂歌式樣及表現手法。用當時的話語講，是賦筆白描，還是比興寄托；用現代的話語講就是叙事，並於叙事過程説情、言志。

2 「生民」的典範

《生民》，這是《詩・大雅》中《生民之什》的其中一篇。詩篇歌頌周民族第一祖先后稷。從其奇特的出生説起，再列述其文武之功，並以配天。謂其所有，來自於天。其全部事業，一地一天；即對地種穀，對天祭祀。乃一組大型宴會上的雅歌，叙事長詩。爲周朝開國史詩。堪稱大題材、大叙述的典範。

史詩的製作，以人配天。人與天，相距遥遠，究竟如何追配？「近取諸身，遠取諸物」。這是先賢所開示的方法。在時間與空間上，由近與遠的推移與轉换，達致通天的目標。

3 曹操與陶潛的經驗

① 曹操《龜雖壽》，從個别到一般的提升

曹操詩云：

神龜雖壽，猶有竟時。騰蛇乘霧，終爲土灰。
老驥伏櫪，志在千里，烈士暮年，壯心不已。
盈縮之期，不但在天。養怡之福，可得永年。
幸甚至哉，歌以咏志。

神龜、騰蛇，各有所長，亦各有其局限；老驥、烈士，各有局限，亦仍然盡其所能，不願意停止。這一切，屬於個別事物，個別現象。盈與縮，壽與夭，福與禍既在於天，亦在於人。只要調養好身心，同樣可得久長。這是一般的道理。從個別到一般，從具象到抽象，達至咏志的效果。以具體物象咏志，而非以概念。於具體物象，體察物理，加深對於久長與短暫，包括天道與人事的認識，頗堪效法。

② 陶潛形、影、神，由諸身到諸物的推移

陶潛《形影神》三首，其序稱：「貴賤賢愚，莫不營營以惜生，斯甚惑焉。故極陳形影之苦，言神辨自然以釋之。好事君子，共取其心焉。」三首歌詩，包括《形贈影》、《影答形》以及《神释》。分別歌咏形、影、神，乃以自身的存在及存在的形式以追配人、地、天，而後托體山阿，實現通天的目標。其近與遠的貫通與聯想，同樣也值得效法。

（二）二十世紀《風》、《雅》、《頌》的扭曲及錯位

二十世紀，時事多變，對於文學問題，把握不定。二十世紀八十年代以來，言路放寬，注重獨立思考，但是容易走極端。原來只允許歌頌與贊美，爲政治服務，現在不願意當歌德派。作爲傳播文化、推進文明建設的高等學府及學術研究機構，在一般情況下，似乎也只是著眼於風。將《風》當作文學主流，喜歡諷刺，喜歡揭露與批評，不喜歡《雅》、《頌》，以爲歌德派。這應是一種偏廢。

就題材的處理看，當代歌德派以及一班老幹部的詩詞創作，敘事、言志，大多以天下爲己任。言大政事，一人與天下；言小政事，諸侯與諸侯。以天地爲背景，展現歷史上的人物與事件。諸如毛澤東《沁園春・雪》，就是這樣的大題材、大製作。以眼前的物景與物景下的人和事，直接以配天。

除了在題材上，於爲時、爲事的同時，也爲自己，仍可在時空位置上，於大與小以及遠與近等多個方位，進行調整，尋求深長、遠大之旨，亦可望與天相配。

（三）二十一世紀《風》、《雅》、《頌》的創造及歸位

兩個源頭，胡適、毛澤東以及《詩三百》的《雅》與《頌》，於近與遠，均已爲展示方法與途

徑。而只是就近的講，步入新世紀，元亨利貞，萬物資始，今日的歌德派，現代的雅與頌，於吸取兩個源頭資源的過程，仍然須要做些什麼呢？以下三事，似當留意。

其一，內容與形式，始創與守舊。

孔夫子提倡「述而不作」，朱夫子將其解釋爲始創與守舊。以之闡發詩詞創作的相關問題，應可作如下表述：內容須始創，形式宜守舊。內容隨著時代變化而變化，形式相對穩定。中國古典詩歌既然是古典，就得遵守古典的遊戲規則，認認真真玩一玩。形式不能變，不能够輕易突破。無需做出許多花樣，比如新詩韻等。

其二，對立統一，相輔相成。

從文學材料分配與組合的角度入手，上片布景、下片説情，一句話就能讀懂全部宋詞。正與反的組合，構成二元對立定律。柳永的程式化，將詞的創作，推向數碼時代。李清照正與反的組合，揭示易安體的秘密。辛棄疾正話反説、反話正説以至於無正無反、亦正亦反，無窮變化，令人應接不暇。閱讀宋詞，兩個字，正與反，切須謹記。

其三，詞才與詞心，感覺與認識。

秦觀的兩句話，「兩情若是久長時，又豈在朝朝暮暮」，千百年來，博得多少小姑娘的芳心。而最令乃師吃緊（擔心）的却是另外兩句話，「銷魂。當此際，香囊暗解，羅帶輕分」。因後者所呈現的是一種狀態，無法抵賴，而前者却不一定就是心底裏的話。乃詞才，而非詞心。文學作品是作得讓自己都有口難辯好呢，還是説了等於没説好？至於「砍頭不要緊，只要主義真。殺了夏明翰，還有後來人」和「慷慨歌燕市，從容作楚囚。引刀成一快，不負少年頭」，二者相比較，一個重如泰山，一個僅僅是一種感覺。相信也有明顯的區别。文學創作亦各有各的抉擇。

總而言之，新世紀的風、雅、頌創造，仍須遵循老祖宗所製定的原則，詩學與詩教並重，審美與功利兼顧，各就各位，共同爲復興大雅，重振正聲，做出各自的貢獻。

甲午處暑後三日於濠上之赤豹書屋

中央文史研究館主辦「雅韻山河——當代中華詩詞學術研討會」論文，二〇一四年九月十六日北京。

藝海修真

中國古典詩歌返本歸元的一個現實案例

——澳門文學一個容易被遺忘的角落

中國古典詩歌，是大中華的文化精粹。五千年傳統，「苟日新，日日新，又日新」（《禮記·大學》）。泱泱大國，以禮儀名天下。娛樂之都，爲世界文化遺産添異彩。「不學《詩》，無以言。」「不學《禮》，無以立。」（《論語·季氏》）詩國、詩城，朝覲、會盟，隨時隨地，都需要詩來應景。二十世紀，從一九一六年胡適發表第一首新體白話詩開始，中國古典詩歌被宣判爲「半死之詩詞」。經過六十年，一個甲子，至一九七六年，死而復生，又成爲一條大龍。八十年代初期，解放軍某部團長唐伯康提出「中華詩詞」這一概念，中國古典詩歌因之增添了新的元素。一九八七年五月三十一日詩人節，由錢昌照擔任會長的中華詩詞學會在北京成立。詩的國度，再現光芒。二十幾年過去，掛著協會或者學會招牌的中華詩詞，已深入到全中國的各個鄉鎮。目前，中國古典詩歌已進入其歷史運程中的第二個六十年。另一個甲子。從一九七六年，走向二〇三六年。第一個六十年，中國古典詩歌經過了由死到生的一段艱難歷程；在第二個六十年，中國古典詩歌的遭遇又將如何？是潛龍在野，還是飛龍在天？既死而復生，會不會生而復死？生與死，都是一種必然的結果。不能只是朝著一個方向思考問題。探研中國古典詩歌如此，探研澳門文學亦然。澳門文學作爲澳門這一特定區域的文學，既爲MACAU（澳門）之所專有，亦爲大中華文學的一個組成部分。大中華文學的興盛與衰亡，必然影響到澳門文學的生成與發展；反過來，澳門文學的特色創造，亦將爲大中華文學輸送新鮮血液。立足澳門，不能忘記仰首望天；大三巴以外，還有九龍壁。同樣，身在澳門，歌咏九龍壁，也希望不被排除在外，謂非吾所謂澳門之文學者也。

一　中華詩詞：從馬背走向臺閣

上一個世紀，唐伯康團長，率先與馬牧合作編纂《當代中華詩詞選》。並由入選作者每人出資人民幣十元，贊助出版。這是以中華詩詞爲標榜的第一部詩詞總集。一九八九年八月，甘肅人民出版社出版。可謂中華詩詞的第一功臣。同是這一時段，一九八三年，也在大西北甘肅，蕭華將軍發起成立全國規模的詩詞組織，這就是後來的中華詩詞學會。

中華詩詞學會成立，周谷城先生賦詩道賀。曾謂：「莫再謙恭稱謬種，敢教敦厚育英才。」學會由一批尚未退下崗位或者剛剛退下崗位的老革命、老幹部帶領，從無到有，迅速拉起隊伍，創建陣地。可謂篳路藍縷，功不可沒。杜甫有詩云：「名豈文章著，官應老病休。」兩句話，今天看來，不一定全與事實相符，尤其是休與不休問題，既取決於官的大小與權勢，其應與不應，都無有定準，但名之著與不著，不一定與文章寫得好與不好相關，乃古今皆然，可見老杜的牢騷，並非無的放矢。就整個社會文化歷史發展看，官而優則詩以及商而優則詩，和學而優則仕，乃至仕而優則學，應當說，同樣合乎事理，合乎邏輯，無可非議。中華詩詞學會，應運而生，亦無可非議。並已被載入史册。這也是詩國的一件大事。本文對此，不作評判。只是想通過與之相關的人和事，説説自己的觀感。

著重説詩官和詩商問題，這是中華詩詞學會成立之後所湧現的新生事物。先説詩官問題。照道理，寫詩與做官並非互相對立，互不相容的兩件事。歷史上寫詩的人，幾乎没有不做官的。但今日的情況，似乎和往日不同。往日的詩官，負責采詩，舉凡匹夫庶婦，謳吟土風，經過采集，譜入樂章；今日的詩官，專主致辭，每逢豪門盛會，騷客雅集，群賢畢至，必當端坐高位。目前，詩官現象已由詩詞組織，蔓延至所有文化社團，成爲一種社會時尚。再説詩商問題。此乃因詩而商，因詩而做成一盤生意的事件。如某氏，以中華詩詞名義，創立文化研究所，吸納研究員，收取會費。並於境外注册成立出版社，境内出賣書號。即繳納人民幣一百大元，就能够將研究員的頭銜打上名片；繳納人民幣二千大元，個人詩詞專集，就有國際書號，能够公開出版。這就是詩商，做詩生意的商人。詩官和詩商，兩樣新生事物，其出現，相信並非偶然，亦並非個別現象。尤其是後者，名下研究員遍及全國各地，少說也有幾萬或者十幾萬之數，已經不是個別人的行爲。

十幾年前，筆者曾以「新聲與絕響」、「腐儒與村叟」、「蛇王與蛇手」、「打水與打油」、「風騷與雅頌」、「學詩與立言」、「詩官與官詩」、「詩商與商詩」、「唱好與唱衰」、「坐井與見天」爲題，對於有關協會與學會於眼前所出現風景綫進行一番描繪。文章共十篇，以「敏求居説詩」的名義發表，見一九九七年八月二十一日至三十一日澳門《澳門日報》「新園地」副刊。十篇小文，曾提交一九九七年十月在昆明召開的「全國第十屆中華詩詞研討會」研討。網上流播已久。簡體文字版於湘潭《中國韻文學刊》二〇一一年第三期發表。十篇小文，表達觀感，説出了自己心中的憂慮。有的中聽，有的不中聽。但還是説出來了。而且，事隔多年，又於《詩運與時運——二十一世紀詩壇預測》（廣州《學術研究》二〇〇八年第九期）一文，再次説明自己對於中國古典詩歌發展前景的憂慮。

作爲中華詩詞學會在京發起人之一，筆者經歷了學會從籌備到正式成立的全過程。對於「詩官與官詩」以及「詩商與商詩」所呈現的衆生相，頗有些具體體驗。一九九一年，移居港澳。澳門是座賭城，也是座詩城。對於中國古典詩歌，社會上稱中華詩詞，澳門大學的學術殿堂，仍稱之爲古代韻文。這是筆者長期所執教的一門課程。而自本學年（二〇一一/二〇一二學年)起,這一課程,則被正式命名爲中國古典詩歌。筆者曾於澳門回歸之前,撰寫《詩城與詩國——我看澳門當前詩詞創作》一文,於一九九六年十二月一日至一九九七年十二月十四日《澳門日報》「語林」副刊連載,並於香港《鏡報》一九九七年六至十二月號及一九九八年一至五月號連載。此文推舉澳門三家——梁披雲、馬萬祺、佟立章。指出:「作爲詩的國度的一個組成部分,澳門這座小城,詩風歷來就較爲昌盛,詩的果實纍纍,並非沙漠。而且,詩以外的文學創作、文學活動,也並非絶無僅有。」頗想爲詩國提供另一參照系。

前段時間,中華詩詞學會現任會長鄭鑫淼先生訪澳,以近年所出版詩詞作品多册見貽。所謂投桃報李,筆者既集其句爲《賀新郎》以報心得,亦持贈《詩運與時運——二十一世紀詩壇預測》一文,表達個人對於詩界問題的思考。說實在的,筆者並非拒絶臺閣體,也並非拒絶歌德派,只是希望,既已走向臺閣,最好不要自限於臺閣,爲臺閣所困。而就目前情況看,全國各地寫詩填詞的人,仍然比讀詩讀詞的人多得多。以前有句話説:「郭老、郭老,詩多好少。」現在想想,這麽多人寫詩填詞,没完没了的詩集、詞集出版,其數量之多與質量之好的比例,相對於當年的郭老郭沫若先生,不知有無改善? 這是有關多與好的計量。不過,我對於會長的大作,還是十分贊賞的。以其成句,集爲一曲,並無太大難處,説明有篇有句,佳作亦甚不少。但願詩國、詩城,能爲中國古典詩歌的繼續生存與成長,創造良好的環境，提供優越的條件。

二　托体山阿：返本歸元的個案展示

眼下，由澳門特區政府文化局舉辦「澳門文學：理論、歷史與史料」研討會即將召開。研討會其中一個議題是：澳門文學在華文文學中的定位與價值。筆者有幸獲邀出席研討，願借此機會，説一説澳門文學中的詩詞創作，爲中國古典詩歌的返本歸元提供一現實案例。這就是濠上詩人劉家璧的《山行》。劉家璧，名不見經傳。在澳門文學發展史上，仍無人能知，無人能曉。上世紀八十年代初，由內地移居澳門。中學文化程度。曾經當過石匠，亦曾做過生意。多年來，掛了個董事長的頭銜，就是不務正業。整日裹於山深林静處，俯看坐聽，以養其浩然之氣。有詩集《山行》，録存五言絶句三百餘章。詩集由長沙岳麓書社，於二〇〇九年一月出版。濠上詩翁梁披雲親爲題簽，劉再復、筆者及林宣揚、陳永盛等人爲之點評。本文説澳門文學在華文文學中的定位與價值，特别將其推上殿堂，加以驗證。讀者諸君切勿因其並非達官貴人，亦無要路可供占據，而忽略其創作。

以下是筆者於甲申詩人節，爲劉家璧《山行》所撰序言。其曰：

絶句之難，難以天籟，而非人工。四句二十八字，或二十字，合轍歸韻，何難之有。不過服帖穩妥而已。假以時日，必將有成。至於天籟，則未敢强求。尤其是五絶。古人有云：五絶純乎天籟，七絶可參人工。已可見其難。簡言之，乃一自然狀態。天地與我並生，萬物與我爲一。唐賢神品，所以窮幽極玄，超凡入聖者，此之謂也。後昆追步，能於似與非似間，得窺門徑，豈易事哉。劉兄家璧，留連濠上二十餘載。養浩然氣，作小神仙。山深林静，俯看坐聽。知魚之樂，約湖海盟。維太白以爾我，相對敬亭。登蓮峰三百級，若有所思。出長名鎮休閑服裝製造廠，合昌合德，應無限量。從遊梁公雪廬披雲老先生，水清心清，得大自在。去歲今春，總山行詩三百篇，索序於余。或曰：「敢有匡時志，原無出世心。金風隨處好，獨對菊花吟。」或曰：「高山呼日出，海上澹烟開。噴薄形輪湧，霞光射浪來。」或曰：「石上苔痕緑，烟中樹色深。鳥聲愁斷續，隱約苦春陰。」或曰：「浸日秋衣濕，立冬思浴寒。睡蓮花吐火，紅透水中天。」或曰：「赤白黄藍紫，花開五色雲。莫言秋色淺，爛漫不輸春。」皆有意無意中得之，于向上一路，相去未遠。而三百篇，計四卷卷八十一首。亦有一定之數，乃無意中之有意者也。天籟人工，其消息或可從中探知一二。惟若干篇章，烟火味似稍濃，如予適當調整，則更加可見其精粹矣。因爲之序，並以共勉。

序言總説五言絶句作法，以爲僅此四句二十個字，做得好與不好，主要在於天籟，而非人工。而所謂天籟，就是一種自然狀態。天地與我並生、萬物與我爲一的狀態。這是劉家璧《山行》詩創作所追尋的境界。如細加體認，所謂中國古典詩歌的返本歸元，個中消息，也許可探知一二。

劉家璧《山行》詩計四卷。卷各八十一章，合三百四十二章。兹將第一卷所録詩篇及相關點評依次羅列如下：

遠望入雲深，高風掃俗塵。蓮峰三百級，磊落托秋旻。

施議對：遠離塵俗，拾級而上。可當全編主旨。而所謂返抵山林，與鳥獸草木共生息，乃一種感覺、一種印象，或者認識；而絶非概念。説明其無意做詩人，亦無意以詩設教。儘管不登大雅，非同臺閣之體，其間或有詩焉。得閑之時，信手拈來。微吟短歌，似亦有點滋味。讀者諸君，不妨一試。

虎嘯摧黄葉，龍噓縐紫萍。留連百舌語，撮口不成聲。

施議對：百鳥花草，自成格調。老孫到此一遊，初入山之感覺。一般模山範水之作，到此止步。

輕鯈斬浪閑，行止近青蓮。抵拒嗟來食，浮沉有碧天。

施議對：當行即行，當止即止。豈爲「嗟來」而隨之沉浮。非供觀賞之用，如某權貴之錦鯉一般。詩篇擬人，有個性。但亦留下痕迹，仍未算高明。

聊靠鳳凰木，凌雲少壯心。思量涉世淺，顧慮入山深。

施議對：涉世未深，童心未泯。而對於隱入山中，仍然有些放不下。

劉再復：淺與深者，就涉世與思想而言，或可分作四類：一類涉世深，思想淺；一類涉世淺，思想深；一類兩樣都深；一類兩樣都淺。涉世太深，太世故，是一種狀態；涉世不深，不懂得世故，又是一種狀態。前者兩樣都深，有點可怕；後者兩樣都淺，像清溪一樣透明，我不怕。

綿蠻百鳥音，和我石中吟。剗地天風急，嫣紅襲素襟。

施議對：百鳥歌聲，以素襟承之。我與物，似已逐漸融入。

恐怖埋人性，强權售戰氛。此間無砍伐，紅果駕祥雯。

施議對：紅果迎人，上天之所賜予。强權以售，破壞山林，埋沒人性。患得患失，尚非山中人語。前二句生硬，欠鍛煉。可删。

北面思華夏，名山寄望殷。西風洶湧日，海鏡痛蒙塵。

施議對：山行未遠，俗念尚殷。烟火味仍甚濃烈。亦可刪。

榕葉舞蹁躚，呼來伴謫仙。蓮峰一片綠，隨處把書看。

施議對：一片綠，正甚難得也。一路讀來，未見佳篇，至此始稍緩口氣。

清風敞客懷，九日咏高臺。冶釀三秋醞，澄清萬古埃。

施議對：澄清萬古，繼續往深處行走。

一夜霜風緊，青山黄葉多。大洋蟗遠眺，不復舊時波。

施議對：「不復」句，謂今時已非舊時。感覺上的變化，體驗已漸真切。

泉細水長流，花多人易愁。孰云滄海闊，風險不容舟。

施議對：稍涉理路。山行未到深處。

芳菲沁醉顔，紅粉濯清漣。望得一嘉藕，看成並蒂蓮。

施議對：雙關語。往佳處著墨。

雛雀聲聲謔，山人步步驚。但聞枯葉響，疑是鼠蛇行。

施議對：謔，未穩。驚，體驗已漸細微。

蓮峰枕碧流，鏡海泛瀛洲。俯看居人樂，坐聽棲鳥幽。

施議對：塵世的願景。蓮峰、鏡海，俯看、坐聽，理想居所。

劉再復：心境能静，人境亦無妨。

白水流紅萼，金風踩碧山。玉階黄葉地，危峭夕陽天。

施議對：山在天地間，境闊心亦寬。

孤羈啰獨嬌，問是相思崽。刻意媚金籠，伺機歌翠靄。

施議對：小靈精的舉動，亦挺可愛。

劉再復：「伺機」句，有點「隔」。

誰憐絻鏇條，愁緒組霞綃。百囀鵑啼血，雙飛鵲搭橋。

施議對：百囀、雙飛，與人事相關，非一般物象。

劉再復：前兩句有點「隔」，後兩句「不隔」。

啾唧還啾唧，鴿鶘捉對鳴。戇孩頻撲樹，平地搞秋聲。

施議對：語語如在目前。「搞」，宜改爲「鬧」。

劉再復：「戇孩」，佳句。

小徑緑壺天，古榕音樂園。巧簧褢綉箔，爽籟扣絲弦。

施議對：歌咏對象，古榕。由形態聯想到聲音，經「褢」及「扣」，構成樂章。非非非之想。

四五登山客，兩三玩鳥人。相逢輸一笑，各自禮青雲。

施議對：山中衆生相，分明可見。

去歲石中行，鷓鴣林樾鳴。今春行石上，靈鵲獻新聲。

施議對：漸向深處，可得新聲。

劉再復：詩講通感。詩人要有音樂的耳朵。

移步就嶔崟，瓊枝隱翠禽。葳蕤貯幽意，忐忑動歸心。

施議對：貯幽意，動歸心。仿佛啓動禪關。

劉再復：「動歸心」，關鍵是回歸何處？回歸的心境如何？陶潛與王維不同，境界兩樣。一個真禪，一個假禪。葛立方説，陶爲第一達摩。在禪宗進入中國之前便具有真禪性，了不得。

風起凍雲開，山中雨欲來。預將河畔柳，挪作院中栽。

劉再復：將自然挪入院中，只屬中隱，而非大隱。

施議對：時候未到。

春雨萬弦琴，琤琮蕉葉音。蹦翻三尺水，舒展幾重心。

施議對：洗面革心，山水清音。

劉再復：幾重心，應有童心、禪心、佛心。

晚步燈初上，童嬉日半輪。空濛星曳火，冷漬未燒雲。

施議對：夜幕將垂，星火搖曳。

劉再復：我喜歡「童嬉日半輪」句。

瀝瀝擒林雨，嘩嘩覆道流。衆芳淪下潦，群鼠竄高丘。

施議對：沉淪下潦，逃竄高丘。山中亦有風雨。

笑移池下影，默對水中花。向晚窺寒碧，猶思沐紫霞。

施議對：又是想入非非？山行爲著洗腦？

劉再復：嚮往沉浸紫霞之中，並非妄想。

萬物異行藏，春流入大荒。花争明處發，樹只暗中長。

施議對：自然生態，體貼入微。

劉再復：以物觀物，物理自成。

蟬是催秋至，我因消暑來。偶經巖嶄處，半壁野花開。

施議對：諸景爲我而設，物我已漸歸一。

摩空燦若霞，高樹鳳凰花。借問淩雲意，蘚莓蓄狹斜。

施議對：鳳凰花精神。身居高位，而無淩雲之意。

碩蕾鎮纖埃，杈椏冪九陔。趁涼追百囀，轟動綠籮篩。

劉再復：冪，語障。

施議對：循著鳥語，往深處行。

幽香何處住，能否醉劉伶。不覺山深淺，身輕氣自清。

施議對：氣清、身輕，花香令人醉。

劉再復：「不覺」，宜更改。覺是個大字眼，未可輕易使用。身輕改爲心輕，似更好。

山中觀紫氣，池畔顧清音。潁川一瓢水，洗耳還洗心。

施議對：洗耳、洗心、洗凡塵。

汨羅江水深，涵泳屈平魂。激岸風雷吼，沉淵日月昏。

施議對：屈而不平，山中忽有奇想。

劉再復：未是情思的昇華。

夏日欣生意，花明草木長。漫山蟬急噪，一路蝶輕狂。

施議對：花明草長，山中生機。

劉再復：心遠蝶不狂，蟬也不噪。

陳永盛：蟬噪、蝶狂，夏日之生意。此自然之境也。然想深一層，何嘗不是人世之常態乎！自然而喻世態，堪稱佳作。非獨禪意之爲上品也。

菡萏已亭亭，蓮池徹底清。允宜浮大白，赧頰對娉婷。

施議對：菡萏亭亭，詩酒相宜。

攀枝想出墻，引蔓一何長。縱使横空碧，霜飛蔫道旁。

施議對：縱横空碧，擋不住的生意。

荷塘隱壑丘，壁葉貼清流。魚樂從兹始，逍遥萬里遊。

施議對：逍遥萬里，魚樂之始。老莊消息，或可探知。

一日一登臺，一回一興懷。一愁山雨過，一笑路花開。

施議對：「偷得浮生半日閑」，大致如此。

深山聽鳥語，曲徑閱風情。松下公婆秀，金鷄輔鶴形。

施議對：深山鳥語，曲徑風情。當中的人物活動，諸般社會事相，已被融化於自然物象之中。一般説情景交融，應當就是這麽一回事。

長松掛殘月，翹首浴紅鱗。欲做虬龍客，先登石嶙峋。

施議對：長松掛月，清景如畫。

戲荷予看鯉，嬉水鯉親予。鯉躍有余興，予行興有餘。

施議對：知魚之樂，魚樂余亦樂。

夏雨察無踪，雲來水瀉空。白衫拉紫袖，倉猝抱王棕。

劉再復：「倉猝」句，有點「隔」。

施議對：倉猝之間，唯一依傍，似可觸發感覺。

跨阡躦坎垛，粉蝶戀妖穠。匍匐千堆緑，盤桓一串紅。

劉再復：首二句似欠自然。

施議對：描摹物態，留下印象。粉蝶之戀，體察却甚細微。

踏歌鵝卵巔，大隱小神仙。含笑羞承寵，畫眉歌進妍。

施議對：一般化，亦露了一些。有點阿Q。「大隱」二字不出現似更佳。

開春憂斷雨，入夏日愁長。展卷蟬初歇，深林逐隙光。

劉再復：禪有至樂，何以爲愁？

施議對：長與短的感覺和體驗，未至於禪。

花暖人宜醉，林清鳥未歸。山中逢七夕，漢上應雙飛。

施議對：花暖、林清。雙飛時節，相逢時候。在河漢之上，而非江海。應，應該。一種推測，亦爲認識。暴露目標。

人來鳥不驚，人語鳥嚶鳴。風攏西邊雨，絲絲弦外聽。

施議對：絲絲弦外，仿佛有深意在。

夏日蓮花艷，秋天蓮子馨。蓮花更蓮子，誰念養蓮情。

劉再復：「誰念養蓮情」，此句也許可改爲「最潔是蓮情」。避免世俗之情。有點樂府風味。「秋天」改爲「秋來」，似較佳。

愛蓮求並蒂，揀藕望聯絲。善保淩霜質，何愁出水姿。

劉再復：「善保」二句，人造痕迹。

施議對：揀藕、愛蓮，與擇藕、采蓮，語帶雙關。

鳥隱緑交柯，清風此處多。一簾珠串迸，粒粒産天河。

陳永盛：乍雨還晴，客觀之境。然雨洗秋山，雨之有情，則入主觀之境矣。

誰爲白雪吟，直節盼佳人。已是千竿翠，愁無屋漏痕。

施議對：千竿、直節，翠竹精神。

老夫搜句至，少女寫生來。欻吸桐風起，瞬間鸞翼晐。

施議對：城市森林，各樂其樂。

蒼穹銀浪急，簇湧天心日。丹葉吼霜飆，青鋒淬寒碧。

施議對：吼霜、淬寒，精神抖擻。

時序遞春秋，榮枯人替愁。英華恢節概，蓊藹任風流。

施議對：春秋代序，榮枯人愁。未若英華節概，風流自任。

滿城風雨下，青嶂没蒼茫。魚隱因風急，荷傾是雨狂。

施議對：四句二十個字，篇幅短窄。善用對仗，宜於將場面鋪開。首二句，「風雨」二事，著二「下」字，令得滿城皆是。次二句，以急以狂，並列展示，其聲勢自不可擋。

雲來雨不停，日出雨還傾。一洗秋山净，無晴還有晴。

施議對：有晴、無晴，秋山自净。

雨勢欲沉山，颱風掀翠瀾。叩門辭訪客，百道水晶簾。

施議對：風雨山中，自成一統。水晶簾幕，謝絶訪客。

此時晴復雨，連日雨兼風。遥唤東方旭，明朝晤碧峰。

施議對：雨過天晴，待訪碧峰。

高山呼日出，海上淡烟開。噴薄彤輪湧，霞光射浪來。

施議對：天地奇觀，漸次推進。循規蹈矩，氣派不凡。雖極其大，却非空泛。

陵陟霜林外，氤氳落制裁。滌湔陰翳匿，烘染畫圖開。

施議對：氤氳制裁，畫圖烘染，大自然的一種創造。

方階資獨步，圓道準中樞。階盡身安措，道融心不孤。

施議對：方階獨步，道融於「道」。

遇水心難静，逢山氣不平。水窮山絶頂，愧對老松聲。

施議對：與山水相連接，有氣派。還是老松要得，既平又静。

月潔清霜下，香樟病碧枝。園人施剪鋸，吐翠俟春機。

陳永盛：詩可以怨，此見病枝而不怨，境界自高一層矣！

兀石泊松雲，循聲試一臨。鳳雛諧鳳舞，清囀協清音。

施議對：和諧云者，何須刻意爲之。

健步午風無，憑高意轉疏。因思逗麽雀，還望理秋蔬。

陳永盛：陶令意趣。

愛花勤問姓，賞鳥怕呼名。予樂知魚樂，心清見水清。

施議對：予樂、魚樂，心清、水清，應已難分彼此。

陳永盛：予樂而知魚之樂，心清而見水之清，此王國維之所謂造境者也。

階石最多情，晨昏管送迎。熟知塵世險，熱愛險山行。

陳永盛：熟知、熱愛，皆太淺顯，宜含蓄出之。

勝日邁崇階，溪山豁我懷。金風如識相，捋翠撒香來。

施議對：勝日崇階跋涉，溪山豁我懷抱。金風是否識相，就看自身識不識相。山行中的切實體驗。

風來知木杪，拔朽顯聲威。折脆還傷嫩，長松屹四圍。

施議對：長松屹立，不懼聲威。立意高遠，嫌一般化。

徐行繞曲池，清氣惹遐思。虛象魚前逝，個人花下迷。

陳永盛：人怕太「醒」，偶爾「迷」之，始入妙境。

花梢留晚照，竹末響秋風。街市鱸魚美，心旌獵險峰。

施議對：不於「街市」求之，似更佳。

宿鳥鳴芳樹，潛鱗不問津。座無垂釣叟，望斷挾矰人。

施議對：垂釣叟不在場，宿鳥、潛鱗，無須恐懼。去却機心，方才與之同樂。

秋波跳白珠，朝雨撼紅蕖。愁爲伊傾倒，喜因魚自如。

施議對：紅蕖、白珠，蓮藕、游魚，令人傾倒，收放自如。物與我已相融合。

風雨不牽愁，杞人毋綢憂。看揚清激濁，一代一風流。

施議對：既不爲風雨牽動愁思，亦無須興發杞人之憂。揚清激濁，各有各的做法，不必放在心上。「看揚清激濁」，一四句式；非律式句，詩中未宜。

紅葉秋山曉，遠風熏鏡瀛。穹蒼溶水碧，鷺白浴雲青。

施議對：天空因水而碧，白鷺浴雲而青。大自然的神力，惠及禽鳥。

霜降驚寒驟，雲垂壓翠微。摶虛無限意，山雨欲來時。

施議對：體察甚細微。一般不用典，亦少有現成語句，大多自眼前物景中來。

霜威凋木葉，投止剩寒枝。踴躍疏林外，翱翔蔑嶮巇。

施議對：霜雪令木葉凋零，却不能抑制翱翔，疏林外，仍充滿生機。

陰凝天欲沉，添袖感秋深。極北冰封地，滇南日浸雲。

施議對：地球暖化，山中未覺。

登峰冀何日，齒落髮如斯。慳却三分熱，歸家助午炊。

施議對：柴米油鹽，不能脱俗。還是隱不成。即將收尾，如實招來。

養吾浩然氣，舒爾遲暮心。去天三百尺，會有遏雲吟。

施議對：離塵囂仍未遠。第一卷結束，第一層體驗。説明仍處於鍛煉階段。如何因行山而養氣，而養心，進一步提升層面，且待下卷細叙。

以上爲《山行》第一卷。八十一章。暫告一個段落。爲山行的初步體驗。以下二、三、四三卷從略。

百尺立高臺，秋容次第開。放歌三百首，重九殺青來。

施議對：全編四卷，各依一定次序排列，切勿以雜亂視之。這是編中四卷的最後一章。至此，已站立於百尺高臺，秋容舒展，筆意開廓。其心與志，伴隨著高臺的攀登，已得以提升。與前三卷相比較，第四卷似乎各首皆佳。山行至此，可告一個段落。期間甘苦，足供回味。謂余不信，試從頭閱過。是爲跋。

劉家璧《山行》，詩篇及點評，本文僅摘取第一卷的全部及第四卷的最後一章。合計八十又二章。這是一個局部的展示。一卷而外，尚有第二、第三、第四卷，計三卷。跟隨著詩人的脚步，沿著山間小路，逐漸向山林深處行進。所謂「在心爲志，發言爲詩」，上列詩篇及點評，既是詩人心志的體現，亦可見點評作者的價值觀及審美興趣。但只是示例而已，別無所求。

三　政治家之眼與詩人之眼

正如上文所説，劉家璧《山行》詩的個案展示，僅僅爲著提供一個參照系。有關詩篇的評價問題，以及點評人的詩學觀念，乃見智見仁，未可强求一律。不過，對於可能出現的一些疑問，却當説説自己的意見。如曰劉家璧《山行》詩之所歌咏，多數爲鳥獸草木，近既未能事父，远亦未能事君，甚是微不足道。此乃謂其小，謂其輕，謂其不足與登大雅之堂。就題材而論，此説並非没有道理。但此所謂大與小、輕與重，實際並非絶對。比如杜甫，論者稱其「數行秦樹直，萬點蜀山突」，謂深刻、形象、重大；又稱其「細雨魚兒出，微風燕子斜」，謂何等輕靈細緻（參見唐圭璋《與施議對論詞書》）。這一事例説明，文學題材之所謂大小與重輕，並無高下之分與優劣之别；文學創作之高下優劣，題材固然重要，但並非決定性的因素。又曰：「文章合爲時而著，歌詩合爲事而作」（白居易《與元九書》），歷來如此。劉家璧《山行》詩，只是説，一個人在山中，如何養吾浩然之氣，以舒遲暮之心，乃純粹爲自己而作，恐與時代脱節。就文學作品的社會職能而言，這一説法，亦不無道理。因爲作爲社會的人，既不能脱離社會而生存，其創作自然亦離不開社會。所謂時與事，如用現在的話語講，就是一種時代精神，或者主旋律。於此立言，自然具有較大的承擔。尤其是一班老革命、老幹部，臣之壯也非不如人，而今，即使已退下崗位，亦仍然以天下爲己任。但其作品，亦並非没有我。在這一點上，所謂爲時、爲事、爲自我，應當説，其作品和劉家璧的《山行》詩，仍有一定共通之處。四川有位老革命，屢建戰功，詩詞也做得好。其專集出版，筆者集其句爲《賀新郎》以賀。其中有句謂：「身百劫，情一縷。」老革命見到頗驚動，謂此二句，概括其一生。這一事例説明，爲時、爲事，如果没有自我，就將失去本真，失去生命力。

文學作品的社會職能問題，説得直接一些，就是如何處理文學與政治的關係問題。文學與政治，或者文學家與政治家，古往今來，大多較難妥善處理。遠的且勿論，只説王國維與胡適。王國維是前朝遺老，胡適是革命派。二人均曾在清華研究院任教。我導師的兄長吴其昌當過二人的學生。一九三〇年，胡適四十歲生日。趙元任等一班愛起哄的朋友和學生，寫了一首道地的白話詩表示祝賀。他的學生吴其昌，除了撰寫一副白話對聯以助興，並曾寫信，説及政治與文化的關係問題。信中説：一種政治運動，縱是「涵蓋一世」的功業，也不過涵蓋一世而已，只有文化運動是百世的。希望胡適成爲中國文化之父。可見年届不惑，胡適心中似乎仍然存有許多困惑，方才由學生相勸。但是，王國維對於此事，心中則較爲明白。他在《人間詞話》中早就説過：「政治家之眼。域於一人一事。詩人之眼，則通古今而觀之。詞人觀物，須用詩人之眼，不可用政治家之眼。」並説：「詩人對宇宙人生，須入乎其内，又須出乎其外。入乎其內，故能寫之；出乎其外，故能觀之。入乎其內，故有生氣；出乎其外，故有高致。」兩段話，明確展示政治與文化，政治與文學，乃至政治家與詩人，在對待宇宙人生這一重大問題上，所持不同立場、觀點和態度。既表達他個人的看法，也是對於世人的勸告。吳其昌的勸告比較容易理解，不過短暫與久長而已。提升到哲學高度，就是瞬間與永恒問題。在這一意義上講，胡適應當想得通。只是後來，仍然與政治攪和在一起，弄得自己甚麽都不合適。王國維兩段話，所説政治家之眼，詩人之眼，兩種不同眼光，兩種不同結果，二者的區分，十分清楚。而且，對於如何達至自身在認識上的提升，諸如寫之與觀之，在相關方法問題上，也有所交待。但世人對此，可能還不怎麽明白。

本文因劉家璧《山行》詩個案，加以感發與聯想，引申出一系列問題。筆者心中明白：《山行》詩事小，中華詩事大。個人的觀感，只想爲中國古典詩歌的現在和未來，提供借鏡。同時，也想爲澳門文學建設，進一微言：請勿遺忘這一容易被遺忘的角落。不妥之處，敬請大方之家有以教之。

壬辰小滿前六日於濠上之赤豹書屋

原載澳門《文化雜誌》二〇一二年冬季。又載武漢《新文學評論》二〇一五年第六期。

《澳門記略》及其所載詩文研究

明嘉靖三十二年(一五五三),佛朗機(葡萄牙)混入蕃舶行列,入居濠鏡。清乾隆九年(一七四四)設立澳門海防同知(全稱廣州府澳門海防軍民同知)。兩任海防軍民同知印光任和張汝霖,既以政治家的立場來結撰中國歷史上第一部系統介紹澳門的古籍著作《澳門記略》,其所載詩文作品,又以詩人的眼光看澳門,以詩人的立場印證史迹,成爲今日探尋澳門文學發生、發展的重要依據。

一　背景概説

《澳門記略》全書分上、下二卷,計三篇,附插圖一編,附録一、二計七篇。上卷《形勢》、《官守》二篇。下卷《澳蕃》篇。《形勢》篇介紹澳門地理、氣候與軍事布防;《官守》篇介紹澳門歷史沿革,包括明、清二朝的管治以及相關政令與歷史事件。《澳蕃》篇介紹外蕃貿易往來、宗教信仰以及唐蕃雜處的風土人情。

《澳門記略》的編纂者，印光任和張汝霖，身爲澳門海防軍民同知，相當於今天的特區首長。其爲著述，具特別意義。書成之時，二人均有序，説明其用意。其中，印光任於後序有云：

澳門，香邑一隅耳。然其地孤懸海表，直接外洋，凡夷商海舶之來粤者，必經此而達。且有外夷寄處，戒何可弛？雍正八年，設香山縣丞，分駐前山寨，專司民夷交錯之事。乾隆八年，大府又議設同知一員，轄弁兵鎮壓之，擢余領其事。余不才，念事屬創始，爰歷海島、訪民蕃、搜卷帙，就所見聞者記之，冀萬一補志乘之缺，而考之未備，辭之不文，必俟諸博雅君子。此《記略》之所由來也。

乾隆十一年春，予奉文引見，代予者張子諒而有文，因以稿本相屬，期共成之。張子曰：「余簿領勞形，恐不逮。粤秀山長徐鴻泉，余同年友，且與君契，盍以正之？」余曰「善。」將稿屬鴻泉而去。比引見後，以病暫回故里，遣人索前稿，徐以卧病，未幾卒，原本遂失。兹余復至粤，辛未四月權潮郡篆，張子亦以攝鹺司至，公餘聚首，語及輒感慨久之。余因搜覓遺紙，零落輳集，旬日間得其八九。張子乃定其體例，而大加增損焉，視原稿之粗枝大葉，迥不侔矣。

嗟夫！此書僅兩帙耳，初非篇章繁雜、必遲之歲月者，乃草自乾隆十年，粗得其稿，而失於徐子之手，歷五六年，而殘楮剩墨棄置敝簏中，不爲蠹魚所蝕，至今日而猶得腋集成編，此非張子不能成，更非同官鳳城亦不能成。無多卷帙，幾經聚散，不至終廢其成也，殆亦有數存其間耶？因書以識之。乾隆十六年辛未秋孟，寶山印光任書於鳳城官舍。

澳門首任同知印光任，清乾隆九年（一七四四）至十一年（一七四六）在任。謂「乾隆十一年春，予奉文引見，代予者張子」，其時，張汝霖仍在香山知縣任上，但兼署澳門同知，直至十三年（一七四八）才獲實際授權。此書由兩任澳門海防軍民同知印光任、張汝霖共同編撰。乾隆十六年（一七五一）面世。後序之所記述，於《澳門記略》編纂過程，交代史料的來源，體現其可靠程度。兩名編纂者，作爲當事人，既十分明白自己的職責，即以之前二百年的回顧及自身當下的記録，爲補志乘之缺，亦補任上之過，包括過失以及經驗教訓。同時，兩名當事人也想爲後來之治澳者以及有關澳門問題的研究者於此有所借鏡。這是「記略」撰述的用意。即兩個字，記與略。兩篇序文，印光任之後序偏重於「記」，張汝霖的序（前序）著重説「略」。張序稱，其所謂「略」者，除了有詳與略的區分，還包括經略的意思。故此又云：「歆書曰略，遜其名也；余書曰略，章其實也。」名與實，與劉氏不同。説明並非泛泛之作。大致説來，其《形勢》、《官守》二篇，乃從自然物象和社會事相兩個角度，展現其眼中的濠鏡；而《澳蕃》篇，則從中外兩個不同方位，察看濠鏡。

二　本文研究

《澳門記略》所載詩文，在「記略」中，相對於著述本文，既歸諸附屬地位，又不僅僅是附屬而已。因其所作，均爲親身經歷，堪稱本地風光，可與「記略」本文，互爲表裏，互相印證，在一定意義上講，已成爲四百年來澳門發展、變化的一個有機組成部分。研究詩文，可與展示澳門的歷史演變同步進行。

（一）澳門的來歷及其地文、人文的概念定位

澳門舊稱香山澳，或濠鏡澳。濠，舊作蠔，或作壕，在香山縣南、虎跳門外，距縣城一百四十里。因盛産牡蠣，海灣波平如鏡而得名。其所謂澳者，乃泊口也。指停泊船舶的港灣。而門則指兩山對峙，形狀如門，故曰澳門。這是對於澳門所作的一種最爲通俗的解讀。

《澳門記略》開篇有云：

濠鏡澳之名著於《明史》，其曰澳門，則以澳南有四山離立，海水縱橫貫其中，成十

字，曰十字門，故合稱澳門。或曰澳有南臺、北臺，兩山相對如門云。

四山指氹仔小潭山、路環疊石塘山以及大橫琴山和小橫琴山；南台、北台兩山，指東望洋山及西望洋山。這是從海陸角度，看澳門的形狀及地勢。與通俗解讀相合。乃對於澳門的總體關照。

乾隆十年（一七四五）二月，即印光任出任澳門海防軍民同知的第二年，薛韞分巡廣南韶連道，巡視澳門。《澳門記略》采録其所撰《澳門記》云：

> 自香山縣鳳棲嶺迤南，凡一百二十里至前山，又二十里爲濠鏡澳。不至澳六七里，山嶄然斷，亘沙堤如長橋，曰蓮花莖。莖末山又特起，名蓮花山。又伏又起，中曲坳。長五六里，廣半之，直坤艮，是稱「澳」焉。澳惟一莖繫於陸，饋糧食，餘盡海也。以故內洋舟達澳尤便捷。遵澳而南，放洋十里許，右舵尾，左鷄頸。又十里許，右橫琴，左九澳。灣峰表裏四立，象箕宿，縱橫成十字，曰十字門，又稱澳門云。

這篇遊記是對於《澳門記略》的補充記述。謂自香山鳳棲嶺，逶迤南下，至前山，爲澳門

(濠鏡澳)。所謂一莖之繫，將其和大中華緊密連接在一起。其間，一個明顯的標志就是蓮花山。這是作爲靠背的一道天然屏障。而遵澳而南，展現其前景，即爲右橫琴、左九澳所展現的廣闊水域。從北而南，巡而視之，所謂澳門，灣峰四立，構成十字門，就像是天上的箕宿。箕宿，二十八宿之一。狀如扮米去糠的農具(簸箕)。這也是對於澳門的總體關照。

以上是《澳門記略》及其所附《澳門記》對於澳門的描述。《記略》又附有《海防屬總圖》，上北下南，圖中標注了包括伶仃洋所涉及的陸地與島嶼，視野更加寬闊。《總圖》左上角爲省城，左中香山城與澳門，右東莞與虎門。上方洋船灣治處所。左下内十字門與外十字門，右下老萬山。此外，還有右中的三門汎。左右上下，而謂之爲《海防屬總圖》，乃標榜其從屬關係。其間省城，即爲中央政府行使主權的一個重要標志。省城以下之内陸州縣，既與澳門所包括的陸地與島嶼緊密相連，澳門陸、海領域之所及，又將伶仃洋包括在内。這一由珠江口東西兩岸所展示的海圖，十分清晰地確立了澳門的地位。

依據《澳門記略》所附詩文及相關文獻所記載，以下就《海防屬總圖》所標注的幾個重要據點，試作一番考察。

1　香山城、前山寨與蓮花山

香山城與澳門，一種從屬關係。香山城，香山縣丞所在地。在《海防屬總圖》中於省城以下居左中位置。由香山城到澳門，通過前山得以連接。明清以來，一直是香山縣的一個府衙重地。其間，前山爲香山縣進出澳門的一個重要據點。

《澳門記略》云：

澳今西洋意大里亞夷人僦居。環以海，惟一徑達前山，故前山爲拊背扼吭地。北距香山縣一百二十里而遥，南至澳門十有五里而近。其有寨，自明天啓元年始，立參將府。前爲轅門，置鼓吹亭二，中爲正衙、後衙，左鐘樓，右書齋，後爲燕室，爲庖、湢、井、厠，規制宏備。國初因之。康熙三年，改爲副將府。未幾，以左營都司代（何準道曰：康熙七年秋，海賊從寨右登岸，攻劫果福園村。副鎮遂請移駐縣城，坐令扼塞之地武備損威）。相仍至今。五十六年，建土城，周圍四百七十五丈，崇九尺，厚三分之一。每城二十丈，增築子城一丈，凡二十四丈。爲門三。北逼於山，故不門。起炮臺、兵房於西、南二門之上，臺各置炮四，分置城上者六。二門外復建臺，列炮各十。皆知縣陳應吉經理之。雍正八年，設縣丞署。乾隆九年，建廣州府海防同知署於副將府地，悉如舊制，旁增兵舍百間，以縣丞署爲海防營把總署，而前山之勢益重。東門外有八株松，是爲教場。

出南門不數里爲蓮花莖，即所謂一徑可達者。前山、澳山對峙於海南北，莖以一沙堤亘其間，徑十里，廣五六丈。莖盡處有山拔起，跗萼連蜷，曰蓮花山，莖從山而名也。萬曆二年，莖半設閘，官司啓閉。上爲樓三間，歲久圮。康熙十二年，知縣申良翰修，增建官廳於旁，以資戍守。

出閘經蓮花山，下有天妃廟。北麓有馬蛟石，橢而磽，無趾，三小石承之，相傳浮浪至。稍南爲望廈村，有縣丞新署。村前二石，每於烟月迷離之際，望若男女比肩立，即之仍石也。夷人反目於室，出則詣石禳解之，名「公婆石」。

過村折而西南，一山青巉，中嵌白屋數十百間，形缭而曲，東西五六里，南北半之。有南北二灣，可以泊船，或曰南環。二灣規圜如鏡，故曰濠鏡，是稱澳焉。

這段記述，自前山起，謂之乃連接香山城與澳門的一座重要山寨。並謂自前山出南門，經蓮花莖，到達蓮花山，又是一個重要地標。圍繞著蓮花山，即有關閘以及天妃廟、馬蛟石和南、北二灣。這是自北而南所看到的澳門。亦即由前山南行，所展現的澳門。

當其時，詩人至此，親歷其境，山川形勝，人物風情，均以其所留下篇章得以呈現。其中，《澳門記略》所附釋今種《澳門詩》云：

廣州諸舶口，最是澳門雄。外國頻挑釁，西洋久伏戎。兵愁蠻器巧，食望鬼方空。
肘腋教無事，前山一將功。

南北雙環内，諸蕃盡住樓。薔薇蠻婦手，茉莉漢人頭。香火歸天主，錢刀在女流。
築城形勢固，全粵有餘憂。

路自香山下，蓮莖一道長。水高將出舶，風順欲開洋。魚眼雙輪日，鰍身十里墻。
蠻王孤島裏，交易首諸香。

禮拜三巴寺，蕃官是法王。花襔紅鬼子，寶鬘白蠻娘。鸚鵡含春思，鯨鯢吐夜光。
銀錢么鳳買，十字備圓方。

山頭銅銃大，海畔鐵墻高。一日蕃船據，千年漢將勞。人唯真白氎，國是大紅毛。
來往風帆便，如山踔海濤。

五月飄洋候，辭沙肉米沉。窺船千里鏡，定路一盤針。鬼哭三沙慘，魚飛十里陰。
夜來咸火滿，朵朵上衣襟。

釋今種，即屈大均，清兵進攻廣州，曾參與抗擊活動，後削髮爲僧。康熙二十七年（一六八八）首訪澳門。詩篇六首，總題「澳門」。而後從幾個不同角度，分别加以歌咏。其一，謂其乃廣州府所屬幾個港口中最雄偉的一個。對外開放，商務往來。其間夾帶著軍事上的挑釁與管制。中外之間，之所以相安無事，全靠前山這一要寨把守得好。其二，謂入澳蕃夷於南、北二灣，搭建樓房居住。蕃夷一族，信奉天主，家中女流掌握經濟大權。諸蕃築建城墻，十分堅固，這對於南粵之地，不能不是一大威脅。其三，謂自香山而下，通過蓮花莖這唯一通道，到達澳門。這裏水高、風順，船舶進出，暢通無阻。一艘大型商船，魚眼、鰍身，駛入港口。孤島上的交易，首稱南洋來的各種香料。其四，謂蕃官法王，聚三巴寺。花襔、寶鬌，鬼子、蠻娘；鸚鵡春思，鯨鯢夜光。銀錢么鳳，十字圓方。這一天，居澳諸夷，禮拜天主。其五，謂山頭銅銃，海畔鐵墻。一朝被占據，千年得辛勞。白氎、紅毛，風足帆滿，排山倒海而來。其六，謂飄洋、辭沙，變化無窮。千里之行，全靠一針定位。三沙鬼哭，十里魚飛。夜來火滿，朵朵衣襟。展現風險過後，船舶到港時的歡欣情景。

又，《澳門記略》所載李珠光《澳門詩》二首云：

無多蓮瓣地，錯雜漢蠻居。版籍南天盡，江山五嶺餘。一邦同父母，萬國此車書。舶棹浮青至，微茫極太虛。

孤城天設險，遠近勢全吞。寶聚三巴寺，泉通十字門。持家蠻婦貴，主教法王尊。

聖世多良策，前山鎖鑰存。

詩篇前一首之無多，乃謂之小；錯雜，狀漢蠻聚居之實際情形。這是澳門的特徵，至今未改。版籍、江山，謂其乃大中華的一個組成部分，儘管已遠在天之南。前解四句，大致爲歌咏對象定位。後解四句之一邦及萬國，謂其於國際間的地位。浮青與太虛，説舶棹往返於微茫之中，這是在詩人眼中更大範圍的展示。後一首，謂孤城之險要以及其所顯示之遠近之勢，説明澳門這一小城所處戰略地位。謂前山鎮乃其重要關口，聖世良策，指中央政府對於孤城所應實施的有效管治。作者李珠光，香山县小榄人氏，贡生。詩篇從一邦與萬國的角度，叙説其對於澳門的觀感。

2 内十字門、外十字門與老萬山

十字門，舊屬澳門水域。距澳門半島南部十餘里。以澳門半島、氹仔和路環爲東岸，對面加林山亦即大、小橫琴爲西岸。中間水域即此。

《澳門記略》云：

其南有四山，曰蠔田、曰馬騮、曰上滘、曰芒洲，爲内十字門。又二十里有四山，曰舵尾、曰鷄頸、曰橫琴、曰九澳，爲外十字門。澳夷商船出入必由之。

橫琴山下有仙女澳。相傳有樵者見二姝殊麗，就視之，化雙鯉，今有雙鯉石。宋益王昰南遷泊此，丞相陳宜中欲奉昰奔占城，颶作，昰殂，宜中遁。殿帥蘇劉義追之不及，夜有火，燒舟艫幾盡。一名深井山，澳曰井澳。

橫琴二山相連，爲大、小橫琴，元末海寇王一據之。旁一山曰銀坑，水最甘冽。

內十字門和外十字門，這是由香山到澳門。於澳門半島而言，是從陸地到海洋的延伸。近而觀之，內十字門所指四山，其範圍相當於今天的澳門半島、氹仔、小橫琴和對面山之間的水域；遠而觀之，外十字門所指，相當於今日氹仔、路環和大橫琴、小橫琴所包涵的水域。內十字門和外十字門，澳夷商船出入必由之，說明是一條重要航道，也是一個停泊點。

薛韞《澳門記》云：

其（十字門）東南百里間爲老萬山，孤島具營壘。山東北注虎門，屬蕃舶入中國道。此山外則天水混同，無復山矣。而澳夷出入洋則不於虎門，於十字門。二門俱斜直老萬山，十字門特近澳也。

這段記述，由十字門説及老萬山。謂其乃一孤島，在東南方向。這是老萬山在十字門水域中的位置。據此，《澳門記略》又云：

又東南爲老萬山。自澳門望之，隱隱一髮，至則有東、西二山，相距三四十里。東澳可泊西南風船，西澳則東北風船泊之。山外天水混茫，雖有章亥不能步，鼇足鵬翼之所訖已。歲五六月，西南風至，洋舶争望之而趨，至則相慶。山有人椎髻，見人輒入水，蓋盧亭也。晉賊盧循兵敗入廣，其黨泛舟以逃，居海島久之，無所得衣食，生子孫皆裸體，謂之「盧亭」。常下海捕魚充食，能於水中伏三四日不死。事見《月内叢談》。多伏莽。山故名大奚山，有三十六嶼，周三百餘里，居民不隸征傜，以魚鹽爲生。宋紹興間招降之，刺其少壯者充水軍，老弱者放歸立寨，有水軍使臣及彈壓官。慶元三年，鹽禁方厲，復嘯聚爲亂。遣兵討捕，墟其地，以兵戍之，未幾罷。後有萬姓者爲酋長，因呼今名。山産雀，狀如鴝鵒而大，戴青被翠，自呼其名曰兜兜，其出則颶。雍正七年，兩山各設炮臺，分兵戍之，及瓜而代，與大嶼山屯哨爲犄角，則澳門、虎門之外蔽也。

這段記述，描繪老萬山的形勢及當地民人的生活狀況。謂其在東南海面，從澳門半島看過去，好像一根頭髮那麼細小。實則有兩座山，一東、一西，相距三四十里。兩座山，兩個港口（澳）。東澳可泊西南風船，西澳則東北風船泊之。這就是老萬山。山上的人皆椎髻，即挽髻如椎，每見人來，輒潛入水底。這就是所謂盧亭者也。雍正七年，兩山各設炮臺，分兵戍之。從海防上看，這裏既爲澳門、虎門以外的一道天然屏障，亦爲澳門、虎門攻與防的一個戰略要地。據有關載籍稱：「老萬山，城東南二百二十里大海中。高一千四百六十八尺，林深菁密，最爲險隘。」（《香山縣鄉土志》卷十一「山脉」）城之所指，即爲香山城。因遠離陸地，這裏很早就是海盜盤踞之處。相傳可能與晉代盧循有關。《記略》謂其兵敗入廣，其黨徒泛舟以逃，據此而居。而《海防屬總圖》中的老萬山，大約得名於明嘉靖年間。老萬山之名，於中文來講，當時確有老萬、曾一本、何亞八等海盜出没，於葡萄牙文講，其所謂Lodlrao，原意即是海盜。

《澳門記略》所附印光任《鷄頸風帆詩》云：

浩淼帆檣出，銀濤擁一痕。排雲鵬鼓翅，掛日海分門。四宇空無著，千山勢欲奔。
飛騰何迅疾，疑是發昆侖。

詩篇著眼於外十字門的四山之一——鷄頸山。謂浩淼帆檣，銀濤一痕。排雲、掛日，像大鵬鼓翅一般，駛出海門。四宇空曠，千山欲奔。成群船舶迅疾飛騰，仿佛昆侖山突然向鷄頸山進發。船隊經由鷄頸山，進入十字門水域，帆檣簇擁，銀濤接天，其聲勢正與老萬山外天水混茫所造成的氣象相合。這是借助於鷄頸山、風帆所展現的山海風光。

又，《澳門記略》所附釋今種《盧亭詩》云：

> 老萬山中多盧亭，雌雄一一皆人形。緑毛遍身只留面，半遮下體松皮青。攀船三兩不肯去，投以酒食聲咿嚶。紛紛將魚來獻客，穿腮紫藤花無名。生食諸魚不烟火，一大鱸魚持向我。殷勤更欲求香醪，雌者腰身時裊娜。在山知不是人魚，乃是魚人山上居。編茅作屋數千百，海上漁村多不如。盧循苗裔毋乃是，化爲異類關天理。或有衣裳即古人，避秦留得多孫子。我亦秦時古丈夫，手携緑毛三兩姝。只因誤餐穀與肉，遂令肥童非仙臞。盧亭羨爾無拘束，裸國之人如可畜。猩猩能言雖不如，彼却未離禽獸族。魚人自是洪荒人，茹腥飲血何狉獉。我欲衣裳易鱗介，盡教蛙黽皆吾民。自古越人象龍子，入江綉面兼文身。靦然人面能雪耻，差勝中州冠帶倫。觴酒豆肉且分與，期爾血氣知尊親。

這是一篇七言古詩。以盧亭爲題，揭示老萬山中民人久居海島的各種情狀。謂山中盧亭,無論雌和雄,男和女,皆具備人形。但遍身緑毛,只有個臉面,和山外人一樣。一片青色的松皮,遮掩下體。三三兩兩,攀上泊岸的客船,不肯離去。投以酒食,便咿咿嚶嚶地叫了起來。争著將魚獻客,腮邊穿上一朵叫不出名字的紫藤花。生食諸魚,不用烟火。有條大鱸魚,想送給我。雄者殷勤,想求取香醪,雌者不時顯耀其裊娜的腰身。就山中而言,不知道他們是不是人魚,實際上,他們是漁人(魚人),居住在山之上。編茅作屋,成百上千。海上漁村,大多不能和他們相比。畢竟是盧循苗裔,化爲異類(人魚),同樣不違背天理。如果讓穿上衣裳,就是大家所説的「古人」。因爲避秦而留住桃花源,他們的子孫,不都是這個樣子的嗎? 我也是秦時所遺留下來的「古丈夫」,携帶著緑毛(殷勤的雄者),還有麗姝(腰身裊娜的雌者)三兩名。只可惜誤食了五穀和禽畜,令得自己肢體肥胖而成不了神仙。非常羨慕盧亭的男女,無拘無束。裸國民人和禽畜,似乎没有太大的區别。猩猩能言語,儘管已經非常了不起,但却未能與禽獸脱離關係。漁人(魚人)畢竟來自洪荒之世,茹腥飲血,和狉獉並無區别。我想讓他們穿上衣裳,换掉鱗介,讓蛙黽一起,成爲我們的族類。自古以來,南越人就像龍的孩子一般,綉面紋身在江河裏出没。如果能够刷洗耻辱,懂得害羞,比起中州那班冠帶之士,應當差不到哪裏去。觴酒豆肉,和他們共分享。讓他們充實血氣,能够知道尊和親。詩篇刻畫人物,善於從形貌、習性,乃至精神狀態,多個方面切入,鮮明生動,富有個性。細加玩味，即此中有人，呼之欲出，猶如親臨其境一般。

3　零丁山、伶仃洋與虎門

伶仃洋古稱零丁洋，位於廣東珠江口外，爲珠江流出虎門的一個喇叭形河口灣。北起虎門，口寬約四千米，南達香港、澳門，面寬約六十五千米，水域面積約二千一百平方千米。南面爲九洲洋。涵蓋珠海及澳門本土與萬山群島一帶的廣闊水域。

《澳門記略》云：

> 澳東爲東澳山。又東爲九星洲山。九峰分峙，多巖穴，奇葩異草，泉尤甘，商舶往來必汲之，曰天塘水。其下爲九洲洋，旁連鷄拍山，多暗礁。又東爲零丁山，東莞、香山、新安三邑劃界處。下爲零丁洋。又東至於旂纛澳。或曰澳形如蟛蜞，故名蜞澳。
>
> 又東北不二百里，有二門，曰虎門、蕉門。蕉門南瞰大洋，有暗礁，不能寄碇，與東洲門、金星門可泊艚艍艚船，洋舶不由之。金星門之旁有鷄籠洲、小茅山。虎門即虎頭門，大虎山峙其東，小虎峙其西，雙扉砉然，海水出入其中，橫檔山限之。所謂粤東山有三路，分三門，而以大庾爲大門；海有三路，亦分三門，而以虎頭爲大門。東西二洋之所往來，以此爲咽喉者也。

横檔山有東西炮臺，與南山、三門炮臺聲勢相應，虎門協副將領之。上有虎門寨，明萬曆十六年建武山前，旋徙山後。國初毁於寇。康熙二十六年，建今寨於石旗嶺，築土爲之，周圍一百八十六丈，久之圮。五十七年改建磚城，官兵自邑還駐之。

這段記述，從陸地和海洋兩個角度看，大致交代了零丁山、伶仃洋與虎門的位置。指出，伶仃洋乃因零丁山而得名。山在東澳山之東。其作爲陸地上的山脈，乃東莞、香山、新安三邑的劃界處；而作爲山下特定的一片水域，即山下的伶仃洋，是海上的三路、三門所構成的喇叭形河口灣，這就是十字門外，更加遥遠的一片水域。這段記述稱，陸地上的山脈，有三路，分三門，以大庾爲大門；於海上，同樣也有三路，分三門，而以虎頭爲大門。這就是東西二洋在這片水域往來的咽喉。

南宋末年，蒙古揮兵南下。文天祥與張世傑、陸秀夫三人，組織義軍抗元。文天祥兵敗，於海豐五坡嶺被俘。由潮陽入海到崖山，途經伶仃洋（零丁洋）。曾寫下一首七言律詩《過零仃洋》。此事下文將另作説明。

關於虎頭門，《澳門記略》所附薛韞《虎門記》云：

虎頭門以虎山得名。山有二：西曰小虎山，東曰大虎山，如連珠巨浸，中稍折而東南，右横檔山，左南山。相距五六里，巋然雙扉，而海出入其間，界中外，故曰門。横檔山首尾樹炮臺二，高水面約五十仞。南山炮臺一，可三仞及水。俱宿目兵焉。循南山下十餘里，三門炮臺一。三門者，山前突二石，插波劃水爲三也，目兵如各炮臺數。横檔南三十里許，爲龍穴山，先置泛哨，今廢。南山東南三四十里，爲校椅灣，略如郊關形，而已曠廓，外絶涯涘矣。虎山内外重洋，而門當其最深流處，蕃舶及内郡巨艚必由以入。絶獅子洋，達廣州，海函谷關也。而門左右率淺洋，惟不任漕舶行，他舟縱所如。寥乎，閉外夷之門一，而開内攘之門且千矣！夫陸有岡，海有港，此勝敗得失之地也。虎頭門既城石旗纛，聚兵一千八百八十八人，領於副總兵官，而偏師亦往往守港口，但使聲援罔有不及，邏詗罔有不謹，重門擊柝，以禦暴客，庶其懲而毖後患哉！雖然，海門以閉内外也，外困於内，變生於常，道必又有制治於兵防之先者。

這篇記叙文，可當一篇有關虎門布防的説明書看待。文稱：虎門，即虎頭門。乃因虎山而得名。山有二：西曰小虎山，東曰大虎山。如連珠巨浸，像是一串珍珠沉浸海底。其所環繞，左右二山，如雙扉並起，用以界定中外，故稱之爲門。正名之後，接著説布防。謂右横檔山，首尾樹炮臺二，左南山炮臺一，皆有目兵把守。又，循南山而下十餘里，三門炮臺一。這是虎頭山的三門，非伶仃洋三門。文稱，三門者，山前突二石，插波劃水爲三也。謂二石將水面劃分爲三。這是上文所説炮臺二及炮臺一以外的砲臺。至此，布防完畢。謂虎山内外重洋，而門當其最深流處，蕃舶及内郡巨艚，必由以入，猶如海中函谷關。那麽，如何使用這一布防呢？文章不説具體問題，而只説一條大原則，閉與開的原則。謂閉外夷之門一，而開内攘之門且千矣。此勝敗得失之地，在常與變的各種不同情況下，必須明白掌握住「制治於兵防之先」這一大道理。記叙文所説，爲政治家的觀感。是從戰略上的考慮，而非只是一種簡單的布防。

詩人與政治家有别。同樣是看山，在詩人眼中，對於眼前的物景，又將如何看待呢？《澳門記略》所附釋今種《望虎門諸山詩》云：

> 海門山滅没，蒼翠似空天。暮去唯餘影，秋來不是烟。瀑高難作響，峰小易成妍。悵望蘿衣客，攀松何處邊。

虎門諸山，自然包括薛韞所記小虎山和大虎山。但詩篇所歌咏，只是將其與天並舉。謂諸山滅没，使得蒼翠的天顯得更加空曠。暮去、秋來，所剩下的只有山的餘影。瀑高、峰小，儘管聽不到巨大的聲響，却使得近處山巒，顯得更加鮮妍。今朝到訪蘿衣客，不知何處可登攀。無端的悵惘，無名的憂傷。歌咏的是虎門諸山，却未讓諸山染上塵世灰土。

居澳期間，釋今種另有《望海詩》云：

> 虎門東浩淼，水與白雲平。海蜃春多氣，天鷄夜有聲。燒鹽農力暇，種草子田成。十畝芰塘曲，吾躬欲往耕。

詩篇所歌咏，亦爲虎門風光。但並非咏山，而乃咏海。變换一個角度，説觀感。謂虎門東望，何其浩淼，水與白雲，連成一片。海市蜃樓，諸多變幻。夜聞天鷄，聲聲叫唤。燒鹽、種草，已得到空閑。十畝芰塘，什麽時候，可往耕作。不看山，看海，不知何故，竟想到躬耕？蘿衣客此時，似仍未改一班讀書人的積習。期望於田園中找到寄托。

又，《澳門記略》所附方殿元《登虎頭山詩》云：

> 朝發扶胥口，暮宿虎頭山。不見落霞明，安知水與天。須臾明月吐，雲浪何斕斑。

萬里蕩明鏡，縹緲來神仙。夜深長鯨伏，天末静無瀾。紅日中夜生，星宿不足觀。顧視人世間，萬象猶漫漫。欲乘大鵬翼，高舉淩雲端。南遊建德國，去去莫可攀。誰爲送我者，回首失崖間。

詩題：登虎頭山。謂朝發、暮宿，從扶胥口，到虎頭山，一個白天，就已經足够。夜宿山頭，没有落霞照明，不知道水和天的變幻。一瞬間，山月吐白，翻滚的雲濤顯得何其斑斕。萬里如鏡，縹緲中，神仙從何處降臨。夜深沉，長鯨潛伏；天寂静，不起波瀾。紅日於中夜升起，星宿爲之失色。人世間，萬象漫漫；大鵬翼，高舉雲端。南遊建德之國，去路遥遠，何處可登攀。不知誰個可與我同道，回頭一看，已看不見來時的山崖。詩云登山，實際乃於山頭看山。一時間，想入非非，不知所以。所寫就是這麽一種感受，乃登上山時的感受，與虎頭山下虎門之作爲海防重地毫不相干。這就是以詩人之眼觀看世界的結果。

(二) 澳門的管治及其歷史沿革

澳門原屬百越之地，秦統一嶺南，隸屬於南海郡番禺縣。晉代屬新會郡，隋屬南海縣，唐屬東莞縣。南宋紹興二十二年(一一五二)，廣東劃出南海、番禺、新會、東莞四縣沿海地區，建立香山縣。此後，澳門一直隸屬於廣東香山縣。

由於特殊的地理位置，歷來管治，其策略及政策，既有一定承接關係，亦跟隨相關情況的變化而變化。這就是一種歷史的沿革。

1　貢與市以及策略上的關閉與開放

貢與市，朝貢與互市，對於雙方來説，其利弊得失，有個認識過程，具體處置，亦有個適應過程。

《澳門記略》稱：

唐宋以來，諸蕃貢市領之市舶提舉司，澳門無專官也。正德末，繳佛郎機頻歲侵擾，絶不與通。嘉靖初，有言粵文武官俸多以蕃貨，代請復通市，給事中王希文力争之。

澳門之作爲一個通商港口，歷史上一直處於重要位置。其貢與市，先時無專官負責，其後，隨著朝貢國度增加，蕃舶來華，漸趨頻繁，即引起重視。在關閉與開放的決策問題上，多所争議。而就策略層面看，議者所争，既有政治、軍事、經濟諸多方面的考量，地理上的問題，亦已成爲重要考慮因素。比如，明嘉靖初，給事中王希文之所力争，其所謂「一統無外，萬邦來庭」，就在地理位置上對於關閉與開放披瀝已見。

王希文對於「請復通市」持不同意見。主要是對於港口關閉與開放的決策，其立論依據，與一時廷臣之所集議，有所不同。其所上《重邊防以蘇民命疏》云：

臣竊惟天下之務，莫急於邊防，邊防之害，莫甚於海徼；天下之民，莫困於力役，而力役之竭，莫甚於東南。臣謹以耳目所見聞者，披瀝言之。且如蕃舶一節，東南地控夷邦，而暹羅、占城、琉球、爪哇、浡泥五國貢獻，道經於東莞。我祖宗一統無外，萬邦來庭，不過因而羈縻之而已，非利其有也。故來有定期，舟有定數。比對符驗相同，乃爲伴送，附搭貨物，官給鈔買。其載在祖訓，謂自占城以下諸國來朝貢時，多帶行商，陰行詭詐，故阻之。自洪武八年阻，至洪武十二年方且得止，諄諄然垂戒也。正德間，佛朗機匿名混進，突至省城，擅違則例，不服抽分，烹食嬰兒，擄掠男婦，設棚自固，火銃横行，犬羊之勢莫當，虎狼之心叵測。賴有前海道副使汪鋐併力驅逐，肆我皇上臨御，威振絶域，邊境輯寧，凡俘獲敵酋，悉正極典，民間稽顙稱慶，以爲蕃舶之害可永絶，而疆圉之防可永固也。何不逾十年，而折俸有缺貨之嘆矣，撫按上開復之章矣。雖一時廷臣集議，不爲無見，然以祖宗數年難沮之敵，幸而掃除，守臣百戰克成之功，一朝盡棄，不無可惜。若使果皆傾誠奉貢，則誰不開心懷柔，以布朝廷威德。設有如佛郎機者，冒進爲患，則將何以處之乎？其間守巡按視頻頻，官軍搜索，居民騷擾，耕樵自廢，束手無爲，魚鹽不通，生理日困，皆不足論。以堂堂天朝，而納此輕瀆之貢，治之不武，不治損威，誠無一可者。臣竊仰陛下控馭西北諸夷，恩威並用，誠若知其跋扈之狀，必不輕從此議也。幸今蕃舶雖未報至，然守備已先戒嚴。刷擄民船，海島生變，邊釁重大，誠爲可憂。如蒙皇上重威守信，杜漸防微，乞敕部院轉行巡按，除約束備倭不致侵擾外，仍乞申明祖宗舊制，凡進貢必有金葉表文，來者不過一舟，舟不過百人，附搭貨物不必抽分，官給鈔買，頑民不許私相接濟，如有人貨兼獲者，全家發遣，則夷貨無售其私，不待沮之而自止矣。蕃舶一絶，則備倭可以不設，而民以聊生，鹽課可通，而瓊儋之利皆集矣。

奏疏開篇，從地理位置上立論，謂天下事務，以邊防最爲要緊：邊防事務，以海防最爲要緊。天下百姓，最大的負擔是力役；而力役的缺乏，最嚴重的是東南地區。由天下之大，力役之重，將著眼點推移至東南，以突出澳門的位置。而後，以其見聞，列述以東南控制夷邦的意見。提請朝廷重威守信，一絶蕃舶，嚴防冒進。謂我祖宗，一統無外，萬邦來庭。之所以接納四方朝貢，乃在於籠絡控制，並非爲著眼前的一點小利。所以來有定期，舟有定數，必須經過海關查證符驗，方才放行。至於貢品以外所附搭貨物，亦由官府給鈔收買。這已在祖宗的遺訓中明白加以記載。但現在，一時廷臣集議，謂折俸有缺貨，提請復市。令祖宗數年沮敵之成效，以及守臣百戰克成之功，一朝盡棄。這是十分可惜的事。乞求聖上重威守信，杜漸防微，敕誡部院，以及各路巡按，約束備倭，不致侵擾。此外，仍乞求聖上申明祖宗舊制，一絶蕃舶。其所疏奏，可以説是一種相對的閉關政策。

據《澳門記略》云，王希文此疏上奏，蕃舶禁絶。但《記略》又云：已而，巡撫林富言互市有四利。曰：「祖宗朝諸蕃朝貢外，原有抽分之法，稍取其餘，足供御用，利一。兩粤比年用兵，庫藏耗竭，藉以充軍餉，備不虞，利二。粤西素仰給粤東，小有征發，即措辦不前，若蕃舶流通，則上下交濟，利三。小民以懋遷爲生，持一錢之貨，即得輾轉販易，衣食其中，利四。」林富上書，請開通市舶，謂乃「助國裕民，兩有所賴。此因民之利而利之，非開利孔爲民梯禍也」（《明史》卷三百二十五）。謂非因利而利之，實際上所説，乃是著眼於經濟上一時的利益。

林富進言，部議從之。自此，佛郎機得入香山澳爲市，而其徒又越境行商於福建，往來不絶（同上）。嘉靖四十四年（一五六五），時任副都御史龐尚鵬所奏《區畫濠鏡保安海隅疏》，道及近數年來，蕃夷市舶諸情形。《澳門記略》收録此奏疏。其曰：

竊惟廣東一省，西北聯絡五嶺，東南大海在焉。蠻夷雜居，禁綱疏闊。海倭山寇，出沒擾攘。現有經略，臣不敢煩瀆外，謹摘其禍切門庭者，著爲論列，惟陛下試垂聽焉。

廣州南有香山縣，地當瀕海，由雍陌至濠鏡澳，計一日之程，外環大海，乃蕃夷市舶交易之所。往年夷人入貢，附至貨物，照例抽盤，其餘蕃商私賫貨物至者，守澳官驗實申海道，聞於撫按衙門，始放入澳，候委官封籍，抽其十之二，乃聽貿易。其通事者多漳、泉、寧、紹及東莞、新會人爲之，椎髻環耳，效蕃衣服聲音。每年夏秋間，夷舶乘風而至，止二三艘而止，近增至二十餘艘，或又倍焉。往年俱泊浪白等澳，限隔海洋，水土甚惡，難於久駐，守澳官權令搭篷棲息，殆舶出洋即撤去之。近數年來，始入濠鏡澳築室居住，不逾年多至數百區，今殆千區以上。日與華人相接，歲規厚利，所獲不貲。故舉國而來，負老携幼，更相接踵，今夷衆殆萬人矣。

奏疏謂往年夷人入貢，須經守澳官驗實申報，於撫按衙門備案，始放入澳。所至夷舶，二三艘而止，近增至二十餘艘，有時候加倍於此數。往年夷舶，俱泊浪白，難於久駐，近數年來，入濠鏡澳，築室居住。於是，負老携幼，舉國而來，而今居澳夷人已有上萬之衆。

2 貢與市以及管治上的約束與規範

《澳門記略》云：

貢與市相因，而市之利膴，初雖刻期限、嚴勘合，卒之率假貢爲市，而貢敝。征因市而起，初以示裁抑、佐經費，其或暴征擾市，而市亦敝。

朝貢與互市，二者相輔相成，其起或者敝，牽涉到利益雙方在掌握策略以及政策方面的取向問題。如這段記述所列舉，起初如何、後來又如何的情狀，説明利益雙方，都應當掌握個度，才不致互相損壞。而就歷史發展看，這個度，除了策略層面上的管理，比如地理位置。戰略意義上的考慮，既注重眼前的得與失，也不能不考慮長遠的利與害，同時，在政策層面上，具體的政策及管治，包括行政規管，也相當重要。兩個層面的把握。深謀遠慮的策略部署，以及隨時應急措施，長綫與短綫，都要有個度，方才恰到好處。而就具體政策看，這就是行政管治。

葡人初入澳，在南灣、西灣、下環、主教山一帶居住，聚落成村。之後，人數增加，活動範圍擴大，居住區域亦隨之擴大。今天的新馬路、河邊新街、水坑尾、三巴門、大炮臺一帶，都在其居住範圍之内。明朝政府不准葡人繼續北移，在今之三巴至東望洋一綫，修築高大城墻，作爲城防，也作爲居住範圍的界限。明朝至清朝中葉以前，兩廣總督、巡按御史、海道副使等高級官員，不時巡視澳門，頒布政令，代表中央政府行使對於澳門的管治權；廣東市舶提舉、廣州海防同知和香山知縣三處地方官，各按職能，對澳門的行政、司法、海防以及財政等方面實施管治。

《澳門記略》載：

天啓元年，改設參將於前山寨，陸兵七百名，把總二員，哨官四員；水兵一千二百餘名，把總三員，哨官四員，哨船大小五十號，分戍石龜潭、秋風角、茅灣口、掛椗角、橫洲、深井、九洲洋、老萬山、狼狸洲、金星門。防制漸密，終明之世無他虞。

「前山寨城，北距縣一百二十里而遥，南至澳門十五里而近。明萬曆二年設關閘於蓮花莖。天啓元年，始立寨」（祝淮《新修香山縣志》卷二《輿地下·物産》）。天啓元年（一六二一），設前山參將府。這是中央政府對於澳門實施管治的一大行政措施。此前建閘，主要爲著將澳夷活動限定在一定範圍之内；而前山參將府乃備禦澳葡之軍事建置，以進一步於水陸兩路控扼澳門。

前山寨設立參將府。陸兵、水兵，防制漸密，終明之世，華夷共處，相安無事。入清之後，幾經調整，加强布防，對於澳夷的管治，進一步得以加强。

《澳門記略》載：

順治四年，設前山寨，官兵五百名，參將領之如故。兩王入粵，增設至一千名，轄左右營千總二、把總四。康熙元年，以撫標汰兵五百名增入寨額，分戍縣城。三年改設副將，增置左右營都司、僉書、守備，其千總、把總如故，共官兵二千名。時嚴洋禁，寨宿重兵，而蓮花莖一閘歲放米若干石，每月六啓，文武官會同驗放畢，由廣肇南韶道馳符封閉之。七年，副將以海氛故，請移保香山，留左營都司及千總守寨，分把總一哨戍閘。

二十三年，海宇大寧，弛洋禁。五十六年，禁商船出貿南洋。明年，復以澳夷及紅毛諸國非華商可比，聽其自往呂宋、噶囉吧，但不得夾帶華人，違者治罪。

由於地理上的關係，自明至清，前山寨一直是對於澳夷實施管治的一個重要關口。其行政管治措施，從行政機構入手，先是官員軍階不變，參將領之如故，而兵力增加；再是改設副將，增置左右營都司僉書、守備，以增强其管治職能。經過康熙一朝幾十年的整治，於貢與市的矛盾衝突中，從嚴洋禁，到弛洋禁，對於澳夷實施管治的機構及各種條款，基本完善。

3 海防同知的設立及運作

《澳門記略》載：

雍正三年，定澳門夷船額數，從總督孔毓珣之請也。八年，禁西洋海船毋得販黄金出洋。九年，移香山縣丞於前山寨。議者以澳門民蕃日衆，而距縣遼遠，爰改爲分防澳門縣丞，察理民夷，以專責成。今上御宇之九年，始以肇慶府同知改設前山寨海防軍民同知，以縣丞屬之，移駐望厦村。用理猺南澳同知故事，增設左右哨把總，馬步兵凡一百名，槳櫓哨船四舵，馬十騎，於香、虎二協改撥，别爲海防營，直隸督標。轄首邑一，曰番禺；支邑三，曰東莞、曰順德、曰香山。一切香、虎各營春秋巡洋，及輪防老萬山官兵沿海汛守機宜，皆得關白辦理。其體貌崇而厥任綦巨焉。

由康熙朝到雍正朝，前山寨相關管治機構的設立及機構的逐步完善，所謂令行禁止，已在組織上以及實際經驗方面，爲海防同知的設立，做好了準備。此時（乾隆九年）前山寨，改設前山寨海防軍民同知，爲縣丞所屬。但增設左右哨把總、馬步兵名額，管轄範圍及職權範圍均爲之擴大。大致具備海防軍民同知的規格及職能。

《澳門記略》所附潘思榘《爲敬陳撫輯澳夷之宜以昭柔遠以重海疆事》載：

竊查廣州府屬香山縣，有澳門一區，袤延一十餘里，三面環海，直接大洋，惟前山寨一綫陸地通達縣治，實海疆之要地，洋船之襟喉也。前明有西洋蕃船來廣貿易，暫聽就外島搭寮棲息，回帆撤去。迨後准令歲納地租，始於澳門建造屋宇樓房，携眷居住，並招民人賃居樓下，歲收租息，又製造洋船，往來貿易，沿以爲常。我朝懷柔遠人，仍准依棲澳地。現在澳夷計男婦三千五百有奇，内地傭工藝業之民雜居澳土者二千餘人，均得樂業安居，誠聖天子覆幬無外之盛治也。伏思外夷托處内地，只圖市易通商，規取歲利，原可毋用禁絶。若如前明御史龐尚鵬疑其竊據窺伺，疏請仍令撤房居舶，灣泊舊澳，使海壖棲附之夷紛然失所，殊屬過當。第夷性類多貪黠，其役使之黑鬼奴尤爲兇悍，又有内地奸民竄匿其中，爲之教誘唆使，往往冒禁觸法，桀驁不馴，淩轢居民，玩視官法。更或招誘愚民入教，販賣子女爲奴僕，及夾帶違禁貨物出洋，種種違犯。雖經督撫臣嚴行示禁，臣亦力爲整飭，究以越在海隅，未得妥員專理，勢難周察。臣愚以爲，外夷内附，雖不必與編氓一例約束，失之繁苛，亦宜明示繩尺，使之遵守。查前明曾設有澳官，後改歸縣屬。至雍正八年，前督臣郝玉麟因縣務紛繁，離澳窵遠，不能兼顧，奏請添設香山縣縣丞一員，駐紮前山寨，就近稽查。第縣丞職分卑微，不足以資彈壓，仍於澳地無益。似宜仿照理猺撫黎同知之例，移駐府佐一員，專理澳夷事務，兼管督捕海防，宣布朝廷之德意，申明國家之典章。凡駐澳民夷，編查有法，洋船出入，盤驗以時，遇有奸匪竄匿唆誘、民夷鬥爭盜竊，及販賣人口、私運禁物等事，悉歸查察辦理、通報查核，庶防微杜漸，住澳夷人不致蹈於匪彝，長享天朝樂利之休，而海疆亦永荷教寧之福矣。臣愚昧之見，是否可采，伏乞皇上睿鑒施行。謹奏。

這是有關澳門海防同知設立的一份重要檔案，廣東按察使潘思榘所上書。題稱，爲敬陳撫輯澳夷之宜，以昭柔遠，以重海疆事。著眼點在海疆。於此入題，即從地理位置上，列述設立澳門同知的重要性。謂澳門一區，三面環海，直接大洋。只有前山寨一綫，於陸地通達縣治。乃海疆之要地，洋船之襟喉。其防範不可不周。因奏請添設香山縣縣丞一員，駐紮前山寨，就近稽查。但考慮駐紮官員，僅縣丞一級，職位卑微，不足以資彈壓，又奏請仿照理猺撫黎同知之例，移駐府佐一員，專理澳夷事務，兼管督捕海防。宣布朝廷之德意，申明國家之典章。

奏疏陳述，獲得硃批。告之督撫，聽其議奏。吏部依據批示，達成以下決議：

第一，前山寨設立同知署。肇慶府同知移駐前山寨，例給關防，曰廣州府海防同知關防。令其專司海防，查驗出口、進口海船，兼管在澳民蕃。歸廣州府管轄。

第二，香山縣縣丞移駐澳門望慶村。專司稽查民蕃一切詞訟，報該同知辦理。歸澳門同知管轄。

依據吏部決議，澳門海防同知（全稱廣州府澳門海防軍民同知）於前山寨城內原副將署設立同知衙門。職司防海，管理蕃民。准照理瑶撫黎同知之例，給與把總二員，兵丁一百名，統於香山、虎門兩協内各半抽撥，並酌撥哨槳船隻，以資巡緝。

澳門海防同知設立，同知爲府的副職，常駐澳門的官員由副知縣升格爲副知府。至此，澳門成爲廣州府直轄的一個特殊區域。《澳門記略》編纂者之一印光任擔任首任同知。《澳門記略》載：

> 九年三月，需命未下。呂宋忽駕三舶泊十字門外。光任適奉牒相度建署形勢至澳，訊即去年所釋紅夷俘，其酋西士古以賚書謝恩爲言，而意實伺紅夷圖雪恥。光任因留澳，密白大府，許達其書。旋命光任持諭往諭，以諭詞嚴正，呂酋聞之心折，四月八日揚

帆歸。而光任亦拜遷職之命矣。

諸蕃恃巨舶大炮，然以舟大難轉，遇淺沙即膠，或觸礁且立破。每歲内地熟識海道之人，貪利出口接引，以致蕃舶出入漫無譏察，頗乖控制之宜。光任具議上請。

澳門海防軍民同知專爲防守海疆重鎮，兼管在澳事務，具有海防同知和理蕃同知的雙重職能。乾隆九年（一七四四）三月，印光任擔任同知的任命尚未下達。光任奉牒至澳，準備爲海防軍民同知建造署衙。其時，吕宋忽駕三船泊十字門外，試圖爲去年戰敗的紅夷雪耻。光任持諭前往，去勸諭吕酋，獲得成功。光任正式接受同知任命。

接受任命，印光任隨即製定七項規條，宣布對於在澳蕃夷及船隻的控制。包括洋船進口、民人引水，華民入教，首報回籍，夷目遇事、稟報衙門，修船造屋、取具甘結，夷人寓澳、編甲約束，海防衙門、會同辦理，等等。

乾隆十一年（一七四六），張汝霖權澳門同知事。曾密揭臺院，報請封禁澳門唐人廟。十三年（一七四八）春三月，實授爲澳門同知。四月到任，發生葡萄牙駐澳兵士殺害華人命案。葡人兵頭拒不交出兇犯，張與之交涉，兵頭送二犯「永戍地滿」。十四年（一七四九），張與香山知縣暴煜共同議訂「善後事宜」條議十二款。諸如驅逐匪類、稽察船艇、賒物收貸、犯夜解究、夷犯分別解訊、禁私擅淩虐、禁擅興土木、禁販賣子女、禁黑奴行竊、禁夷匪夷娼窩藏匪類、禁夷人出澳、禁設教從教等條款。在行政、司法、治安幾個方面，爲補任上之過失，包括處理命案在法律上所遺留的漏洞。條款經督撫核准，以漢、蕃兩種文字，中文與葡文，勒石刊布，以爲警示。

（三）互市互利與唐夷雜處的濠鏡澳

「一統無外，萬方來庭」。作爲一個文明古國，中國在世界上一直具有巨大的吸引力量。隨著地理大發現和新航路的開闢，貢與市範圍不斷擴大，港口的開放，既令得貢與市雙方，在政治、經濟、軍事乃至思想文化多個方面產生變化，從而亦令得貢與市雙方整體社會結構及其生存狀態產生變化。尤其是作爲咽喉或者門户的濠鏡澳，更加成爲貢與市雙方的必爭之地。

1　互市互利的推進及其變化

《澳門記略》載：

記蕃於澳，略有數端：明初互市廣州，正德時移於電白縣，嘉靖中又移濠鏡者，則有若暹羅、占城、爪哇、琉球、渤泥諸國；其後築室而居者，爲佛郎機；始與佛夷争市，繼而通好求市者，和蘭也；以澳爲逋藪者，倭也。西洋亦有數端：若古里、瑣里、西洋瑣里、柯枝、錫蘭山，於西洋爲近；若忽魯謨斯，處西海之極，爲絶遠，皆明初王會所列者；今西洋夷則所云意大里亞者也，入自明季。

明清以來，港口開放。由於互市地點的轉移，即由廣州而電白，由電白而濠鏡，貢與市雙方的關係漸趨緊密，其利益衝突，亦漸趨激烈。其間，東洋、西洋，處於不同地理位置，或近、或遠，争先前來濠鏡澳這一必争之地。互市、互利，在許多方面，難免亦曾相互損害。因應一方在政策上及具體做法上的推進，另一方依據各自意圖和實力，亦於不同層面，以不同手段進行交易。貢與市雙方的角力不斷推進。故此，《記略》的編纂者，以專門章節，將諸蕃在澳的種種情狀，作了記録。

① 佛郎機與吕大班

佛郎機(Frank)，印度斯坦語讀作 Farangi，波斯語讀作 Firangi，乃葡萄牙商船上一種新式火砲。海盜來到中國之時，所謂佛郎機，也就成爲兵器主人的名稱。這一兵器傳入中土，經過改造、加工，成爲中國式的火砲。又有鳥銃(火繩槍)，利用佛郎機子母炮管構造原理製造而成，中土自行研發、製造。佛郎機的到來，是伴隨著朝貢、互市而來的一種侵略行動。

《澳門記略》載：

佛郎西，明曰「佛郎機」，在占城西南。自古不通中國。明正德十三年，遣使臣加必丹末等入粵，貢方物，請封，始知其名。詔給方物之值遣還。其人久留不去，剽掠無虛日。已而賄緣中貴，許入京。武宗南巡，其使火者亞三因江彬侍帝左右，帝時學其語以爲戲。其留懷遠驛者，益掠買良民，築室立寨，爲久留計。

佛郎機使臣入粵，請命於明。詔給方物遣還，並無機會上朝晉見。後來入京，乃因賄賂朝中權貴而得。這就是伯爵江彬。而火者亞三，本華人，時充任翻譯。佛郎機獲取信任，遂得謀劃久留之計。

《澳門記略》又載：

十五年，御史何鼇言：「佛朗機最兇狡，兵械較諸蕃獨精。前歲駕大舶突入廣東會城，炮聲殷地，留驛者違制交通，入都者桀驁爭長。今聽其往來貿易，勢必爭鬥殺傷，南方之禍，殆無紀極。祖宗朝貢有定期，防有常制，故來者不多。近因布政吳廷舉謂缺上供香物，不問何年，來即取貨，致蕃舶不絕於海澨，蠻人雜遝於州城，禁防既疏，水道益熟，此佛郎機所以乘機突至也。乞悉驅在澳蕃舶及蕃人潛居者，禁私通，嚴守禦，庶一方獲安。」會御史邱道隆亦以爲言。禮部言：「道隆先宰順德，鼇即順德人，故深晰利害，請如御史言。」報可。

這仍然是正德年間的事。兩位御史所進言，謂當悉驅在澳蕃舶及蕃人潛居者，以保一方之安定。主要從海防著眼，擔心隨著貿易而來的軍事侵略以及朝貢各國間的爭鬥殺傷。當局采納所言，並將火者亞三伏法，以絕朝貢。嘉靖二年（一五二三），佛郎機入侵西草灣，「指揮柯榮、百户王應恩禦之。轉戰至稍州。向化人潘丁苟先登，衆齊進，生擒其將別都盧、疏世利等四十二人，斬首三十五級，獲其二舟」。生擒其將，賊兵敗遁。明軍大勝，舶市禁絕（據《澳門記略》）。

西草灣一役，貢與市雙方通過軍事手段，解決矛盾衝突。但是，經濟上的利益問題，並未解決。在佛郎機一方，自正德十三年（一五一八）初次來華，至嘉靖二年（一五二三），幾經周折，既達不到目的，即仍然想方設法，借機以入。而在粤澳一方，儘管祖宗定下的規矩很明確，但由於當事者利益所在，因此，在嚴禁與馳禁的問題上，馳禁的意見往往占居上方。如曰：「往者蕃舶通時，公私饒給。議者或病外蕃闖境之爲虞。夫暹羅、真臘、爪哇、三佛齊等國，洪武初首貢方物，臣服至今。南方蠻夷，大抵寬柔，乃其常性，百餘年間，未有敢爲寇盜者。邇者佛郎機，來自西海，其小爲肆侮，夫有所召之也。」這是《澳門記略》所録有關官員黄佐的言論。既説經濟問題，也説治安。《明史》所録林富言論，著重於經濟。其曰：「查得舊蕃舶通時，公私饒給，在庫蕃貨，旬月可得銀兩數萬。」又曰：「粤中公私諸費，多資商税，蕃舶不至，則公私皆窘。」（林富《請通市舶疏》，《明史》卷三百二十五《外國傳六·佛郎機》）二者皆主張馳禁。其主張並且得到當事者的支持。據《記略》所載，「當事上其言，海禁遂開」。

海禁既開，佛郎機乘勢而入。既於濠鏡雄踞一方，在地盤以及交易市場上，又於濠鏡澳以外，進一步擴張。《澳門記略》載：

> 自是佛郎機得入香山澳爲市，築室建城，雄據海畔，若一國然，多至萬餘人。暹羅、占城、爪哇諸國畏而避之。

得入香山澳，以爲長久之計。佛郎機於貢與市雙方角力過程，完全占居優勝位置。這就是嚴禁與馳禁爭議的最後結果。

《澳門記略》又載：

佛郎機後又稱干系臘國，今稱弗郎西，或曰法郎西，歲與呂宋入粤互市。有呂武勞者，尤黠慧，往來澳門、十三行，先後二十餘年，土語華言及漢文字皆諳曉，人呼爲呂大班。營債取息，獲利累巨萬。中國貨物利鈍，時價昂下，於洋船未至前密輸之，故行商近歲貿易無多贏。其人皆長身高鼻、貓睛鷹嘴、鬈髮赤鬚，好經商。市易但伸指示數，雖累千金不立約契。有事指天爲誓，不相負。衣服華潔，貴者冠，賤者笠，見尊長輒去之。所産多犀象珠貝。初奉佛教，後奉天主教，明季大西洋人故得入居澳中，後竟爲所有云。

這段記述，突出呂大班，這是佛郎機的代表人物。好經商，尤黠慧。不僅其兵器鋭利，於商業活動，亦具專才。本來並非太受歡迎，由於大西洋人的緣故，得以入居澳中，竟然將其據爲己有。

現實生活中的佛郎機，長身高鼻、貓睛鷹嘴、鬈髮赤鬚。詩人眼中的佛郎機，又是怎樣一種模樣呢？

尤侗《佛郎機竹枝詞》云：

蜈蚣船櫓海中馳，入寺還將紅杖持。何事佛前交印去，訂婚來乞比丘尼。

蜈蚣船櫓，蜈蚣形狀的戰船。説明其來歷。入寺，表示準備舉行婚禮。佛，指上帝。比丘尼，指神父。交印，指在教堂舉行結婚儀式，取得正式婚姻權利的標志。這是居澳蕃夷舉行結婚儀式的情景。《澳門記略》亦曾記録。其曰：「（葡人）婚姻不由媒妁，男女相悦則相耦。婚期父母携之詣廟跪，僧誦經畢，訊其兩諧，即以兩手携帶男女手，送之廟門外，謂之交印。廟惟花王、大廟、風信三分蕃户而司其婚，餘皆否。」所記可作詩篇注脚。

又，《吕宋竹枝詞》云：

當年失國一牛皮，何處天生金豆枝。可恨大侖遮殺後，澗頭不剩壓冬兒。

吕宋當年，初與佛郎機互市。佛郎機見其軟弱可欺，曾以厚賄乞地如牛皮大，以爲建屋之用。吕宋不虞有詐，許之。其人乃裂牛皮，聯屬至數十丈，圍吕宋地。既得地，營室築城，列火器，設守禦。並且，乘其不備，襲殺其王而據其國。這段記載見《澳門記略》。歌詞所咏，就是這一故事。

區懷瑞《機銃銘》云：

有械咫尺，出自島舶。具銃之型，焰烟小弱。支緒瑣陳，煉鋼而作。輻輳委蛇，洞空橐龠。節短勢長，旋螺屈蠖。魚乙眕分，犬牙綉錯。關鍵相須，石金噴薄。渾合自然，不焚而灼。激射摧殘，等於戲謔。迅擊尋丈，不爽錙銖。蜕胎重器，巧捷於兹。觸光毫末，鋒鏑爲威。變生衽席，狃而不知。明信在躬，聖鐵是衣。君子警斯，毋中於微。

謂之曰銘，實際是一首四言古詩。歌咏機銃，西洋的一種小手槍。《澳門記略》稱其爲鳥銃。曰：「有長槍，有手槍，有自來火槍。其小者可藏於衣裓之中，而突發於咫尺之際。皆精鐵分合而成，分之二十餘事，合之牝牡橐龠相茹納，紐篆而入，外以鐵束之五六重。圍四寸，修六七寸，小石如豆齧皮，函外鐵牙摩戛，則火激而銃發。有銃必有帶，彩革爲之，或有綉者。凡帶一佩可插小銃二十，謂之機銃，一名覿面笑。」這段記述，著重説其形構，形狀及構造。詩篇説來歷及性能。謂這種小手槍，出自於遠洋來的船舶。形狀跟鳥銃（用火藥發射彈丸的一種火器)差不多,但焰烟較小,乃精鐵鍛造而成。蜿蜒曲折,十分精緻。節短而勢長。上面所刻銘文,作旋螺之狀。魚目旁呈乙字狀的骨頭,色彩錯雜如綉。石金光彩,噴薄而出。激射摧殘,就像玩遊戲一般。尋丈之數,不差長短。脱胎於重器,比重器更加巧捷。毫末微光,威力無窮,猶如鋭利的鋒鏑一般。衽席群生,狃於成見,有所不知。相信不相信,需要親身經歷;聖鐵護身,是不是真的刀槍不入。警告諸位,千萬不能上這小傢伙的當。詩人眼中的西洋小手槍,代表了國人對於外來新事物的觀感。

② 意大里亞與唐人廟

意大里亞,即今義大利。明朝時爲羅馬天主教教廷所在地。葡萄牙入侵濠鏡澳,伴隨而來的是佛郎機。同在大西洋中的義大利(意大記略亞),於貢與市的交接中,伴隨而來的又是什麽呢?

《澳門記略》載:

意大里亞,居大西洋中。自古不通中國。明萬曆時,其國人利瑪竇至京師,爲《萬國全圖》,言天下有五大洲:第一曰亞細亞洲,中凡百餘國,而中國居其一;第二曰歐羅巴洲,中凡七十餘國,而意大里亞居其一;第三曰利未亞洲,亦百餘國;第四曰亞墨利加洲，地更大，以境土相連分爲南北二洲；最後得墨瓦臘泥加洲，爲第五洲。而域中大地盡矣。明鄭和七下西洋，近自古里、瑣里，遠至於忽魯謨斯，凡數十餘國，無所謂義大利亞，亦無所爲歐羅巴者，其説荒渺無考。

《記略》編纂者，不信其説。《明史》卷三百二十六記述利瑪竇事蹟，亦非其説。利瑪竇，號西泰，又號清江，義大利馬爾凱馬塞拉塔人。萬曆九年（一五八一），泛海九萬里，抵廣州之香山澳。據云，乃奉耶穌會遠東視察員范禮安（Alexandre. Valignano）之命而來。目的在於，於中土倡行天主教。利瑪竇入京師獻方物，自稱大西洋人。禮部仍不信，謂「《會典》止有西洋瑣里，無大西洋，其真僞不可知」（據《澳門記略》）。《澳門記略》稱西洋（西洋國），亦稱大西洋。其云：「康熙中，西洋始通貢。」又云：「雍正初，大西洋亦入朝貢。而其居香山澳者，自明萬曆迄今幾二百年，悉長子孫。」説明，其國人居澳，已成事實，不能不加以承認。

意大里亞人，或曰西洋人、大西洋人，居澳幾二百年。《澳門記略》曾描述其居住情形。曰：

屋多樓居。樓三層，依山高下。方者，圓者，三角者，六角、八角者，肖諸花果狀者，其覆俱爲螺旋形，以巧麗相尚。垣以磚，或築土爲之，其厚四五尺，多鑿牖於周，垣飾以堊。牖天如户，内闔雙扉，外結瑣窗，障以雲母。樓門皆旁啓，歷階數十級而後入，窈窕詰屈，己居其上，而居黑奴其下。

意大里亞來華，除互市外，究竟還帶來些什麼呢？《澳門記略》所附尤侗《意大里亞竹枝詞》二首云：

三學相傳有四科，曆家今號小羲和。音聲萬變都成字，試作耶蘇十字歌。
天主堂開天籟齊，鐘鳴琴響自高低。阜城門外玫瑰發，杯酒還澆利泰西。

三學、四科，合稱西洋七藝。包括文法(Grammar)、修辭(Rhetoric)、辯證(Dialectic)、算術(Arithmetic)、幾何(Geometry)、天文(Astronomy)、音樂(Music)。七種科目中，前三種屬於人文學科，後四種屬於自然學科。羲和，中國神話中太陽神之母的名字，曾受命製造曆法。故曰曆家之術，本於羲和。詩篇首二句，說曆法。謂其所創造，堪稱今世羲和。次二句，說音樂。以爲通過音聲的變化，創造出耶穌聖歌。此其一。謂其將西洋七藝，帶來中土。其二，贊頌利瑪竇（利泰西）。謂天主教堂，鐘鳴琴響，高低變化，自然天成。阜城門外，玫瑰花發，一杯清酒，澆向墳前。利瑪竇萬曆三十八年（一六一〇）卒於京，賜葬西郊外。墓在阜城門外。

尤侗竹枝詞，所咏乃明末情事。隨著開放政策的推行，入清以後，天主教活動已漸趨華人化。居澳華人信教，内地民人亦赴澳入教。尤其是唐人廟之設，則更加令得澳門附近各縣赴拜者接踵而至。華人化的程度因而也更進一步。

《澳門記略》載：

> （乾隆）十一年，上以福建有西洋夷人倡行天主教，招致男婦開堂頌經，大爲人心風俗之害，降敕查禁。時汝霖權同知事，念澳門諸夷寺外則立天主堂，名曰唐人廟，專引内地民人入教，法在當禁，遂密揭臺院，請封之。

唐人廟，也稱進教寺。康熙十八年（一六七九）建。在三巴寺下，專爲唐人進教之所。候任澳門同知張汝霖，有《請封唐人廟奏記》，密揭臺院，力圖在華人圈子裏杜絶進教活動。

2 唐夷雜處的濠鏡澳

朝貢與互市，海商輻輳，唐夷雜處。澳門這一特別的行政區域，終於造成特別的社會形態和特別的生活方式。澳門這一特別的行政區域之所以特別，除了地理位置上的特別，還在於行政管理。《澳門記略》的編纂者將二者歸之於形勢和官守。至於生活方式上的特別，則以《澳蕃》一篇加以展示。

①特別的社會形態

澳門同知，全稱廣州府澳門海防軍民同知。隸屬於廣州府。同知官階，相當於府的副職，與通判、知州同級，爲正五品。在行政管理上，已升格爲府級機構。這是中央政府行使國家主權的標志及體現。居澳葡人，明萬曆十一年（一五八三）成立議事會，於葡人社區進行自治管理。每年付五百兩白銀予明朝政府及其後的清政府，作爲地租。萬曆四十四年（一六一六），葡萄牙政府委派總督，負責澳門防務，官邸設於臺。這是葡萄牙占據、管治澳門的象徵及其具體實施。

《澳門記略》載：

夷目有兵頭，遣自小西洋，率三歲一代，轄蕃兵一百五十名，分戍諸炮臺及三巴門。蕃人犯法，兵頭集夷目於議事亭，或請法王至，會鞫定讞，籍其家財而散其眷屬，上其獄於小西洋，其人屬獄候報而行法。其刑或戮或焚，或縛置炮口而燼之。夷目不職者，兵頭亦得劾治。

這段記述稱，兵頭遣自小西洋。小西洋相對於大西洋。利瑪竇來華，自稱大西洋人。他將印度洋海域稱爲小西洋，而將歐洲以西海域稱爲大西洋。這段記述所指爲葡萄牙。兵頭之作爲議事會的召集人，説明乃該國政府所委派。但並非後來所委派的總督。議事會，爲葡人自治組織。「澳門頭目悉遵小西洋令。歲輪一舶往，有大事則附小西洋以聞，不能自達也」（據《澳門記略》）。其權力來自小西洋。同時，亦無權管轄居澳華人及華洋之間糾紛。在自治範圍内，許多重大事情亦得聽命於中國官員。

② 特別的生活方式

《澳門記略》載：

其俗以行賈爲業。富者男女坐食，貧者爲兵，爲梢公，爲人掌舶。婦女綉巾帶、炊餅餌、糖果粥之以糊口。凡一舶，貨值巨萬。家饒於財，輒自置舶。問其富，數舶以對。貲微者附之，或數十主同一舶。每歲一出，出則數十百家之命繫焉。出以冬月，冬月多北風。其來以四五月，四五月多南風。計當返，則婦孺繞舍呼號以祈南風，脱卒不還，相率行乞於市,乞者常千人。然性侈,稍贏於貲,居室服食輒以華靡相勝。出必張蓋乘輿,相見脱帽以爲禮。

富者、貧者,這是葡人社區的基本社會結構。儘管二者皆以行賈爲業,但其富與貧的差別,已相當明顯。

《澳門記略》載張汝霖《請封唐人廟奏記》稱:

惟澳門一處,唐夷雜處,除夷人自行建寺奉教不議外,其唐人進教者約爲二種:一係在澳進教;一係各縣每年一次赴澳進教。其在澳進教者,久居澳地,集染已深,語言習尚漸化爲夷。但其中亦有數等,或變服而入其教,或入教而不變服,或娶鬼女而長子孫,或藉資本而營貿易,或爲工匠,或爲兵役。又有來往夷人之家,但打鬼辮,亦欲自附於進教之列,以便與夷人交往者,此種倏往倏來,不能查其姓名。今查得林先生、周世廉等十九人。而林先生蕃名咭吠嘰少,住持進教寺内,率其子與其徒專以傳教爲事。周世廉蕃名咹哆嘯咽嘀吔,又呼賣鷄周,儼然爲夷船之主,出洋貿易,娶妻生子。此二人尤爲在澳進教之魁也。

這段記述，有關進教諸情事，從中可見在澳華人的生活方式。如語言、服飾以及所用蕃名等，所謂漸化爲夷，皆一時風尚。而林先生、周世廉，算是其中的魁首。此處特爲拈出，以見一斑。

③ 寓樓即事：詩人眼中的濠鏡澳

特別的地區，特別的社會形態以及特別的人和事，究竟特別在哪裏呢？當事人親身經歷，爲提供歷史的見證。

張汝霖《澳門寓樓即事詩》云：

剖竹綏殊俗，行襜駐暮秋。到門頻拾級，窺牖曲通樓。幾月能圓缺，簾風自拍浮。
海隅容錯處，應視一家猶。

獨據繩床臥，山川落枕邊。曉帆明檻雨，暝樹納窗烟。屧似隨廊響，蝸能狀覆圓。
居夷真不陋，翻愛日如年。

居豈仙人好，家徒烏鬼多。移風傷佩犢，授業喜書蝌。富已輸真臘，恩還戴不波。
須知天澤渥，榷算止空舸。

極目秋山表，稽天水四圍。千家浮宅穩，一徑鎖烟微。食仰波能及，孥留土重歸。

野心迴響處，化日不私輝。

居然百夫長，位極以權專。列炮遥堪指，爲垣近及肩。舞戈當負弩，釋甲學行纏。
愼爾一隅守，蒙鳩繫可堅。

豈有嗟生晚，而能主化工。狂花争日異，因果略雷同。彼美山之隰，吾徒瞶且聾。
翻思倭計得，長嘯落秋風。

金布三千界，鐘鳴十二時。至今猶有臭，來此邈焉思。野祭初披髮，塵棲但乞皮。
西風霜殺草，春到恐還滋。

厠位靈臺上，羲和迹可尋。只如求野意，欽此授時心。玉輦隨坳凸，珠船自酌斟。
唐堯辭采斲，安敢貢奇淫。

組繫名王至，經陪冑子勤。有珠如月滿，若翠可烟焚。市國甘豐餌，好民構巧文。
氣虹酋盡讋，一代沈將軍。

亦知持至計，美麗甲東南。念彼卮成漏，毋吾臘可甘。甕鷄拘眇見，褌虱謝名譚。
那待丸封一，才空策獻三。

自用夷家臘，三元近一陽。晝長俾作夜，女贅不歸郎。藉爾爲蝦目，憐渠有鯽腸。
試看同日月，風物若殊鄉。

烟蔦施松柏，風苗宅稗荑。情非忘蠆毒，利在聚蚊醯。爲畔知難越，圍沙勢必睽。翻如吾逼處，去聽杜鵑啼。

御惟操轡善，治或裸衣宜。古聖因其俗，今吾不汝疵。忌曾投鼠驗，機以好蜻知。二百年間事，從違欲問誰。

好峰螺作髻，積水玉爲環。掩映一樓上，蒼茫夕照間。林疏將寺獻，潮落吐沙還。收拾秋風裏，長天净萬山。

以上十四首，皆五言律詩。題稱：寓樓即事。説明乃即興之作。即見一事，咏一事，以表達觀感。其一，到訪寓樓。謂暮秋時節，探尋殊俗。歷階數十，進入居所。經過多少回月圓月缺，簾風伴隨著海風飄動。在大洋的一角，覓得此安居處所。其二，獨卧繩床。謂獨自睡卧繩床，山川落我枕邊。一大早風帆從門檻上經過，窗外緑樹布滿霧烟。步屧隨著春風，長廊傳送聲響。蝸牛般的住所布置得像庭園一樣。真能够住得這麽舒適，反倒喜歡日子過得慢一些，一天有一年那麽漫長。其三，烏鬼仙人。烏鬼，葡萄牙人對其所役使黑番的稱呼。謂神仙有什麽好羨慕，還不如我家烏鬼快活。不擔心傷害以農爲本的習俗，所教授的是形如蝌蚪的文書。富有雖輸與真臘王國，感恩還得有賴於海水不波。不能忘記天澤的沾潤，上天與民衆，息息相關。而空江一舸，則令人心驚。其四，極目稽天。謂張開雙眼，抬頭望去，就是山和海。水面上浮宅，萬户千家，顯得格外安穩。香澳之間，小徑一條，將烟霞鎖住。衣食暫時得到滿足，妻子兒女可不再四處飄泊。其五，蒙鳩可堅。謂居然已是，百夫之長；地位崇高，獨斷專權。架設砲台，遥遥相對；築起城墻，高可及肩。舞動干戈，背起弓弩；放下盔甲，綁好行纏。固守一隅，堅不可摧。其六，莫嗟生晚。謂豈能嗟嘆，生不逢時。自然界造化萬物，人類爲化工之主。狂花與日月争異，因報則大致相同。山有榛，隰有苓。吾徒却看不見，也聽不到。怪不得倭寇，自鳴得計。長嘯一聲，落葉飄飛。其七，春到還滋。謂持閻浮檀金，布三千大千世界。鐘鳴十二時，結五洲四海善緣。一薰一蕕，至今還能聞得出不同的味道。披髮野祭，百年爲戒。一廛之棲，只是爲著保全自己的形骸。西風蕭殺，百草凋零。春天到來，依舊充滿生機。其八，厠位靈臺。謂有幸於靈臺之上，位居要職。羲和功業，擺在面前。只是祈求，耕耘收穫，依循四季運轉。玉輦所到之處，坳凸不平，自當相安無事。珠船往來，未可掉以輕心。唐堯虞舜，辭采富麗。不能任憑，驕奢淫逸放縱。其九，組繫名王。謂組綬爲名王所繫，典樂教胄子以勤。有珠圓如滿月，似翠仿佛烟焚。市國以優厚貨利爲餌，好民善於巧妙爲文。氣勢如虹，令諸酋盡皆讋伏。所向無敵，一代沈將軍。其十，丸封策獻。謂亦知道持計之重要，昌盛繁榮，美甲東南。只可惜漏卮無所止，不及吾臘之可甘嗜。逃乎深縫,匿乎壞絮,難免成爲甕中之鶏,褌中之虱。何必等到濱海丸封,再將三策奉獻。其十一,風物殊鄉。謂依據夷家曆法,三元近於一陽。晝長夜短,式號式呼,將白天當作夜晚。春歸郎不歸,賤妾守空房。比諸水母,以蝦爲目。傷渠可憐,鯽亦有腸可斷。試看今朝,同一日月,風土習俗,竟有如殊鄉。其十二,烟蔦松柏。謂絪緼女蘿,松柏攀附。園中亂苗,稗荑叢生。並未忘却,蠆尾之毒。利在蚊醯,情非得已。與水爲畔,知難跨越。摶沙作壘,勢必乖離。倒不如在,與賊逼處,聽一聽杜鵑的啼叫聲。其十三,從違欲問。謂善服馭者,驅馳周旋,必須善於操轡。主政者或許善於行使裸衣技能。古時候聖賢,因應時俗。我不能吹毛求疵,持有異議。既想追殺老鼠,又擔心損害器物。二百年間,正確和錯誤,服從和不服從,有誰可與商量。其十四,蒼茫夕照。謂山勢盤旋,山頭聳立,螺髻青青。回淵積水,爲玉爲環,蛟龍生焉。掩映一樓,蒼茫獨上,在夕照間。林疏寺獻,潮落沙還。桑木如僧,泉石依依。寒霜初降,秋風收拾。長天萬山,一片澄明。十四首五律,由海隅的寓樓,到海隅間的種種人和事,最後又回到海隅的寓樓當中來。從不同角度,展現社會生活的各個方面。於具體描述過程,間或發揮議論,闡明見解;間或提出問題,引發思考。既是一組風物詩,又是一組隨感録。既有初到貴境時,自己的感覺及印象,又有經過比較後深入一層的認識及體會,包括經驗與教訓。有關種種,亦可以看作是濠鏡澳的社會縮影。而詩篇作者之親歷其境,其所見、所聞，所作、所爲，更加可作見證。或曰「居然百夫長，位極以權專」之所云，在於體現葡人在澳勢力。詩篇所述，究竟是另有所屬，或者是夫子自道，仍有待商榷。但是，無論如何，濠鏡澳這個地方，確實是與衆有別的一個地方。同治二年（一八六三），大清翰林何紹基到達澳門、香港作一日遊，其所作詩題稱：乘火輪船遊澳門與香港作往返三日約水程二千里。其中四句云：「一日澳門住，一日香港息。澳門半華夷，香港真外國。」一個「半」字，正體現其特別之處。這當也就是唐夷雜處的意思。

三　延伸研究

《澳門記略》所載詩文既生動鮮明，又真實可信。相關作品，既可印證史迹，又爲澳門文學早期的發展提供事證。具有相當重要的史料價值，亦澳門文學之寶貴資源。借助於詩文文本，解讀詩文作品的內容及構造，與相關載籍相互映照，還原明清時代澳門的本地風光，包括自然物象及社會事相。既以之證史，亦補澳門文學之缺。這是研究《記略》所載詩文的第一要義。對此，上文已作初步探討。而所謂延伸研究，乃通過《記略》所附詩文文本及相關載籍，探尋澳門文學的緣起，亦即澳門文學發生、發展的歷史進程。過去一段時間，考察澳門文學的淵源問題，相關論者對於將澳門文學的來源追溯至湯顯祖的香山澳乃至於文天祥的伶仃洋，似皆持有異議。但所謂異議，只是一種表態，同意或者不同意，尚缺乏具體的論證。這裏舊話重提，試圖從地脉、人脉、文脉的關係上，借助於背景及視野的展示，重新加以論定。從而推導出本文的結論：澳門文學之緣起，不僅可追溯至湯顯祖的香山嶴，還應當追溯至文天祥的伶仃洋。

（一）大中華的背景及大海洋的視野

大背景、大視野的展示，一種胸襟及氣魄的體現。清乾隆十年（一七四五）二月，分巡廣南韶連道薛韞巡視澳門，進行了一次實地考察。所撰《澳門記》有云：

> 乾隆十年乙丑二月十四日，予以巡海至止，偕海防印同知光任、香山江令日暄登乃臺。譯人次理事官前導，而兵目領蕃卒，手布綉旗、肩鳥統，一十二人排右。臺方廣可百畝，中有堂，西南指十字門，東望則九洲洋，如列星羅几硯間。下即宋文天祥勤王經由之伶仃洋也。西望則三竈、黄楊諸山而北，折而上爲崖山也。轉而内矚，洲嶼參互，水有艨艟哨槳之次比，陸有亭障壁壘之相望，前山寨附其背，虎門扼其吭。國家禦内控外，大一統豈不偉哉！

《易・坎傳》曰：王公設險以守其國。坎，水也。水之大者唯海。嗚呼，聖人慮變之情，兹深切矣！是故中外之防，《春秋》所謹。況於重溟連天、港渚紛歧，其爲鎖鑰也亦僅耳。蠻人越洋市利，頑黠難馴，而寇攘奸宄之户牖窺竊者，亦且出没如魚鳥，則其所以條政教而提防之具，可一日而弛歟？

登臺察看，前山、虎門，兩個地標。或附其背，或扼其吭。一内、一外，成爲禦内控外的兩個重要據點。從地理形勢看澳門的位置，再依《易》卦中的坎，展示其戰略地位。登高臨遠，頗能體現其大中華的立場及大一統的理念。所謂大背景、大視野，於此可獲啓示。

1 於二百年再加上二百年所展示的大背景

就《澳門記略》編纂者而言，其所述作，是對於過去二百年澳門歷史發展的回顧與考察，包括對於朝貢、互市以及澳門特區行政管治上各種政策實施的回顧與考察。但現在，又是一個二百年。兩個二百年，除了今與古的問題，其自身發展、變化問題，還有中與外的問題，也就是大中華文化和西方文化的交融問題，都需要經過一番回顧與考察。因此，所謂立足於今日，既須承接印光任、張汝霖而來，對於印、張二人之後的二百年，進行分析與批判，對於前一個二百年，亦未可輕易放過。之前的二百年，編纂者以身作則，以其實踐經驗，對於如何承古以萌新，所作示範，甚是值得借鏡。兩個二百年，這就是研究澳門及澳門文學的大背景。

2 由湯顯祖香山嶴到文天祥伶仃洋所展示的大視野

視野的展開，除了地理，還有與之相關的人和事。亦即因地脉和人脉，延伸到文脉。其間，地脉是基礎，包含時間和空間，表示一種承載，或者負擔。了解與之相關的人和事，相關的活動，包括文學活動，既不能將地脉割斷，又不能受地脉所限。聖地、勝迹，歷史上，重要人物的出現，大都離不開地脉。江山形勝，人物英雄。地脉與人脉，息息相關。坐見江山，似得江山之助。許多情況下，人物活動，促進地脉和文脉的聯繫。考察文學問題，立足文本，仍然不能脱離地脉和人脉。比如，有關澳門文學之緣起，由眼下之大三巴，追尋至湯顯祖的香山嶴乃至文天祥的伶仃洋，這就是一種視野的展開。相關事例，下文另叙。

(二)《澳門記略》所載詩文文體研究

《澳門記略》編纂者印光任、張汝霖，二人皆曾擔任澳門同知(澳門海防軍民同知)，政治家兼詩人。其餘作者，乃宦遊至澳門或短暫流寓澳門詩人，與澳門亦有一定牽連。面臨世界的變化，嘗以詩文反映之乃政治家的實迹與詩人的印證。其内容，就文的方面看，包括奏啓及序志兩個類别；而詩的方面，大致爲自然物象與社會事相兩個方面，也就是山川形勝及風土人物兩個方面。

1 文章部分

劉勰《文心雕龍》四十九篇，加上最後的序志，合計五十篇。其中，二十篇論文體，曾將文章劃分爲三十四種類別，可稱文體三十四種。本文所論列，奏啓於編中居第二十三，序志殿後。

① 奏啓

《文心雕龍》奏啓第二十三有云：

> 昔唐虞之臣，敷奏以言；秦漢之輔，上書稱奏。陳政事，獻典儀，上急變，劾愆謬，總謂之奏。奏者，進也。言敷於下，情進於上也。

又云：

> 啓者，開也。高宗云啓乃心，沃朕心，取其義也。孝景諱啓，故兩漢無稱。至魏國箋記，始云啓聞。奏事之末，或云謹啓。自晉來盛啓，用兼表奏。陳政言事，既奏之異條；讓爵謝恩，亦表之別幹。必斂飭入規，促其音節，辨要輕清，文而不侈，亦啓之大略也。

劉勰將奏與啓分别開來，逐一加以論述。謂奏者，進也；啓者，開也。以爲兩種不同文體。不同意與表、奏混淆。但又將其與奏合爲一篇，稱爲奏啓，似乎還是不可分割的一個文體組合。一分一合，應有其理論建構上的考量。本文取其合，將奏和啓合在一起，看作一種獨立的文體。照以前的説法，就是一般的奏折、奏章，或者奏疏。乃下對上，臣子對於皇上，陳述政事、進獻典儀的一種文書。這種文書，用現在的話講，就是下級給上級所作的工作報告。這是帶有現在所謂應用文性質的一種古老的文體。這一文體具一定文體規範，須作得中規中矩，方稱合作。

在《澳門記略》所附諸文中，奏啓這一文體，占有較大比重。這類文章，大多針對時局，針對現行政策，目標十分明確。上文所引王希文《重邊防以蘇民命疏》、龐尚鵬《區畫濠鏡保安海隅疏》以及潘思榘《爲敬陳撫輯澳夷之宜以昭柔遠以重海疆事》，同樣具備這一功用。

以下是雍正三年（一七二五），兩廣總督孔毓珣的《酌陳澳門等事疏略》奏請限制葡人來華數量以及華人人口的外流。其曰：

查西洋人附居廣東之澳門，歷有年所。聖朝嘉其向風慕義之誠，所以包羅覆育，俾得安居樂業。但種類日繁，惟資出洋貿易，若無以防範，恐逐利無厭，必致内誘奸滑，外引番夷，混淆錯雜，漸滋多事。查澳門夷船，舊有一十八隻，又從外國買回七隻，大小共二十五隻。請將現在船隻令地方官編列字號，刊刻印烙。各給驗票一張，將船户、舵工、水手及商販夷人、該管頭目姓名，俱逐一填注票内。出口之時，於沿海該管營汛驗明掛號，申報督撫存案。如有夾帶違禁貨物，並將中國人偷載出洋者，一經查出，將該管頭目、商販夷人並船户、舵水人等，俱照通賊之例治罪。若地方官不實力盤查，徇情疏縱，事發之日俱照諱盜例題參革職。此夷船二十五隻題定之後，如有實在朽壞、不堪修補者，報明該地方官查驗明白，出具印甘各結，申報督撫，准其補造，仍用原編字號。倘有敢偷造船隻者，將頭目、工匠亦俱照通賊例治罪。地方官失於覺察者，亦俱照諱盜例革職。其西洋人頭目遇有事故，由該國發來更換者，應聽其更換。其無故前來之西洋人，一概不許容留居住。每年於夷船出口、入口之時，守口各官俱照票將各船人數、姓名逐一驗明通報。倘有將無故前來之人夾帶入口及容留居住者，將守口各官並該管之地方文武各官照失察例議處；舵工、水手及頭目人等俱照竊盜例治罪。

這通文書，謂酌陳疏略，陳述者身爲兩廣總督，地位崇高，但作爲一份奏疏，仍然是下對上的請示。中心意思是，加强管制，嚴密控制澳門夷船。舊有一十八隻，加上從外國買回的七隻，大小共二十五隻，是爲額船。奏請對其出口、入口，依據各地方官所編列、填製的驗票，逐一核實，如有徇情疏縱，違禁、失察等事故發生，須一一治罪。

② 序志

《文心雕龍》卷十《序志第五十》云：

> 夫銓序一文爲易，彌綸群言爲難。雖復輕采毛髮，深極骨髓，或有曲意密源，似近而遠。辭所不載，亦不勝數矣。及其品列成文，有同乎舊談者，非雷同也，勢自不可異也。有異乎前論者，非苟異也，理自不可同也。同之與異，不屑古今，擘肌分理，唯務折衷。按轡文雅之場，環絡藻繪之府，亦幾乎備矣。但言不盡意，聖人所難，識在瓶管，何能矩矱，茫茫往代，既沉予聞。眇眇來世，倘塵彼觀也。

立言爲文，牽涉到同與異的問題，古與今的問題，既要從茫茫往代，爲自己增添見聞，又要令眇眇來世，因爲我得到啓示。此太史公之所謂難也。太史公以之爲序，表達意願。此序志之所由作也。

《澳門記略》所附諸文，有如張汝霖的《澳門記略》序、印光任的《澳門記略》後序、余靖的

《海潮圖序》，乃至張汝霖的《修宋太傅樞密副使越國張公墓碑》以及薛醞的《澳門記》和《虎門記》，於叙事、説情當中，同樣也體現出太史公這麽一種歷史的責任感。

以下看余靖《海潮圖序》：

古之言潮者多矣，或言如橐籥翕張，或言如人氣呼吸，或云海鰍出入，皆無經據。唐盧肇著《海潮賦》，以謂日入海而潮生，月離日而潮大，自謂極天人之論，世莫敢非。予嘗東至海門，南至武山，旦夕候潮之進退，弦望視潮之消息，乃知盧氏之説出於胸臆，所謂蓋有不知而作者也。夫陽燧取火於日，陰鑒取水於月，從其類也，潮之漲退，海非增減，蓋月之所臨則水往從之。日月右轉而天左旋，一日一周，臨於四極，故月臨卯酉則水漲乎東西，月臨子午則潮平乎南北，彼竭此盈，往來不絶，皆繫於月不繫於日。何以知其然乎？夫晝夜之運，日東行一度，月行十三度有奇，故太陰西没之期常緩於日三刻有奇，潮之日緩其期率亦如是。自朔至望，常緩一夜潮。自望至晦，復緩一晝潮。若因日之入海激而爲潮，則何故緩不及期常三刻有奇乎？肇又謂月去日遠其潮乃大，合朔之際潮殆微絶，此固不知潮之準也。夫朔望前後月行差疾，故晦前三日潮勢長，朔後三日潮勢極大，望亦如之，非謂遠於日也；月弦之際其行差遲，故潮之來去亦合沓不盡，非謂近於日也。盈虛消息一之於月，陰陽之所以分也。夫春夏晝潮常大，秋冬夜潮常大，蓋春爲陽中，秋爲陰中，歲之有春秋，猶月之有朔望也。故潮之極漲常在春秋之中，潮之極大常在朔望之後，此又天地之常數也。昔竇氏爲記，以謂潮虛於午，此候於東海者也。近燕公著論，以謂生於子，此測於南海者也。又嘗聞於海賈云，潮生東南，此乘舟候潮而進退者爾。古今之說，以爲地缺東南水歸之，海賈云潮生東南，亦近之矣。今通二海之盈縮以志其期，西北二海所未嘗見，故闕而不紀云。嘗候於海門，月加卯而潮平者，日月合朔則旦，而平緩三刻有奇，上弦則午而平，望以前爲晝潮，望以後爲夜潮，此皆臨海之候也。遠海之處則各有遠近之期。月加酉而潮平者，日月合朔則日入而潮平，上弦則夜半而平，望則明日之旦而平。望以前爲夜潮，以後爲晝潮，此東海之潮候也。又嘗候於武山，月加午而潮平者，日月合朔則午而潮平。弦則日入而平，望則夜半而平，上弦已前爲晝潮，上弦已後爲夜潮；月加子而潮平者，日月合朔則夜半而潮平，上弦則日出而平，望則午而平，上弦已前爲夜潮，上弦以後爲晝潮，此南海之潮候也。

就自然環境看，澳門的風和潮，風候和潮候，與其間一衆唐蕃的海島生涯關係重大，兩任同知所編纂《澳門記略》於《形勢》一篇，對於粵之風及澳之潮的考察及驗證，特別加以記録。其間，並將余靖此序采輯入内，以備參考。余靖此序，對於盧肇《海潮賦》所謂「日入海而潮生，月離日而潮大」這一説法提出質疑。以爲：潮水之漲與退，並不曾令海水增添或者減少。潮水的漲與退，彼竭此盈，往來不絶，乃跟著月亮行走。月亮到哪裏，水就跟從到哪裏。明確指出：潮之漲退，皆繫於月，不繫於日。爲著確認這一説法，序文並以作者自身對於各地潮候的實地察看，加以驗證。作爲古之言潮者，其所論列，包括對於古之占候之法的引證，與今之所説，海水因受日月引力，定時漲落，二者相距，並不那麼遥遠。

2　詩歌部分

①人間廣寒，纖塵不到

上文引述釋今種《澳門詩》五首，歌咏澳門，從地理、歷史上，看其所處位置。整體的描述，大致由自然形勢所構成。基本上是一種地面上的描述。以下，印光任的《濠鏡夜月詩》，於海與天之間，另闢畫境，别具一番情趣。其云：

月出濠開鏡，清光一海天。島深驚雪積，珠湧咤龍旋。傑閣都凌漢，低星欲蕩船。纖塵飛不到，誰是廣寒仙。

謂月出之時，就像剛打開的明鏡。海和天，上上下下，一片清光。小島深處，積雪驚起。珍珠奔湧，飛龍盤旋。這是詩篇的前解，展示澳門所出現的海天奇景。雪積、珠湧，皆月夜所造成的物象。後解狀寫月光照耀下的澳門。謂樓閣飛入霄漢，與天比高。星星閃閃爍爍，欲墜江船。纖塵飛不到，人間廣寒仙。澄澈如鏡。於是仿佛又回到天上。這就是月夜所見的澳門。

《澳門記略》所附録，有關整體描述的詩篇，諸如李珠光的《澳門詩》（詳上文所引），所謂南天、五嶺，一邦、萬國，同樣也是一種大手筆。

這是對於澳門山川形勝的整體觀照。對於整體中的局部，地理位置，自北而南，《記略》所附作品，亦有精緻的描述。以下著重看三個景點：蓮花峰、望洋臺以及虎門外的海市蜃樓。三大景觀，前二者，大致在澳門本島；最後，放眼開去，就是内外十字門，一直到虎頭山上。

其一，蓮花峰。

蓮花峰，也就是蓮花山。在地理位置上，這是由前山進入澳門的第一座山峰，也是澳門的標志。

印光任《蓮峰夕照詩》云：

蓮峰來夕照，光散落霞紅。樓閣歸金界，烟林入錦叢。文章天自富，烘染晚尤工。
只恐將軍畫，難分造化功。

詩篇以夕照展現蓮峰景象。謂夕陽的餘暉散發出光芒，落霞紅彤彤的一片。樓閣融入金燦燦的世界，烟林叢叢，化作一幅幅錦緞。這是前解，描繪夕照所構成的畫圖，爲布景。後解説情，面對蓮峰的黄昏美景，叙説自己的觀感。謂文章天富，人和自然一樣，越晚亦工。無限美好的畫幅，直可與造化比高下。這是詩人對於化工的贊歌，也是對於人工的贊歌。結句的功，或作工，應誤。

其二，望洋臺。

望洋臺，指東望洋和西望洋二炮臺。據《澳門記略》載：澳門有澳城，明季創自佛郎機。城有大門一，小門三。大門曰三巴門。小門曰：小三巴門、沙梨頭門、花王廟門。有砲臺六，最大者爲三巴砲臺。次則東望洋、西望洋。釋今種《望洋臺詩》，所咏即爲東望洋和西望洋二炮臺。其曰：

浮天非水力，一氣日含空。舶口三巴外，潮門十字中。魚飛陰火亂，虹斷瘴雲通。

洋貨東西至，帆乘萬里風。

謂天之浮起，並非水的力量。空中紅日，因大氣所承托。三巴寺外，船舶進出的港灣。十字門口，潮水漲落的場所。這是詩篇的前解，由山崗展現船舶往來的大背景。後解說這一背景下的商貿活動。謂鳥遊魚飛，陰火亂舞。彩虹中斷，瘴雲流通。洋貨自四面八方而至，風帆越千里萬里來到。

其三，海市蜃樓。

蜃樓海市，天下奇觀，難得一見。據《澳門記略》載：十字門外、虎門之下，有合蘭海。每歲正月初三、四、五日，現城闕、樓臺、車騎、人物，倏忽萬狀。詩人到此，不能無詩。以下是《澳門記略》所附梁佩蘭的《海市歌》：

驀空無人忽成市，上不在天，下不在地，月烟黄黄日烟紫。日之升，氣之凝，玳瑁蓋，珊瑚釘。大吹龍笙，細擊鼉鼓，海童緩歌，海女急舞。海水開，龍王來。龍王來，龍母並，駕車如雷，龍女後至何遲哉。市人市中設龍座，聚寶換寶市在左。蕃奴來市騎水犀，上寶負在大尾犛。老蛟人身目魚目，手執大禹治水玉。魚兒無寶雜市中，笑指海上天虹紅。市東賈人好走馬，寶光射馬馬不下。龍王厭寶空掉頭，身擁五色龍鱗裘。龍母見寶不開口，定海魚鬚尺持手。龍女戲擲紅珍珠，盛飾鴒尾新羅襦。世人眼睛不識寶，海中有寶偏不顧。海市寶多，世人奈何。扶桑花落東北角，海水成冰要人鑿。海水吹風，吹動龍王宮。水生一片，海市不見。

詩篇稱，驀空無人，忽然間變幻出座城市來。這座城市，上不在天，下不在地。月亮放射出黄色的烟霧，太陽迸發紫色光芒。太陽升起，水氣凝結成冰。玳瑁和珊瑚，伴隨著龍笙和鼉鼓，從對面相擁而來。海童緩歌，海女急舞。龍王、龍母及龍女，相機駕臨。市人市中，設置龍座。聚寶换寶，在市場的左邊。蕃奴來市，騎著水犀。上等寶物，由大尾犛負載。老蛟人長得像魚眼睛一樣，手執大禹治水玉。魚兒無寶，混雜市中。笑指海上，天降彩虹。市東商人，喜歡走馬。寶光直射馬匹，馬匹並不驚慌。龍王厭寶，掉頭就走。身上穿著五色龍鱗裘。龍母見寶，不多開口。手上拿著一把定海魚鬚。龍女玩弄著紅珍珠，鴒尾做裝飾，身著新羅襦。世人眼光短淺，不知道什麼地方多寶藏，海中有寶，偏偏當作看不見。海市寶物多又多，世人看不見，徒喚奈何。扶桑靈地，花落東北。海水成冰，何人鑿開。風吹海水，吹動龍宫。水生一片，海市不見。刹那間，一切恢復原狀。謂爲海市歌，即爲歌海市，詩人的著眼點,在市而不在樓;在於以自然界的海市,影射人間的集市。蜃樓非其著意之處。雖奇而无实,却頗能爲其心目中的殊方異域增添姿彩。

② 蕉窗新展,摇曳向人

《澳門記略》所附詩篇,上文所説,側重於自然物象,以下主要是社會事相。由於朝貢與互市,雙方的往來,即所展開的經濟活動及文化交流,促使澳門這一特別行政區域特別景光的出現。睁開眼睛看世界,世界也不會將你隔絶。上文所列述張汝霖的一組組詩《寓樓即事》,對於唐夷雜處的澳門社會進行多方面觀照。這是對於澳門的一種整體描述。大致以叙事爲多。張汝霖另有《澳門喜晴》一詩,同屬整體描述,却於布景過程説情,與《寓樓即事》組詩不僅相同。其曰:

海腹餘秋鬱,天心放午晴。澳雲開鏡匣,沙圍出棋枰。水馨深聽響,林花遠見明。
蕉窗新展緑,摇曳向人清。

詩篇展現晴日海天景象。將海腹與天心對舉,場面開闊。而澳雲、沙圍,落實地面,展現本地風光。這是前解,爲布景。後解就眼前所布置的物景,説自己的感受。天剛放晴時的感受。謂水流深處，聲響更加聽得清楚。林花遠隔，形象更加看得分明。蔗窗將新綠展現在眼前，摇曳向人，顯得格外清新。這也是對於澳門的一種整體感受。和《寓樓即事》組詩一樣，都是一種切身體驗。

大體上看，張汝霖的《寓樓即事》組詩及五言律詩《澳門喜晴》，已在整體上，爲澳門作了個全方位掃描。以下，擬就幾個特寫鏡頭，看看其中的人和事。

其一，利瑪竇。

利瑪竇來華，首站澳門。在華數十年，最初穿中國的僧冠僧服，自稱西僧。後改用傳統儒冠儒服，自稱西儒。在中國的士大夫，頗受歡迎。

《澳門記略》云：

自利瑪竇由澳門轉入八閩，至金陵，出其渾天儀、量天尺、勾股舉重算法，留都臺省並其徒龐迪我等咨送入京，不果用，而利瑪竇卒。利瑪竇居粤二十餘年，盡通中華言語文字，其人紫髯碧眼，顔如桃花，年五十餘如二三十歲人，見人膜拜如禮，人故樂與之交。

紫髯碧眼，顔如桃花，見人膜拜如禮，這是利瑪竇其人給世人所留下的印象。《澳門記略》所附李日華《贈利瑪竇詩》，李日華與利瑪竇，曾有一段交誼。詩篇從整個宇宙人生，看利瑪竇，道出自己對於這位友人的贊頌。其曰：

雲海蕩朝日，乘流信彩霞。西來九萬里，東泛一孤槎。浮世常如寄，幽棲即是家。那堪作歸夢，春色任天涯。

詩篇前解布景，謂其東泛孤槎，西來九萬里，猶如朝日初升，駕著彩霞而來。後解説情，即對其九萬里西來，表達觀感。謂浮世如寄，人生無常，只有幽棲之地，才是安身處所。不要做返鄉歸夢，讓春色永遠留在海角天涯。

其二，三巴寺人。

三巴寺，聖保羅（San Paolo）教堂的音譯，俗稱大三巴。明萬曆三十年（一六〇二）奠基，崇禎十年（一六三七）落成。據《澳門記略》載，此寺坐落於澳之東北。依山爲之，高數尋。寺内「僧寮百十區，番僧充斥其中」。康熙間，釋迹删遊澳門，所作《三巴寺詩》有云：

暫到殊方物色新，短衣長帔稱文身。相逢十字街頭客，盡是三巴寺裏人。
箬葉編成誇皂蓋，檻輿乘出比朱輪。年來吾道荒涼甚，翻羨侏離禮拜頻。

謂暫到殊方，物色清新。短衣長帔，配搭文身。十字街頭，來來往往，都是這班三巴寺裏的人。精緻的蓬傘，由竹葉編成。出行的車子，欄杆裝飾得非常華麗。近年來，吾道荒涼，反而羨慕起蕃人能爲耶穌做禮拜。

其三，西洋風琴。

三巴寺的出現，不僅其人，而且其物，均曾引發詩人的興致。而諸多器物，似以風琴，最具西洋風味。據《澳門記略》載：「三巴寺樓有風琴，藏革櫝中。排牙管百餘，聯以絲繩，外按以囊。噓吸微風入之，有聲嗚嗚自櫝出。八音並宣，以和經唄，甚可聽。」乃噓吸微風以入，有聲嗚嗚而出，與中土的絲竹，大異其趣。《澳門記略》並附梁迪《西洋風琴詩》，爲作見證。其云：

西洋風琴似鳳笙，兩翼參差作鳳形。青金鑄筒當編竹，短長大小遞相承。以木代匏囊用革，一提一壓風旋生。風生簧動衆竅發，牙籤戛擊音砰訇。奏之三巴層樓上，十里内外咸聞聲。聲非絲桐乃金石，入微出壯盈太清。傳聞島夷多工巧，風琴之作亦其徵。我友今世之儒將，巡邊昨向澳門行。酋長歡迎奏此樂，師旋仿作神專精。器成更出澳蠻上，能令焦殺歸和平。緱嶺秦樓慚細碎，鸞鳳偏喜交洪鳴。雄中黃鐘雌仲吕，洋洋直欲齊咸韺。他日朝天進樂府，定有神鳥來儀庭。

這是一首七言歌行。包括兩個部分。詩篇從其外部形狀及内部構造説起，謂西洋風琴，有點像是鳳笙。兩翼參差，作鳳凰形狀。青金鑄成的筒管，替代竹編。短長大小，遞相承接。以木代匏，以皮革爲囊。一提一壓，風隨之而生。風生簧管震動，衆多洞穴發聲。牙籤戛擊，鉦鼓砰訇。演奏在三巴層樓上，十里内外，都能聽到聲響。聲非絲桐，而乃金石。入微出壯，充滿太清。這是前半部。對其形構以及聲音效果，述説已畢。轉入後半部，叙説其來歷及功用。謂據説西洋（島夷）那邊，多能工巧匠。風琴之作，也算是其中一項。我有友人，乃今世儒將。巡視邊疆，剛剛作澳門之行。酋長表示歡迎，爲之演奏此樂。旋即仿作，既專且精。器物製成，更出澳蠻之上。令得焦殺之聲，歸之和平。緱嶺吹笙，秦樓迎客，已慚覺得細碎。鸞鳳和鳴，紅鸞星動，方才動人心弦。雄中黃鐘，雌中仲吕。洋洋灑灑，直欲與韶韺比美。他日朝天，進獻樂府。必定有神鳥，飛來儀庭。

以上所説人和事，人物及器物，皆屬於社會事相。二者之作爲一種對象，感受的對象，或者認識的對象，已成爲一種客體的存在。這一客體存在，及其所經歷的事件，共同構成歷史。而詩篇，則爲其佐證。

（三）澳門文學的緣起

1 地脉、人脉與文脉

上文所説大背景、大視野，已牽涉到地脉、人脉與文脉問題。何謂地脉？地爲人間根基，脉爲人體經脉；經脉於地一一對應存在，是爲地脉。何謂人脉？由人際關係所形成的脉絡，是爲人脉。何謂文脉？人類文明演化的歷史血脉，是爲文脉。就其本義而言，脉指血脉流轉於體中。如曰「骨著脉通，與體俱生」（王符《潛夫論・德化》），即此之謂也。脉有脉絡，亦指事物如血管連貫有條理者。用一句較爲通俗的話講，即此所謂脉者，乃表示一種聯繫與延伸。而就人脉講，這一聯繫與延伸，就是一種緣。一種人與人之間或者人與事之間雲龍風虎、遇合際會的因緣。

地脉、人脉、文脉三者，其自身既有一定的涵蓋，各有所指，各具不同脉絡，又並非相互隔絶，尤其在能指意義上，三者更加相互貫通。三者相比，正如上文所説，地脉是基礎。對於文脉的梳理，文學因緣的追尋，仍當以地脉爲依據。即於地的脉络中，看看是否在自己的地盤上。而就聯繫與延伸講，人脉却在三者當中起主導作用。對於地脉的確定，既不能劃地爲牢，以爲自限，當人和事變换，人脉延伸，相關文學作品的界定，也應隨之變换，相應延伸。

憑藉地脉、人脉、文脉三者的聯繫與延伸，本文嘗試從湯顯祖的香山嶴到文天祥的伶仃洋，以探尋澳門文學的緣起。湯顯祖的香山嶴，其相關文學活動及所保留戲曲及詩歌作品，爲探尋澳門文學的緣起，提供堅實的地脉和人脉依據。相關作品，當可看作澳門詩詞史甚或文學史開卷之篇章。上世紀末，本人爲文説及這一議題，今已逐漸得到學界認同。此不贅述。以下擬以文天祥的伶仃洋（零仃洋）以及與之相關的人和事，爲澳門文學之緣起，提供事證。

2　澳門文學緣起之事證

①伶仃洋與文天祥

南宋景炎二年（一二七七），蒙古軍隊進攻廣州，州將張鎮孫以城降。景炎三年（一二七八），宋端宗（趙昰）死。其時，宋末三傑——文天祥、張世傑、陸秀夫，爲大宋王朝作最後抵抗。張世傑、陸秀夫擁立趙昺爲帝，退守崖山；文天祥帶兵駐守潮州。元將張弘範出兵進攻潮州，文天祥兵敗，於廣東海豐五坡嶺被俘。趙昺祥興二年（一二七九）三月，崖山海戰。元軍以奏樂爲號，南北進攻，宋軍大敗。張世傑和蘇劉義帶領餘部，斬斷大索突圍而去。陸秀夫背著八歲帝趙昺，跳海而亡。

天之涯，地之角。就地脉和人脉看，宋末三傑都曾到達伶仃洋水域，並曾在這一水域展開抗元活動。三傑事蹟，已載入史册。其相關的人和事，催生文脉，亦爲後世探尋因緣，留下踪迹。

趙昺祥興元年（一二七八）十二月，文天祥爲元軍所俘，囚於伶仃洋戰船中。次年正月，元軍都元帥張弘範攻打崖山，逼迫文天祥招降崖山宋軍統帥張世傑。文天祥寫下《過零仃洋》一詩以明志。其曰：

辛苦遭逢起一經，干戈落落四周星。山河破碎風飄絮，身世浮沉雨打萍。惶恐灘頭説惶恐，零仃洋裏嘆零仃。人生自古誰無死，留取丹心照汗青。

詩篇包括前解和後解。前解説山河破碎，身世浮沉，這是當前的處境；後解説惶恐、零仃，但已下定決心，爲國犧牲。歲星十二年在天空迴圈一周。四周星，即四十八年。或指作此詩時歲數。惶恐灘，在今江西萬安縣，爲贛江十八灘之一。抗元兵敗，作者經此退往福建。零仃洋，屬於澳門的一片水域。

詩篇之所由産生的地脉——伶仃洋水域，將眼下的伶仃洋和作者曾經戰鬥過的惶恐灘以及整個大宋山河聯繫在一起。地脉的貫通，表示詩篇之所歸屬。證實這一首七言律詩，是迄今所見最早與澳門相關的詩篇。這是因地脉所構成的一種文學因緣。

② 黄楊山與張世傑

張世傑，宋軍統帥。崖山海戰失敗，於突圍之後，因遭遇風暴，舟覆身亡。據載，張世傑死後，屍骨焚化，葬香山黄粱都赤坎村。其後，歷經四五百年，「墓門片碣埋没荒烟宿莽間」，已然荒廢。直至清乾隆年间，曾經擔任過兩任香山縣令及兩任澳門同知(一任兼署，一任實授)的張汝霖，始於乾隆十三年(一七四八)捐資修復。修復後的張世傑墓，「封碑華表，煥然一新。復置土名馬槽埔等處荒熟田三十九畝零，畀里人張沛昌等董其事。歲收所入，遣官春秋祭」。(此段參見暴煜(乾隆)《香山縣志》卷八「陵墓」)張汝霖，人稱張司馬。既爲修墓，又爲撰碑。題稱：《修宋太傅樞密副使越國張公墓碑》。碑文撰成，立石於墓側。其曰：

考《宋史》載公溺死平章山下，《元史》謂死海陵港口。平章即海陵東峰，隸陽江境，公之瓣香祝天、覆舟於此無疑，而故《一統志》即據是以定公墓。何也黄淳志載：公死，諸將得其屍焚之，函骨葬潮居里赤坎村。柯令封平章山墓，陳公甫以詩弔之曰：大封赤坎墓，昭昭衆所聞。至黄才伯則曰：陽江不見潮居里，此地真存太傅墳。若是者果孰信而孰疑耶？余謂陸公於崖門負帝赴海，今其墓乃在潮州嶼中，蓋太傅兵敗，張宏範乘勝追躡，二公雖已授命，殘卒故部勢不獲即於死所從容封窆，須携之稍遠而後克葬，亦固其所。況赤坎村近在黄楊山麓，實故潮居里地，而平章所屬曰壽文都，此其尤較著者。史書其所死，而不詳其所葬，後人遂以死所當之，要不越才伯所稱祀在陽江、墓在潮居者近是，公甫之詩亦偶未深考耳。邑南里許曰天王橋，沙涌有宋行宫，端宗駐蹕馬南寶宅所經也。全后陵在梅花水間，遺民故多爲疑以疑人者。當是時，宋事已無可爲，太傅屯井澳，駐崖門，衆二十萬，經七閲月，瀕海之邦，其君子贊策而宣猶，其小人執殳而饋餉，雖至於敗亡誅滅而有所不悔，其公之精誠義烈俾犯難而忘死歟？抑斯民忠義之性激發而自效歟？都人士生忠義之鄉，千載而下，流風不泯。過公墓者，東睇零丁，西眺慈元，感嘆之餘，吾知必有油然興者矣。先是，將表公阡風勵士庶，冀得考證圖籍衷於一是，會張生沛景等來請，即割俸以倡，並置西坑徑田三十餘畝，畀景等掌之，以黄梁都司巡檢察核而尸其祀。肇畫甫定，墓亦竣工，乃詳爲之辯，而著其關於風教者，昭示來許。公諱世傑，范陽人，宋太傅、樞密副使、越國公，事具《宋史》。

這篇碑文，贊頌人物，與祝淮《香山縣志》卷五《冢墓》所記，大略相同。文中黃楊山，在香山縣西南七十里黃梁都，與鶴兜山相連接。延袤五十里，高六百餘丈。西麓曰西坑，斗門湧水焉，流北向西折入海。宋太傅樞密副使越國張公世傑墓所在地。碑文通過幾個關鍵處所，梳理地脉聯繫。幾個處所，除井澳、崖門，以及張公屯兵處，主要突出兩個處所。一爲平章山，陽江海陵港口的平章山下，張公之死所；二爲黃楊山，張公墓之所在地。這是地。但其脉絡的構成，仍須借助與之相聯繫的人和事。對此，碑文也作梳理。其相關人和事，主要乃張太傅其人其事。一爲，瓣香祝天，太傅覆舟於此；二爲，殘卒故部，將其携離死所而後葬；三爲，張生沛景等來請，割俸以倡。經過梳理，人脉貫通。隨之，黃楊山與澳門，黃楊山的宋太傅樞密副使越國張公墓及張司馬所撰碑之與澳門文學，其間的因緣，一段因異代興廢所促成的因緣，也就締結起來。這是因人脉所構成的一種文學因緣。

③ 墓之碑與碑之歌

由碑文而詩歌，文脉延伸，其相關地脉與人脉，聯繫更加緊密。《澳門記略》所附何邵《讀張司馬宋越公張世傑墓碑歌》，承接張司馬（汝霖）碑文，進一步將相關人和事聯繫在一起。其曰：

劫運迍邅當四廣，終古崖門留一掌。端宗太后兩荒陵，狐兔蕭條穴榛莽。陸相陷海文相俘，空有越公陪槀葬。槀葬遺踪幾銷歇，海陵崩浪魚龍揭。三尺誰封赤坎墳，一抔莫記黄梁碣。年年麥飯薦遺民，點點棠梨過冷節。香山司馬才無比，懷古悲秋長劍倚。行部時時弔夕陽，辨疑縷縷從青史。移文一旦禁樵蘇，五百年來廢墜起。大書特書神道旁，豐碑贔屭凌穹蒼。豈緣異代感興廢，直爲千古扶綱常。我來展讀别幽翳，行間字裏雷霆衛。雲旗風馬倏往事，爲鬼雄兮魂魄厲。昔年行殿表慈元，東山芳躅白沙記。鴻筆翩翩映後先，一徑氤氳團正氣。蕭山陵寢恨年年，玉匣珠襦散似烟。憑君更譜《冬青引》，吟向風前拜杜鵑。

這是一篇七言歌行。據詩題所稱，可以看作是一篇墓碑之歌。因而，詩篇也就從墳墓説起。謂崖門劫運，處境困頓。四野空曠，終古一掌。端宗太后，荒陵兩座。榛莽蕭條，狐兔奔走。陸相陷海，文相被俘。空有越公，陪伴槀葬。槀葬遺踪，幾經銷歇。海陵崩浪，魚龍來揭。三尺誰封，赤坎之墳。一抔莫記，黄梁片碣。年年麥飯，遺民祭獻。點點棠梨，過寒食節。香山司馬，其才無比。懷古悲秋，長劍倚天。行部時時，憑弔夕陽。縷縷辨疑，永垂青史。一旦頒令，禁止砍刈。五百年來，廢墜衰息，重新振起。大書特書，古神道旁。豐碑巋然，贔屭屈盤。

豈但有感，異代興廢。直爲扶起，千古綱常。碑文展讀，剔除遮蔽。行間字裏，有雷霆衛。雲旗風馬，往事已矣。死爲鬼雄，魂魄厲煉。昔年行殿，表彰慈元。繼茲芳躅，東山白沙。鴻筆翩翩，後先輝映。一徑氤氳，一團正氣。蕭山陵寢，怨恨年年。玉匣珠襦，散似雲烟。憑君更譜，冬青之引。吟向風前，拜祭杜鵑。歌行包括兩個部分：一個部分歌咏越國公，謂其作爲大宋王朝的陪葬品，葬身黄粱；一個部分歌咏張司馬，謂其鴻筆翩翩，足以與當年的雲旗風馬，後先輝映。

詩篇通過脉絡追尋，跨越時空，將兩個不同時代的人物活動，越國公的忠烈行爲及張司馬的重振綱常連接在一起，並通過墓之碑與碑之歌文脉貫通，將碑文與詩歌一併歸結到黄楊山，甚或濠鏡澳的範圍之内，這是因文脉所構成的文學因緣。

3 結論的推導

以上三個事證，伶仃洋與文天祥、黄楊山與張世傑以及墓之碑與碑之歌，其與澳門文學的因緣，乃因地脉、人脉及文脉的貫通所構成。這是探尋澳門文學淵源的一個重要依據。

地脉的貫通，包括地文、水文的流動，其與人脉、文脉的運行，及其所出現的因果演變，構成文學創造的環境。這是超越時空的大環境。而就作家個人而言，因自身條件所限，其創作活動仍爲一定時空範圍之所局限。這是作家個人的小環境。文天祥創作《過零仃洋》，在其小環境，從破碎山河到惶恐灘頭，再從惶恐灘頭到達伶仃洋，脉絡的延伸，令其想像的空間以及作品的定位，突破一定的限制，延伸到十字門外的廣闊水域。這就是當時仍屬於濠鏡澳水域的伶仃洋。故此，可以斷定：文天祥的《過零仃洋》是澳門最早創作的一首七言律詩。並斷定：澳門文學的緣起，應當追溯至文天祥的《過零仃洋》。

人脉的貫通，人物、事件的運轉，從宋太傅越國張公的覆舟於此到越國公的殘部將其埋葬於赤坎村，再從赤坎村到張司馬割俸修墓，通過人與事的脉絡重構，將宋末三傑聯繫在一起。墓的主人越國張公儘管未見相關文學作品留存，但其史績却因地和人的關係，永遠和文學聯繫在一起了。張司馬的碑文，既可以作者的身份斷定爲澳門文學的一個組成部分，亦可以斷定與越國張公同在一個時間段，同在一個區域誓死抗元的文天祥，其所創造同樣屬於澳門文學的一個組成部分。這是由於人脉貫通所出現的一種延伸，也是將文天祥的《過零仃洋》看作澳門文學來源的一條補充理據。

所謂人和事合爲意，時與地合爲境，文學作品的意境創造，包括三文及三大要素的分配與組合。三文，即天之文、地之文以及人之文。三大要素，即物景、事理與情思。三文全面展現文學題材的範圍，三大要素集中概括文學題材的組成。文脉的貫通，題材與體裁的變换，牽動地脉和人脉。劉晝《新論·慎言》云：「日月者，天之文也；山川者，地之文也；言語者，人之文也。天文失，必有謫蝕之變；地文失，必有崩竭之災；人文失，必有傷身之患。」説明了文學創作於天、地、人之間所擔當的角色及所占居的位置。上文所説墓之碑與碑之歌，即碑文與詩篇，體裁變换，題材並無改變。就文脉運行看，碑文與詩篇的創作，都在於綱常的重振。所謂「千載而下，流風不泯」（張汝霖《修宋太傅樞密副使越國張公墓碑》語），正表明這一意思。如用老子的話講，這就是一種精神的流動。老子將這種精神看作道。謂其惟恍惟惚，難以捉摸。但其中有精，其中有神；其精甚真，其神甚明（參見《道德經》第二十一章）。這就是文的脉絡。依循這一脉絡，清楚可見五百年前的宋太傅越國張公及五百年後的澳門同知張汝霖，二人之間的精神流動。同樣，依循這一脉絡，亦清楚可見五百年前成仁、取義的文天祥，其正氣、丹心，與五百年後碑文及詩篇所歌咏太傅越國張公之濁浪傾國、精魂化烟，彪炳於日月的精神的貫穿。這是由於文脉貫通所出現的另一種延伸，也是將文天祥的《過零仃洋》看作澳門文學來源的另一補充理據。

以上三例，從地脉貫通、人脉貫通以及文脉貫通三個方面，論斷澳門文學的緣起。無三不成禮，説明並非孤證。這是對於《澳門記略》所附詩文進行研究的初步成果。由於追溯淵源，探尋緣起，事關重大，而且對於相關問題的研究，亦非本人之所擅長，故而其中錯漏，在所難免。敬請大方之家，有以教之。

癸巳小暑後五日於濠上之赤豹書屋

原載北京《國學學刊》二〇一四年第四期